» LA GAJA SCIENZA «

VOLUME 1482

L'EDUCAZIONE DELLE FARFALLE

Romanzo di
DONATO CARRISI

 LONGANESI

PROPRIETÀ LETTERARIA RISERVATA
Longanesi & C. © *2023 – Milano*
Gruppo editoriale Mauri Spagnol

www.longanesi.it

ISBN 978-88-304-6055-3

Per essere informato sulle novità
del Gruppo editoriale Mauri Spagnol visita:
www.illibraio.it

Copyright © *Donato Carrisi 2023*

L'EDUCAZIONE DELLE FARFALLE

*a Sara,
che riempie gli spazi bianchi tra le parole*

La casa di legno brucia nella notte. Come un piccolo vulcano sfavillante al centro della vallata.

Lingue lucenti s'innalzano nel cielo nero in mezzo a placide montagne. Le fiamme si esibiscono con feroce bellezza. Colorando di rosso la neve bianca, privano per sempre il paesaggio della sua candida innocenza. Qualcuno le ha liberate dalla loro prigione segreta e adesso si riprendono con la forza il posto che gli spetta in natura. Per dimostrare la loro potenza, hanno scelto la casa di legno che ora soccombe, sopraffatta.

Nel grande silenzio si sente solo il ruggito del fuoco.

Quando le campane del piccolo villaggio alpino iniziano a suonare per chiamare a raccolta i soccorritori, la costruzione di tre piani col tetto spiovente è già totalmente avvolta dall'abbraccio avvampante. Come la preda ancora viva dopo la cattura, ogni tanto la casa cerca di sottrarsi mentre il predatore già la divora, ma ogni tentativo è vano.

Intanto, voci concitate sopraggiungono da più direzioni. Le fiamme reagiscono con rabbia, sfidando chiunque osi farsi avanti per fermarle. Quegli uomini non potranno far altro che lasciarsi atterrire e affascinare dallo spettacolo di distruzione. Se non fosse tremendo, sarebbe bellissimo.

In mezzo al piccolo inferno, una fila di piedini scalzi impressa nella neve fresca.

Bambine infreddolite in camicia da notte. Bambine di sei anni. Fradicie della pioggia di un impianto antincendio, sono radunate a distanza di sicurezza. Sui loro volti maschere di fuliggine rigata dalle lacrime, fra i capelli strani fili argentati. Piccole fate intorno a un grande falò per un rito magico. Il fiato che si condensa nel gelo notturno. Gli occhi sbarrati. Si stringono fra loro, impaurite ma salve.

Non sono sole. Ci sono anche le tre tutor responsabili del loro benessere e della loro incolumità.

Sta per iniziare l'ultimo giorno di una vacanza in un posto incantevole, fra lezioni di sci, sessioni di pattinaggio, discese con lo slittino e pomeriggi passati a giocare a Monopoly, a Pictionary o all'Allegro chirurgo e serate di tazze di cioccolata calda e storie della buonanotte davanti al grande camino. Ancora poche ore e le giovani ospiti sarebbero tornate alle rispettive famiglie con un bel colorito abbronzato e un mucchio di esperienze fantastiche da raccontare.

Adesso torneranno e non saranno più le stesse.

Perché, dopo stanotte, ogni ricordo di questa settimana sarà diverso. Ogni ricordo puzzerà di fumo e di urina calda che cola fra le gambe. Avrà il suono del fuoco che ti sghignazza alle spalle mentre ti insegue. E il sapore amaro della paura. Quel sapore si nasconderà nel profondo della memoria di quelle bambine e riaffiorerà nella loro bocca anche da grandi, ogni volta che il loro istinto presentirà una qualche situazione di pericolo.

Sarà difficile anche per le tre tutor rimuovere dagli occhi il bagliore della scena. In questo momento, due di loro non riescono nemmeno a sbattere le palpebre. La terza, invece, continua a fare la spola fra una bambina e l'altra. Le conta a bassa voce. E poi le riconta di nuovo. Per sicurezza. Senza ancora pensare ai nomi. Coi nomi è più facile sbagliare. Allora, per non fare confusione, le chiama assegnando un numero a testa. La uno, la due, la tre, e così via. Le passa in rassegna poggiando una mano sul capo di ciascuna, come fosse un nuovo battesimo.

In fondo al cuore, la donna spera sempre che il numero finale cambi. Ma rimane sempre lo stesso. E allora, imperterrita, lei ricomincia.

Non sono *solo* undici, non sono *solo* undici – continua a ripetere a se stessa. Intanto non le guarda nemmeno in faccia, per non essere costretta a riconoscerle.

Se lo facesse, dovrebbe anche pensare al nome di quella che manca. La dodicesima.

E lei ancora non lo vuole sapere quel nome. Non è ancora

pronta. E allora s'intestardisce in quell'appello di numeri. Ma affidandosi alla matematica, difficilmente ci si sbaglia.

La tutor che fa la conta dà le spalle alla casa che, nel frattempo, è completamente sparita fra le fiamme. Lei non può saperlo, ma non si vede più neanche la punta del tetto. La donna è l'unica, fra curiosi e soccorritori, che non sia ipnotizzata dalla scena.

Non ha il coraggio di guardare.

Ma un rumore sinistro la costringe improvvisamente a voltarsi. Un sibilo spaventoso, inaspettato, dolente. Come l'ultimo gemito di un gigante che si accascia.

E in un istante viene giù tutto.

La casa in mezzo alle montagne non c'è più, come inghiottita nelle profondità ribollenti della terra. Il fuoco devastatore si congeda dal proprio pubblico con un'ultima, crudele meraviglia. Nel cielo stellato sale una miriade di scintille dorate.

LA VITA DI PRIMA

1

La città di vetro era una specie di miraggio in mezzo alla vasta pianura. L'aveva vista apparire così dall'oblò di un aereo, la prima volta che ci era venuta. Le torri di cristallo tremolanti nell'aria rarefatta. Il bagliore del sole sull'acciaio. Il cielo che si riflette sui palazzi.

Da quel momento, Serena si era abituata a figurarsi così il posto in cui aveva scelto di vivere. Milano era una grande cattedrale di specchi.

Vi si era trasferita subito dopo il master in Corporate Finance alla Hult. Londra non era mai stata la sua dimensione ideale e, forse, era fin troppo scontata per una broker. Ma a Milano aveva trovato il giusto appagamento per il proprio stato d'animo.

Il suo posto era in alto. Non sarebbe mai più scesa sulla terra. La città fra le nuvole era l'allegoria perfetta per le sue ambizioni.

Il suo ufficio si trovava al ventitreesimo piano di un grattacielo, il suo appartamento al diciannovesimo di un altro. A parte il panorama che si godeva da lassù, nella città fra le nuvole si viveva velocemente e, per questo, bisognava essere sempre al passo con l'accadere delle cose, non solo nel mondo degli affari. Il rischio era rimanere indietro ed essere tagliati irrimediabilmente fuori.

Di solito, si scendeva di sotto solo per gli spostamenti o per fare shopping nelle boutique del Quadrilatero, per provare la cucina sperimentale di un nuovo ristorante, per andare a bere in un locale di tendenza oppure per una serata alla Scala. Gli abitanti della città fra le nuvole erano frivoli e consapevoli della propria leggerezza. Chi non è leggero non può volare. Pur vivendo come divinità pagane, non avevano alcun rapporto con la spiritualità. Chef e bartender erano i loro guru. Il personal trainer come unico consigliere. Si erano sbarazzati dell'idea di una vita eterna e avevano ottenuto in cambio la promessa di un piacere immediato, sicuro. Una felicità effimera per cui non dovessero sentirsi in debito oppure in colpa.

Questo modo perfetto di esistere, di stare al mondo, aveva riguardato direttamente Serena fino a quel pomeriggio di giugno. Ma adesso tutto quanto, ogni certezza rischiava di crollare. Ora ogni cosa sembrava imperfetta o, perlomeno, non adatta a lei.

A cominciare da quell'asettico ambulatorio medico.

L'azzurro improbabile delle pareti che la circondavano. I poster con paesaggi anonimi piazzati lì senza alcuno scopo estetico, solo per riempire il vuoto sui muri. Il lampadario coi neon che incombeva sulla sua testa, acceso anche di giorno. Il lettino su cui era seduta con le gambe penzolanti. La carta ruvida che ricopriva la superficie sotto le sue natiche. I piedi magrissimi infilati in assurde ciabattine di plastica rosa, così grandi che le dita spuntavano e sembrava stessero per precipitare una dopo l'altra sul pavimento di linoleum. Il ridicolo camice coi fiorellini che le avevano consegnato in cambio dei suoi vestiti firmati.

Con assoluta evidenza, era tutto sbagliato. O forse era Serena a essere fuori posto. Forse, semplicemente, lei non avrebbe dovuto trovarsi lì. Sì, era proprio così.

Ma l'errore in assoluto più imperdonabile in quell'ambiente estraneo era la finestra che dava sul cortile interno dell'edificio. Lì c'erano i cassonetti dei rifiuti condominiali accanto ai motori degli impianti di climatizzazione, collegati a una conduttura di metallo che si arrampicava fino al tetto e che produceva un murmure costante, tanto impercettibile quanto penetrante e insopportabile. Oltre l'unico muro di cinta, s'intravedeva il traffico delle auto e dei passanti.

Per Serena era tutto nuovo. I volti delle persone che camminavano per strada o prendevano il tram, i loro abiti scoordinati, i modi di fare oppure come interagivano fra di loro. Sembravano appartenere a un altro tempo, a un altro pianeta.

Anche sbirciando oltre le finestre degli appartamenti vicini, appariva tutto strano. Nelle abitazioni vuote, che attendevano il ritorno degli inquilini in uno stato di quieta immobilità, c'erano oggetti che lei non avrebbe mai acquistato. Invece qualcuno l'aveva fatto, e per lei era sorprendente. Una lampada con le fattezze di Marilyn Monroe. Mobili in stile *shabby chic*. Animaletti di finto cristallo. Quelle cose non erano semplicemente *kitsch*. Erano obbiettivamente brutte. E non erano il frutto di un errore di giudizio o di semplice cattivo gusto.

Dietro ognuna di esse si celava tutta una serie di scelte di vita sbagliate.

In una cucina c'era una giovane donna che, verosimilmente, aveva la sua stessa età. Bastò questo dettaglio a far scattare una sorta di immedesimazione. Il fatto che la donna non fosse al lavoro e che si stesse dedicando alle faccende domestiche la inorridì. O forse il suo lavoro era proprio quello. E si trovava a casa di qualcun altro. Anche questo pensiero era sgradevole.

Che ci faccio in questo posto? si ripeté Serena. Si rese conto che non si era mai soffermata a osservare la città dal basso. Non le piaceva, voleva tornare al livello che le competeva. Quello in cui, affacciandosi da una finestra, gli altri apparivano tanto piccoli da risultare insignificanti.

Invece era bloccata lì da ore, seminuda e in balia di medici che non conosceva e che l'avevano sottoposta a una serie di esami più o meno invasivi, ponendole domande sempre più imbarazzanti. E adesso che la tortura e gli interrogatori sembravano finalmente terminati, una dottoressa l'aveva abbandonata in quella stanzetta con la promessa di tornare presto con delle risposte.

Nel frattempo, il «presto» era diventato quarantacinque lunghissimi minuti.

Serena doveva fare pipì e, ciò che era peggio, non aveva con sé lo smartphone. Il cellulare sarebbe stato un'utile via di fuga, ma si trovava nella borsa che aveva lasciato in uno spogliatoio insieme ai vestiti. Non aveva chiesto che le fosse restituito al termine del check-up, perché non poteva immaginare che l'attesa del responso si sarebbe protratta oltre il limite della sopportazione. Allora, per non pensare, era stata costretta a guardarsi intorno e a guardare fuori dalla maledetta finestra, esplorando un mondo a cui non apparteneva.

E la causa di tutto il disagio era la maledetta indigestione.

Quella iniziata due settimane prima. Quando, mentre era a cena in un etnico stellato, si era dovuta alzare da tavola e correre in bagno per vomitare un'intera coppa di *curanto*, giurando a se stessa che non avrebbe mai più mangiato carne e crostacei mescolati nella stessa pietanza. Da quel momento la nausea era stata una costante delle sue giornate, accompagnata da crampi allo stomaco e senso di vertigine. Si era nutrita di integratori, cracker e gallette. A volte, però, non riusciva a mettere nulla nello stomaco.

Era a capo di un dipartimento strategico per gli investimenti ad alto rischio ed elevato rendimento di una banca d'affari, ed era diventata sfacciatamente ricca come i suoi clienti. Nell'ambiente la chiamavano «lo squalo biondo», la rispettavano e la temevano. Ma, solitamente, gli squali biondi non potevano permettersi nemmeno la più piccola *défaillance*. E stava arrivando la scadenza del primo semestre, Serena doveva impostare il nuovo portafoglio titoli e ribilanciare il budget. Per farla breve, si trovava nel bel mezzo del più incasinato periodo dell'anno e non poteva sgarrare.

Temendo che si ripetesse la stessa incresciosa situazione della sera al ristorante, aveva organizzato i propri impegni in modo che le riunioni coi clienti o col suo staff non durassero più di mezz'ora. Ma non era bastato. Aveva già rimandato due volte un viaggio di lavoro a Francoforte e un weekend a Formentera, annullato le lezioni di *pilates* ed evitato di sottoporsi alle due ore di allenamento quotidiano in palestra. La dieta forzata, di cui non aveva assolutamente bisogno, si stava ripercuotendo negativamente sulla muscolatura, specie su quella del suo ventre piatto. Ma quando aveva provato a ingurgitare delle proteine, l'organismo le aveva rigettate neanche fossero veleno.

Come se non bastasse, non dormiva affatto oppure faceva fatica a svegliarsi la mattina. Il suo aspetto era sempre più emaciato e, per camuffarlo, era ricorsa a quantitativi di trucco inimmaginabili per lei che, invece, si era sempre vantata di aver ricevuto in dono una pelle luminosa. L'alito aveva un cattivo odore, perfino le unghie si stavano sfaldando. I capelli biondi avevano perso volume e ne stava disseminando in giro più del solito.

Subodorando qualche male incurabile, finalmente si era decisa a rivolgersi a qualcuno che potesse svelarle l'origine della sua indisposizione. Se la diagnosi fosse stata realmente infausta, non aveva alcun piano d'azione. E ciò era strano per chi, come lei, era abituato a controllare tutto.

Non aveva una famiglia su cui contare. Da tempo aveva raffreddato i rapporti coi propri genitori. Era figlia unica e i suoi erano divorziati. Entrambi si erano risposati e lei non aveva mai legato coi nuovi fratelli. Praticamente, non aveva più contatti.

Quanto agli amici, erano pochi e selezionati. Quei legami erano stati coltivati apposta per condividere esperienze piacevoli, senza sentirsi costretti a fare altrettanto per quelle incresciose. Pertanto, non avrebbe potuto biasimare gli amici se non avessero voluto occuparsi del suo male terminale. Il patto implicito era che, al loro posto, anche lei sarebbe stata esentata da qualsiasi obbligo morale.

Arrivata a questo punto, non rimpiangeva di non aver avuto un marito e dei figli. A trent'anni erano idee lontanissime da lei, e sicuramente lo sarebbero state anche a cinquanta. La sua era un'esistenza ambita, voluta, programmata con risolutezza. Perfino la sua bellezza fuori dal comune era stata educata perché non venisse percepita dagli altri come un ingiusto vantaggio. Sobrietà era sempre stata la sua regola. Col suo cervello e la caparbietà, non aveva mai avuto bisogno di scorciatoie.

Ma adesso, con i capelli raccolti da un elastico in una coda arrangiata e le mani che cincischiavano da quasi un'ora un fazzolettino di carta ormai ridotto a brandelli, Serena provava una pena immensa per se stessa. Pena e disagio. Le scoppiava la vescica e, sebbene i condizionatori nell'ambulatorio medico fossero regolati per mantenere la temperatura stabile sui ventitré gradi, aveva freddo.

Si ripeté che era solo una «maledetta indigestione». Una di quelle intossicazioni alimentari che potevano durare settimane prima che l'organismo riuscisse a depurarsi completamente. Però, in una parte remota della sua mente, non poteva fare a meno di chiedersi cosa stesse realmente covando il suo fisico in apparenza perfetto. Un ospite indesiderato con uno di quei nomi complicati che conoscono solo i dottori. Quando lo senti pronunciare per la prima volta, ti rendi conto che presto diventerà familiare anche per te. Come il parente acquisito che ti sta sulle scatole ma che sei costretto a sopportare malgrado non sia sangue del tuo sangue.

Serena provava a scacciare i brutti pensieri. Per questo si ostinava a guardare fuori dalla finestra. Forse avrebbe dovuto invidiare la donna alle prese con le faccende domestiche nella cucina dell'appartamento al lato opposto del cortile. Ma, per quanto si sforzasse, non riusciva a desiderare di prendere il suo posto.

'Fanculo le casalinghe e le madri di famiglia. *'Fanculo* le mogliettine. *'Fanculo* quelle che si accontentano di un solo uomo. *'Fanculo* quelle che la danno via solo per sentirsi desiderate. *'Fanculo* quelle che si accontentano.

Mentre imprecava dentro di sé, quando ormai il silenzio era diventato così opprimente da non riuscire più a resistere all'attesa, la porta della stanzetta si aprì senza che la dottoressa si premurasse di bussare.

Dopo essersi richiusa l'uscio alle spalle, si avvicinò al lettino stringendo al petto una cartelletta. Sfilò il primo foglio del blocco e glielo porse. «Abbiamo i risultati degli esami» sentenziò.

Serena prese in consegna il pezzo di carta ostentando sicurezza, ma la mano le tremava debolmente. Quindi lo lesse. Stupore. Ogni congettura, ogni previsione si era rivelata errata. «Ne siete proprio certi?» domandò, con un nuovo terrore nella voce.

La dottoressa la osservò come si guarda qualcuno che ha appena bestemmiato in chiesa. «Sì» ribadì, sorpresa ma anche segretamente divertita.

Serena si portò istintivamente le mani in grembo, ma senza avere il coraggio di abbassare lo sguardo sugli addominali scolpiti che attualmente erano nascosti sotto al buffo camice coi fiorellini.

La dottoressa si sentì in dovere di aggiungere un piccolo dettaglio chiarificatore. «A volte capita che non ci siano segni evidenti prima del quarto mese.»

2

Mentre rientrava nel suo ufficio nella città alta, con la città bassa che le sfilava davanti al finestrino del taxi, Serena ripensava al dialogo surreale con la dottoressa che era seguito alla notizia di essere incinta.

«E quindi cosa possiamo fare?» aveva chiesto subito lei, alludendo con quel plurale al fatto che non avrebbe accettato un responso che non includesse una soluzione. Il tono della domanda conteneva una velata minaccia, quasi ritenesse il medico coinvolto a pieno titolo in quanto stava accadendo e ciò solo per il fatto di averla informata.

Forse vedendo il panico che dilagava nello sguardo di Serena, l'altra aveva sfoderato un sorriso indulgente. «Per legge, a meno che non sussista un concreto pericolo per la salute fisica o psichica della madre, non si può praticare un'interruzione volontaria di gravidanza dopo novanta giorni di gestazione, che corrispondono a dodici settimane e sei giorni.»

«Bene, poco fa ha detto che non sono ancora al quarto mese» aveva ribattuto lei, speranzosa.

Il sorriso della dottoressa aveva lasciato il posto a un'espressione rammaricata. «Lei ha superato il termine legale di un paio di settimane.»

Esattamente il periodo dell'indigestione, calcolò Serena abbassando un poco il finestrino del taxi. L'esserino che nuotava dentro di lei, forse presagendo la sua reazione nell'apprendere una simile notizia, era rimasto acquattato in silenzio il tempo necessario a oltrepassare la soglia di legge. Una volta al sicuro, aveva deciso di rivelare la propria presenza in maniera devastante. Mi conosce bene e possiede anche rudimenti di diritto, si disse, pensando che attribuire la coincidenza al caso fosse troppo riduttivo per la sua sagacia. La riprova del ragionamento era che, dopo l'annuncio di quel pomeriggio, le sue nausee erano cessate di colpo.

Il feto non aveva più bisogno di farsi notare.

Le scappò un sogghigno divertito. Ma lo represse quasi subito. Non aveva alcuna intenzione di familiarizzare con l'idea di avere un altro essere umano nella pancia.

Stranamente, non si era ancora posta il problema di come ci fosse arrivato.

Prima di tutto: quando era successo? Avrebbe dovuto chiederlo alla dottoressa, ma Serena era stata colta dall'ansia improvvisa di sfilarsi il camice coi fiorellini e lasciare in fretta l'ambulatorio.

«Vada dalla sua ginecologa per farsi seguire» era stata l'ultima raccomandazione del medico mentre lei varcava la soglia dell'asettica stanzetta, in cerca dello spogliatoio coi vestiti. La sua ginecologa era l'ultima persona a cui si sarebbe rivolta, visto che la spirale che avrebbe dovuto tenerla al riparo da simili guai non aveva funzionato. Come se non bastasse la beffa, il progesterone del mezzo contraccettivo le aveva comunque fatto sparire le mestruazioni, privandola di un prezioso campanello d'allarme.

Era rimasta incinta a cavallo fra gennaio e febbraio, si disse, risolvendo da sola l'enigma del tempo. Dopodiché, fu possibile rispondere alla seconda domanda che le venne in mente. Il «dove» era accaduto era semplice: a Bali, durante una settimana di vacanza con quattro amiche al Bulgari Resort. Non si erano risparmiate nulla durante quei sette giorni, trascorsi quasi ininterrottamente fra la spiaggia, le feste e le feste sulla spiaggia.

Assodati il dove e il quando, rimaneva da stabilire il «chi». Il dilemma più complicato. Faticava a riferirsi a lui come al «padre», perché ciò avrebbe comportato qualificare se stessa come la «madre».

Il corresponsabile poteva essere il surfista di Pandawa Beach. Lunghi capelli, occhi azzurri. Il suo unico abbigliamento erano un pareo annodato alla vita e una collanina di corallo. Spalle larghe e addominali da urlo. Un dragone tatuato sul polpaccio destro.

L'aveva notato intorno al grande falò, mentre il sole tramontava.

Anche lui la guardava. Si erano mangiati reciprocamente con gli occhi per un po' e poi, mentre un'orchestrina gamelan si occupava di far danzare i presenti intorno al fuoco al suono di una melodia carica di misticismo, si erano staccati dalla piccola tribù, ritrovandosi a camminare mano nella mano sulla battigia, senza neanche parlare. Quando avevano capito di essere abbastanza lontani dal ritmo dei tamburi e degli xilofoni, lui l'aveva fatta distendere sulla sabbia e, al riparo della notte stellata, le aveva sfilato l'abito di lino bianco, slacciandosi il pareo dai fianchi per montare su di lei. Serena ricordava ancora il calore del suo corpo abbronzato, il sapore di salsedine della sua pelle combinato a un odore di foresta. Gli aveva lasciato l'iniziativa e lui aveva fatto di lei quel che credeva. Quando si era sentita appagata, si era alzata e, senza una parola, era tornata tutta sola verso la festa.

Non aveva bisogno nemmeno del suo nome.

Oppure era stato il biondino norvegese che indossava una ridicola camicia con grandi orchidee dorate. Con lui era stato diverso perché, prima del rapporto, avevano perfino chiacchierato. Si erano conosciuti in un bar a Benoa Bay. Ricordava di avergli fornito un'identità falsa e, probabilmente, lui aveva fatto altrettanto, perché all'inizio della serata aveva detto di chiamarsi Kevin che poi però era diventato Karl. Non c'era ragione di essere sinceri, tanto entrambi sapevano che, dopo quella sera, non si sarebbero più rivisti.

L'incontro di sesso sarebbe diventato un souvenir per la memoria, su cui fantasticare e con cui consolarsi nell'inverno della vita.

Per procurarsi un alibi alcolico, avevano bevuto arrak mischiato con succo di frutta. Lui aveva blaterato qualcosa circa un lavoro come informatico e una start-up appena venduta per qualche milione. Lei si era finta interessata e poi, quando si era sentita abbastanza disinibita, gli aveva preso la mano e se l'era infilata fra le gambe.

Una stanza in un albergo vicino. La luce e i rumori della strada che penetravano dalle persiane di bambù. Sul soffitto le pale di un ventilatore che giravano pigre, mescolando aria calda con odori di spezie e di cibi di varia natura e i gas di scarico delle macchine di passaggio.

All'alba si erano detti addio senza rimpianti.

Il terzo della sua lista balinese era un cinquantenne incontrato il giorno prima di rientrare a Milano. L'uomo alloggiava al suo stesso resort. Era lì da solo. Nessuna moglie o fidanzata, nessun amico. Modi eleganti e un aspetto vagamente orientale, aveva detto di chiamarsi Neal – nient'altro. Era un commerciante di preziosi venuto a consegnare un gioiello particolare a un cliente importante. Poi però Neal aveva deciso di fermarsi per concedersi una breve vacanza. Parlava un inglese impeccabile e anche francese, ma non si riusciva a intuirne la provenienza. Si erano conosciuti di giorno, sulla spiaggia. Si erano ritrovati a occupare lettini attigui. Non rammentava da dove fosse scaturita la conversazione, ma solo che avevano iniziato quasi subito a parlare della curiosa coincidenza che fra il personale indigeno del resort ricorressero sempre gli stessi nomi, indipendentemente dal fatto che si trattasse di femmine o maschi. Neal le aveva cortesemente spiegato che a Bali i bambini venivano denominati in base all'ordine di nascita. I primogeniti si chiamavano Wayan, i secondi Made, i terzi Nyoman e i quarti Ketut. E se una famiglia aveva più di quattro figli, il giro ricominciava con l'aggiunta di un secondo nome: Balik, che significa «un altro». Quindi Wayan Balik era «un altro o un'altra Wayan». E così, nel caso, c'erano anche «un altro o un'altra Made», Nyoman Balik o Ketut Balik.

Serena si era sentita impacciata nei panni della classica turista che sa poco o niente della cultura del paese che la ospita. Lui l'aveva tolta subito dall'imbarazzo, spostando l'argomento sulle sue letture: Serena aveva portato con sé sulla spiaggia un romanzo di Martin Amis e un altro della Fallaci e, come era solita fare, passava dall'uno all'altro a seconda del proprio stato d'animo. Neal si era detto divertito da quell'abitudine. Avevano trascorso insieme un intero pomeriggio, condividendo interessi letterari o gusti musicali. Durante l'atto sessuale era stato attento e premuroso, doti alquanto rare fra gli uomini che Serena aveva incrociato fino ad allora. Si era congedato da vero gentleman. Per evitare sguardi imbarazzati, non si era presentato alla cena comune di quella sera. Ma, il giorno della partenza, alla reception del resort qualcuno aveva lasciato per lei un libro di Gillian Flynn.

Adesso, chiusa nel taxi, bloccata in mezzo al traffico di Milano, Serena non poteva fare a meno di domandarsi se fosse davvero lui il prescelto dalla sorte. Il fatto che, appena incontrati, avessero parlato subito di nomi e di figli poteva rappresentare un segno?

Il bello delle vacanze era potersele mettere alle spalle per programmare le successive. Tuttavia, Serena aveva il sospetto che, da quel momento, il suo concetto di villeggiatura sarebbe mutato per sempre. Il prossimo viaggio di piacere sarebbe stato condizionato dal ricordo di quell'esperienza.

Riesaminò ancora una volta i profili di quei tre semisconosciuti, entrati e usciti dalla sua vita alla velocità di una bella scopata. Uno di loro non avrebbe mai saputo di essere il padre dell'ospite clandestino del suo utero. Avrebbe continuato a vivere la propria vita senza alcun presentimento o preoccupazione, beatamente ignaro. E un giorno sarebbe morto senza il ben che minimo scrupolo di coscienza.

Se avesse dovuto decidere a quale dei tre attribuire l'onore, Serena non avrebbe saputo scegliere. Che fosse stato il surfista con gli occhi blu, il biondino norvegese oppure Neal il gentleman coi tratti orientaleggianti, per lei non cambiava molto. Poiché il segreto pulsante che celava in grembo non era affatto desiderabile.

Avrebbe potuto scoprirlo dalle sembianze del neonato. Ma Serena aveva già deciso che non sarebbe successo.

Visto che la gravidanza era in uno stadio già troppo avanzato e che perciò l'aborto non era una soluzione contemplabile, si era aggrappata a un discorsetto della dottoressa.

«Una volta arrivata a termine, può darlo in adozione. Non sarebbe certo la prima, è molto più frequente di quanto immagina. Il tutto avviene nel più assoluto anonimato. Il neonato viene preso in carico dai servizi sociali direttamente in sala parto. Non è nemmeno costretta a vederlo.»

3

Siccome era abituata a pianificare da sempre ogni minimo aspetto della propria vita, Serena decise di affrontare la gravidanza nello stesso modo. Una rigida organizzazione era la maniera più efficace per evitare imprevisti e, soprattutto, coinvolgimenti emotivi. Per distaccarsi doveva considerare ciò che le stava capitando alla stregua di un'operazione da portare a termine.

Venticinque settimane. Avrebbe dovuto resistere per sole venticinque settimane. Poi tutto si sarebbe risolto da sé.

Per dimostrarsi positiva riguardo all'esito della faccenda, aveva pensato subito al dopo. Sbrigata la pratica, per premiare il proprio impegno sarebbe fuggita tutta sola su un'isoletta sperduta, a farsi accarezzare dal sole. E, al ritorno, avrebbe rinnovato interamente l'aspetto del proprio appartamento, spendendo cifre vergognose per mobili di design fra i vari atelier di arredamento di Milano.

Una volta stabilita la ricompensa, pensò al resto.

Scelse un ginecologo discreto e comprensivo che la seguisse per il tempo che mancava al parto, previsto per novembre. Avrebbe adeguato la propria dieta e le proprie abitudini alle indicazioni del medico e si sarebbe attenuta scrupolosamente a tutte le prescrizioni. Si sarebbe sottoposta alle visite necessarie e avrebbe effettuato gli esami di routine. Comportandosi da gestante modello, avrebbe assolto il proprio impegno nei confronti del nascituro.

Dopodiché, non avrebbe avuto più obblighi verso di lui o verso di lei.

Non volendo condividere con nessuno questa sua nuova condizione, sia fra i conoscenti che sul posto di lavoro, avrebbe modificato il proprio look indossando abiti più ampi per nascondere le inevitabili rotondità. E gli ultimi mesi, quando l'espediente estetico si sarebbe rivelato inutile, si sarebbe eclissata con gli amici e avrebbe iniziato a peregrinare fra le filiali estere della banca d'affari. Non avrebbe dovuto giustificare il pancione coi colleghi stranieri che avrebbe frequentato solo per brevi periodi e sarebbe tornata a Milano giusto un paio di settimane prima del parto.

Per la scadenza aveva già fissato una clinica privata. Stanza singola con tutti i confort.

Per non rischiare di incorrere in futuro nello stesso tipo di «incidente», aveva contestualmente prenotato una salpingectomia bilaterale. L'asportazione di entrambe le tube le avrebbe impedito di riprodursi nuovamente. Ma non era una decisione sofferta. Anzi, proprio ciò che le stava capitando rafforzava la sua convinzione. Era consapevole che molte donne l'avrebbero giudicata male per questo. In verità, non le importava. Però decise lo stesso che la sua scelta sarebbe rimasta un segreto.

Nelle settimane successive, durante le ecografie di rito, non aveva mai osservato lo sviluppo fetale nel monitor, preferendo guardare da un'altra parte. Non aveva voluto ascoltare il battito cardiaco e non aveva mai chiesto di conoscere il sesso del nascituro.

Man mano che quell'esserino cresceva dentro di lei, non aveva cambiato idea.

Non potendo controllare i propri ormoni, temeva che sbalzi e cambiamenti d'umore la facessero tentennare. Solo una volta aveva avuto una specie di cedimento, ma non nel senso di scoprire un improvviso istinto di maternità.

Era accaduto proprio all'inizio, in palestra, durante una sera come tante.

Su consiglio del medico, aveva ridotto drasticamente l'attività fisica per non nuocere alla salute del feto. Per lei era una grossa rinuncia: il suo organismo era drogato di endorfine e serotonina, scatenate da un intenso allenamento. Ne aveva bisogno a livello cerebrale, per sentirsi sempre efficiente e scattante nel lavoro. Nel suo ambiente, molti ricorrevano alle droghe, specialmente alla cocaina. Quelli come lei, invece, ottenevano lo stesso effetto attraverso lo sforzo e la fatica. Non era facile disintossicarsi da una simile abitudine, però Serena ci stava riuscendo bene.

Tranne un giorno fatidico.

Verso le ventitré, la palestra si era svuotata e lei era rimasta sola. Occupava una postazione in fondo alla fila di tapis roulant, davanti a una vetrata che affacciava sul panorama notturno della città. Il ritmo della sua corsa era costante, senza forzare troppo, così come le era stato consigliato. In sottofondo, musica classica. Sopra gli short, Serena indossava una felpa nera. Aveva legato i capelli e teneva un asciugamano bianco intorno al collo con cui ogni tanto si tergeva le goccioline sul viso e la fronte.

Secondo il display, mancavano un paio di minuti al timer che aveva fissato all'inizio della corsa, ma lei aveva già percorso otto chilometri. Li riteneva sufficienti. Allungò un braccio per fermare il tappeto mobile, ma sbagliò pulsante premendo accidentalmente quello che accelerava l'andatura. La colse un inaspettato impulso. Invece di correggere l'errore, assecondò l'apparecchio allungando il passo. Intanto, continuava a tenere la mano appoggiata sul touch screen.

Poco dopo, digitò di nuovo il comando per aumentare la velocità. Una prima volta, poi una seconda e una terza. Finché non cominciò a sentire i polpacci pulsare come un tempo, quando era normale per lei spingersi oltre quel limite. I muscoli vibravano, il sudore iniziò a grondarle dalla faccia e lungo la schiena. Avrebbe voluto disfarsi della maledetta felpa. Digrignò i denti con rabbia, gettandosi disperatamente in quell'impresa folle e solitaria per sfidare i propri limiti. Non sapeva cosa le fosse preso. O forse lo sapeva fin troppo bene. In fondo al cuore, desiderava che quel bambino si stancasse di vivere dentro di lei e la liberasse.

Facciamola finita. Qui, adesso.

L'assurdo tentativo di stanarlo fu interrotto da una fitta improvvisa al basso ventre che la piegò in due, costringendola a schiacciare repentinamente il pulsante del blocco d'emergenza. Il tappeto si arrestò sotto di lei, il dolore le tolse il fiato e le piegò le ginocchia. Riuscì a malapena ad afferrarsi al corrimano, mentre con l'altro braccio si cingeva la pancia. Lo spasmo non accennava a passare ed era così violento che Serena non era in grado di riaprire gli occhi. Pensò di stare per morire. Poi la sensazione svanì così com'era arrivata, senza lasciare strascichi. E lei si sentì di nuovo bene, come se non fosse accaduto nulla. Però la minaccia nella sua testa era fin troppo chiara.

Non ti sbarazzerai così facilmente di me. E, nel caso, andremo a fondo insieme. Da quella volta, non fu più tentata dal ripetere l'esperimento.

Aveva letto da qualche parte che alle donne gravide capitava qualcosa di magico fra la quattordicesima e la ventesima settimana, quando iniziavano a percepire i movimenti fetali. Per lo stesso motivo, Serena valutò che per lei poteva essere il momento più difficile. Pur ferma sulle proprie convinzioni e certa di non possedere alcun afflato materno, non poteva sapere come avrebbe reagito davanti a qualcosa mai sperimentato prima e che nelle altre gestanti provocava uno sconvolgimento.

Fino ad allora, Serena non era pienamente conscia che, ovunque andasse o qualunque cosa facesse, insieme a lei ci fosse sempre un'altra persona.

La presenza si manifestò un pomeriggio, sulla scaletta di un aereo in partenza per New York. Fu qualcosa di quasi impercettibile. Poteva essere facilmente scambiato per un normale subbuglio di stomaco. Ma la durata la convinse che si trattava di tutt'altro. Un secondo in meno e avrebbe avuto un dubbio. Invece così era inequivocabile.

Quel moto non veniva da lei. Era stato qualcun altro a provocarlo, *dentro di lei*.

Da quel momento l'esperienza si ripeté sempre più spesso, senza produrre alcun sconquasso emotivo che la spingesse a cambiare i propri piani. Serena non si scompose nemmeno quando arrivarono quelli che sembravano piccoli calci ben assestati sui vari organi interni. Era un fastidio gestibile. Tranne di notte, quando il sisma interiore le impediva di dormire bene.

Ma anche quel problema fu risolto con successo.

Spingendo un carrello colmo di cibi *healthy* per le corsie di un supermercato, si fermò inaspettatamente davanti a un vasetto di Nutella. Ogni sera, prima di coricarsi, Serena ingurgitava tre cucchiaini di quella robaccia marrone e, così facendo, scoprì di poter placare facilmente il suo irrequieto ospite.

A parte questo, tutto procedeva per il meglio e lei si stava avviando rapidamente verso il parto che avrebbe risolto tutti i suoi impicci.

Era sempre più convinta di lasciare che qualcun altro crescesse il bambino o la bambina e non mancava mai di rimarcarne a se stessa gli aspetti positivi. Per esempio, tutte le implicazioni future legate alla crescita di un figlio o di una figlia. Si sarebbe evitata i disordini dell'adolescenza o la definizione di una carriera scolastica. I primi amori, i primi bollori, le prime delusioni. In realtà, nell'immediato non doveva nemmeno occuparsi di apprestare un corredino, di acquistare una culla o una carrozzina o di predisporre una cameretta. Niente poppate o biberon nel bel mezzo della notte. Niente pediatri, coliche gassose e primi dentini. Niente rigurgiti e omogeneizzati. Niente pannolini.

La prima tutina del neonato l'avrebbe fornita la clinica privata. Era inclusa nel servizio che stava pagando.

E non doveva sceglierli un nome. Quel compito sarebbe toccato, insieme alle altre incombenze, alla famiglia di adozione.

Serena non avrebbe mai saputo chi fossero i genitori adottivi. Non li avrebbe mai visti. O forse sì, magari in futuro, per caso. Ma non sarebbe stata in grado di riconoscerli. E la stessa cosa sarebbe successa col nascituro, se mai se lo fosse o se la fosse ritrovata davanti. Ne era sicura.

Il richiamo del sangue era una scusa buona per i romantici. Non aveva alcun fondamento nella vita reale. Aveva sentito dire che oltre il quaranta percento degli esseri umani ignorava di non essere figlio del proprio padre. E siccome lei stessa non avvertiva alcun legame con la famiglia che si era lasciata alle spalle molti anni prima, forse il feto che portava in grembo aveva ereditato quel gene fortunato. Lo stesso che adesso le rendeva così facile raggiungere lo scopo che si era prefissata.

Separarsi per sempre da lui o da lei.

L'idea avrebbe dovuto ferirla in qualche modo. A dodici anni, per esempio, le avevano regalato un coniglio d'Angora. All'epoca viveva con la madre e il patrigno. Dopo soli tre giorni, i suoi erano stati costretti a sbarazzarsi dell'animale per via di un'imprevista allergia di un fratellastro. In quell'occasione, Serena aveva sperimentato un dolore sconosciuto, quasi insopportabile. Ne aveva ancora chiaro il ricordo. Ora temeva che, dopo il parto, avrebbe provato la stessa sofferenza. Il paragone era azzardato, ma la paura era più che legittima. Tuttavia, mentre si avvicinava il momento fatidico, la preoccupazione scemava, confortata dalla certezza di non avere molto da offrire a un nuovo essere umano in quanto a spirito materno oppure a semplice empatia.

Persuasa di essere nel giusto e che non ci sarebbe stato alcun ripensamento, nonché di aver preso la decisione migliore per il destino del nascituro, Serena tornò dal suo ultimo viaggio di lavoro all'estero, come previsto, due settimane prima di ricoverarsi in clinica.

All'arrivo a casa dall'aeroporto a tarda sera, si preparò una semplice tisana e la bevve in piedi, nel buio e nella calma della sua cucina. Fece una doccia calda con l'intenzione di mettersi presto a letto. Da quando la sua pancia era diventata un enorme ingombro, non si guardava più allo specchio. Si limitava a una rapida occhiata riassuntiva, per carpire dall'impietoso riflesso se avesse almeno un aspetto presentabile.

Tuttavia, i suoi giorni sciatti stavano per terminare. La promessa non detta era che, dopo, sarebbe riapparsa la Serena di un tempo. E con lei sarebbero tornate le scarpe col tacco, gli abiti della giusta taglia, l'alcol, il sushi, le ostriche e il prosciutto crudo.

Ma quella stessa notte il piano portato avanti con disciplina e in maniera indefessa avrebbe subito un brusco cambiamento. Verso le tre del mattino, Serena fu svegliata da un improvviso quanto inspiegabile malessere. Si ritrovò a vagare per casa, stordita. Si appoggiava alle pareti per non perdere l'equilibrio.

Nonostante la mente offuscata, intuì la gravità di ciò che stava per accadere.

Prese il telefono per chiamare i soccorsi, ma non era sicura di riuscire a parlare. Con quel po' di lucidità che le restava, pensò alle cordicelle d'emergenza presenti in tutti i bagni dell'appartamento. Tirandone una, avrebbe fatto scattare un allarme nella portineria del lussuoso grattacielo in cui viveva e qualcuno sarebbe giunto ad aiutarla. Almeno così era assicurato nel dépliant fornito dalla prestigiosa agenzia immobiliare che le aveva venduto la casa.

La cordicella più vicina si trovava in un bagnetto di servizio, adibito a ripostiglio dalla sua donna delle pulizie.

Entrando, Serena accese la luce sullo specchio. Puntò il filo che penzolava all'interno di una doccia che non veniva mai usata. Si trascinò verso di esso. Muovendosi goffamente nello spazio angusto, inciampò nel cavo dell'aspirapolvere e fece cadere alcuni flaconi di detersivo dagli scaffali, che le finirono fra i piedi. Maledisse Admeta, la domestica, ma non si arrese. Allungò un braccio per afferrare la pallina rossa all'estremità della corda. Ebbe la sensazione di toccarla, ma non ne era del tutto sicura, poiché il piccolo mondo che aveva intorno si ribaltò davanti ai suoi occhi. O, più verosimilmente, fu lei a perdere i sensi e a precipitare sul pavimento di piastrelle.

L'avrò tirata? si chiese, colta da un dubbio spaventoso.

Con la guancia e lo zigomo schiacciati sulla fredda ceramica, mentre le sue energie si scaricavano rapidamente, prima di perdere i sensi si ritrovò a fissare la confezione blu di un detergente liquido che, come lei, era caduto per terra.

Lesse sull'etichetta «Profumo d'Aurora».

Che razza di odore sarebbe? Rifletté se fosse più insensato il nome attribuito da qualche esperto di marketing a una fragranza di chiara origine chimica oppure la sua domanda in un simile momento.

Poi fu come se qualcuno spegnesse la luce.

Il buio che seguì fu così netto che, quando riaprì gli occhi, le sembrò che fossero trascorsi appena pochi istanti.

Il coma in cui aveva galleggiato si dissolse. Si aspettava di ritrovarsi davanti il flacone blu di detergente al profumo d'Aurora, invece era in una stanza di rianimazione.

Il primo pensiero fu che, in effetti, era riuscita a tirare la cordicella d'emergenza. Altrimenti la sua presenza in quel posto sarebbe stata inspiegabile.

Poco dopo, ricevette la visita di un'infermiera e poi quella di un dottore. Entrambi ci tennero a tranquillizzarla, a dirle che era stata molto fortunata, che sarebbe stata bene come prima e che presto l'avrebbero dimessa.

Dalle loro parole, scoprì anche che erano passate tre settimane.

In quel lasso di tempo erano accadute varie cose. I chirurghi avevano rimediato a un'emorragia uterina, salvandole la vita. E, invece che nella clinica privata, si trovava in un grande ospedale dove nessuno era a conoscenza delle sue intenzioni di dare in adozione il neonato che avrebbe partorito.

Le mostrarono uno sgorbietto che, secondo loro, era una bambina e, siccome non sapevano come chiamarla, le chiesero che nome avesse scelto per lei. Serena non ebbe la forza di replicare o di spiegare alcunché e pensò di ripetere la prima cosa che le venne in mente.

Profumo d'Aurora suonava un po' azzardato come nome.

«Aurora» disse soltanto.

4

A causa del modo rocambolesco in cui Aurora era venuta alla luce, conoscenti e colleghi di Serena avevano appreso che era in pericolo di vita e, simultaneamente, che era incinta. Si rese conto che non sarebbe stato facile condividere con loro la vera ragione per cui aveva tenuto nascosta la gravidanza e, soprattutto, la decisione di dare via la bambina. Il modo più semplice per distrarre tutti da una bugia protrattasi per mesi e per evitare che si facessero troppe domande era accettare il fatto di essere una madre.

L'esistenza di Aurora azzerava ogni possibile pettegolezzo, ogni speculazione. E ogni giudizio.

Altrimenti, nessuno avrebbe realmente compreso la verità. L'avrebbero semplicemente marchiata come una donna incapace di gestire i propri impulsi, che aveva finito per farsi ingravidare dal primo sconosciuto a Bali.

E, a proposito del padre, Aurora non assomigliava a nessuno fra i tre pretendenti a quel ruolo. Non aveva gli occhi azzurri del surfista, né i colori nordici dell'informatico norvegese e nemmeno i tratti orientaleggianti del gentleman.

Guardandola per la prima volta, Serena si rese conto che la figlia era la sua copia, come l'avesse concepita da sola.

Sono un lombrico, si diceva, pensando alla partenogenesi con cui si riproducevano alcuni vermi.

L'unica cosa che le differenziava erano i capelli biondi. Quelli della figlia invece di essere semplicemente mossi erano ricci. Una montagna di ricci dorati che, crescendo, sarebbe stata la caratteristica più evidente di Aurora, il segno particolare che avrebbe permesso di distinguerla in mezzo a milioni di altre bambine.

Tutti intorno a Serena si chiedevano che tipo di madre sarebbe stata. In realtà, se lo domandava anche lei. Negli anni che seguirono, fu molto attenta affinché la figlia ricevesse la migliore educazione e che non le mancasse nulla. Tate referenziate, ottime scuole private, lezioni di scherma, equitazione e nuoto.

Serena ci teneva che Aurora avesse sempre un aspetto curato e un comportamento impeccabile. Si assicurava che fosse gentile con tutti e che tutti fossero gentili con lei. Aveva preso molto sul serio il suo ruolo genitoriale.

Ma quella narrazione non era del tutto sincera.

Un errore piuttosto comune, specie fra gli uomini, era pensare che partorendo si scopra improvvisamente quanto sia meraviglioso essere madri. Non c'era alcuna rivelazione nella maternità. Serena lo aveva scoperto subito.

Per questo, fin dalla nascita di Aurora, le aveva creato intorno una sorta di rete di protezione, composta da persone che potessero provvedere a ogni suo bisogno e a cui delegare il maggior numero di compiti. La tata Mary. Admeta la signora delle pulizie. Porzia la cuoca. Walter l'autista. A questi, si aggiungevano saltuariamente anche Armando il portiere e Fabrizio l'assistente personale di Serena.

Perché lei era una madre efficiente. Anche se totalmente incapace di slanci d'affetto.

Aurora non si era mai lamentata. Aveva imparato presto a fare a meno di baci, abbracci e della tenerezza. Forse anche per questo, al suo sesto compleanno aveva chiesto in dono un gatto.

Probabilmente il ruolo di Gaspare, che per comodità era diventato subito Gas, era sopperire alla mancanza di contatto fisico fra madre e figlia. L'avevano scelto insieme in un rifugio per animali abbandonati e, dopo una bella lavata e le vaccinazioni necessarie, era diventato il terzo componente della famiglia, prendendo pieno possesso dell'appartamento al diciannovesimo piano del grattacielo.

Gas aveva intuito al volo che gli sarebbero bastate un po' di coccole ad Aurora, astutamente dispensate, per farsi viziare da lei. Invece Serena, dopo che da bambina era stata costretta a separarsi dal coniglio d'Angora per via dell'allergia del fratellastro, aveva sviluppato un'antipatia per le bestie. Il gatto aveva colto subito anche questo, ma per amore di Aurora ognuno teneva per sé il proprio disprezzo e Serena e Gas si ignoravano reciprocamente. Dopo qualche mese di convivenza, Serena aveva accettato che fosse l'animale a occuparsi delle esigenze affettive della figlia.

E, comunque, ad Aurora stava bene così.

Era silenziosa e obbediente, ma non le sfuggiva nulla. Per molti aspetti, era più precoce delle sue coetanee. Una bambina con una spiccata intelligenza che sembrava aver già capito come andava il mondo, nonché ciò che il mondo e soprattutto sua madre si aspettavano da lei.

«Hai sei anni, dovresti imparare a sciare» esordì Serena una mattina, mentre facevano colazione. Serena detestava la montagna e, soprattutto, la neve. Ma non c'era alcuna ragione perché ciò valesse per Aurora.

Molti genitori trasmettevano ai figli le proprie idiosincrasie, a volte anche le proprie fobie. Serena lo trovava estremamente sbagliato, oltre che ingiusto. Voleva che Aurora avesse a disposizione tutte le opportunità, indipendentemente da ciò che piaceva o non piaceva a sua madre.

«E porteremo anche Gas?» aveva domandato la bambina, immaginando una vacanza da fare tutti insieme.

«Gas rimarrà qui con me» fu la pronta risposta di Serena, volta a evitare ogni possibile malinteso. «Ti ho iscritta a un campus» le comunicò.

Era una bella mattinata di febbraio ed erano sedute al grande tavolo della cucina.

«Un campus?» aveva chiesto Aurora senza scomporsi, addentando una fetta biscottata.

«Dodici fortunate bambine» affermò la madre, rimarcando quanto lei fosse privilegiata a far parte di quel gruppo ristretto. «Avrete uno chalet solo per voi a Vion, in Svizzera. È un posto incantevole, vedrai. Avrai una stanza tutta tua e ogni giorno farete lezione con una maestra di sci. Ma potrai anche andare sullo slittino e pattinare. Nel programma settimanale c'è pure una bella gita su una slitta trainata da cavalli, con merenda al sacco nel bosco. Il pomeriggio e la sera li passerai a giocare e a divertirti insieme alle tue compagne.»

«Ne conosco qualcuna?»

«No, ma non importa» disse, liquidando sul nascere ogni possibile lamentela. «Non credo che per le altre sarà diverso, farete amicizia lì.» Erano sue coetanee, sarebbe stato perfetto.

Aurora non protestò, né replicò, come se cercasse di ponderare bene l'opportunità che le veniva offerta. Come sempre, non si riusciva a capire cosa le passasse per la testa oppure se fosse contenta o delusa. La bambina era sicuramente in grado di apprezzare i vantaggi della loro esistenza agiata, ma spesso non esternava il proprio entusiasmo. O meglio, non reagiva come si aspettava Serena. Alla sua età, lei non aveva certo goduto degli stessi vantaggi. Non voleva rinfacciare nulla alla figlia. Tuttavia, desiderava che fosse almeno grata al destino che l'aveva piazzata in quella casa e con quella madre.

L'atteggiamento distaccato di Aurora rientrava nel suo carattere serafico, quasi fatalista. Il fatto di non eccitarsi o di non abbattersi mai troppo la faceva apparire più saggia dei suoi sei anni. E ciò irritava Serena. A volte faceva fatica a mantenere la calma, poiché Aurora era capace di farla sentire inadeguata con un semplice silenzio. Per un attimo, le parve di rivivere a parti inverse il suo rapporto con la madre, quando da bambina si rendeva continuamente insopportabile solo per farle dispetto. Per questo motivo, anche se fino a quel momento la figlia le aveva posto solo innocenti domande, era come se avessero avuto una disputa furibonda.

«Ti divertirai» sentenziò Serena bevendo un altro sorso di caffè, incredula per quella discussione, mettendo fine a una lite che, in realtà, non c'era mai stata.

5

«*Maman?*» disse in francese una voce squillante di bambina, dall'altro capo del telefono.

«*Hello*» replicò Serena in inglese. «*Who's speaking?*» domandò, perché era evidente che non fosse Aurora.

«Aurélie» rispose l'altra, incerta. «*Mom, is that you?*»

No, non sono la tua mamma, pensò lei. Per via dell'assonanza fra i nomi *Aurora* e *Aurélie*, la tutor che le aveva risposto al telefono doveva aver commesso un errore di persona, passandole la bambina sbagliata.

«*Could you please tell Aurora to come to the phone?*»

«*Of course. Goodbye!*» si congedò gentilmente l'altra.

Mentre aspettava che la bambina francese si recasse da Aurora per avvertirla di venire al telefono, Serena si controllò allo specchio della camera da letto e si stirò con la mano una piccola piega sulla gonna dell'abito nero di Armani. Quella sera aveva in programma un aperitivo e poi una cena con amici, non voleva fare tardi.

Al momento dell'iscrizione al campus, era stato chiarito ai genitori che, durante il soggiorno, le comunicazioni tra le piccole ospiti e le famiglie sarebbero avvenute ogni sera, dopo la cena delle diciotto, chiamando un numero di rete fissa.

Serena comprendeva la ragione della scelta, perché se no i familiari se ne fregavano e chiamavano quando gli pareva. Però, a causa della regola restrittiva, lei aveva dovuto attendere quasi trentacinque minuti che la linea si liberasse. Continuava a telefonare ma risultava sempre occupato perché, ovviamente, anche gli altri genitori cercavano di mettersi in contatto con lo chalet di Vion.

Serena pensava che quella chiamata fosse pressoché inutile, visto che la vacanza era finita e il pomeriggio del giorno dopo

Walter l'autista avrebbe preso in consegna Aurora per riportarla a casa. Qualunque novità fosse intervenuta rispetto alla loro recente chiacchierata al telefono, lei avrebbe potuto apprenderla direttamente dalla figlia la sera dopo. Aveva già previsto che cenassero insieme con una bella pizza. Aurora avrebbe gradito sicuramente, visto che il menu giornaliero dello chef del campus contemplava piatti un po' troppo sofisticati per una seienne.

Il motivo per cui stava effettuando la telefonata era legato a un sottile senso di colpa. Per tutta la settimana aveva chiamato la figlia solo altre due volte. E durante l'ultima conversazione, avvenuta appena la sera prima, le era sembrato che Aurora glielo volesse far pesare. Come sempre la bambina non era stata esplicita, ma s'intuiva dal tono di voce. E allora Serena aveva pensato che, probabilmente, le compagne ricevevano telefonate quotidiane dai propri familiari. E aveva immaginato Aurora che, da un angolo, assisteva mestamente alla processione di amichette che si alternavano all'apparecchio, aspettando inutilmente che arrivasse il proprio turno. Era un pensiero stupido, Serena lo sapeva. Forse non era andata assolutamente così. Ma ormai si era attivata la sindrome da coscienza sporca e così aveva deciso di farle un'improvvisata.

Qualcuno dall'altra parte afferrò la cornetta. «Mamma?» domandò Aurora, sicuramente stupita che l'avesse chiamata per due sere consecutive.

«Ciao» la salutò Serena, allegra. Il tono era più o meno quello del *tadaaa, sorpresa!*

Ma l'altra non ci badò. «È successo qualcosa a Gas?» chiese invece, allarmata.

«Sta benissimo» la rassicurò. Perché doveva essere accaduto qualcosa al maledetto gatto? pensò Serena. Non poteva aver chiamato semplicemente perché ne aveva voglia? Si sentì umiliata dalla diffidenza della figlia, però decise di soprassedere. «Scommetto che adesso che la vacanza sta per finire ti piacerebbe stare lì ancora per qualche giorno.»

«Domani, quando andremo via, arriveranno altre bambine» eccepì Aurora, sensatamente. Forse temeva che la ragione della telefonata fosse che la madre voleva prolungare la sua permanenza. «E poi lunedì ho scuola.»

«Dicevo per dire» si spiegò meglio Serena. «È ovvio che tu debba tornare a Milano. E poi lunedì hai scuola» ribadì, rivendicando il fatto che quella preoccupazione spettasse soprattutto a lei.

«Allora ci rivedremo domani sera» affermò la bambina, come a voler sottolineare che forse la chiamata non era necessaria.

Serena si sentì pungere nell'orgoglio. Era già in ritardo per la serata con gli amici e, invece di essere al secondo bicchiere di champagne, aveva avuto l'accortezza di telefonarle. Quella piccola ingrata non meritava tante attenzioni. «Domani avremo pizza a cena» annunciò, per recuperare un po' di considerazione.

«Ottimo» replicò Aurora, senza alcun entusiasmo. «Ora però devo tornare dalle altre. Ci stiamo preparando: stasera c'è la festa delle fate farfalle.»

Serena si rese conto che non poteva aspettarsi di più da lei. Negli anni l'aveva disabituata a quel genere di sorpresa. Cosa le era saltato in mente? Era ovvio che l'iniziativa di telefonarle sarebbe stata fraintesa. «Non preoccuparti, va' pure dalle tue amiche» la congedò. «Darò una carezza a Gas da parte tua.»

Anche quest'ultima frase dovette suonare strana alle orecchie di Aurora, poiché la bambina le fece subito capire che non ce n'era bisogno. «Basta che ti ricordi di dargli da mangiare» sentenziò, prima di riattaccare.

Chiusa la chiamata, Serena rimase impalata per qualche istante col cellulare in mano. «Basta che ti ricordi di dargli da mangiare» ripeté fra sé, con tono cantilenante.

Forse avrebbe dovuto chiedersi come si svolgessero le telefonate fra le altre bambine e le loro madri. Lei non era tipo da «Amore», «Tesoro» oppure da «Ti voglio bene». Se avesse usato simili espressioni, sarebbe stato imbarazzante anche per Aurora, ne era convinta. Ma poi ripensò al suono festoso della voce di Aurélie che rispondeva al telefono credendo che all'altro capo ci fosse la sua mamma.

«*Maman?*»

L'entusiasmo della compagna della figlia avrebbe dovuto ingelosirla. Invece rafforzò la sua idea che certe smancerie non facessero bene al carattere.

Io la sto fortificando, si disse. Quando Aurora sarà cresciuta, se ne accorgerà e me ne sarà grata. Anche se avrebbe tanto voluto sapere cosa fosse «la festa delle fate farfalle» a cui accennava la bambina. Dal nome, sembrava divertente.

In quel momento, il gatto apparve sulla soglia della stanza, ridestandola dai suoi pensieri e costringendola a soffocare un urlo di spavento. Maledetto. Mentre Serena provava a calmarsi, Gas le riservò uno sguardo fugace e proseguì incurante per la propria strada.

Non si aspettava carezze che non avrebbe comunque ricevuto.

6

Il cellulare squillò alle tre del mattino. Serena si svegliò di soprassalto. Impiegò un paio di secondi a riprendere conoscenza. Si accorse di aver scalciato via le coperte e di essere sudata, ma non ricordava che sogno stesse facendo.

Ancora stordita, allungò un braccio verso il comodino. Prese l'apparecchio e vide un numero che non riconobbe. Si tirò su, si schiarì la voce e rispose.

« Chi parla? »

« Sono Berta, dal convitto di Vion » provò a presentarsi con calma la tutor.

Invece Serena colse all'istante un'incrinatura nella voce. Una specie di macabro *tadaaa, sorpresa!* « Che succede? » domandò, mentre il cuore cominciava ad accelerare.

Ora però devo tornare dalle altre. Ci stiamo preparando: stasera c'è la festa delle fate farfalle.

« Aurora sta bene » la rassicurò subito Berta.

« Ma? » la incalzò prontamente Serena, immaginando che ci fosse dell'altro.

« Ma stanotte al convitto c'è stato un incendio. »

Un incendio, si ripeté, cercando di inquadrare bene il problema che le veniva sottoposto. Anche se continuava a tornarle in mente « festa delle fate farfalle ».

« Siamo riuscite a portare via le bambine, sono solo spaventate. »

Immaginò il meraviglioso chalet, che aveva visto solo su un dépliant, mentre veniva avvolto dalle fiamme. « Nessuna si è fatta male? »

« Hanno respirato un po' di fumo e qualcuna presenta qualche segno di ipotermia o di congelamento, perché stanotte il termometro è arrivato a segnare meno diciotto gradi. Ma i dottori le hanno già controllate e dicono che non c'è da preoccuparsi.»

Ancora quella piccola frattura nel tono della replica...

Stavolta Serena la notò molto più chiaramente. Qualcosa di vagamente doloroso, come uno spettro triste che giocava a nascondersi in mezzo alle parole. In realtà, la tutor non aveva risposto alla sua domanda. Avrebbe dovuto dire che le bambine stavano tutte bene, invece le aveva fornito solo un evasivo quadro generale.

Festa delle fate farfalle. Festa delle fate farfalle. Festa delle fate farfalle.

«Quindi, Berta, lei mi assicura che mia figlia e le altre compagne godono di perfetta salute» ribadì.

Il breve silenzio che seguì la gelò.

«Sì» confermò l'altra, dopo un istante di troppo.

Il cuore di Serena terminò la sua rincorsa bloccandosi di colpo. Sta mentendo, si disse. «Come si chiama la bambina che non si è salvata?» domandò, con la certezza di non essersi sbagliata.

«Io non...» balbettò la tutor, senza sapere come uscire da quell'angolo buio.

Ma Serena doveva sapere. «È morta?»

«È dispersa» la corresse quella, ripetendo ciò che probabilmente aveva sentito dire ai soccorritori.

Tadaaa, sorpresa!

Lo sapevo.

«È francese» aggiunse Berta, ribadendo che Serena non aveva motivo di preoccuparsi.

Aurora era salva, ma era stata comunque testimone di una simile tragedia a soli sei anni. Non l'avrebbe più dimenticato, si sarebbe portata appresso quel ricordo per il resto della vita.

«Erano sotto la vostra responsabilità» si ritrovò a dire Serena, rabbiosa. «Come è stato possibile?»

«Senta, lei non può... non deve...» sembrò minacciarla l'altra. Piagnucolava ma sembrava altrettanto furiosa.

Siccome la collera adesso aveva preso il posto della paura e Serena aveva un sacco di tensione da scaricare, era già pronta ad aggredirla. Ma poi le venne in mente la bambina sconosciuta. Pensò alla telefonata che un'altra mamma aveva ricevuto quella notte o che avrebbe ancora dovuto ricevere. Non poteva sapere se quella donna fosse già stata avvertita. Sicuramente non sarebbe stata Berta a chiamare a casa di quella famiglia nel cuore della notte. L'avrebbe fatto la polizia. C'era solo da sperare che fosse qualcuno preparato a comunicare quel genere di notizia. Il tono sarebbe stato totalmente differente. E anche il senso delle parole. Perciò lei doveva ritenersi fortunata. «Vorrei parlare con mia figlia, per favore» disse, placandosi.

«Le bambine adesso sono insieme a uno psicologo. Fra poco predisporremo i collegamenti telefonici con i familiari.»

«E quanto ci vorrà?»

«Fra poco» ribadì la tutor, decisa. «Le autorità di Vion ci hanno chiesto di dirvi che non c'è bisogno che vi precipitiate qui stanotte: è in corso un'abbondante nevicata e le strade non sono praticabili. Non vogliono che alla tragedia si aggiunga qualche incidente.»

Non si preoccupano per noi, la corresse mentalmente Serena. Vogliono solo evitare che la sfortuna si accanisca ulteriormente. L'incendio era già un duro colpo per l'immagine della rinomata località alpina.

«Le bambine sono in buone mani» affermò Berta. Ma, già mentre pronunciava la frase, sembrò pentirsene, visto quanto era successo. «Fra poco potrete parlare con loro e domattina saranno tutte riaccompagnate a casa.»

Voleva trasmetterle l'idea che per gli altri genitori non era stato un problema adeguarsi alla situazione. Il discorsetto serviva a ribadirle che non era il caso di distinguersi con richieste fuori luogo.

Serena decise di abbozzare. Non voleva rovinare i piani di nessuno. Desiderava soltanto parlare con Aurora, sentire dalla voce della figlia che andava tutto bene. Era pronta ad affrontare il suo pianto, la disperazione e la supplica di tornare subito a casa. Ed era disposta a chiederle scusa per averla costretta a quella vacanza maledetta, anche se l'incendio non era certo prevedibile. Serena era perfino preparata ad abbracciarla come non aveva fatto mai.

«D'accordo» disse senza scomporsi. «Aspetterò che lei mi richiami insieme a mia figlia.»

Dopo aver chiuso la comunicazione, rimase seduta nel letto, senza riuscire a muoversi. Si accorse di essere ancora inquieta. Ma non sapeva il perché. Qualcosa continuava a scavarla dentro. Era turbata e non c'era motivo. Nonostante tutto, avrebbe dovuto sentirsi sollevata dalle rassicurazioni della tutor. Il problema adesso era solo come far superare il trauma ad Aurora.

Un'altra madre e un altro padre avevano ben altro da affrontare. Era angosciata per loro ma anche rincuorata perché non si trovava al loro posto.

Festa delle fate farfalle...

La sensazione di disagio non l'abbandonava. E non appena Gas tornò a fare capolino sulla soglia della camera da letto, le sembrò di rivivere la scena della sera prima, quando il gatto era apparso alla fine della chiamata con Aurora, facendole prendere uno spavento.

L'assurdo *déjà vu* la paralizzò.

«È francese» le aveva rivelato poco prima la tutor, sperando di placare la sua ansia e così di mettere fine al suo interrogatorio.

«Aurélie» mormorò Serena, ripensando al nome della bambina che le avevano passato al telefono al posto della figlia il giorno prima.

Era convinta che la *dispersa* fosse proprio lei. Non avrebbe saputo dire da dove le arrivasse quella certezza. O forse sì. Ma se si trattava davvero di Aurélie, c'era un'altra implicazione.

Ieri sera hanno confuso i nomi, si disse.

Per questo, Serena avvertì l'immediato bisogno di andare a Vion.

7

I tergicristalli non ce la facevano a star dietro alla copiosa nevicata che oscurava la visuale del parabrezza. La valle di Vion era a sole tre ore e mezzo da Milano, ma quello sembrava letteralmente un altro mondo. Le montagne avevano sostituito il paesaggio di grattacieli e la natura aveva preso il sopravvento sul cemento.

Mentre guidava l'auto presa a noleggio per le strade tortuose, Serena calcolava che a causa del maltempo e dell'asfalto ghiacciato sarebbe arrivata a destinazione non prima delle otto di mattina.

Il termometro esterno della macchina segnava meno sei gradi. Ma al telefono la tutor aveva parlato perfino di un «meno diciotto» quella notte. Serena si era portata dietro una borsa di vestiti e un altro giaccone per Aurora, intuendo che la roba della figlia fosse andata distrutta nell'incendio. Aveva provato a essere lucida e razionale, ma c'era qualcosa che la distraeva.

Il pensiero che l'angustiava, legato alla misteriosa Aurélie, nasceva dall'equivoco insorto in occasione dell'ultima telefonata con Aurora, proprio la sera prima.

Possibile che in una settimana quelle idiote delle tutor non avessero imparato bene i nomi delle bambine? Durante la stagione invernale, le ospiti dello chalet cambiavano ogni sette giorni, ma il personale del convitto doveva pur essere allenato a riconoscerle tutte, anche perché ognuna aveva le proprie esigenze. C'erano quelle che avevano bisogno di più attenzioni, perché magari non erano mai state lontane da casa. Quelle che dormivano con la luce accesa o con un peluche. Per non parlare di quelle con allergie o intolleranze alimentari, confonderle sarebbe stato pericoloso.

È colpa mia, si disse Serena. La sera prima al telefono avevano scambiato l'altra ospite per Aurora perché lei non aveva chiamato la figlia ogni giorno come avrebbe dovuto. O come magari aveva fatto la mamma di Aurélie.

Adesso era convinta che fosse proprio quest'ultima a risultare dispersa nell'incendio.

È francese.

A parte la coincidenza della nazionalità, Serena non aveva elementi per sostenere quel presentimento. E se aveva ragione, chi poteva assicurarle che le tutor quella notte non avessero confuso di nuovo i nomi delle bambine, ripetendo l'errore di persona?

No, Aurélie sta bene. E anche Aurora sta bene.

Però intanto il panico continuava insensatamente a montare dentro di lei. Anche se il suo timore non possedeva alcun fondamento, non riusciva a placarlo. Forse era ancora sotto l'effetto del brutto sogno che stava facendo prima che il cellulare la svegliasse di soprassalto. Si era accorta di aver scalciato via le coperte nel sonno e rammentava di essersi ritrovata completamente sudata. Si era trattato sicuramente di un incubo, anche se non lo ricordava. Ed era probabile che il sogno ora continuasse ad agire inconsciamente sulla sua psiche già provata dalla notizia dell'incendio, creando una specie di strascico emotivo.

Sì, la combinazione tra fase onirica e realtà aveva generato l'ossessione che la stava tormentando.

Non mancava molto. Di lì a poco avrebbe saputo se si sbagliava. E si sarebbe data della stupida. La paura irrazionale era il primo sentimento veramente materno che sperimentava. Solo le madri erano capaci di vedere pericoli dove non ce n'erano.

Intanto, però, la telefonata di Aurora che le era stata promessa dalla tutor non arrivava ancora.

Il cellulare se ne stava inerte sul sedile accanto. Di tanto in tanto, Serena attivava lo schermo per controllare che avesse campo.

Perché non mi fanno chiamare da mia figlia?

Ora però devo tornare dalle altre. Ci stiamo preparando: stasera c'è la festa delle fate farfalle.

Serena arrivò nella valle nel cuore delle Alpi mezz'ora prima del previsto. Da lontano, scorse subito il paesino arroccato intorno a una torre con un orologio. Un serpente nero si levava nella luce dell'alba. Si lasciò guidare dal segnale di fumo come fosse un richiamo.

Entrò a Vion in un'atmosfera surreale.

Le vie erano affollate come in un normale giorno della stagione sciistica. L'accaduto non aveva fermato il colorato esercito di turisti che risiedevano negli alberghi esclusivi e che, con gli sci in spalla, si apprestavano a raggiungere di buonora gli impianti di risalita. Ogni tanto, il suono di una sirena li costringeva a farsi da parte per lasciar passare un mezzo di soccorso.

Serena guardava i vacanzieri, incredula, premendo il clacson per farli scansare. E, quando incrociava i loro sguardi stupiti, anche loro sembravano domandarsi cosa ci facesse lì.

La strada che portava allo chalet distrutto dall'incendio era transennata. Serena accostò dove le stava indicando uno degli agenti a guardia dello sbarramento. Poi aprì il finestrino per parlargli.

«Devo proseguire» disse, mentre un odore acre, di plastica e gomma più che di legno bruciato, invadeva l'abitacolo insieme a un gelo intenso.

«Mi spiace, non si può passare» le intimò l'altro, accompagnando il comando con un gesto perentorio del braccio. Il suo fiato evaporava nel freddo mattino.

«Sono la madre di una delle bambine del convitto.»

Il poliziotto la scrutò. Il suo aspetto sbattuto lo convinse che diceva la verità, o forse provò solo pena per lei. «Le hanno portate tutte al centro d'accoglienza accanto all'ospedale.»

Le indicò la direzione da prendere. Non era lontano.

Serena impiegò pochi minuti ad arrivare, schivando veicoli delle forze dell'ordine e mezzi dei pompieri che continuavano a fare la spola col luogo del disastro.

Il piccolo ospedale bianco col tetto spiovente e una croce rossa in cima sembrava uscito da un'illustrazione d'epoca. D'altronde, tutta Vion aveva quell'aspetto. Come fosse sospesa in un'eterna fiaba di montagna.

Serena lasciò l'auto dove capitò, incurante che fosse il posto peggiore per parcheggiare. Non aveva l'abbigliamento adatto al clima rigido, ma non avrebbe saputo dire se tremava davvero per la temperatura o per qualcos'altro.

Colta da una nuova angoscia, si lasciò la macchina alle spalle e focalizzò subito un viavai di persone imbacuccate: sotto i giacconi, indossavano un camice oppure una divisa. S'immise nella corrente che portava verso una tensostruttura, montata sicuramente per l'occasione accanto al corpo dell'edificio principale.

Doveva trattarsi del centro d'accoglienza di cui aveva parlato il poliziotto.

Intanto, le campane della torre dell'orologio che dominava il paesino iniziarono a scandire l'ora esatta. Pesanti rintocchi, tutti uguali, che riecheggiavano intorno a Serena come un avvertimento, aumentando la sua inquietudine.

Don... Don... Don...

All'ingresso della tensostruttura c'era una bussola con due porte, per evitare che il calore interno si disperdesse. Serena varcò la prima, poi la seconda soglia.

Si ritrovò in un ampio ambiente in cui regnava un brusio quasi assordante. *La festa delle fate farfalle.*

C'erano paramedici e brandine. Ma anche poliziotti. Nell'assembramento iniziò a notare le bambine. Alcune erano distese e, per via dell'ipotermia, erano attaccate in via precauzionale a una bombola d'ossigeno. Alcune avevano il volto ancora sporco di fuliggine ma indossavano una tuta da ginnastica pulita, fornita sicuramente dai soccorritori. A causa dei meno diciotto gradi della notte precedente, molte recavano i segni di un principio di congelamento: la pelle del viso e delle mani era arrossata o screpolata. Ma, in generale, stavano tutte bene.

Con loro c'erano i genitori.

Perciò Serena non era stata l'unica a disattendere la raccomandazione di non recarsi a Vion. Non aveva mai visto quelle persone, non le conosceva ma le identificò comunque dall'abbigliamento inappropriato: come lei si erano messi indosso la prima cosa che gli era capitata sotto mano. E avevano tutti la stessa espressione, liberata e nello stesso tempo ancora atterrita.

Si dibattevano fra il sollievo di ciò che non era accaduto e il terrore di ciò che sarebbe potuto accadere.

Serena continuava a guardarsi intorno, sperando di veder spuntare proprio la chioma di riccioli biondi che le avrebbe permesso di riconoscere Aurora in mezzo a milioni di bambine. Non era così che si dicevano sempre lei e la figlia? Era convinta che fosse lì da qualche parte. Il suo clone perfetto, tranne che per la capigliatura.

Sono un lombrico.

Era pronta ad abbracciarla. Sì, l'avrebbe stretta a sé come non aveva mai fatto. E allora lo spavento si sarebbe dissolto all'istante. Ma, come in uno di quegli assurdi rompicapo in cui devi trovare l'intruso in un disegno, non riusciva proprio a individuarla. Doveva essere un altro scherzo del panico che l'aveva spinta fin lì.

A un certo punto, il brusio sotto la grande tenda cominciò a scemare. Restarono solo i tristi rintocchi della torre campanaria.

Don... Don... Don...

Serena comprese subito che il motivo dell'improvviso ammutolire dei presenti era proprio lei. Tutti si erano voltati a osservarla, come se sapessero qualcosa che lei ancora ignorava. Fu allora che Serena se ne accorse.

Ogni genitore aveva una bambina da abbracciare.

Tranne lei.

IL TEMPO DEL POI

1

C'erano vari modi per reagire alla perdita di un figlio.
C'era chi si faceva travolgere dalla sofferenza. Chi invece iniziava una battaglia rabbiosa e insensata col resto del mondo. E chi si rassegnava a trascorrere il resto dell'esistenza con un ospite silenzioso, invisibile agli altri, che ti pedina ovunque e non ti lascia mai solo, perché il suo unico scopo è impedirti di dimenticare. A causa della sensazione lacerante e ininterrotta, c'era chi impazziva. Ma il più delle volte la reazione era composta, dignitosa. Interiorizzata.

Per tutti i genitori, però, c'era l'inconfessabile volontà di andare avanti. Si rendevano conto che, agli occhi degli altri, il dolore avrebbe dovuto apparire insopportabile. Ed erano quasi a disagio poiché ciò che provavano non era sufficiente a fargli decidere di farla finita con la vita.

Solitamente, madri e padri continuavano a sopravvivere, vergognandosene.

Serena se ne fregava del giudizio altrui. E anche del proprio. La sua maniera di gestire il lutto la faceva rientrare nella schiera degli ottimisti. Non era sicura che quella categoria esistesse, ma era così che si sentiva.

La sua prima reazione era stata quella di creare un cocktail.

Per anni aveva frequentato i locali più alla moda di Milano e aveva visto all'opera decine di abilissimi bartender. Rubando i loro segreti, aveva concepito la ricetta di un drink in onore di Aurora e l'aveva ribattezzato il *teddy-bear*. Come un caldo orsetto a cui puoi stringerti ogni notte, quando hai bisogno d'affetto. Il nome aveva in sé qualcosa d'infanzia, d'innocenza, di purezza.

Il *teddy-bear* era perfetto per celebrare la morte di una bambina di sei anni.

Serena aveva letto da qualche parte che molte reazioni alla dipartita di un figlio prevedevano la negazione o la rimozione dell'evento. Grazie all'euforia che l'aveva colta dopo Vion, lei si era spinta oltre.

Aveva ingaggiato delle persone perché portassero via dall'appartamento qualunque cosa avesse a che fare con la figlia o che, semplicemente, ricordasse Aurora. La cameretta era stata svuotata. Il letto con gli unicorni, l'armadio rosa, i libri di fiabe, le Barbie con tutti gli accessori. Ma anche i vestiti, i pigiamini, le sue ciabattine, le lenzuola con le coccinelle. Serena aveva deciso di dare tutto in beneficenza. Fra quelle cose ce n'erano alcune che non potevano essere riutilizzate, come lo spazzolino da denti oppure i disegni chiusi nei cassetti della piccola scrivania, i lavoretti di scuola per la festa della mamma e le letterine a Babbo Natale. Ma Serena aveva fatto finta di niente. Non le importava che fine facessero. Si sarebbe occupato qualcun altro di gettare via gli oggetti che non servivano. Le pareti della stanzetta erano state ridipinte di bianco ed era diventata subito un ripostiglio dove accantonare valigie, vecchi mobili, scatoloni vari.

Non voleva che in casa sua ci fosse un santuario intoccabile, dove il tempo si era fermato. Ci sarebbe stata soltanto una porta chiusa come tante.

La cosa sorprendente era che per far sparire ogni traccia di Aurora dall'appartamento erano bastate meno di tre ore.

E con la stessa risolutezza, Serena aveva licenziato la tata Mary e si era sbarazzata anche del gatto Gas. Trovava fastidioso essere osservata da quell'animale e, siccome non si erano mai piaciuti, non c'era alcuna ragione di proseguire la convivenza. Così, aveva messo un annuncio su internet e due ore dopo aveva consegnato l'apatica bestiaccia a una coppia di coniugi barbuti che, senza nemmeno chiederle perché lo stesse dando via, l'avevano riempito subito di coccole. Ecco, che fossero quei due a godersi il felino maledetto.

Serena aveva tolto le foto della figlia dalle cornici e anche dal cellulare. Il gesto valeva come un monito preciso per tutti quelli che le gravitavano intorno. La sua maternità era un capitolo chiuso, nessuno doveva menzionare l'accaduto o azzardarsi a offrirle la propria compassione. A differenza degli effetti personali di Aurora, ogni ricordo fotografico era finito in un *cloud* in rete, custodito da una password. Serena dubitava che le sarebbe tornata la voglia di rivedere quelle immagini. Ma seppellirle su internet, in una memoria di silicio, aveva in qualche modo sostituito l'idea di un funerale.

Perché di Aurora non era stato recuperato nemmeno un resto dalle macerie dell'incendio.

Le avevano spiegato che il fuoco sa essere impietoso, che consuma ogni cosa. Ad alte temperature, i tessuti umani si liquefanno, le ossa si polverizzano. Non rimane niente. Solo cenere che si confonde con la cenere.

Perciò, l'unica prova della morte di sua figlia era una riga vuota in un elenco di nomi di bambine.

Tuttavia, le avevano assicurato che i patologi avrebbero continuato a cercare almeno una traccia di dna fra ciò che era rimasto dopo il crollo dello chalet.

Aurora era stata sfortunata.

La sua stanza nella mansarda del convitto era stata la prima a bruciare. L'unica consolazione che gli esperti avevano offerto a Serena era che, quasi certamente, il fumo era arrivato al letto della bambina prima delle fiamme, soffocandola nel sonno senza che potesse accorgersi di ciò che stava accadendo.

Nonostante questo, ad Aurora non poteva accostarsi la parola «morte» e non poteva nemmeno essere chiamata «vittima».

Per quelli nella sua condizione, la definizione più corretta e accettabile era *dispersa*.

Anche Berta aveva usato la medesima parola durante la telefonata notturna che annunciava la tragedia. Serena aveva domandato se la bambina che non risultava all'appello fosse morta e la tutor aveva risposto adeguandosi da subito al gergo neutrale, così rispettoso della realtà da risultare sterile.

Certe designazioni celavano in sé anche una violenza.

Era come se *disperso* non ti desse il diritto di rassegnarti e ti costringesse a sperare. In compenso, salvava gli altri dall'idea di una bambina bruciata viva. Se è solo dispersa, allora non è ancora defunta: l'illusione era salva.

Il termine per Serena non aveva mai significato niente. Se avesse dovuto dar retta a quella parola, Aurora adesso non sarebbe morta ma nemmeno in vita. Un'assurdità.

Siccome aveva sviluppato un senso di praticità nell'affrontare la sciagura che le era capitata, si era sempre rifiutata di andare a vedere coi propri occhi il rudere del convitto o di tornare a Vion per informarsi sui progressi delle indagini o anche solo per deporre un fiore.

Tempo perso.

Le era bastato sapere che la causa dell'incendio era stata sicuramente un cortocircuito. Le fiamme erano divampate nel sottotetto, proprio sopra la testa di Aurora. Quindi si erano estese rapidamente a tutta la struttura in legno.

Nella mansarda, sua figlia non poteva avere scampo.

Serena avrebbe potuto assumere un avvocato e fare causa all'accademia che organizzava il campus, che a sua volta apparteneva a una multinazionale americana proprietaria di scuole private in mezzo mondo. Invece si era accontentata della prima offerta di risarcimento e aveva destinato la somma a una casa famiglia per ragazzi svantaggiati. Naturalmente, la donazione era avvenuta in forma anonima. Aurora non aveva bisogno che il suo nome finisse su una targa commemorativa.

Dopo un po', a Serena non facevano nemmeno più effetto i video con le immagini del convitto che bruciava, trasmessi dalle tv o postati su internet dai possessori degli innumerevoli cellulari che avevano ripreso la scena. Aveva smesso di guardarli e non aveva letto un solo articolo sull'accaduto, né seguito la cronaca dei tg. Si era fidata della versione che le avevano fornito vigili del fuoco, periti dell'assicurazione e polizia. Non aveva mai sentito il bisogno di contestare le loro conclusioni. Era una roba da sfigati non voler accettare la realtà.

E la realtà era che Aurora non c'era più.

Serena era sicura che, dopo quella sovraesposizione mediatica, dopo tutte le attenzioni collose e la pietà forzata, l'unica a pronunciare ancora il nome della figlia sarebbe rimasta lei.

Per questo, ogni giorno brindava silenziosamente alla memoria di Aurora con il cocktail che le aveva dedicato.

Dopo gli eventi di Vion, era mancata dal lavoro appena una settimana. Il tempo che era occorso a sbrigare le pratiche che sancivano il fatto che Aurora non facesse più parte dell'umanità. Burocraticamente, il sistema era un po' lento a recepire certi cambiamenti dello status quo, specie se riguardavano un bambino. C'erano un sacco di moduli da compilare, denunce da fare. Tribunali, anagrafi, assicurazioni.

E sarebbero dovuti passare almeno dieci anni per ottenere una dichiarazione di morte presunta.

Trascorsa qualche settimana dall'episodio fatale, Serena aveva ripreso un po' di vita mondana. Uscite con amici fidati, qualche cena. Stava programmando un viaggio, ma non aveva ancora deciso la meta. Sul posto di lavoro era tornata a essere lo «squalo biondo» che tutti conoscevano e aveva la sensazione che i suoi capi la stessero considerando per una promozione.

E poi era tornata a sbranare gli uomini che più le piacevano. Il sesso era il perfetto nutrimento per la vanità. Una specie di integratore naturale per l'autostima.

Insomma, riprendere le vecchie abitudini si era rivelato salutare. Il peggio era alle spalle e, forse, non era mai arrivato. Serena non aveva permesso al dolore di mettere radici. Ma il merito di quella specie di rinascita non era solo del suo carattere volitivo. A essere onesti, doveva condividerlo con il cocktail di Aurora.

La ricetta del *teddy-bear* era abbastanza semplice. Bisognava solo rispettare scrupolosamente le proporzioni. Dopo averci fatto la mano, si preparava in meno di cinque minuti.

Due parti di vodka per 77 cc di acqua. La combinazione ideale era Belvedere ed Evian. A questa miscela si univano dodici gocce di Xanax, una pasticca polverizzata di Felopram e una di Vicodin, a volte una e mezza se si voleva aggiungere un'ulteriore nota anestetizzante.

La mistura perfetta per fregare l'angoscia senza perdere completamente lucidità. Al contempo, forniva il famoso effetto euforico che era servito a Serena per far sparire l'ombra della morte di Aurora da ogni cosa.

Ma lo scopo principale era far tacere i rintocchi delle maledette campane dell'orologio di Vion che, dal mattino dopo la notte dell'incendio, continuavano a risuonarle nelle orecchie.

Don... Don... Don...

Incessanti, ossessivi. Battevano un'ora infinita. L'eternità del nulla che c'è dopo la vita.

Il *teddy-bear* faceva scomparire anche l'allucinazione uditiva. Ma c'era voluto del tempo per raggiungere un risultato soddisfacente. Infatti, il cocktail era il frutto di uno studio attento, nonché di diversi tentativi falliti con altri superalcolici e vari ansiolitici, antidepressivi, sedativi e antidolorifici. Inoltre non doveva solo assolvere allo scopo di zittire campane e suscitare un'artificiale sensazione di benessere, la bevanda avrebbe dovuto passare anche inosservata.

Il prodotto finale era un liquido non intorbidito che veniva versato nuovamente nella bottiglia trasparente dell'Evian che Serena si portava sempre appresso in ufficio, in palestra oppure quando camminava per strada o doveva andare in un posto. Non aveva optato per una borraccia proprio per non destare sospetti, evitando inutili pettegolezzi sul contenuto.

La bottiglietta era diventata subito una fida compagna. Poteva tenerla in bella mostra sulla scrivania o piazzarsela accanto sul tapis roulant. La dimensione era ideale anche per le sue borse Chanel. La validità del trattamento era assicurata, l'effetto era a rilascio costante. Appena scemava un po' e le sembrava che tornasse un suono di campane, lei svitava il tappo e prendeva un sorso, senza che nessuno si accorgesse di niente. Così nessuno sapeva della sua unica debolezza. Davanti agli altri appariva la solita Serena, la fluttuante chioma bionda, impeccabile negli abiti sobri, con le Louboutin dal tacchettare inconfondibile, che incedeva lasciando dietro di sé una lieve scia incendiaria di Blossom Love di Amouage. Gli altri la vedevano e non immaginavano nulla.

Lei teneva tutti a distanza, come era giusto che fosse. O almeno, questo era ciò che credeva. Perché le cose stavano diversamente da come le percepiva.

La sofferenza aveva modificato il suo senso della realtà. Serena non si accorgeva del proprio aspetto trasandato, dei capelli in disordine o del fatto di indossare per giorni sempre gli stessi vestiti. Il suo sguardo era spesso assente e le ci voleva un po' per voltarsi quando qualcuno la chiamava o le rivolgeva la parola. E non si rendeva conto del proprio alito che puzzava di alcol o di sembrare sempre intontita.

Non era lei che teneva tutti a distanza. Erano gli altri che le stavano alla larga. Come fosse appestata dal dolore e temessero di essere contagiati dalla sua sfortuna. Gli amici non la invitavano più a cena e, le poche volte che erano usciti insieme, si erano vergognati di lei. I frequentatori della palestra avevano notato il suo repentino cambiamento. Siccome non ne conoscevano i motivi, la deridevano. Aveva messo su peso e, quando provava a cimentarsi con qualche esercizio fisico, dopo un po' le mancava il fiato.

Gli uomini continuavano ad andare con lei, ma solo perché era una preda facile. Il sesso con gli sconosciuti era diventato un altro modo per stordirsi. Ma lei non era in grado di valutare quanto apparisse patetica ai loro occhi estranei. Dopo aver fatto i propri comodi, la lasciavano nuda e usata sul letto di una camera d'albergo, richiudendosi la porta alle spalle senza degnarla nemmeno di un ultimo sguardo.

La deriva della condizione psicofisica stava per ripercuotersi sul lavoro. Da tempo ormai non ne azzeccava una e i capi le stavano per dare il benservito. In passato, grazie al formidabile fiuto per gli investimenti, era capace di pronosticare la performance di una società o di anticipare l'exploit di un'azione in borsa. Ma l'ultima volta che il suo sesto senso aveva funzionato era stato quando aveva intuito che al convitto c'era stato uno scambio di persona fra sua figlia e la compagna Aurélie.

E, soprattutto, che Aurora era la vittima dell'incendio. Anzi, la dispersa.

Le capitava di sentire ancora la voce della figlia, come se fosse rimasta prigioniera nella sua mente. Allora si voltava, sicura di ritrovarsela davanti nella stanza. Era forte la delusione quando scopriva che invece non c'era niente, solo aria e il pulviscolo che vi galleggiava dentro. Forse una tomba avrebbe reso le cose più semplici. Sarebbe stato comunque un modo per assegnare un posto alla sua bambina. Un luogo in cui pensarla o in cui cercarla, se ne avesse avuto la necessità. Un posto dove trovarla.

Invece i dispersi lasciavano solo uno spazio vuoto.

Serena non aveva mai voluto una figlia. E quando Aurora era nella sua pancia, aveva desiderato varie volte un aborto spontaneo. Ciononostante, riteneva di essere stata un buon genitore. Non aveva intenzione di logorarsi con il ricordo delle liti con Aurora o delle volte che proprio non la sopportava. Non si sentiva in colpa. Adesso lo sapeva, solo le madri riuscivano a pensare a un figlio come a un peso e anche come a una benedizione. Solo le madri riuscivano a voler bene e insieme a detestare il frutto del proprio ventre. Solo una madre poteva comprendere come fosse possibile un simile compromesso fra odio e amore. E solo una madre, dopo aver perso un figlio, poteva salvare la propria coscienza da una simile contraddizione.

Per questo, un anno dopo l'incendio, Serena era ancora viva nonostante tutto.

Fino ad allora, però, aveva anche beneficiato dell'assuefazione al ricordo che avveniva costantemente grazie al sesso, all'alcol e agli psicofarmaci. E nella sua mente aveva costruito una realtà alternativa, in cui il dolore non esisteva. E proiettava quella fantasia su di sé e su tutto ciò che la circondava, illudendosi che gli altri vedessero esattamente ciò che vedeva lei.

In una parte remota di sé, temeva che, prima o poi, qualcosa sarebbe intervenuto per squarciare il sottile diaframma che la separava dal mondo reale.

Un imprevisto.

E fu esattamente ciò che capitò verso le dieci e mezzo di una domenica mattina di gennaio.

Don... Don... Don...

Si svegliò di soprassalto e i rintocchi di campana si trasformarono nello squillo del cellulare che stringeva in una mano. Era stramazzata sul letto dopo una serata di cui non ricordava nulla ma di cui portava ancora addosso i segni. Il trucco colato dagli occhi, l'abito da sera che non si era sfilata, l'alito pesante. Di solito, quando si riduceva in quello stato, ci metteva un po' a riprendersi. Ma il suono del telefono le restituì stranamente un'immediata lucidità.

Era sveglia. Ma non solo dal sonno alcolico e drogato in cui era precipitata anche quella notte. Era come se si fosse risvegliata dentro la propria vera vita.

Per questo, prima di controllare chi fosse a chiamare, esitò.

Era stata colta da un'insolita consapevolezza. Il sesto senso che l'aveva abbandonata da tanto tempo ora tornava a farsi sentire. E la metteva in guardia.

Don... Don... Don...

Se avesse risposto, la sua esistenza sarebbe di nuovo cambiata.

2

«Mi chiamo Marion, sono la mamma di Aurélie» si presentò la donna in un italiano perfetto. Ma la *erre* tradiva le origini transalpine.

Serena capì subito chi fosse, ma faticò un po' a tirarsi su dalla posizione scomoda in cui si trovava. Era troppo sobria di alcol e farmaci, perciò le era fin troppo chiaro lo stato in cui era ridotta. Si sentiva come Cenerentola dopo mezzanotte. Per ripristinare l'illusione di essere una principessa avrebbe avuto bisogno di una fata o di altro *teddy-bear*. Provò a darsi un contegno, non voleva che l'altra intuisse che stava da schifo. «Buongiorno, Marion» la salutò, senza sapere se fosse mattina o pomeriggio.

«Buongiorno» ricambiò l'altra, confermandole che ci aveva azzeccato.

Serena si accorse che il letto sotto di lei era bagnato. Lo tastò bene e si rese conto di essersela fatta di nuovo addosso. Il rilascio della vescica nel sonno era uno degli effetti collaterali del suo cocktail speciale. «Cosa posso fare per lei?» provò a chiedere intanto all'interlocutrice, con tono volutamente distaccato.

Ma quella non colse il suo fastidio e proseguì: «Posso chiamarti Serena e darti del tu? Sarebbe più facile».

«D'accordo» acconsentì, ma solo perché in fondo non le importava.

«Immagino sia inutile domandarti come stai. D'altronde, è trascorso così poco tempo» disse l'altra, con un rammarico che suonava vagamente forzato. «Deve essere devastante. Non saprei scegliere un altro modo per definire ciò che ti è capitato.»

Serena non replicò. Avresti potuto essere me, si disse. E io avrei potuto essere te. Anzi, per un po' siamo state davvero l'una nei panni dell'altra, pensò con invidia. Al principio Marion aveva ricevuto la notizia che la figlia era dispersa nell'incendio, così come a lei avevano comunicato che invece Aurora era sana e salva. Chissà cosa si provava nell'apprendere che, invece, si era trattato di uno sbaglio e che la propria bambina era ancora viva e vegeta. Serena non riusciva a immaginare cosa significasse tornare indietro dall'inferno, passando dal dolore alla gioia, transitando fra due diversi tipi di incredulità.

Doveva essere come resuscitare.

Poche persone nella vita sperimentavano quel senso di liberazione dal peso della morte. E la stronza dall'altra parte del telefono era una di quelle.

«Ti chiamo dopo essermi consultata con le madri delle altre bambine che erano in vacanza con tua figlia allo chalet di Vion. Spero che questa nostra iniziativa non ti turbi.»

«Di che si tratta?» tagliò corto lei, provando a sfilarsi le mutande bagnate con l'aiuto dei talloni.

«Le nostre figlie non hanno mai dimenticato *la tua* Aurora» disse Marion, rimarcando involontariamente che a loro erano toccate in sorte le bambine vive e a lei quella morta. «Continuano a parlare di lei, ci raccontano le tante cose fatte insieme in quella breve settimana.»

Quelle parole erano come coltellate. «Mi fa piacere che si ricordino di lei» commentò Serena, odiandola. Intanto perlustrava la stanza con lo sguardo, cercando di rammentare dove avesse lasciato l'ultima bottiglietta di Evian col cocktail che la teneva in sesto. Non capiva dove volesse andare a parare la donna con quel discorso, ma aveva il vago sospetto che a breve avrebbe avuto bisogno di bere.

«Fra poco ricorrerà il primo anniversario della tragedia» affermò la madre di Aurélie, come se Serena avesse bisogno di un promemoria. «Non essendoci mai stato un funerale, le bambine non hanno mai avuto modo di elaborare l'accaduto in maniera appropriata.»

Dal tenore della frase, sembrava quasi che fosse colpa di Serena. Magari, in mancanza di esequie, avrebbe dovuto organizzare una festicciola con la torta e un clown. E alla fine, come cadeau per le invitate, distribuire palloncini, dolcetti e un sacchetto di cenere.

«Pensavamo che forse sarebbe un bene per le bambine avere un'occasione tutta loro per ricordare Aurora. Perciò, abbiamo pensato a una celebrazione.»

Grande idea, pensò Serena, complimentandosi fra sé.

«La tragedia è avvenuta di domenica, ma il lunedì c'è scuola e allora abbiamo ritenuto di anticipare tutto al sabato.»

Mi sembra giusto, considerò lei.

«Avremmo individuato anche il posto adatto: una sala alla Fondazione Prada. Sarà molto elegante e, naturalmente, tu non dovrai fare nulla: ci occuperemo noi di organizzare tutto.»

Detestava quell'accento civettuolo, ma non la interruppe. Era ardentemente curiosa di conoscere i dettagli.

«Io e le altre mamme abbiamo creato una specie di comitato e ci siamo divise i compiti. Pensavamo anche a un piccolo rinfresco.»

Chissà cosa suggeriva il galateo riguardo al cibo da servire in simili occasioni. Trattandosi di una bambina carbonizzata, ogni alimento cotto sarebbe risultato inappropriato. Sushi, dunque?

«Per caso, sai che fiori sarebbero piaciuti ad Aurora?»

«Gigli» disse senza convinzione, ma solo perché furono i primi a venirle in mente. E intanto pensava a quanto bislacca fosse la proposta. Un'occasione mondana per sfoggiare il dolore.

«Allora, possiamo contare *anche* sulla tua presenza?»

Voleva dire che, con o senza di lei, la cosa si sarebbe fatta lo stesso. Ma io sarei comunque la guest star, considerò. Attese un istante prima di rispondere, tanto per creare un po' di suspense. «Non me lo perderei per nulla al mondo» disse infine.

«Bene, allora è deciso» esclamò l'ignara Marion, trionfante. «Ti manderò un messaggio.»

«Non vedo l'ora.» Serena insisteva nella propria recita, seguitando anche a pensare come l'altra potesse essere così stupida da cascarci.

«Ovviamente, puoi estendere l'invito al papà di Aurora.»

«Non credo che potrà partecipare» chiosò. Anche perché il padre naturale, ignorando di aver messo al mondo una bambina, si era pure risparmiato lo strazio d'averla perduta.

«L'importante è che ci sia tu» ribadì Marion, in conclusione.

Appena riattaccarono, Serena rimase a fissare il vuoto per un lungo momento. Anche se disturbata dall'odore pungente d'urina che esalava dal materasso, non riusciva a muoversi. Aveva bisogno di una doccia, e forse anche di vomitare. Sentiva che l'ansia stava riemergendo dentro di lei, come un ratto che fa capolino da una fogna. Avrebbe dovuto ricacciarla in fondo al pozzo nero.

Belvedere, Evian, Xanax, Felopram e Vicodin. I suoi unici amici. I suoi alleati. Loro l'avrebbero salvata.

Avrebbe ignorato il successivo messaggio di Marion contenente l'assurdo invito e avrebbe bloccato le chiamate in entrata dal numero di quella stronza, nel caso le fosse tornata la bizzarra voglia di contattarla.

Mentre si alzava finalmente dal letto, vacillando, Serena scorse il proprio riflesso nello specchio a figura intera sulla parete della camera. I capelli dritti in testa. Una maschera di fard e mascara. L'abito con le paillettes che le era risalito lungo i fianchi, scoprendole l'ombelico. Senza le mutande. Sopra l'inguine, s'intravedeva appena una linea sottile, come una ruga orizzontale.

La cicatrice del cesareo.

Solitamente, spariva entro un anno. Almeno così le avevano assicurato i dottori che l'avevano fatta partorire mentre era in coma. Avevano scordato di dirle che la regola non valeva per una puerpera su un milione, forse perché i medici ritenevano l'eccezione insignificante. Lei le aveva provate tutte per eliminare quel segno. Prima le creme, poi la chirurgia estetica. Alla fine c'era riuscita, tornando ad avere un ventre perfettamente liscio.

Ma dopo la morte di Aurora, la cicatrice era riapparsa.

Chissà perché. Era come se anche il suo corpo non volesse dimenticare che c'era stata una figlia, una bambina col nome di un detergente liquido, concepita in un caldo inverno balinese, dispersa nell'incendio di uno chalet in una notte con meno diciotto gradi.

Serena si fermò a pensare che, tutto sommato, non sarebbe stata una cattiva idea partecipare alla commemorazione alla

Fondazione Prada. A spingerla stavolta non fu un presentimento. Anzi, aveva già dimenticato la sensazione premonitrice provata poco prima di rispondere alla telefonata di Marion. Aveva trovato un'altra motivazione valida.

Adesso voleva andare lì per fare una sorpresa a tutti. Si sarebbe presentata al meglio della sua attuale forma fisica e sarebbe apparsa in tutto il proprio decadente splendore, scortata dai suoi prodi cavalieri Belvedere, Evian, Xanax, Felopram e Vicodin.

Avrebbe mostrato a quelle ignare madri cosa rischiavano ogni giorno senza saperlo, semplicemente mandando le loro bambine per il mondo.

Marion e le sue amiche l'avrebbero certamente odiata. Ma alla fine si sarebbero sentite incredibilmente fortunate a non essere lei.

3

Il televisore nel salotto aveva il volume altissimo. Andava in onda una soap opera del pomeriggio.

A un paio di porte di distanza, Serena guardava il soffitto e continuava a pensare che quella non era la sua camera da letto. E nemmeno casa sua.

L'uomo disteso accanto a lei russava debolmente, voltato dall'altra parte. La tv accesa nella stanza vicina non lo disturbava affatto.

Serena osservò la sua nuca. Avrebbe voluto evitare di guardarlo di nuovo in faccia, o di vedere ancora il suo pene. In realtà era un falso problema, visto che fino a poco prima la cosa non la disturbava affatto.

Erano entrambi nudi. Ma adesso lei si sentiva a disagio.

Desiderava solo sgattaiolare via prima che lui si svegliasse. Provò a muoversi e avvertì subito il liquido vischioso ed estraneo che le scivolava fra le gambe. Avrebbe voluto ripulirsi con un kleenex o con un po' di carta igienica. Ma quando provò ad alzarsi, un crampo al polpaccio la costrinse a desistere. Serrò i denti per non urlare. Forse era il caso di attendere un po' prima di riprovarci.

Si ridistese.

Subito dopo un breve orgasmo, il suo partner era crollato di schianto in un sonno profondissimo. Serena si girò di nuovo a osservare le sue spalle larghe. Era un bell'uomo, non si poteva negarlo. Aveva un'età indefinita, forse un po' meno di quarant'anni. Si manteneva in forma, sicuramente faceva sport. Nell'ingresso dell'appartamento, Serena aveva intravisto delle mazze da golf e una racchetta da padel. Ma in quel momento era troppo occupata a strappargli di dosso i vestiti per soffermarsi su certi dettagli.

Avevano iniziato a baciarsi in ascensore. Quando si erano chiusi la porta di casa alle spalle, lui l'aveva spinta contro il muro e si era chinato per sfilarle le mutandine. Poi aveva affondato la faccia fra le sue cosce. Serena aveva percepito la sua lingua calda che cercava di farsi strada dentro di lei, i suoi baci profondi.

Quando un uomo la prendeva in quel modo, lei si bagnava subito. Temendo di venire prima del tempo, l'aveva fermato. Toccandosi e baciandosi ovunque, si erano trascinati fino in camera da letto. Lui sapeva di sudore mischiato a un profumo con una nota marina. La pelle febbricitante. Le mani potenti. Assolutamente desiderabile. Ma vederlo adesso, inerme e addormentato come un grosso bambino stanco, la fece ricredere.

Serena ripensò a com'erano finiti lì quel sabato pomeriggio.

Alle dieci del mattino di quello stesso giorno, lei si era presentata alla Fondazione Prada. L'inizio della cerimonia era previsto per le nove, ma il suo ritardo era sapientemente calcolato.

Per l'occasione aveva indossato un abito nero in *sablé*, ovviamente Prada. Profondo scollo a V, da portare maliziosamente senza reggiseno e con l'orlo che le cadeva poco sopra le ginocchia. Un paio di *décolleté* color cedro, che le slanciavano le gambe. Grandi occhiali da sole scuri che si addicevano a un'espressione imbronciata. Seguendo le indicazioni dell'invito, era salita al primo piano dell'edificio progettato dal famoso studio olandese d'architettura OMA. La sala era la prima a destra.

Come previsto, erano già arrivati tutti.

Prima di fare un ingresso in grande stile, si era soffermata sulla soglia per osservare la vasta platea, calcolando che ci fossero almeno un'ottantina di persone. Si aspettava un consesso riservato ai familiari più stretti delle undici superstiti, invece l'invito doveva essere stato esteso anche ad altri parenti, altrimenti il numero non si spiegava.

In fondo alla sala c'era una specie di pulpito, con un leggio e un microfono. Al momento, però, sopra la pedana c'era una bambina che suonava il violino. Chissà se era la famosa Aurélie. La musica era struggente e tutti sembravano rapiti.

Serena attese che l'esibizione terminasse. Poi dalla platea si levò un sobrio applauso. Fu allora che decise di entrare in scena. La sua apparizione catturò subito l'attenzione del pubblico. Le teste cominciarono a voltarsi verso di lei e, appena la vedevano, tutti smettevano di battere le mani, lasciando spazio al silenzio e all'eco dei suoi tacchi.

Come la mattina dopo l'incendio, nella tensostruttura accanto all'ospedale di Vion, ancora una volta la sua sola presenza aveva zittito tutti.

Serena incedeva in una nuvola di Baccarat Rouge 540, aggrappata alla tracolla della sua Kelly di pelle nera. E barcollava. Aveva volutamente esagerato col *teddy-bear*. Da dietro gli occhialoni scuri poteva osservare i volti di quegli sconosciuti, le loro espressioni attonite. C'erano fratelli e sorelle delle sopravvissute, ma anche nonne e nonni, zie e zii, cugine e cugini. E, ovviamente, c'erano i padri delle bambine.

Aurora aveva solo lei.

Ripensò ai Natali, alle vacanze, ai compleanni in cui c'erano soltanto loro due. Chissà se la figlia avrebbe desiderato trascorrerli anche con qualcun altro. Non avendo mai avuto una famiglia tutta per sé a causa del divorzio dei suoi, Serena non si era mai preoccupata che Aurora potesse aver bisogno di parenti.

Se fossi morta io al suo posto, adesso sarebbe sola al mondo, si disse. Fino a quella mattina, non ci aveva mai pensato.

Notò che le piccole ospiti del convitto di Vion erano schierate nelle prime file, ciascuna accanto alla propria madre. Le bimbe erano impeccabili nei loro abitini scuri. Coi capelli lunghi, ben pettinati. La postura composta. Sembravano così diverse dalle bambine spaventate, con la faccia sporca e mezze congelate che aveva visto il mattino della tragedia.

Rispetto ad allora, avevano tutte un anno in più. Invece Aurora era bloccata nei suoi sei, come prigioniera del maleficio di una strega. Fino a quel momento, Serena non era mai stata sfiorata dall'idea che la figlia non sarebbe cresciuta, che sarebbe rimasta per sempre bambina.

Poi una bella donna, che non aveva mai visto, si era alzata dal proprio posto per andarle incontro. Magrissima ed elegante, era la madre di Aurélie.

«Grazie per essere venuta» le aveva detto Marion. E le aveva preso le mani fra le proprie, stringendole con trasporto. Quindi l'aveva accompagnata fino al posto rimasto libero per lei, accanto a sé.

Andando a prenderla in consegna e interrompendo così la sua sfilata, Marion aveva cercato di ristabilire ruoli e gerarchie. Era lei la gran cerimoniera.

Ma presto Serena si sarebbe presa tutta la scena.

Poche ore dopo, nella tv accesa nel salotto di quella casa sconosciuta, si stava svolgendo la lite fra due persone, un uomo e una donna. Nonostante il volume fosse sempre altissimo, Serena non riusciva a capire quali fossero le ragioni del diverbio fra i personaggi della soap opera. Una questione di cuore e forse anche di denaro.

Il televisore era stato un espediente escogitato dall'amante per coprire i suoi gemiti di piacere. Ovviamente, a lei non importava che i vicini la sentissero godere.

Il crampo era passato, lui dormiva ancora e Serena riprovò ad alzarsi.

Mise i piedi per terra ma rimase seduta per far cessare un capogiro. Nel frattempo, notò che sul comodino dalla sua parte del letto c'erano l'ultimo romanzo di Sophie Kinsella, una crema per le mani, una mascherina per il buio e un blister di pillole omeopatiche per dormire. Biancospino e passiflora, non certo le bombe che prendeva lei.

Poi puntò una porta chiusa nella stanza. La colse un'improvvisa curiosità. Volle andare a vedere subito cosa celasse. Improvvisamente, non aveva più fretta.

La aprì e si ritrovò davanti un piccolo andito che separava altri due ambienti. A sinistra c'era il bagno padronale, con due lavandini appaiati. Ai lati di un unico specchio, due stipetti. Serena li aprì e si mise a frugare fra gli scaffali. Nel primo c'era roba da uomo. Schiuma da barba, rasoi, un tagliaunghie, lozioni varie e una pomata per le emorroidi. Nel secondo, trucchi e creme di bellezza, dischetti d'ovatta e pillole anticoncezionali.

Tornò indietro e passò a esplorare il secondo ambiente. Tirò una cordicella che serviva ad accendere delle lame di luce sul soffitto e scoprì che si trattava di una cabina armadio perfettamente divisa a metà. Da una parte, i completi maschili di fattura sartoriale. Dall'altra, una sfilata di abiti femminili di alta moda. Scarpe e accessori avevano i propri scomparti.

Fece scorrere la mano sui profili dei vestiti da donna, passandoli in rassegna con lo sguardo. Quindi afferrò la manica di una giacca maschile, se l'avvicinò per annusarla e riconobbe subito il profumo dell'uomo con cui aveva fatto sesso fino a poco prima.

Chissà se la moglie sospettava che il marito portava altre donne in casa per scoparsele nel talamo nuziale. Anche se, da come era impacciato, Serena aveva avuto l'impressione di essere la prima. Infatti, aveva preso lei l'iniziativa e lui si era adattato. Il suo talento seduttivo era rimasto intatto. Aveva sempre avuto la capacità di istigare anche i più probi a trasgredire. Forse l'uomo che dormiva nella stanza accanto aveva sempre desiderato cedere alla tentazione, ma solo incontrando una come lei aveva trovato finalmente il coraggio di lasciarsi andare.

Chissà com'era essere sposati con lui. Dormirgli accanto ogni notte. Condividere gli spazi. Scambiarsi le abitudini e crearne insieme di nuove. Perdere, anno dopo anno, il senso del pudore. Chissà se davanti alla moglie scoreggiava o faceva rutti rumorosi. Se si metteva le dita nel naso. E Serena si chiedeva anche se, ogni volta che l'amata consorte andava in bagno, il marito sentisse l'odore della sua cacca.

All'improvviso avvertì un conato che le risaliva dallo stomaco. Tornò nel bagno appena in tempo per vomitare in uno dei lavandini.

Quella mattina, era rimasta buona e tranquilla per quasi tutta la cerimonia. Marion, seduta accanto a lei, continuava a tenerle la mano, come fossero due vecchie amiche.

Intanto, le undici piccole sopravvissute si erano alternate sul pulpito. Alcune avevano letto una poesia o un componimento scritto per l'occasione. Altre avevano suonato uno strumento, come la bambina col violino. Una aveva intonato un canto pastorale. Alle esibizioni erano seguiti i racconti dei pochi giorni trascorsi insieme ad Aurora. Erano stati riportati anche aneddoti divertenti.

Serena osservava Marion, così attenta che tutto si svolgesse secondo il programma prestabilito e che non ci fossero intoppi. Da come aveva organizzato la cosa, sembrava che la cerimoniera sapesse già come sarebbe stato dosato il pathos, come alternare la commozione alla leggerezza. E che avesse previsto esattamente quando la platea avrebbe riso oppure pianto.

Ciò che Marion non poteva immaginare era che, alla fine dello spettacolino, Serena sarebbe salita sul piccolo palco per svelare a tutti il proprio stato d'animo. E, nel farlo, non avrebbe risparmiato nulla al pubblico accorso lì quel sabato mattina. Avrebbe descritto cosa si prova a svuotare una casa dalle cose di una figlia quando capisci che tutto ciò che ti rimane di lei è freddo e inanimato. Bambole, libri, matite colorate, peluche. Non puoi nemmeno toccarli quegli oggetti, perché ogni cosa ti ferisce, come fosse fatta di vetro tagliente, di lame microscopiche o di metallo arroventato. Avrebbe condiviso con quegli estranei come ci si sente a dar via il maledetto gatto di tua figlia, perché almeno lui possa trovare altrove un po' d'affetto. Li avrebbe resi partecipi dello strazio sordo e inguaribile che ti comprime costantemente il petto. E avrebbe confessato la vigliaccheria di non riuscire nemmeno a togliersi la vita. Avrebbe raccontato la sua progressiva discesa agli inferi, svelando loro che l'inferno è senza fondo. È un lungo tunnel di buio e dolore, dove si può solo continuare a precipitare.

Gli avrebbe rivelato cosa significa convivere con un fantasma che è ovunque ma non ti parla.

E poi avrebbe detto a tutti chiaramente dove potevano infilarsi il proprio cordoglio e, soprattutto, che dovevano lasciarla in pace. Avrebbe fatto una piazzata memorabile. Ma sarebbe stato utile per quelle persone. Non l'avrebbero mai ringraziata, però sicuramente si sarebbero ricordati la scena per il resto della vita. Sarebbero stati testimoni di come la disperazione trasfigura le persone e, da allora, avrebbero protetto ancor di più ciò a cui tenevano realmente.

Ma, proprio mentre si alzava per andare verso il microfono,

le undici bambine le si erano avvicinate con un plico di fogli legato con un nastro di raso rosso. Aurélie, in rappresentanza delle altre, le aveva spiegato che una delle tutor di Vion aveva scattato molte foto di quella vacanza sulla neve. Ma, siccome poi la macchina digitale era andata distrutta nell'incendio, ciascuna di loro aveva attinto ai propri ricordi per sostituire quelle immagini con dei disegni.

Serena aveva preso in consegna il plico senza sapere cosa dire. Poi lo aveva aperto, iniziando a sfogliarlo. Su quei fogli erano raffigurati gli ultimi sette giorni della vita di Aurora. Le lezioni di sci. Le discese con lo slittino. I pomeriggi trascorsi a pattinare. La gita sulla slitta trainata dai cavalli. Le serate davanti al grande camino. E poi l'ultima sera. La festa delle fate farfalle, in cui tutte indossavano ali blu e avevano nei capelli filamenti argentati.

In quelle rappresentazioni coloratissime, la sua bambina appariva sempre sorridente. Chissà se era stato veramente così, o se Aurora era triste perché le mancavano casa sua o il suo gatto. Oppure la sua mamma.

Don... Don... DON!

Serena aveva iniziato a sentire i maledetti rintocchi delle campane di Vion. Si era voltata in cerca dell'orologio ma aveva incontrato solo gli sguardi dei presenti. Si era resa conto che le ginocchia le cedevano. In quel momento, tutti vedevano una madre che vacillava per la commozione. Genitori, nonni e zii si compiacevano per quanto fossero nobili i sentimenti delle loro bambine. Invece lei era solo invasa dalla rabbia. Cosa si aspettavano, che scoppiasse in lacrime? Non si poteva aggiungere dolore al dolore, e Serena ormai ne era satura.

Ma il gesto delle piccole sopravvissute aveva mandato a monte i suoi piani. Ormai aveva perso il controllo, la vista si era annebbiata e infine era svenuta come una stupida.

Però qualcuno l'aveva afferrata prima che toccasse terra.

Le stesse mani che, poche ore dopo, le avrebbero artigliato con impeto di passione i glutei e i seni.

Quando, ancora tutta nuda, ebbe finito di svuotarsi lo stomaco, Serena non si preoccupò nemmeno di aprire il rubinetto per ripulire il lavandino del bagno dal vomito. Lasciò tutto com'era e tornò in camera da letto. Il suo amante ora russava più forte. Lei recuperò l'abito di Prada e le scarpe dal pavimento e cominciò a rivestirsi.

Poi, siccome l'uomo era sempre voltato su un lato, girò intorno al letto per guardarlo un'ultima volta in faccia.

Sul comodino c'era un portafotografie messo a pancia sotto. Serena sollevò la cornice, rimettendola a posto per lui. Si soffermò un attimo a osservare le persone in quel ritratto. La famigliola perfetta. Non appena Serena aveva capito che, dopo la cerimonia, moglie e figlia sarebbero partite per la loro casa a Nizza, aveva fatto scattare subito la trappola per sedurre il capofamiglia.

Mandò un bacio alla foto in cui il suo amante posava insieme a Marion e Aurélie. Poi, con le *décolleté* in una mano e a piedi scalzi, si mosse verso l'uscita dell'appartamento, dicendo addio con lo sguardo a ogni singolo oggetto che incontrava nel percorso. Non avrebbe più rimesso piede in quella casa.

Ma passando per il salotto per recuperare la borsa di Hermès, la sua attenzione venne richiamata dalla voce di Marion.

«Perché?»

Serena si voltò e se la ritrovò davanti. La postura dignitosa, l'espressione dolente.

«Perché è successo?» ripeté con enfasi la donna, arrotando la *erre* nella pronuncia francese. «Non solo non esiste una risposta, ma non c'è nemmeno qualcuno a cui rivolgere la domanda» proseguì nello schermo del televisore.

L'episodio della soap opera era terminato e adesso andava in onda uno di quei talkshow pomeridiani in cui si mischiavano fatti di cronaca e gossip, saltando da un omicidio di provincia a uno scandalo rosa, da una storia strappacuore al matrimonio di qualche vip.

Marion stava rispondendo alle domande di un'inviata. Il servizio era stato registrato quella stessa mattina, al termine della cerimonia alla Fondazione Prada.

L'argomento era la tragedia di Vion.

I telegiornali se ne erano occupati a suo tempo e, dopo un

anno, per loro non faceva più notizia. Ma per un programma del genere era ancora un tema succulento e gli autori avevano colto il pretesto dell'anniversario per spremere un po' di lacrime agli spettatori. Serena immaginò la platea che, dietro la commozione, mascherava la perversa curiosità di sentir parlare di una bambina dispersa ma che sicuramente era bruciata viva.

«Non so come avrei reagito al suo posto» disse Marion e Serena si sentì chiamare indirettamente in causa. «Anche se le nostre figlie sono tornate a casa, ognuna di noi è quella donna.» Stava parlando a nome delle madri delle bambine sopravvissute.

Ciò che stava dicendo era sensato, peccato che in quel contesto ogni parola perdesse autenticità. Allora Serena si mosse verso il televisore, s'impadronì del telecomando che stava sul divano e interruppe quell'oscena esibizione.

La quiete improvvisa ebbe il potere di rilassarla. Ma non durò molto. La vibrazione dello smartphone la fece sobbalzare.

Serena pescò dalla borsa il cellulare che aveva precedentemente silenziato e controllò subito chi la stesse chiamando.

Sul display appariva solo la dicitura «numero sconosciuto».

Non rispondeva mai alle telefonate anonime e poi non voleva svegliare il suo amante addormentato. Rifiutò la chiamata e si avviò verso l'uscita dell'appartamento. Mentre si apprestava a imboccare la porta, il telefono riprese a vibrare nella sua mano.

Lo stesso scocciatore che nascondeva il proprio numero.

Pensò che si trattasse di telemarketing. Si richiuse l'uscio alle spalle e stavolta accettò la chiamata, pronta a mandare a quel paese il centralinista. «Che cazzo vuoi?» rispose.

Ma dall'altra parte c'era solo silenzio. La linea però non era caduta. Forse non riuscivano a sentirla.

«Pronto?» ripeté allora, spazientita. Avrebbe potuto riattaccare, ma aveva voglia di litigare con qualcuno. «Allora, stronzo, ti decidi a parlare?»

Il silenzio fu rotto da un suono. «*Don... Don... Don...*»

Come prima reazione, Serena allontanò lo smartphone dall'orecchio. In quel momento, si rese conto che i rintocchi stavolta non erano nella sua testa. Uscivano dal telefono.

E provenivano da Vion.

«Pronto?» domandò ancora, timorosa.

Qualcuno chiuse di colpo la chiamata.

Serena rimase a fissare il cellulare nella propria mano, senza comprendere il senso di ciò che era appena accaduto. Non ebbe nemmeno il tempo di ragionare.

Trascorsero pochi secondi e giunse un sms. Anche quello era anonimo.

4

Rientrò a casa e si richiuse la porta alle spalle, ma poi non riuscì ad andare oltre l'ingresso.

Appoggiò lo smartphone per terra e si sedette su un pouf di velluto blu, rimanendo a osservare il cellulare a distanza, come se stesse per esplodere. Intanto giocherellava con le chiavi e si domandava quando il telefono avrebbe smesso di emettere avvisi di notifica.

Nell'ultima ora le erano arrivati almeno altri dieci sms da un numero nascosto. Messaggi che lei si era rifiutata di aprire.

Era come se lo sconosciuto mittente avesse previsto la sua riluttanza. E insistesse.

Lo stillicidio si interruppe all'undicesima notifica.

La coincidenza agitò Serena. Undici come le bambine sopravvissute all'incendio del convitto di Vion. Mancava la dodicesima. Sua figlia.

Quando decise che il silenzio era durato abbastanza, Serena si alzò finalmente dal pouf e si mosse per andare a togliersi di dosso l'abito di Prada.

Però lasciò il telefono dov'era.

Trascorse gran parte della serata cercando di non pensare all'apparecchio rimasto nell'ingresso, trovando consolazione e conforto nel solito mix di alcol e farmaci. Tuttavia, stavolta il *teddy-bear* si stava rivelando inefficace e la mente continuava ad andare lì dove stava il cellulare muto.

Don... Don... Don...

Serena sapeva che il telefono la stava aspettando, che era solo questione di tempo. Quanto avrebbe potuto resistere ancora a quel richiamo? Sperava di essere abbastanza forte. Ma più passavano le ore, più si sentiva debole e remissiva.

Cenò con un'insalata insipida che non terminò, si concesse

una doccia calda che non le procurò alcun sollievo, peregrinò per l'appartamento in cerca di qualcosa da fare ma senza trovare niente che la distraesse abbastanza.

Alla fine, cedette.

Furiosa con se stessa, andò a prendere il cellulare dal pavimento. Lo afferrò con le mani che tremavano e aprì l'applicazione dei messaggi.

Gli sms erano tutti uguali. Nessuna frase, nessuna parola. Come la telefonata muta col sottofondo di campane che li aveva preceduti.

Don... Don... Don...

Tutti contenevano un identico allegato. *Un link.*

Che significava? Le sembrava che qualcuno giocasse coi suoi nervi. O forse stava testando la sua forza di volontà. Era come se cercasse di capire fin dove fosse disposta a spingersi.

Certo, è una prova, si disse Serena. Va bene, ci sto.

Allora pigiò il polpastrello sull'allegato, come se schiacciasse un piccolo scarafaggio fastidioso. Il link la indirizzò subito su internet, a uno dei tanti siti dove gli utenti potevano caricare i loro video, anche in forma anonima.

Sullo smartphone di Serena iniziarono a scorrere le immagini dell'incendio.

Che razza di scherzo era? Che gusto c'era a sottoporla a una simile tortura? Bisognava essere crudeli. Bisognava essere senza cuore. Chiunque fosse il mittente dei messaggi, adesso sapeva che alla fine lei aveva ceduto e ora stava visualizzando il filmato. Anche se in quel momento il bastardo non poteva vederla, godeva in segreto della sua resa. E se gli bastava immaginare cosa provasse, doveva trattarsi proprio di un cinico.

Serena non ne poté più e stava per interrompere la visione. Ma qualcosa le fece cambiare idea.

Al principio, il video che aveva davanti non sembrava molto diverso da quelli girati coi telefonini dai curiosi la notte maledetta.

Questo però aveva qualcosa di diverso. Di disturbante.

Realizzato in formato verticale con un comune smartphone, nel filmato si vedevano le vampe che si alzavano nella notte. Lo chalet non era ancora crollato e sembrava un enorme drago ferito a morte che continua, indomito, a sputare fiamme.

Nel suo stomaco ribollente era prigioniera Aurora.

Il fiato della persona che impugnava il cellulare si condensava in nuvole di vapore davanti all'obiettivo. In mezzo alla neve che cadeva silenziosa, si udivano soltanto gli strepiti del fuoco imbizzarrito e i lamenti prodotti dall'edificio, simili a quelli di una creatura che lotta strenuamente per sopravvivere.

Era questa la stranezza che disturbava Serena. Non c'erano voci concitate, né sirene. Ed era un po' come essere lì prima dell'arrivo dei soccorsi e dell'orda dei curiosi.

Mentre cercava un senso a ciò che stava guardando, riconobbe la finestra della mansarda della figlia.

Terzo piano, l'ultima in fondo, sulla destra.

Il video s'interruppe dopo appena un minuto. Ma Serena aveva fatto in tempo a notare qualcosa d'impreciso. Un dettaglio in apparenza insignificante ma che stonava con la ricostruzione dei fatti che le avevano fornito.

Tornò indietro e fece scorrere i fotogrammi per riguardare quel breve passaggio e scoprì di non essersi sbagliata.

C'erano meno diciotto gradi la notte dell'incendio, rammentò, risentendo sulla pelle il gelo di quando il mattino dopo era giunta a Vion.

Allora perché la finestra della stanza di Aurora era aperta?

LA LUCE DEL FUOCO

1

Non volle più rivedere quel video.

Avrebbe potuto eliminare gli sms con il link e cercare di dimenticare. Invece adesso Serena provava un'insolita certezza mentre guidava sulla strada che tagliava a metà la piccola valle fra le montagne.

Ed era così sicura di ciò che stava facendo che non aveva bisogno di riguardare il filmato.

Fino a qualche ora prima, avrebbe giurato che non avrebbe mai più rimesso piede in quei luoghi. Ma era come se Vion l'avesse riconvocata. Anzi, era come se la stesse attirando a sé. Come se ci fosse qualcosa d'incompiuto fra lei e quel posto, una questione da definire una volta per tutte.

Don... Don... Don...

L'alba era immobile dietro le nubi biancastre e la neve cadeva lenta e copiosa, ma la temperatura esterna era certamente meno rigida rispetto al mattino dopo l'incendio. Anche lo stato d'animo di Serena era diverso. La paura non le sussurrava in un orecchio, prospettandole gli scenari peggiori. E l'ansia che la spingeva non celava alcun presagio inconfessabile. Semmai conteneva una segreta aspettativa.

La speranza che esistesse una verità alternativa.

Serena ne era convinta, quella finestra semiaperta in una notte di gelo era uno sbaglio. Era come se l'universo, nel suo spietato piano di strapparle l'unica figlia, si fosse distratto e avesse commesso un piccolo errore. E lei si era messa in testa di porvi rimedio. E di sconfessare il destino.

Per questo aveva indossato scarpe comode e un giaccone pesante. Aveva noleggiato un fuoristrada e infilato in uno zaino un computer portatile insieme all'occorrente per fermarsi un po' di giorni. Poi si era messa in viaggio. Prima di partire molto presto, aveva inviato una mail in ufficio per avvertire il suo assistente Fabrizio che quella settimana non sarebbe andata al lavoro.

Con la prospettiva di dover guidare fino a Vion, dalla sera prima aveva ridotto i dosaggi degli ingredienti del *teddy-bear* per apparire quasi del tutto sobria e lucida. I nervi, al momento, sembravano reggere. L'astinenza era compensata dall'adrenalina di ciò che si stava apprestando a fare.

Ovviamente, prima di mettersi in macchina, aveva fatto scorta di psicofarmaci, sedativi e antidolorifici per il suo cocktail speciale. Quanto all'Evian e alla Belvedere, era certa che non le sarebbe stato difficile procurarsele in loco. Non sapeva quanto a lungo il suo fegato avrebbe tollerato ancora quel trattamento. Ma adesso l'idea di smettere era terrorizzante almeno come quella di ammalarsi. Di crepare, invece, non le importava niente. Ma sospettava che la morte si fosse già espressa abbastanza nella sua esistenza e che ora la dama nera traesse maggior godimento dal proposito di farla sopravvivere a lungo.

A un anno di distanza, Vion era la solita cartolina. I tetti imbiancati di neve, le finestre con la luce dorata, le case arroccate intorno alla torre con l'orologio. Ma nessun serpente di fumo nero che si levasse fra gli edifici.

L'ingresso nel piccolo paese delle fiabe avvenne all'incirca come la volta precedente, con l'auto di Serena che cercava di farsi cedere il passo dagli sciatori che affollavano le stradine, diretti agli impianti di risalita. Stavolta, nessuna sirena disturbava la lenta processione dei turisti, nessun mezzo di soccorso costringeva tutti a spostarsi.

Lei si guardava intorno e le facce sembravano assurdamente le stesse di dodici mesi prima. Gli stessi sguardi interrogativi la inchiodavano, facendola sentire un'estranea tornata per rievocare lo spiacevole episodio, di una notte ormai lontana nel tempo, in cui una bambina coi riccioli biondi aveva rischiato di rovinare le vacanze a tutti.

Ogni cosa si ripeteva. Non come un *déjà vu*, ma come un

assurdo rompicapo. Come se una vocina interiore stesse dicendo a Serena «l'altra volta ti è sfuggito qualcosa, adesso aguzza la vista, controlla meglio». Oppure «riprova, sarai più fortunata». La soluzione era lì, ma anche nella sua testa. Lei ne era convinta.

Tuttavia, la sua fiducia vacillò quando si trovò davanti la scena da cui un anno prima l'avevano tenuta lontana le transenne.

Serena arrestò il fuoristrada e rimase a guardare attraverso il parabrezza, col cuore che le sbatteva nel torace come un passero finito in una trappola. Senza che lei se ne accorgesse, il navigatore l'aveva condotta sul luogo dell'incendio. Il rudere dello chalet era ancora lì, anche se circondato da alte barriere di sicurezza in lamiera che, in realtà, servivano più a nasconderne la vista. Infatti, erano rivestite con un grande *trompe-l'œil* con scene di montagna.

Per un lungo minuto Serena non riuscì a muoversi, afferrandosi allo sterzo col timore che, se avesse mollato la presa, sarebbe andata inesorabilmente alla deriva. Poi, però, trovò la forza per scendere dalla macchina e avvicinarsi.

Aveva notato una fenditura nella recinzione.

Arrivata davanti allo sbarramento, accostò le mani al viso per guardare meglio. Da ciò che si riusciva a intravedere dalla fessura, non rimaneva molto dello chalet. Solo qualche muro perimetrale e un buco nero dove prima c'erano le fondamenta.

Un dente cariato in mezzo al villaggio. Una puzza di marcio esalava dal terreno.

Nel frattempo, nella testa le scorrevano le immagini del filmato ricevuto in forma anonima. Si ripeté che chi l'aveva girato era presente quella notte ed era lì prima di chiunque altro. E aveva ripreso il dettaglio fuori posto della finestra aperta.

Il misterioso videoamatore si era accorto subito dell'anomalia? Oppure l'aveva notata soltanto in un secondo momento, riguardando la propria opera? Ma allora perché il testimone oculare non si era fatto avanti con la polizia? Perché invece aveva mandato il link a lei? In realtà, Serena non poteva escludere che il video fosse stato inviato anche a qualcun altro. Sapeva solo con certezza che nessuno ne aveva ancora menzionato l'esistenza.

Dopo un po', distolse lo sguardo dal rudere poiché non riusciva più a sopportare il fetido odore sprigionato da quel buco per terra.

Voleva andar via da lì, in fretta.

Tornò all'auto senza voltarsi, con ancora quel tanfo nelle narici, ma forse la puzza era solo nella sua mente, come una sorta di allucinazione. Una volta a bordo del fuoristrada, ebbe la tentazione di allungare una mano verso lo zaino, prendere un blister a caso e cacciarsi in bocca una manciata di farmaci. Però si trattenne. Doveva resistere. Altrimenti avrebbe rovinato tutto.

Mise in moto e ingranò la marcia. La seconda tappa del suo soggiorno alpino sarebbe stata la stazione della polizia locale.

Da quando era partita per Vion, aveva in mente solo una domanda.

2

Alle otto e sedici del mattino, la poliziotta dietro al bancone del ricevimento, che ricopriva anche il ruolo di centralinista, le aveva detto che il capo Gasser non era ancora arrivato. La poliziotta era l'unica presenza in ufficio, Serena si era chiesta dove fossero gli altri. Probabilmente a occuparsi di questioni di poco conto, come dirigere il traffico o controllare che la vita a Vion si svolgesse in modo ordinato. Il paesino svizzero non sembrava il posto in cui potessero accadere crimini eclatanti e, dalle dimensioni di quell'ufficio, immaginava che gli agenti in servizio fossero al massimo cinque o sei.

La poliziotta le aveva detto di tornare dopo le nove. Serena aveva insistito per lasciare un messaggio al capo, in modo da essere ricontattata. L'altra aveva scritto con indolenza un appunto su un post-it. Ma, quando aveva dovuto aggiungere un nome al margine della nota, si era bloccata.

Scoprendo di trovarsi di fronte la madre della bambina dispersa nell'incendio dello chalet, le priorità erano improvvisamente mutate. La donna si era messa subito in contatto telefonico con Gasser, pregandolo di raggiungere quanto prima il posto di polizia. Intanto, l'aveva fatta accomodare nella stanza del comandante e le aveva offerto un caffè.

Serena aveva sorbito la bevanda calda e ora se ne stava seduta su una poltroncina con lo zaino sulle ginocchia, davanti a una scrivania vuota. La caffeina l'aveva ridestata. Continuava a sentire la puzza che esalava dalle macerie dello chalet che aveva appena visitato. Grasso colato dentro un barbecue spento, ecco cosa le ricordava. Nonostante fosse opera dell'immaginazione, si annusò i vestiti: comunque non avevano un buon odore. I farmaci e l'alcol alteravano l'acidità del sudore. Ma si ripeté che era essenziale fare una buona impressione.

Intanto osservava le pareti piene di encomi, inframmezzate da foto di un uomo in divisa: sui cinquant'anni, capelli e carnagione chiari, occhi azzurri. Tipici tratti montanari e l'espressione austera che avevano certi tutori della legge. Gasser era stato immortalato in vari momenti dell'attività di pubblica sicurezza del corpo che dirigeva. Al termine di un'operazione di soccorso dopo una valanga. Davanti a un camion di legname che si era ribaltato perdendo il carico. Accanto a una catasta di carcasse di cervo, probabilmente sequestrate a qualche bracconiere. C'era qualcosa di inappropriato in quegli scatti. Una macabra collezione di morte e distruzione.

Ma fu una foto ad attirare maggiormente l'attenzione di Serena, tanto da costringerla ad alzarsi dalla poltroncina e ad avvicinarsi.

Nell'immagine, accanto a Gasser c'era un uomo in manette. Sulla quarantina. Fisico magrissimo, capelli in disordine, il volto scavato sotto una fitta barba. Sulle labbra, un lieve sorriso di sfida.

Sullo sfondo, un bosco bruciato.

Provò inquietudine alla vista di quel cimitero di alberi di carbone e del deserto di cenere. Inoltre sembrava che l'uomo in manette la fissasse dalla fotografia. Il suo sguardo emanava uno strano magnetismo. In fondo a quegli occhi si celava un'ammaliante ferocia.

La luce del fuoco.

Serena era ancora turbata, quando una voce esordì alle sue spalle.

« Buongiorno » si presentò Gasser, trafelato. « Mi spiace averla fatta attendere. »

« Nessun problema » disse lei, dimenticandosi la fotografia e tornando a sedersi. C'era qualcosa di diverso nell'aspetto del comandante rispetto alle foto sul muro. Poi Serena capì cosa fosse: il poliziotto si era fatto crescere i baffi.

Lui le porse una mano sudaticcia. Serena la strinse e, guardandolo meglio e da vicino, considerò che l'uomo non aveva affatto cinquant'anni. Forse dieci in meno, ma li portava molto male.

Prima di richiudere la porta, Gasser controllò che fuori dal suo ufficio non ci fossero sguardi indiscreti. Un accorgimento inutile visto che, a parte la poliziotta all'ingresso, erano soli.

«Appena mi è stato detto che era qui, mi sono precipitato» si giustificò, senza che ce ne fosse bisogno. «Sono padre di due bambine, mi spiace per ciò che le è capitato» aggiunse.

A Serena parve sincero.

Poi lui si tolse il cappello d'ordinanza, si sfilò il giaccone della divisa e andò a sedersi dietro la scrivania. «Cosa la riporta a Vion?» chiese, premuroso.

In realtà, era abbastanza evidente che la presenza di Serena lo mettesse a disagio. Lei era convinta che, da quando aveva ricevuto la chiamata della poliziotta, Gasser si stesse scervellando sul motivo di quella visita. «Quanto ne sa di borsa e di azioni?» gli chiese di getto, senza alcun preambolo.

Gasser incrociò le braccia e indietreggiò sulla sedia. «Non molto» ammise, prudentemente. Forse adesso pensava che volesse proporgli qualche investimento.

«Per operare nell'alta finanza bisogna possedere un particolare talento che non si trova nei libri e non s'impara all'università.»

Era evidente che l'altro si stava domandando dove volesse approdare con quel discorso, ma non aveva ancora una buona ragione per interromperla.

«Nel mio lavoro è necessario usare un misto di logica e istinto, razionalità e spregiudicatezza.»

«Un po' come nel gioco d'azzardo» buttò là Gasser.

«Esatto» confermò Serena.

Il poliziotto annuì, incassando soddisfatto la sua approvazione.

«Ha mai sentito parlare della 'maledizione del vincitore'?»

Gasser inarcò le sopracciglia. Stavolta non tentò alcuna risposta.

«Quando si partecipa a un'asta al rialzo, per bruciare la concorrenza si rischia di fare un'offerta molto superiore al reale valore del bene.»

«Per l'ansia di battere gli altri, si paga di più per qualcosa che vale meno» semplificò Gasser, dimostrando di aver capito.

«Ecco perché, prima di effettuare una qualsiasi proposta, è necessario possedere più informazioni possibili» proseguì Serena. «A volte, basta il dato sbagliato per cadere in un errore irrimediabile. Altre volte, invece, accadono cose imprevedibili. Eventi inaspettati che sovvertono perfino la verità. Noi del settore le chiamiamo 'anomalie di mercato'.»

«Anomalie di mercato» ripeté Gasser, sempre più confuso.

Serena continuava a parlare di argomenti che non avevano alcuna attinenza con la sua presenza in ufficio quella mattina. Ma aveva ben chiaro il proprio obiettivo e, soprattutto, sapeva come arrivarci. Capì che era il momento di fornire qualche spiegazione. «Il termometro segnava meno diciotto gradi la notte dell'incendio dello chalet, un'eccezionale ondata di gelo.»

«E allora?» L'altro continuava a non cogliere il nesso.

«Avete detto che mia figlia è morta per le esalazioni di fumo, prima che il fuoco raggiungesse la mansarda.»

«È quello che hanno scritto i periti dei vigili del fuoco» confermò Gasser, come a volersi sgravare dalla responsabilità delle conclusioni degli esperti.

«Allora chi ha aperto la finestra della stanza di Aurora?»

L'uomo stava per tentare una replica, ma poi si bloccò. Quindi la squadrò con un'espressione inebetita.

«Esiste un video dell'accaduto, girato nei primissimi minuti del rogo» spiegò lei. «L'avete ricevuto anche voi?»

Gasser scosse la testa. «Non abbiamo ricevuto alcun video» le assicurò.

«In quelle immagini si vede chiaramente che la finestra della mansarda è solo accostata.»

L'altro non replicò nemmeno stavolta.

Serena si godette il suo silenzio che valeva quanto una risposta. Se anche il poliziotto era rimasto interdetto, allora forse le sue perplessità non erano del tutto infondate. La maledizione del vincitore. Forse, per chiudere in fretta quella brutta storia, gli investigatori si erano accontentati della verità più facile. Ma adesso rischiavano di perdere la loro credibilità poiché era apparsa un'anomalia.

Serena fece trascorrere qualche momento, poi proseguì. «È

escluso che la finestra fosse aperta da prima dell'incendio. Non avrebbe avuto senso, vista la temperatura esterna.»

L'uomo esitò. Voleva aggiungere qualcosa ma attese prima di parlare. Lei intuì lo stesso cosa gli stesse passando per la mente, ma quello si asteneva dal dirlo perché ciò avrebbe comportato un imbarazzante aggiustamento della versione ufficiale. Cioè che poteva essere stata Aurora stessa ad aprire la finestra, nel tentativo di mettersi in salvo. L'affermazione implicava che non ci fosse riuscita e che poi fosse bruciata viva.

Serena avrebbe voluto smentire la tesi compassionevole della morte per asfissia da fumo, perché ciò avrebbe significato che la figlia aveva avuto almeno una chance per sopravvivere. Dalla finestra avrebbe potuto chiedere aiuto o arrampicarsi sul cornicione, aspettando che la venissero a salvare. Purtroppo era impossibile che fosse stata lei ad aprirla.

«Non è stata mia figlia ad aprire la finestra, se è questo che sta pensando» chiarì subito. «Sono andata a riguardarmi la tipologia di stanza riservata ad Aurora, le foto sono sul dépliant dell'accademia che organizzava il campus.» A tal proposito, tirò fuori dallo zaino uno spesso fascicolo, da cui poi estrasse una pagina strappata e spiegazzata per sottoporla alla visione del suo interlocutore. «Il davanzale interno si trovava a un paio di metri dal pavimento.»

L'uomo sembrò dapprima impressionato dalla mole di documenti che Serena aveva portato con sé, poi diede un'occhiata al foglio con l'immagine della mansarda del convitto.

«Aurora era alta un metro e ventitré» proseguì Serena. «Pure mettendosi in piedi su una sedia, non avrebbe mai potuto raggiungere la maniglia.»

La salvezza forse era a portata di mano, ma Aurora non era ancora cresciuta abbastanza. Gasser apparì di nuovo spiazzato.

«Le ripeto la domanda» insisté Serena. «Chi ha aperto la finestra di mia figlia quella notte e perché?»

Piccole gocce di sudore iniziarono a imperlare la fronte del capo della polizia locale. «Non ha raccontato questa storia in giro, vero?»

Intendeva sicuramente i media. Per questo la poliziotta all'ingresso si era affrettata ad avvertirlo della presenza di Serena. E sempre per lo stesso motivo, prima di chiudersi nell'ufficio insieme a lei, Gasser aveva controllato se per caso fosse tornata a Vion col codazzo di qualche troupe televisiva. Sicuramente il comandante temeva che là fuori ci fossero in agguato un cameraman e un inviato armato di microfono. Una pessima pubblicità per la località che non aveva sospeso la stagione turistica nemmeno il giorno della disgrazia e che, dopo un anno, aveva nascosto i resti dello chalet dietro un ridicolo *trompe-l'œil*, come si fa con la polvere sotto un tappeto.

La speranza di Gasser e di Vion era che il mondo dimenticasse presto la tragedia.

« Non ho parlato con nessuno della finestra aperta » lo rassicurò Serena, anche se avrebbe voluto assestargli un pugno sul naso. « Ma, a questo punto, vorrei una spiegazione. »

« Esiste certamente una spiegazione » borbottò l'uomo, ripetendo le sue parole nel vano tentativo di ostentare sicurezza. « Posso vedere quel video? »

Serena non attendeva altro. Per tale ragione non gli aveva mostrato subito il filmato. La richiesta doveva venire da lui. Anzi, la volontà era stata espressa con sospetto ritardo. « Certamente » disse, frugando subito nello zaino alla ricerca dello smartphone. Una volta trovato il telefono, aprì l'applicazione dei messaggi e cliccò sul link allegato agli sms che aveva ricevuto in forma anonima. Fu reindirizzata prontamente alla pagina web e prese il via la riproduzione del video.

Partì prima una musichetta simile a un jingle. La novità spiazzò Serena.

« Stress? Problemi? La vita ti assilla? » domandò, irridente, una voce maschile in sottofondo. « Cerchi un modo per evadere dalla quotidianità? »

Dopo un paio di secondi, nello schermo nero apparvero un paesaggio alpino e una coppia di giovani sciatori: una bionda fatale e un bellone che sorridevano all'indirizzo della telecamera.

« Allora vieni a Vion! » esclamò entusiasta lo speaker di prima, mentre i due si lanciavano in una discesa sulla pista innevata.

«Ci dev'essere un errore» balbettò Serena.

Intanto continuavano a scorrere le immagini della coppia sorridente durante il soggiorno in uno dei tanti alberghi della valle. Una cena elegante davanti al camino, una nuotata in piscina, un po' di relax nella sauna, durante un massaggio o alle prese con un trattamento estetico nella spa.

«Aspetti un istante» disse Serena, interrompendo la visione per tornare al link nel messaggio. Lo digitò di nuovo ma ripartì lo stesso spot pubblicitario.

«Me la ricordo quella campagna» commentò Gasser, non sapendo cos'altro dire. «Se non sbaglio: stagione invernale 1996» aggiunse, riferendosi alle immagini decisamente datate e al look un po' vintage dei figuranti che interpretavano la coppia di turisti.

«Ma come è possibile?» farfugliò Serena, continuando a fissare il cellulare.

Gasser colse il suo imbarazzo e non infierì. Anzi, si dimostrò insolitamente comprensivo. «Come ha ottenuto il link?» chiese, sforzandosi di dare credito alla sua storia.

«Un sms inviato da un numero anonimo» rispose lei, senza guardarlo.

«Mi sembra che qualcuno le abbia fatto uno scherzo di cattivo gusto» disse il poliziotto.

«E qualcuno mi ha telefonato nascondendo il proprio recapito» aggiunse Serena, che non voleva rassegnarsi all'ipotesi che fosse tutta una burla. «Se n'è rimasto zitto per un po'. Però in sottofondo ho riconosciuto i rintocchi dell'orologio di Vion e ho capito che la chiamata veniva da qui. Potreste controllare i tabulati e risalire alla sua identità» propose.

«Non credo funzioni così, mi spiace.»

«Che significa che le dispiace?» si irritò Serena, ma era sempre più disorientata. «È vostro dovere, no?» La voce si era incrinata e si rese conto del tremito alle proprie mani che reggevano ancora il cellulare. Era un effetto dell'astinenza, tipico negli alcolisti e nei farmacodipendenti.

Gasser si sporse verso di lei. «Facciamo così: se lo sconosciuto al telefono dovesse rifarsi vivo, torni pure da me.»

Ma Serena non voleva essere assecondata come una povera pazza. Allora si maledisse. Nell'impossibilità di controllare ciò che accadeva al proprio corpo, si arrese. Finalmente sollevò il capo dallo smartphone, constatando che ogni timore era svanito dall'espressione del poliziotto. Nel suo sguardo adesso c'era compassione ma anche la consapevolezza che nessuno avrebbe dato credito alle farneticazioni di una madre disperata.

Serena infilò nello zaino il corposo fascicolo che aveva mostrato a Gasser, e si alzò per congedarsi. «Non me ne andrò da qui finché non avrò una spiegazione per ciò che ho visto in quel video» affermò, tradendo un nuovo cedimento nella voce. «Perché quel filmato esiste» ribadì.

Quindi lasciò l'ufficio.

Una volta all'esterno dell'edificio, si accorse che stava trattenendo il fiato. Si fermo ed espirò, buttando fuori la tensione e la propria amarezza. Poi respirò daccapo, profondamente, lasciando che l'aria fresca la ripulisse dentro.

«*Don... Don... Don...*»

Serena sollevò lo sguardo verso la torre con l'orologio. Le salì una nausea improvvisa, ruttò e risentì in bocca il sapore del caffè che le era stato offerto poco prima. Si chinò appena in tempo per rigettare sul marciapiede. Quando i conati si furono placati, guardò la neve sporca di vomito ai propri piedi.

Stava ancora tremando.

Facciamo così: se lo sconosciuto al telefono dovesse rifarsi vivo, torni pure da me.

In realtà, le parole di Gasser contenevano una domanda. La vera frase era: «È proprio sicura di aver visto quel filmato?»

Crollando così davanti a lui, temeva di aver rovinato tutto, che le sue istanze alla fine fossero suonate assurde. A parte la pessima figura, era passata per visionaria.

Sconfortata, si mosse per raggiungere il fuoristrada parcheggiato poco distante, quando si ritrovò a fissare un paio d'occhi che non aveva mai visto prima. Ma che, invece, sembravano conoscerla.

La persona che la osservava dall'altra parte della strada era una ragazza con indosso un parka verde. Una volta scoperta, la giovane si allontanò rapidamente.

Ma Serena aveva fatto in tempo ad accorgersi che la sconosciuta stava tremando esattamente come lei.

3

Aveva trovato una sistemazione in una frazione vicina. Appartamento con uso cucina. Non erano previste le pulizie ma, una volta a settimana, c'era un cambio di biancheria. Il residence aveva una corte interna intorno alla quale si sviluppava un anonimo edificio di due piani a forma di ferro di cavallo.

Serena aveva escluso di prendere una camera d'albergo, si sarebbe sentita fuori luogo in mezzo a vacanzieri e famigliole con bambini. Non era lì in villeggiatura. Invece, stare lontano dal paese era l'ideale anche per godersi in santa pace le proprie dipendenze.

Il residence alloggiava soprattutto il personale di servizio degli altri hotel. Forestieri che, alla chiusura delle strutture ricettive, lasciavano la valle. Vion contava qualche migliaio di abitanti. Ma nei mesi in cui erano aperti gli impianti sciistici e durante il periodo estivo, fra turisti e lavoratori stagionali, i residenti arrivavano a decuplicare.

Serena aveva preso possesso del miniappartamento al primo piano del complesso verso le due del pomeriggio. Aveva prenotato tramite un'agenzia online prima di partire da Milano. Il posto era molto spartano. Moquette marrone e pareti rivestite di legno. All'ingresso c'era un piccolo soggiorno con un divano a due posti con la tappezzeria a scacchi, piazzato davanti a una tv. Sulla destra, un angolo cottura con una piastra elettrica, un tavolo da pranzo con tre sedie pieghevoli. Un piccolo frigobar produceva un rumore costante, come il russare di un orso. Poi c'era una camera da letto da cui si accedeva a un bagno con le piastrelle verdi.

Sul sito internet, nella descrizione dell'appartamento era annoverata una portafinestra a scorrimento che dava su uno stretto balcone. Lì c'erano un tavolino di metallo, ormai arrugginito, e una poltroncina di plastica ingiallita dalle intemperie. La vista sul parcheggio posteriore non era un granché.

Nella vita di prima, Serena avrebbe ritenuto inammissibile tanto squallore. Adesso, però, lo trovava stranamente consolatorio. La tappezzeria lisa del divano. Vecchie macchie sulla moquette. Il posacenere di ceramica con la pubblicità di un noto aperitivo. Le stoviglie scompagnate, i pentolini ammaccati o anneriti dall'uso. Quattro grucce nell'armadio, una diversa dall'altra. Odore di sigaretta e deodorante al pino.

Circondarsi di quelle imperfezioni l'aiutava a non sentirsi sbagliata.

L'appartamentino era come un rifugio dalla sua esistenza precedente. Una tana per sparire, in cui nessuno sarebbe riuscita a scovarla. Si sentiva come una fuggiasca, braccata dal dolore. E paradossalmente, da quando aveva rimesso piede dove tutto era cominciato, la sua pena si era come attenuata.

Era come se Vion avesse compiuto un piccolo miracolo.

Per la prima volta non aveva regole da seguire, obiettivi da raggiungere. L'ambizione sfrenata sembrava finalmente aver allentato la morsa su di lei. Serena si era presa una pausa per capire.

Fin da giovanissima, aveva scelto di essere indipendente. Niente famiglia, nessun legame. Solo rapporti basati sull'equidistanza. In realtà, non era mai stata libera. Senza saperlo, ogni sua decisione era sempre dipesa da qualcun altro. Sul lavoro e nelle relazioni interpersonali, si era sempre preoccupata di fare la cosa giusta, sottoponendosi costantemente al giudizio degli altri. Cosa dire, come comportarsi, come vestirsi, cosa mangiare. Le era sempre sembrato di imporre la propria personalità, invece si era solo adeguata alla visione altrui, temendo segretamente di compiere qualche errore, di infrangere qualche norma sociale o di deludere qualcuno. Come certi fanatici religiosi perseguitati dall'ansia di contravvenire a un comandamento o di scontentare il proprio dio.

Adesso era bello sentirsi sciolti da qualsiasi vincolo sociale.

Si era infilata una tuta e aveva indossato dei calzettoni di spugna. E ora, con accanto una bottiglietta di *teddy-bear*, sistemava le poche cose che si era portata dietro fra le mensole del bagno e gli scaffali dell'armadio. Intanto, provava a immaginare cosa sarebbe accaduto.

Cosa avrebbe fatto Gasser?

Serena era convinta che il comandante avrebbe provato almeno a capire se il video di cui gli aveva parlato esistesse davvero. Perlomeno per escludere che potesse danneggiare lui o il corpo di cui era a capo, insinuando il sospetto che le indagini sull'incendio fossero state condotte con negligenza.

Ora che aveva gettato l'amo, non le restava che aspettare. E confidava che la propria presenza a Vion avrebbe costituito comunque un incentivo per la polizia. Per il resto, non poteva fare altro.

Forse però il suo misterioso informatore telefonico si sarebbe rifatto vivo.

Non accadrà, si disse. Se avesse voluto, sarebbe già successo. Invece aveva scelto la strada del messaggio anonimo.

Quanto a lei, prima di crollare davanti a Gasser, aveva cercato di mostrarsi sicura e preparata a smontare punto per punto le conclusioni investigative. Aveva anche preparato il corposo fascicolo per impressionare il poliziotto, facendogli credere che contenesse chissà quali documenti. Invece dentro c'erano solo i disegni coi ricordi delle undici bambine sopravvissute. Dubitava che potessero essere di qualche utilità. Ma facevano spessore, e poi era tutto ciò che aveva. Dopo la cerimonia alla Fondazione Prada, non aveva più aperto il plico che li conteneva. Troppi colori, troppa vita. Era stata più volte sul punto di distruggere l'album. Ma poi non c'era riuscita.

Adesso i disegni erano finiti nel cassetto di uno dei comodini in camera da letto, dov'era custodita una vecchia Bibbia a disposizione dei clienti del residence.

Prima di rintanarsi nel miniappartamento era passata da un supermercato per fare scorta di viveri, oltre che di vodka e acqua minerale. Divise la spesa fra i ripiani in cucina e il frigobar che continuava imperterrito a russare. Quando terminò di sistemare scatolame e cibi precotti, il sole era già tramontato e fuori dalla portafinestra, insieme all'oscurità, era calata una nebbia fittissima.

Allora prese un sandwich preconfezionato, farcito con un pallido prosciutto e con un formaggio che sembrava di gomma. Estrasse il tramezzino dall'involucro di plastica e, portandosi appresso l'inseparabile bottiglietta, andò a sedersi sul divano a due posti. Stava per accendere la lampada che aveva accanto ma ci ripensò. La luce dei lampioni del parcheggio era più che sufficiente. E lei preferiva quella penombra ambrata.

Iniziò a mangiare.

Dalle pareti sottili arrivavano le voci e i rumori del vicinato. Dialoghi ovattati, musica dalle radio e qualche risata. Erano le sette di sera e negli hotel in centro c'era stato il cambio turno. Quelli che avevano lavorato durante il giorno erano tornati ai propri alloggi e adesso si godevano un meritato relax. Cameriere e camerieri, addetti alle pulizie, personale di cucina o preposto all'accoglienza dei clienti. Quell'umanità chiassosa che sapeva divertirsi con poco le sembrò improvvisamente invidiabile. Il suo panino invece aveva un sapore stantio, come il resto della sua vita. Decise di gettarlo via.

Mentre si dirigeva verso il secchio della pattumiera nel cucinino, sentì le gambe molli. Forse aveva esagerato col *teddy-bear*. Le capitava sempre più spesso e non se ne accorgeva.

Barcollando, tornò di nuovo al divano. Crollò in avanti e si addormentò in pochi secondi con la testa affondata fra i cuscini.

Quando si risvegliò, ci mise un po' a ricordarsi dove fosse. Ci pensò il ronfo costante del frigobar a riportarla alla realtà.

Il passaggio fra il sonno e la veglia era il momento migliore perché, in quei brevissimi momenti, Serena non rammentava nulla. Nemmeno la figlia. Ma durava sempre troppo poco. Poi, di solito, veniva assalita dai ricordi che sembravano attenderla in agguato. Allora lei tornava a essere la madre di Aurora.

E tutto ricominciava daccapo.

Serena avvertiva come una morsa che le premeva sulle tempie. Una patina acre le foderava la bocca e aveva le braccia intorpidite. Si tirò su, ma rimase seduta con la testa fra le mani. Controllò il display del cellulare.

Erano le ventidue. Aveva dormito circa tre ore.

Si sentiva a pezzi. Forse avrebbe fatto meglio ad andarsene a letto. Ma l'ansia le stava già rimontando dentro. Temeva di ritrovarsi a fissare il soffitto, insonne e paralizzata da un'inspiegabile paura nella pancia.

Si accorse che dal mento le colava un po' di bava. Se la ripulì con il dorso della mano. Nel compiere il gesto, sollevò il capo verso la portafinestra. Lo sguardo andò oltre il balcone, calando nel parcheggio.

C'era qualcuno in piedi ai confini del bosco. Una sagoma umana in mezzo alla nebbia. Come un messaggero dall'aldilà.

Serena si alzò dal divano e fece un passo in avanti per guardare meglio. Ma non andò oltre perché quella presenza le incuteva timore.

In quel momento, qualcuno bussò alla sua porta.

Il rumore la fece sobbalzare. Si voltò verso l'ingresso del piccolo appartamento, chiedendosi chi potesse essere. La breve distrazione fu fatale, perché quando tornò a guardare verso il bosco, la figura che aveva scorto poco prima era svanita.

4

Andò ad aprire la porta con addosso un senso d'inquietudine. Riconobbe subito il parka verde. Capì di avere di fronte la ragazza che quella mattina la stava osservando fuori dalla stazione di polizia e che, una volta scoperta, si era dileguata.

«Entra pure.»

«Grazie» disse l'altra, intimidita.

«Vuoi bere qualcosa di caldo?» chiese Serena. In realtà, non aveva niente di caldo da offrirle. Ma mentre richiudeva la porta, aveva notato che la ragazza era intirizzita. Chissà da quanto tempo era là fuori cercando il coraggio di bussare.

«Sto bene così, grazie.»

Si guardava intorno, stringendosi nel parka. Le gote rosse, lo sguardo smarrito e le mani delicate che tormentavano la cerniera del giaccone. Capelli lunghi, tenuti in ordine con un cerchietto. Occhi cerulei. Aveva poco più di vent'anni.

Serena le diede il tempo di acclimatarsi e di capire che non c'era nulla da temere. «Ci conosciamo?»

«No» disse subito l'altra. «Non ci siamo mai viste di persona prima di stamattina. Anzi, mi dispiace essere scappata in quel modo. Non volevo che ci vedessero insieme.»

Serena ponderò l'ultima frase. Cosa aveva spinto quella sconosciuta a venirla a cercare lontana da occhi indiscreti? «Però stamane mi hai riconosciuta.»

«Ho notato subito la somiglianza» confessò la ragazza.

Sono un lombrico, si disse Serena. «Conoscevi Aurora» dedusse subito.

La ragazza annuì. «Mi chiamo Luise, sono...» Ma poi si corresse: «*Ero* una delle tre tutor del convitto».

Luise attese una reazione da parte sua. Forse la temeva. Ma Serena non aveva alcun rancore da sfogare. Anzi, si disse che la ragazza aveva avuto molto coraggio a presentarsi lì, visto che immaginava di poter essere accolta in malo modo.

«Vuoi sederti?» le domandò. Con quell'invito, aveva voluto mettere fine al suo disagio.

«Sì» accettò l'altra, più rilassata. E si sfilò il parka. Sotto indossava un semplice maglioncino rosa e un paio di jeans. Si accomodò sul divano, accanto al giaccone. Con le mani strette in grembo, la schiena dritta e le ginocchia appaiate.

Serena andò a prendere una birra dal frigo. E anche se Luise aveva già rifiutato l'offerta di una bevanda, le porse lo stesso la lattina. Stavolta la ragazza accettò, ma forse solo per educazione.

«Come mi hai trovata?»

«L'ho seguita» ammise quella, imbarazzata. «Il mio ragazzo si arrabbierebbe molto se sapesse che sono venuta qui.»

Serena non commentò. «Torno fra un istante» le disse invece, lasciandola sola.

Si recò in bagno e, per prima cosa, si guardò allo specchio. Come immaginava, aveva un aspetto orribile. Fece scorrere l'acqua nel lavandino e si lavò il viso. Quindi si diede una ravviata ai capelli. Non conosceva il motivo della visita, ma non voleva dare una brutta impressione. Il sonnellino di tre ore le era servito a smaltire in parte la sbornia, ma aveva comunque la faccia di una donna consumata. Purtroppo non poteva fare nulla per le occhiaie, però era ancora in grado di calmare la tensione: prese alcune gocce di Xanax, facendosele colare direttamente sulla lingua. Quindi tornò in soggiorno.

La scena era apparentemente identica a come l'aveva lasciata. La ragazza era nella stessa posizione, con lo stesso sorriso, la postura compita e la lattina di birra stretta fra le mani, come se non ne avesse bevuto nemmeno un sorso. Ma c'era qualcosa di diverso.

Le tende della portafinestra erano tirate.

L'inspiegabile cambiamento turbò Serena, perché la costrinse a ripensare alla figura umana avvolta nella nebbia che aveva scorto poco prima ai confini del bosco.

Luise faceva finta di nulla. Anche questo era strano e alquanto inquietante. Decise di non chiederle spiegazioni riguardo alle tende chiuse.

«Voglio dirle subito che Aurora era una bambina favolosa» esordì la sua ospite. «Era sempre gentile con le compagne, ci eravamo tutte affezionate» proseguì.

«Non stento a crederlo» disse Serena, sedendosi accanto a lei sul divano. In realtà, non aveva voglia di sentire l'ennesimo elogio della figlia. Aurora era dolce ed educata ma, quando voleva, sapeva anche essere una gran rompipalle. Piuttosto avrebbe preferito che qualcuno si mettesse ad annoverarle i suoi difetti, così da non dimenticare che la bambina era stata davvero viva per sei anni. I morti hanno solo pregi, si ripeteva spesso.

«Quando Aurora raccontava una delle sue barzellette, le altre non la smettevano di ridere.»

Non le risultava che la figlia fosse brava a raccontare barzellette. «Davvero?»

«Alcune storielle erano parecchio sconce» aggiunse la ragazza, con un po' d'imbarazzo.

Serena era sempre più stupita. «Sul serio?» Il fatto che Luise le avesse raccontato un dettaglio della vita di Aurora che lei non conosceva gliela fece risultare subito simpatica.

L'altra sorrise e appoggiò con discrezione la lattina di birra intonsa sulla moquette. Poi si adombrò. «Mi piaceva quel lavoro» disse. «Al convitto mi avevano confermato per il secondo anno e la paga era buona. E poi non era così complicato gestire le bambine. Bisognava solo non dimenticare che per tutte era la prima volta da sole lontano da casa, perciò bastava capire come farle sentire subito a proprio agio, il resto era facile.»

Era ovvio che avesse perso il lavoro. Serena non aveva considerato che la tragedia che l'aveva colpita potesse aver causato danni anche nell'esistenza di qualcun altro. Certo, ciò che era capitato a Luise non era paragonabile alla morte di Aurora, ma era comunque un problema. «E adesso hai un altro impiego?» chiese.

«Faccio le pulizie all'Hotel Vallée» affermò la ragazza. «Quando stamane l'ho riconosciuta per strada, stavo uscendo dal lavoro.»

Fare le pulizie non era un gran salto di carriera. Anche Luise aveva pagato un prezzo. «Che ne è stato delle tue colleghe?»

«Berta, la responsabile, è stata assunta come governante da una famiglia a Ginevra. Anche Flora si è trasferita, ma non so dove sia né cosa faccia adesso.» La ragazza abbassò lo sguardo, come se provasse vergogna.

«Che c'è?» le domandò Serena.

«Dopo averci licenziate, ci hanno offerto dei soldi dicendoci che dovevamo firmare una carta che ci obbligava a non parlare con nessuno di ciò che era successo quella notte.»

Aveva senso. Serena aveva immaginato che l'accademia che organizzava il campus avesse premura di insabbiare l'accaduto almeno quanto le autorità locali. L'accordo di riservatezza faceva parte della strategia che puntava a evitare pubblicità negativa. Per esempio, che le tutor vendessero interviste ai giornali o a qualche programma televisivo.

«Il mio ragazzo si arrabbierebbe molto se sapesse che sono venuta qui» ripeté Luise, stringendosi nuovamente le mani in grembo. «Però, dopo averla vista stamattina, ho pensato che magari lei voleva farmi qualche domanda.»

«Non ho bisogno di domandarti nulla, le risposte sono tutte nella versione ufficiale rilasciata dalla polizia» obiettò Serena. In realtà, per vigliaccheria non aveva mai voluto leggere le risultanze dell'indagine. Forse, dopo la scoperta della finestra aperta, avrebbe dovuto documentarsi. Ma ancora non ce la faceva ad affrontare certi argomenti con una testimone oculare.

«Io credo che invece dovrebbe approfittarne e chiedermi delle cose» insistette Luise.

«Perché?» si ritrovò a domandarle, senza capire.

«Perché io c'ero» fu la risposta secca della ragazza.

Aveva ragione, pensò Serena. Nessuno avrebbe potuto fornirle una versione più autentica. E lei si era posta tante volte un interrogativo. Non le importava più di tanto che non le avessero riportato un corpo o dei resti da seppellire. La sua più grande disperazione era legata al fatto di non esserci stata mentre la figlia moriva. Avrebbe dovuto essere presente. Invece Aurora era sola. Però Serena avrebbe voluto sapere almeno se la bambina era felice o triste prima di morire. Se le sue ultime ore sulla terra fossero state un dolce congedo dalla sua pur breve vita.

«Non doveva accadere» affermò Luise. «All'arrivo di ogni gruppo facevamo sempre un'esercitazione antincendio, Berta aveva avuto l'idea di farlo diventare un gioco.»

Serena intuì che la ragazza si sentiva in colpa. Forse era solo in cerca di assoluzione. Ma forse c'era dell'altro. Le sue parole contenevano una velata accusa.

Visto che sembrava sincera, stava per accennare all'anomalia della finestra aperta nella mansarda di Aurora. Chissà, forse Luise possedeva qualche spiegazione. Ma una frase della ragazza la trattenne.

«Ci hanno dato del denaro extra per andarcene da Vion» confessò di punto in bianco. «Berta e Flora hanno accettato i soldi, io invece dovevo restare per forza: mio padre è malato, mia madre non ce la fa da sola.»

La rivelazione intimorì Serena. Fino ad allora aveva considerato che il comportamento omertoso delle autorità e dell'accademia fosse volto soltanto a evitare ulteriori danni d'immagine. Ma perché pagare le tutor per farle andare via?

«Non dovrei essere qui» ripeté ancora una volta la ragazza. «Il mio fidanzato ha ragione, dovrei scordarmi di questa storia.»

Luise sapeva qualcosa. Serena ne era quasi certa.

La ragazza sollevò i suoi occhi da cerbiatta per fissarla. «Forse Aurora si sarebbe potuta salvare.»

Serena non aveva mai considerato quella possibilità. Non si era mai domandata perché le altre undici bambine erano ancora vive e la sua invece no. In parte, conosceva già la risposta: non esisteva un motivo. L'operazione di autoconvincimento l'aveva messa al riparo dalla rabbia. Rabbia e dolore non dovevano mai entrare in contatto, erano una miscela pericolosa.

Ma, considerando il mistero della finestra aperta, forse era stato un errore non approfondire le cause della sciagura. E aveva l'impressione che Luise fosse davvero a conoscenza di particolari che non erano stati rivelati.

Una verità alternativa. Forse addirittura un segreto.

«Magari esiste una spiegazione diversa per ciò che è accaduto » disse ancora la ragazza. Era evidente che avesse voglia di parlare. Però era anche spaventata. Da cosa?

Serena gettò un'occhiata alle tende chiuse alle spalle di Luise. «Va bene» le disse. «Raccontami cosa è successo l'ultima sera.»

5

«Per noi tutor, i momenti più complicati da gestire coincidevano con la prima e con l'ultima notte della settimana di vacanza» disse Luise, iniziando il suo racconto. «Il primo giorno, per le bambine era tutto nuovo e faticavano ad addormentarsi. Il settimo giorno, solitamente non volevano andare a letto e le provavano tutte pur di restare sveglie a fare baldoria fino a tardi.»

Serena ricordava bene l'eccitazione che aveva percepito al telefono quando aveva chiamato Aurora la sera prima della tragedia.

«Così l'ultimo giorno facevamo in modo che si sfinissero e che, a una certa ora, crollassero da sole per la stanchezza.»

«La festa delle fate farfalle» rammentò Serena. L'aveva vista rappresentata nei disegni delle undici sopravvissute.

L'altra annuì. «Il pomeriggio prima della notte dell'incendio abbiamo diviso i compiti fra le bambine. Alcune si sarebbero occupate del rinfresco: Berta le ha portate in cucina e le ha messe a preparare torte salate, canapè e pop-corn. A un altro gruppo toccava curare gli addobbi della sala: hanno realizzato e poi appeso i festoni di carta insieme a me. Flora gli ha insegnato a fabbricare ali di farfalla usando tulle blu e fil di ferro. Abbiamo scelto insieme i giochi da fare e la musica da ascoltare. Poi le abbiamo pettinate, mettendogli fili argentati nei capelli.»

Serena si figurò Aurora con le alette da fata farfalla e la testa di riccioli biondi che brillava.

«Fra balli e giochi, la festa è durata in tutto un paio d'ore. Come previsto, verso le otto e mezzo sono iniziati gli sbadigli e alle nove le bambine erano già tutte nelle loro stanze.»

Serena fece uno sforzo e domandò: «Aurora sembrava felice?»

«Le ho rimboccato io stessa le coperte, non faceva altro che parlare della festa. Penso che, tornata a casa, avrebbe continuato a raccontare quella giornata per settimane. Diceva che era stata 'stupendissima'. »

Stupendissima, si ripeté Serena.

«Aurora ha insistito per rimettersi le ali da farfalla sopra la camicia da notte. Io gliel'ho detto che non erano comode per dormirci. Ma lei mi ha risposto che voleva sognare di essere una fata. »

L'ultima frase colpì Serena come un maglio sul cuore. Immaginò le ali di tulle che bruciavano. Ma non si scompose, trattenne ogni emozione.

«Una volta messe a letto le bambine, Flora è rimasta ai piani superiori per sorvegliarle. Io e Berta, invece, siamo scese di sotto per rassettare e dare una ripulita. »

«Non c'era altro personale allo chalet? » chiese Serena, stupita.

«Le addette alle pulizie arrivavano verso le sei del mattino e andavano via nel primo pomeriggio. Lo chef che preparava i pasti non si fermava mai oltre l'ora di cena. Del resto ci occupavamo noi. »

«Perciò eravate le uniche adulte presenti quella notte » dedusse.

«Sì. Le stanze delle dodici bambine erano al secondo e al terzo piano » le rammentò Luise. «La camera di Berta era al secondo, io e Flora stavamo al terzo. »

«Come funzionava di notte? »

«Ogni due ore circa, una di noi si alzava e faceva il giro delle stanze per controllare il sonno delle bambine. I turni variavano. »

Serena valutò che il metodo di sorveglianza era abbastanza scrupoloso. Faticava a credere che qualcosa fosse andato storto. «Chi ha fatto l'ultima ronda prima che scoppiasse l'incendio? »

«Io » ammise la ragazza.

Era evidente che, dopo il lungo preambolo, Luise volesse approdare proprio a quel momento. Serena l'aveva lasciata raccontare la sua storia, interrompendola il meno possibile. Sapeva che la ragazza aveva bisogno di tempo prima di trovare il coraggio di dirle il resto. E adesso erano giunte al dunque.

«Quando la mia sveglia ha suonato, erano le due. Mi sono alzata, Flora non si è accorta di nulla e ha continuato a dormire nel letto accanto.» Luise sembrava molto concentrata mentre rievocava quei momenti. «Ho indossato la vestaglia e ho guardato fuori dalla finestra: c'era una tormenta, le strade e le auto parcheggiate intorno allo chalet erano sepolte dalla neve. Ho ringraziato il cielo di essere al calduccio, non immaginavo che di lì a poco saremmo state tutte in quel gelo, cercando di salvarci dall'inferno delle fiamme.»

Serena poteva sentire il silenzio che regnava nella casa di montagna. Percepiva la stessa calma che aveva anticipato il dramma.

Intanto, la ragazza proseguiva la sua esposizione. «Ho iniziato il solito giro e sono entrata in tutte le stanze. Per evitare di svegliare le bambine, usavamo una piccola torcia: l'accendevamo giusto il tempo necessario per controllarle.» Fece una pausa. «L'ultima volta che ho visto Aurora, lei dormiva beatamente. A pancia sotto, perché le ali da fata farfalla le impedivano di stare supina.»

Prima che diventasse ufficialmente una *dispersa*, pensò Serena. Ed era ancora viva.

«Quando ho terminato il giro, mi sono accorta di avere sete. Allora non sono tornata subito a letto e sono scesa di sotto per bere un po' d'acqua.»

Il resoconto di Luise era molto dettagliato. Serena notò che la ragazza ci teneva a essere precisa.

«Al secondo piano c'era la sala col grande camino di pietra. La cucina era al piano terra» spiegò. «Non ho mai acceso la luce per muovermi là dentro» specificò. «Conoscevo la strada a memoria e comunque avevo sempre la mia torcia.»

Serena si domandò il perché di tutti quei particolari. Ma non disse nulla, era sicura che esistesse un motivo valido.

«Mentre riempivo un bicchiere al rubinetto dell'acquaio, ho avvertito uno spiffero gelido sulla nuca... Voltandomi, mi sono accorta che la porta di servizio era socchiusa.»

Serena si bloccò, il cuore però le batteva all'impazzata. «Socchiusa?» ripeté, incredula.

«A volte capitava che Flora uscisse sul retro a fumare. Berta si arrabbiava quando le sentiva addosso la puzza di sigaretta in presenza delle bambine. Così lei approfittava della notte, quando finiva il giro delle stanze e Berta non poteva dirle niente. È per questo che, quando ho visto la porta accostata, ho immaginato che Flora, finita la sua ronda, fosse andata là fuori a fumare e poi non avesse richiuso bene l'entrata di servizio.» Non era una giustificazione credibile. E lo sapeva anche la ragazza che, infatti, scosse il capo. «Sono stata una stupida. In quel momento, non ho pensato che era da pazzi uscire con quella tormenta e che doveva per forza esserci un'altra spiegazione.»

Intanto, Serena continuava a ripetersi che non poteva essersi trattato solo di una coincidenza. Una porta accostata e una finestra aperta. Con Luise non aveva menzionato la seconda anomalia. Forse aveva fatto bene.

«Ho richiuso la porta col chiavistello e stavo per tornarmene a letto, quando ho avuto una strana sensazione.»

Serena si accorse che il tono di Luise era cambiato. La voce era diventata quasi un sussurro. E celava un brivido.

«Mi sono voltata verso il corridoio che dalla cucina portava alla dispensa e ai locali della lavanderia. Era tutto buio.» Luise abbassò lo sguardo. «Non saprei descriverlo, ma era come se sentissi che qualcuno mi stava osservando...»

Serena trattenne lo stupore. Temeva che un solo fiato avrebbe spezzato il fragile legame di fiducia che aveva spinto la ragazza a confidarle qualcosa che forse nemmeno lei riusciva ad ammettere o a spiegare.

«Anche se non potevo vederlo, sentivo quegli occhi su di me» ribadì Luise.

Serena rifiutava di accettare una storia che la spaventava a morte. Ripensò alla figura umana avvolta dalla nebbia che aveva scorto all'esterno poco prima, guardando dalla portafinestra.

La ragazza, però, non aveva ancora finito. «Allora mi sono ricordata della torcia nella tasca della vestaglia. L'ho presa, l'ho puntata davanti a me... ma poi non ho avuto il coraggio di accenderla.»

Luise tacque. Ma Serena voleva sapere. «E cosa hai fatto allora?»

«Me ne sono andata» ammise l'altra, con imbarazzo. «Mentre salivo le scale per tornarmene nella mia stanza, non mi sono più voltata a controllare. Forse anche per timore che qualcuno mi seguisse... Mi ripetevo che in quel buio non c'era un bel niente, che era solo una mia fantasia.»

Era davvero così? si chiese Serena.

«Ma una vocina mi diceva che era tutto vero e che eravamo in pericolo.»

Serena si alzò dal divano. Era stordita, confusa. Iniziò a vagare per il soggiorno. «Hai mai raccontato questa storia alla polizia?»

La ragazza annuì con le lacrime agli occhi. «Ma non hanno voluto credermi. Mi hanno spiegato che ero sotto shock, che non ero lucida. Hanno detto che mi sono immaginata tutto.»

Allora era quello il segreto. Serena era furiosa. Stava per sbottare, ma doveva dominarsi. Era sicura che ci fosse dell'altro, ma se fosse esplosa adesso la ragazza si sarebbe messa sulla difensiva e non avrebbe detto più nulla. «Va bene» affermò, cercando di mostrarsi calma. «Va' avanti...»

Luise si asciugò le lacrime, stava per riaprire bocca quando una serie di colpi violenti le fecero sobbalzare entrambe.

Si voltarono insieme verso la porta dell'appartamento.

«Cazzo» si lasciò scappare la sua ospite.

Fino a quel momento era stata il prototipo della ragazza perbene. I vestiti poco appariscenti, la timidezza, i modi esageratamente educati. Ma dalla reazione scomposta, Serena capì che Luise sapeva chi si celasse dietro la porta.

«No, no...» piagnucolò la ragazza.

Serena si alzò dal divano per andare ad aprire.

«Aspetti» provò a frenarla l'altra.

Ma lei le fece cenno di stare tranquilla. Appena aprì l'uscio, si ritrovò davanti un giovane grande e grosso e dallo sguardo furioso.

«Te l'avevo detto di non venire» disse alla ragazza, ignorando del tutto Serena.

«Chi sei? Non hai il diritto di piombare qui in questa maniera» lo apostrofò lei, sbarrandogli la strada. Intuì che si trattava del fidanzato che Luise aveva nominato più volte da quando era arrivata. Lo stesso che, a detta della ragazza, si sarebbe molto arrabbiato se avesse saputo che lei si trovava lì.

Era per lui che Luise aveva chiuso le tende della portafinestra?

Nonostante le temperature rigide, l'uomo indossava una camicia e un giubbotto di jeans. Ciuffi di barba rossiccia e capelli lunghi, tirati indietro col gel. L'alito gli puzzava di alcol e sigarette. «Hai già perso un lavoro, adesso vuoi fotterti pure il resto? E se scoprono che sei venuta qui, ti porteranno via i soldi che ti hanno dato per chiudere quella boccaccia!»

Continuava a fingere che Serena non ci fosse e inveiva verso Luise che se ne stava immobile sul divano.

«Muovi il culo e vieni via» le intimò.

«Se non te ne vai subito, chiamo la polizia» lo minacciò Serena.

L'intruso sembrò finalmente accorgersi di lei. Si girò a fissarla con sguardo di sfida.

«Non ce n'è bisogno» la frenò Luise, che intanto si era alzata dal divano e si stava rimettendo il parka. «È tardi, devo tornare a casa» si giustificò.

Serena non era d'accordo. La ragazza non aveva ancora terminato il racconto, mancava la parte riguardante l'incendio. «Aspetta un momento» balbettò, provando a frenarla.

«Mia madre mi starà aspettando: come le ho detto, mio padre è molto malato e lei non ce la fa a metterlo a letto da sola.»

Nel frattempo, il fidanzato era indietreggiato sul pianerottolo e l'attendeva a braccia conserte.

Luise si tirò su la cerniera del giaccone e si diresse verso l'uscita. Ma, prima di superare la soglia, gettò inaspettatamente le braccia al collo di Serena.

«C'era qualcuno quella notte, lo giuro su Dio» le sussurrò in un orecchio. Quindi si sciolse rapidamente dall'abbraccio, lasciandola sola.

6

Trascorse gran parte della notte fra sogni agitati, precipitando e riemergendo. Come in una specie di febbrile dormiveglia, senza riuscire a ridestarsi.

Sbarrò gli occhi verso le sei del mattino e un'insperata quiete si impadronì di lei. Rimase a letto, immobile, a farsi ipnotizzare dal brontolio costante del frigobar. Il suo orso in letargo. Con quel rumore bianco nelle orecchie, avvolta fra le coperte come in un bozzolo caldo, attese la luce dell'alba. In quella stessa posizione, sentì riemergere i rumori e le voci degli altri abitanti del residence, la vita che riprendeva possesso del silenzio.

Per la prima volta, aveva qualcosa di diverso a cui pensare. La morte di Aurora era sempre presente, ma era stata momentaneamente accantonata. Adesso, al centro dell'attenzione di Serena c'erano le parole di Luise, la giovane tutor del convitto.

Per un attimo aveva pensato che fosse stata lei a mandarle l'sms col link al video, allo scopo di convocarla a Vion. Ma poi si era detta che l'invio di un messaggio anonimo contrastava con la visita che la ragazza le aveva fatto di persona.

La misteriosa presenza di cui aveva parlato Luise poteva essere davvero una suggestione dello shock seguito all'incendio. Ma se non fosse stato così? Se ci fosse stato davvero qualcun altro nello chalet quella notte?

Un intruso.

La porta aperta sul retro dell'edificio poteva essere una svista oppure una prova. Stava solo a Serena decidere se farsi o meno ossessionare da quel dettaglio. Ma la coincidenza con la finestra della mansarda era troppo forte e Serena ormai era certa che fosse accaduto qualcosa prima che le fiamme divorassero tutto. Qualcosa che forse era stato abilmente insabbiato da chi aveva interesse a sostenere la tesi dello sfortunato incidente. E lei stessa aveva contribuito ad avvalorare la versione più comoda, accontentandosi della ricostruzione che le avevano fornito.

Forse quei bastardi avevano ritenuto che il risarcimento e le scuse che le avevano offerto l'avessero appagata. Non avevano immaginato che Serena avesse soltanto fretta di chiudere ogni questione, perché sopraffatta da un dolore indescrivibile con cui avrebbe dovuto fare i conti per il resto della vita. Da sola.

«C'era qualcuno quella notte» disse al silenzio, rammentando ciò che Luise le aveva sussurrato in un orecchio prima di seguire il minaccioso fidanzato.

Scostò le coperte, mise i piedi per terra e iniziò ad andare in giro per la stanza, incurante del freddo e del fatto che indossasse solo T-shirt e mutande.

Chi aveva girato il video dello chalet in fiamme? Era la stessa persona che poi glielo aveva inviato in forma anonima? Non poteva essere certa che fosse così. Ma era stato fatto sparire da internet prima che lei potesse mostrarlo alla polizia. Perché?

La prima cosa che l'aveva inquietata del filmato era stata il silenzio che accompagnava la ripresa. Chi l'aveva realizzato era arrivato sul posto prima di tutti, anche dei soccorsi.

O forse era sempre stato lì.

Rammentò il suo fiato che si condensava davanti all'obiettivo. Il proprietario del cellulare respirava con calma, senza alcun affanno.

Come uno che si sta godendo lo spettacolo, pensò Serena.

Allora andò verso il comodino su cui aveva lasciato lo smartphone. Lo afferrò e aprì il browser di internet. Inserì due parole chiave nel motore di ricerca.

«Vion» e poi «fuoco».

Ovviamente, i primi risultati che le apparvero si riferivano all'incendio del convitto. Ma poi decise di spingersi all'indietro nel tempo per capire se ci fossero casi precedenti.

Se esisteva davvero un intruso e se si era spinto fino al punto di appiccare il fuoco a uno chalet in cui dormivano delle bambine innocenti, allora forse non era la prima volta che accadeva.

Chiunque fosse, forse l'aveva già fatto. E forse gli piaceva anche immortalare la scena in un video.

Mentre scorreva freneticamente i risultati della ricerca, Serena si convinceva che a Vion si nascondesse un piromane e che le autorità lo sapessero e cercassero di tenere nascosta la cosa per non compromettere la reputazione della località turistica.

Si bloccò davanti a una notizia riportata da una piccola testata locale, che risaliva all'ottobre del 1989. Il giornale, che si chiamava *La Voce di Vion*, aveva digitalizzato le vecchie edizioni cartacee per renderle consultabili online.

Serena si ritrovò a leggere sullo schermo una vera e propria pagina di giornale. Constatò subito che l'articolo parlava di una serie di incendi dolosi che erano stati appiccati in una sola notte in vari punti della valle. Le fiamme erano state domate e, per fortuna, non c'erano state vittime e nemmeno feriti. Tuttavia, erano andati distrutti diversi ettari di bosco e i danni all'ecosistema erano ingenti.

All'epoca dei fatti, la polizia locale aveva fermato un sospettato a carico del quale sussistevano pesanti indizi. L'articolo terminava con una foto in bianco e nero.

Il primo piano di un adolescente.

Serena constatò con stupore che il direttore della *Voce* non aveva avuto alcuna remora a sbattere il presunto colpevole sul giornale, nonostante avesse al massimo sedici anni.

Osservando meglio il volto di quel ragazzino, un dettaglio le parve improvvisamente familiare. In un istante, rammentò dove avesse già incrociato quello sguardo.

Da adulto, avrebbe avuto un fisico magrissimo, capelli in disordine e il volto scavato sotto una barba fitta. Ma i suoi occhi sarebbero stati inconfondibili.

Dentro di essi era celata quella che Serena aveva già definito *la luce del fuoco*.

Il giovane piromane era lo stesso che lei aveva visto nella foto appesa al muro dell'ufficio di Gasser. Quarantenne e con le manette ai polsi, posava accanto al comandante con un sorrisetto di sfida mentre sullo sfondo si distingueva chiaramente un bosco bruciato.

Evidentemente, nel corso del tempo i sospetti del 1989 avevano trovato più di una conferma. Forse negli anni il ragazzo non aveva perso il vizio del fuoco. Così come era rimasto intatto il suo sguardo, affamato di fiamme e distruzione.

7

Il bollettino meteo alla radio aveva annunciato un peggioramento delle condizioni atmosferiche. Mentre nuvole pesanti si addensavano e calava la sera, Serena arrivò a destinazione.
Una bassa baita in mezzo a un bosco, isolata dal centro abitato.
Non era stato difficile trovarla. Quel pomeriggio aveva notato un gruppetto di giovani fuori da un bar alla periferia di Vion, giocavano a rincorrersi con le moto da cross. Guardandoli, aveva capito subito che erano del posto. Le era bastato allungare qualche banconota per vedere brillare i loro occhi. Così aveva appreso che il famigerato piromane entrava e usciva di galera. I ragazzi ne parlavano con tono di scherno, dipingendolo come una specie di svitato da cui tutti si tenevano alla larga.
Non sapevano che fine avesse fatto, perché non si vedeva molto in giro. Però Serena aveva voluto sapere lo stesso dove abitava.
Adesso, chiusa dentro il fuoristrada fermo a un centinaio di metri dalla baita, osservava l'ultimo domicilio dell'uomo. Si domandò se un anno prima Gasser e i suoi avessero indagato su di lui. Di regola, ogni volta che c'era un incendio, i poliziotti avrebbero dovuto assicurarsi che il pregiudicato non fosse nei paraggi, anche prima di accertare se il rogo fosse o meno doloso.
Serena notò che dalle finestre della baita non filtrava alcuna luce. Non era certo un elemento determinante per stabilire che all'interno non ci fosse nessuno. Sarebbe stato saggio tornare di giorno e senza il maltempo. Ma lei era già lì, e poi c'era un'altra cosa che la spingeva a trattenersi.
Dal tetto di tegole spuntava un comignolo. Però al momento non c'era fumo.
Serena prese in seria considerazione quel dettaglio. Un cami-

no o una stufa spenti potevano significare solo una cosa in quella serata in cui la temperatura esterna era molto bassa, c'era vento e cadeva una neve farinosa.

Cioè che la baita era disabitata.

Era tentata di entrare per dare un'occhiata in giro. Ma se invece si fosse sbagliata? Non poteva dimenticare lo sguardo dell'uomo nella fotografia appesa nell'ufficio di Gasser. Uno sguardo simile ce l'avevano solo i sadici e gli psicopatici. Era pericoloso avvicinarsi a esseri del genere. Si mostravano assolutamente indifferenti al dolore altrui. Anzi, sembravano quasi trarre un oscuro piacere dalle sofferenze dei loro simili.

Non è qui, continuava a ripetersi. In caso contrario, senza la possibilità di riscaldarsi in una notte come quella, sarebbe sicuramente morto assiderato.

Serena doveva prendere una decisione. Mettere in moto e andarsene, dimenticandosi perfino di essere arrivata fin lì. Oppure compiere un altro passo in una direzione che non prevedeva ripensamenti. Era una strada piena di incognite. Non sapeva dove l'avrebbe condotta.

Ma da lì non c'era più ritorno.

Non avrebbe mai immaginato che il destino la guidasse fino a un posto simile. La città fra le nuvole, il suo habitat, il lusso e la bellezza a cui era abituata erano lontani anni luce. Forse avrebbe dovuto davvero lasciar perdere e tornare nei luoghi a cui realmente apparteneva.

Tuttavia, c'era un ulteriore elemento che non poteva trascurare. Dopo un anno di dolore irreversibile, per la prima volta Serena aveva l'impressione di poter fare qualcosa. Non doveva più soltanto subire passivamente il proprio lutto, ora le veniva offerta l'opportunità di dare almeno un senso a ciò che era accaduto alla figlia. Non era giustizia, c'era dell'altro.

Non si era mai sentita così vicina ad Aurora come adesso.

Tale consapevolezza la spinse ad aprire lo sportello del fuoristrada e le fece appoggiare sul terreno il primo scarpone, che affondò nella neve alta già parecchi centimetri.

Un passo alla volta, con fatica, iniziò ad avanzare verso la baita abbandonata.

8

In pochi attimi, la nevicata si era trasformata in bufera. Piccoli pallini ghiacciati la investivano insieme a folate di vento gelido, graffiandole il viso e le mani. E accecandola. Serena riusciva a distinguere appena il profilo delle cose. Gli alberi, forse la casa. Procedeva a tentoni, senza sapere se stesse seguendo la giusta direzione, facendo affidamento sulla torcia del cellulare: ma la lucina era inutile in mezzo alla tormenta. Se avesse perso l'orientamento, probabilmente non sarebbe riuscita a tornare al fuoristrada e sarebbe morta.

Arrancava e perse l'equilibrio diverse volte. Poi, finalmente, le sue mani approdarono a uno sbarramento. Sentendo al tatto la superficie ruvida, Serena capì di essere giunta a ridosso di uno dei muri perimetrali della baita. Per compiere cento metri aveva impiegato un'eternità. Aveva il fiato corto, non era più allenata come un tempo. Appoggiò le spalle alla parete di pietra per riposarsi un po', approfittandone per guardarsi intorno.

C'era una porta a pochi passi da lei.

Prese un profondo respiro, con l'aria gelida che le comprimeva i polmoni. Quindi fece uno sforzo ulteriore e arrivò fino alla maniglia. Aveva pianificato di dover rompere il vetro di una finestra per entrare, ma non ce n'era bisogno.

La porta era aperta. Un altro indizio che la baita fosse disabitata.

S'introdusse e si richiuse con fatica l'uscio alle spalle. Il vento, indispettito per essere stato lasciato fuori, ululava e continuava a percuotere la porta.

Serena si voltò e fece spaziare la torcia: si trovava in uno stretto andito, arredato con delle panche dove sfilarsi giacche e scarponi prima di entrare nella casa vera e propria. A quest'ultima si accedeva attraverso una pesante tenda a quadri.

Il vento fischiava fra le assi del tetto. Le mani di Serena erano congelate. Mise via il telefono e alitò fra i palmi, ma il sollievo durò poco. La pelle del viso le bruciava, come fosse ustionata. Sperava che al chiuso avrebbe trovato un po' di conforto, ma sembrava di essere passati dalla tormenta a una cella frigorifera.

Ripensò al comignolo senza fumo. Ignorava dove fosse il padrone di casa in una notte di tempesta come quella. Non qui, si ripeté. A confermarglielo, il gelo che avvertiva nelle ossa. Ma lei avrebbe comunque fatto in fretta.

Non sapeva cosa cercare. Prove? Indizi? Forse soltanto qualcosa che confermasse l'inspiegabile sensazione maturata dentro di lei dopo aver ascoltato il racconto di Luise.

La guidava un pensiero irrazionale.

Appena si sentì pronta, scostò la tenda a quadri per inoltrarsi nella casa fredda e buia. Muovendo il primo passo, però, si accorse con grande stupore che all'interno non c'era silenzio.

Una musica dolcissima la venne ad accogliere.

In quel momento, capì di non essere sola. Era stata una stupida anche solo a pensarlo. Fu colta da un panico improvviso. Si voltò per tornare indietro prima che fosse troppo tardi, ma fu allora che vide un'ombra sollevarsi dal pavimento, puntarla e poi montare da lontano verso di lei. Serena avrebbe voluto sottrarsi, ma era paralizzata.

Il diavolo galoppava nel buio con le fauci spalancate. Le saltò addosso facendola cadere all'indietro, rovinosamente.

Una fitta lancinante alla nuca. Un lampo davanti agli occhi. Poi la musica scomparve e con essa tutto il resto.

9

Fu un malinconico concerto per pianoforte a svegliarla. La musica s'insinuò nel suo torpore. Era supina, immersa in una penombra rossa, una specie di crepuscolo. E non aveva più freddo.

Un attimo di smarrimento. Poi tornò il terrore e con esso l'adrenalina. Si sollevò sui gomiti, all'erta. Una fitta al collo le rammentò la caduta e, contemporaneamente, avvertì un intenso bruciore agli occhi che iniziarono anche a lacrimare. Dall'odore, capì che c'era qualcosa di acre nell'aria che le impediva di tenerli aperti.

Ma anche qualcos'altro. Puzzo di morte.

Quando se ne rese conto, Serena trattenne a stento un conato. Attraverso una sottile fessura fra le palpebre, percepì di essere distesa su una specie di branda. Il materasso era sfondato ed era come se lei fosse finita dentro un fosso. Aveva ancora indosso il giaccone e gli scarponi, ma si stupì di non essere legata.

Non era in grado di stabilire dove fosse, la vista cercava di abituarsi alla nuova situazione. Man mano che l'irritazione agli occhi si attenuava, lei riusciva ad allungare il fuoco di qualche metro.

Ma era tutto offuscato, rarefatto.

Per prima cosa, individuò il diavolo che l'aveva assalita. Un cane nero che sonnecchiava accanto a un grande camino in pietra, che però era spento. Serena allora si domandò da dove venisse il calore presente nella stanza. Poi scorse la stufetta elettrica. Il bagliore crepuscolare che la circondava era prodotto dalle resistenze metalliche. Ma il piccolo elettrodomestico non sarebbe bastato a tenerla al caldo. Come era possibile?

La baita non aveva elettricità. Infatti, la stufa era collegata con un morsetto a una batteria per auto che stava sul pavimento. Da quella partivano altri due cavi che portavano a un bancone da lavoro. Alimentavano una lampada flessibile e un fornelletto con un pentolino di ferro smaltato in cui sobbolliva una zuppa biancastra. Era quella sostanza che, probabilmente, produceva il vapore maleodorante e acido che le dava fastidio agli occhi.

C'era anche una vecchia radio portatile sintonizzata su una stazione che trasmetteva musica classica.

Sul ripiano di legno erano posizionati utensili metallici che brillavano alla luce della lampada. Grossi aghi curvi e dritti, una collezione di bisturi e piccoli coltelli, punteruoli. Disposti ordinatamente su un tappetino di stoffa scura, ricordavano gli strumenti di tortura di un boia medievale.

Quel pensiero aumentò la sua agitazione. Mentre si domandava dove fosse capitata e quale destino si prospettasse per lei, si accorse che l'ambiente era frazionato da muretti divisori. Serena non ne capiva l'utilità.

Le ricordava un labirinto per cavie da laboratorio.

In fondo, c'era una porta ma era chiusa. Non si poteva dire se a chiave o meno. A parte lei e il cane che dormiva, sembrava non esserci nessun altro.

Ma forse in questo momento qualcuno mi sta osservando, si disse.

Forse era vittima di un esperimento. Improvvisamente, si sentì in trappola come un porcellino d'India.

Gradualmente, il bruciore agli occhi svanì del tutto. Doveva andar via di lì. Ma la paura, invece di spronarla, la frenava.

Non sapeva cosa l'attendesse oltre la porta chiusa.

Si cacciò una mano in tasca. Lo smartphone e le chiavi dell'auto erano ancora in suo possesso. È un test, pensò. È sicuramente un test. Attivò il cellulare per chiedere aiuto. Ma lì non c'era campo nemmeno per le chiamate d'emergenza. Sicuramente era per via della bufera, si disse. Le sembrò comunque un altro scherzo.

Mentre imprecava contro quella beffa, udì dei passi.

Serena non era preparata e non sapeva cosa fare. Pensò di alzarsi, ma dove poteva andare? La porta si aprì e lei si ridistese sulla branda, chiudendo gli occhi come se non si fosse mai svegliata. Non sapeva chi fosse entrato, continuava solo a sentirne la camminata mentre procedeva nello stanzone.

Si aspettava che chiunque fosse ora venisse verso di lei, ma non accadde.

Serena rimase immobile e tornò a spiare. Vide una figura maschile accanto al bancone da lavoro. Supina, lo scorgeva a malapena. Notò che lo sconosciuto indossava un lungo cappotto verde e un cappello di lana nero. E forse guanti di gomma neri. L'uomo controllò con un cucchiaio la consistenza della disgustosa pappa nel pentolino. Portava anche occhiali protettivi.

Poi lo sconosciuto si munì di un paio di forbici. Le sollevò davanti alla lampada per verificarne l'affilatura.

Serena provò un brivido. Con la poca luce, non riusciva a distinguere il volto del suo ospite. Troppo distante e inoltre era quasi del tutto voltato di spalle.

Però, con la coda dell'occhio, lei si accorse che entrando aveva lasciato la porta aperta.

Si domandò il motivo. Forse l'uomo era sicuro che non sarebbe scappata. E se pure ci avesse provato, oltre quel limite avrebbe trovato ad attenderla un altro sbarramento. D'altronde, con la tormenta che c'era là fuori, non avrebbe avuto comunque scampo.

Ma Serena non sapeva se ci sarebbe stata un'altra occasione. Doveva tentare.

Controllò che l'uomo non la stesse osservando, poi si tirò nuovamente su. Stavolta il cane se ne accorse, si ridestò e sollevò il muso verso di lei. Non abbaiò e non le si avventò contro, se ne rimase a fissarla con occhi vacui. Serena ricambiava lo sguardo, cercando di apparire tranquilla. Poggiò entrambi i piedi sul pavimento e puntò la porta. Si sollevò dal letto e iniziò a muovere i primi passi. Il cane nero si limitava ancora a osservare. Il pianoforte imperversava dalla radio. L'uomo col cappotto era preso dalle forbici.

Oltre la porta, un muro di oscurità.

Serena immaginò di non avere molto tempo. Quel pensiero fu sufficiente a farle prendere la decisione di scattare.

Il cane abbaiò una sola volta. L'uomo si girò subito verso di lei. Il suo volto era una maschera di buio.

Lei si ritrovò a correre nel dedalo. Poi imboccò la porta aperta.

Una volta superato quel confine, si mise a vagare per la baita. Attraversò un paio di stanze in cui la temperatura era di nuovo fredda. Non sapeva se il cane la stesse inseguendo. Né se di lì a poco si sarebbe ritrovata con le forbici infilzate fra le scapole. Scartò ogni altro pensiero e si concentrò sulla propria fuga nell'oscurità, con l'orecchio teso alle proprie spalle. Ma non accadeva nulla.

Individuò la tenda a quadri che celava l'uscita.

La superò e si precipitò verso la porta che dava all'esterno, supplicando che non fosse chiusa a chiave. Ruotando la maniglia, si accorse che era aperta. Serena era incredula. Avrebbe voluto esultare, ma non doveva farsi illusioni.

La strada fino alla macchina era ancora lunga.

Fuori albeggiava e la tormenta era passata. Il paesaggio era come congelato. Il fuoristrada era esattamente dove l'aveva parcheggiato.

Annaspando nella neve che le arrivava fino alle ginocchia, le parve di rivivere da sveglia uno di quegli incubi in cui si ritrovava a fuggire da un pericolo con le gambe inspiegabilmente pesanti. Aveva l'affanno, il cuore era pesante.

A pochi metri dalla vettura, tirò fuori le chiavi dalla tasca del giaccone. Azionò la chiusura centralizzata. L'auto le rispose sbloccando le portiere. Grazie al cielo, la batteria aveva retto al gelo per tutte quelle ore.

Serena riuscì a salire a bordo e a mettere in moto. Mentre faceva inversione, si voltò un'ultima volta in direzione della baita.

L'uomo col cappotto verde la guardava dalla soglia con accanto il suo cane nero.

10

Serena non sapeva mentire.

Nel suo lavoro, oltre a una considerevole dose di cinismo, era richiesta la capacità di creare una narrazione accattivante per invogliare i clienti a investire su un determinato prodotto finanziario ad alto rischio.

Serena era sempre stata abile a convincere gli altri. C'era solo una cosa in cui difettava. Ed era fingere. Non perché non volesse. Non ci riusciva. La bugia le si leggeva in faccia. E ciò valeva anche quando doveva mentire alla figlia. Al massimo, con Aurora riusciva a edulcorare le cose brutte per farle sembrare più carine. Ma, riguardo alle grandi verità che i bambini non dovevano conoscere prima del tempo, lei era un disastro. Per esempio, non era stata in grado di simulare adeguatamente l'esistenza di Babbo Natale, né quella della Fatina dei Denti o del Coniglietto di Pasqua. Per questo si era premunita con grande anticipo di imbastire una storia perfetta per un'altra figura immaginaria.

Il padre di sua figlia.

Siccome era un racconto che avrebbe dovuto reggere alla prova del tempo, Serena non poteva inventarselo di sana pianta, altrimenti era sicura che prima o poi si sarebbe tradita. Ma la imbarazzava dover ammettere con Aurora il fatto che ignorasse l'identità di chi l'aveva messa incinta. Alla fine, era giunta a un compromesso e aveva creato una figura paterna assemblando le principali caratteristiche dei suoi tre occasionali amanti balinesi.

Il surfista, l'informatico e il commerciante di gioielli.

E così era venuto fuori un personaggio quasi mitologico. Un genio matematico con la passione per le onde che girava il mondo in cerca di pietre preziose. Insieme avevano condiviso l'ardente passione di una notte, senza scambiarsi nemmeno i nomi.

E poi si erano separati per sempre, senza sapere che quell'unico incontro nove mesi più tardi avrebbe generato una bambina.

Il vantaggio era che quella versione si avvicinava comunque alla verità. Nella sua fantasia, Serena l'aveva anche battezzato «il papà misterioso», perché sentiva il bisogno di giustificarne l'assenza senza però attribuirle una connotazione negativa.

Tuttavia, in sei anni di vita della figlia, non aveva mai dovuto raccontare quella specie di favoletta. Non c'era stata la necessità. O forse non se n'era presentata l'occasione. E del resto Aurora non le aveva mai chiesto perché tutti i bambini che conosceva avessero un papà e lei invece no.

Serena non aveva mai pensato di trovarle un sostituto del padre naturale. Lei stessa non aveva bisogno di un uomo accanto a sé, perciò la cosa doveva valere per forza anche per la figlia.

Però si era accorta spesso che, quando era molto piccola, Aurora cercava intorno a sé delle figure maschili che le riservassero attenzioni. Al parco, a volte tendeva le braccia in direzione di qualche sconosciuto. Ai compleanni dei suoi amichetti, s'impadroniva della mano di qualche uomo adulto e lo portava a spasso per tutta la festa. Certe scene suscitavano tenerezza in chi le osservava. Soprattutto, quelle persone ignoravano il vero motivo di taluni atteggiamenti e Serena non commentava mai.

Poi era accaduta una cosa.

Una volta la maestra della scuola materna di Aurora aveva chiesto alla classe di raffigurare uno o entrambi i genitori con le sembianze di un supereroe. Per mancanza di alternative, la figlia ovviamente aveva disegnato lei. Quando Serena aveva visto quell'eroina con i guanti dorati e il mantello rosa shocking, le aveva chiesto quali fossero i suoi superpoteri. Aurora aveva replicato che, in realtà, era un segreto e che Serena li avrebbe scoperti di volta in volta e solo in caso di necessità.

Le era sembrata una risposta molto saggia. E da quel momento, Serena aveva pensato che la figlia non avesse bisogno di un padre, perché aveva già una mamma con poteri straordinari che, a seconda delle difficoltà che si sarebbero presentate nella vita, sarebbero spuntati fuori per salvare entrambe.

Non poteva immaginare che con la scomparsa di Aurora avrebbe scoperto il suo vero superpotere.

Una specie di supervista.

Ne ebbe un'ulteriore prova mentre era seduta nell'ufficio di Gasser, all'interno della stazione di polizia di Vion. Grazie al suo talento straordinario, guardando la foto sulla scrivania, quella in cui il comandante posava insieme alla giovane moglie e a due gemelline, lei provava solo tristezza e compassione. Non per sé, bensì per loro. Perché Serena scorgeva il dolore in agguato in quell'immagine, senza che i sorridenti protagonisti potessero vederlo. Bastava così poco per perdere tutto ciò che li rendeva felici in quella fotografia. E loro non lo sapevano. Lei sì.

«Cosa le è saltato in mente? È stata diramata un'allerta meteo per la tormenta di stanotte, la gente si è chiusa in casa e abbiamo chiesto ai turisti di restare negli alberghi.» Gasser voleva sembrare più preoccupato che arrabbiato. «Lei invece si è avventurata per i boschi. Lo sa che rischio ha corso?»

Non certo quello di morire assiderata, pensò. Bensì quello ben peggiore di restare prigioniera di uno psicopatico, considerò, ritornando con la mente alla scena dell'uomo sulla soglia della baita insieme al cane nero, mentre lei scappava a bordo del fuoristrada.

Si era lasciata ingannare dal comignolo senza fumo, altrimenti non sarebbe mai entrata in quella casa. Ma non lo disse a Gasser.

«Che cosa sperava di trovare lassù?» la rimbrottò ancora il comandante.

Serena picchiò un pugno sul tavolo. «Quell'uomo è sempre stato qui, mentre tutti pensavate che fosse chissà dove» affermò. Sicuramente, quel criminale non accendeva il camino perché si stava nascondendo e non voleva che qualcuno sapesse che era in casa.

Il capo della polizia locale sospirò platealmente. Si accarezzò i baffi, fissandola in silenzio.

Dalla reazione, Serena intuì da sé la verità. «Lo sapevate...» disse, con sgomento.

Gasser si lasciò andare a un secondo sospiro. «Certo che lo sapevamo.»

«E avete controllato se aveva un alibi per la notte in cui è morta mia figlia?»

«*Dispersa*» la corresse l'altro, come se la definizione cambiasse davvero qualcosa.

Serena era irritata, ma non doveva lasciarsi distrarre. «Allora?»

«Adone Sterli non c'entra» disse Gasser, chiamando il piromane per nome. «Un anno fa stava scontando un residuo di pena in carcere.»

Serena non seppe cosa replicare. Si sentì una stupida.

«Signora, per quanto sia difficile, dovrebbe dimenticare questa storia» le consigliò il poliziotto. «Non le fa bene tormentarsi così.»

Serena sentiva ancora il cattivo odore che impregnava la baita in cui era stata prigioniera. Puzzo di morte. Ma adesso era come se si fosse risvegliata da un incantesimo. Realizzò che era la seconda volta che veniva umiliata in quell'ufficio, perché Gasser la guardava con la stessa commiserazione che le aveva riservato quando lei non era riuscita a mostrargli il video dell'incendio dove si vedeva chiaramente che la finestra della mansarda del convitto era aperta. Odiava quell'atteggiamento e detestava quell'uomo, perfino i suoi maledetti baffi. Stava per rinfacciargli il fatto che la polizia non avesse dato credito alle parole di Luise, quando la tutor aveva rivelato di aver percepito la presenza di un estraneo nello chalet la notte del rogo. Chissà se il comandante avrebbe mantenuto la stessa aria di sufficienza apprendendo che Serena conosceva un'informazione mai menzionata nei rapporti ufficiali sulla tragedia. Ma non voleva mettere nei guai la ragazza. Così, non riuscendo a pensare a nulla per ribattere al comandante, si alzò dalla poltroncina. «Devo andare» disse soltanto, con poca convinzione.

Ma Gasser la trattenne per un ultimo appunto. «Signora, perché è venuta a Vion? Quelli con la sua estrazione e le sue disponibilità economiche, se hanno qualcosa da recriminare oppure qualche dubbio, di solito si mettono nelle mani di un avvocato importante o di un investigatore privato... Perché invece lei è qui di persona?»

Serena si bloccò a metà strada fra la poltroncina e la porta dell'ufficio. Non aveva il coraggio di guardare il poliziotto, né di farsi guardare da lui. Aveva paura che la risposta le si leggesse in faccia. Cioè che non avrebbe potuto rivelare a un avvocato o a un investigatore il proprio sospetto. Non poteva dirlo neanche a Gasser. Non le avrebbero creduto.

Perché nel dettaglio di una finestra aperta lei continuava a vedere una verità quasi impossibile.

Era talmente assurda che non poteva confessarla a nessuno e non riusciva nemmeno a proferirla a voce alta. Quell'ipotesi era rinchiusa nel segreto dei suoi pensieri. Ma il comandante aveva capito lo stesso, voleva solo una conferma da lei. Per questo, in quel momento, Serena preferì andarsene in silenzio.

Avrebbe potuto inventare una bugia. Ma, come ben sapeva, lei non era in grado di mentire.

La tormenta notturna era solo un ricordo. Aveva lasciato il posto a un sole abbacinante.

Uscita dalla stazione di polizia, Serena si sentiva smarrita. Non sapeva dove andare o cosa fare. Però aveva in tasca una bottiglietta di Evian con dentro una meritata dose di *teddy-bear*.

Siccome non aveva voglia di rinchiudersi nel residence, avrebbe speso il resto della giornata andandosene a zonzo per Vion come una presenza molesta.

I turisti affollavano le viuzze del centro, facendo acquisti nelle botteghe di artigianato o nei negozi di specialità alimentari. Poi avrebbero pranzato sulle terrazze dei ristoranti o nei bistrot dei grandi alberghi, che in quei giorni registravano il tutto esaurito. Nel pomeriggio, gli sciatori di ritorno dalle piste si sarebbero ritrovati nei bar per una birra, un'acquavite o qualche altro tipo di distillato, oppure per bere un bicchiere di sidro.

Serena era l'alieno capitato sul pianeta sbagliato. Una macchia grigia. Quasi invisibile in mezzo a tanta colorata euforia. Avvertiva ancora dolore alla nuca, nel punto in cui aveva sbattuto contro il pavimento della baita per colpa del cane nero che le era saltato addosso. Le fitte si irradiavano lungo le spalle. Il suo cocktail speciale le teneva a bada, ma alla fine della giornata si sarebbero trasformate in una bella emicrania, già lo sapeva.

Ogni tanto le tornavano in mente flash con le immagini della visita notturna a casa di Adone Sterli.

La musica classica dalla radio. Il falso crepuscolo generato dalla stufetta elettrica. Il demone con le sembianze di cane. Il pentolino in cui ribolliva la melma biancastra. Il puzzo di morte. Gli attrezzi metallici ordinati sul bancone da lavoro: aghi, bisturi, punteruoli. Il labirinto per le cavie. I guanti di gomma neri che impugnavano un paio di forbici. Il volto del piromane fatto di buio.

Serena era confusa, come se si fosse risvegliata da un incubo senza essere del tutto sicura che fosse solo un brutto sogno. L'inquietudine persisteva nonostante il ritorno alla realtà.

Mentre la gente le passava accanto, sfiorandola senza nemmeno accorgersi di lei, la tasca del suo giaccone iniziò a vibrare. Lo smartphone stava squillando. Recuperò il cellulare e lesse di nuovo sul display «numero sconosciuto».

Quando meno se l'aspettava, chi l'aveva attirata a Vion tornava a farsi vivo.

«Pronto?» rispose, timorosa.

Dall'altra parte non ci fu alcuna replica.

Serena non capiva se in quel silenzio si nascondesse qualcuno. C'era troppa confusione intorno a lei per riuscire a percepire anche solo un respiro.

«*Don... Don... Don...*»

Sollevò il capo, solo allora si accorse della torre con l'orologio che la sovrastava: stava battendo i rintocchi di mezzogiorno. Il frastuono le impediva di sentire, si schiacciò lo smartphone contro l'orecchio e si tappò l'altro con la mano.

Fu in quel momento che si rese conto che la campana risuonava anche dentro al telefono.

Lo sconosciuto era lì vicino, nascosto da qualche parte. E la stava osservando.

Allora si guardò intorno, cercando d'individuarlo fra i passanti. Molti di loro, in effetti, stavano parlando al cellulare. Qualcuno però fingeva, Serena ne era sicura. Studiò i volti, sperando che uno dei presenti si tradisse. Ma non scorse nulla di rivelatorio.

Dopo pochi secondi, la persona all'altro capo del telefono riattaccò.

Serena era immobile con lo smartphone in una mano in mezzo al fiume di persone, come un sasso che devia la corrente, domandandosi quale significato attribuire a quella strana chiamata. Però le batteva forte il cuore ed era come se l'adrenalina avesse spazzato via gli effetti del *teddy-bear*. Il torpore era svanito e lei era di nuovo vigile, attenta.

Ebbe l'impressione che il misterioso persecutore la tenesse d'occhio da tempo. Rammentò la figura umana nascosta nella nebbia che aveva notato fuori dal residence la sera in cui era arrivata a Vion.

Quindi adesso era come se lo sconosciuto sapesse esattamente cosa le stava passando nel cervello. E la chiamata muta era un invito a non arrendersi.

Era stato come ricevere un salutare rimprovero o uno schiaffo. Per questo, dopo aver cercato inutilmente un volto o uno sguardo fra la gente, Serena capì che non poteva mollare proprio adesso. Che ogni cosa dipendeva da lei. Soltanto da lei.

Stranamente, ora sapeva anche cosa fare.

12

Si appostò a pochi passi dall'ingresso di servizio dell'Hotel Vallée, in una delle stradine secondarie che dal corso principale conducevano fuori da Vion. E attese.

Dopo circa un paio d'ore, in corrispondenza del cambio di turno pomeridiano del personale, le passò accanto una Mitsubishi Spyder, ammaccata e con la vernice blu della carrozzeria scrostata in più punti. Lo scappamento emetteva molto fumo e faceva un rumore infernale. Alla guida c'era il ragazzo coi capelli lunghi e la barba rossiccia che si era presentato al residence un paio di sere prima, con fare minaccioso e l'intento di riprendersi Luise.

Nella macchina, accanto a lui, era seduta proprio la fidanzata.

L'auto accostò sul retro dell'hotel a cinque stelle. Rimase qualche secondo col motore acceso, il tempo necessario affinché la ragazza scendesse dal veicolo. La tutor del convitto aveva detto a Serena che adesso faceva le pulizie proprio al Vallée.

La Mitsubishi si allontanò in una nuvola di gas di scarico e Luise si avviò verso l'entrata di servizio. A quel punto, Serena decise di andarle incontro, chiamandola per nome.

La ragazza si voltò. Indossava il suo solito parka verde. «Salve» la salutò appena la riconobbe. Il suo sorriso era forzato.

«Avrei bisogno di parlarti» disse Serena.

«Sono in ritardo» cercò di giustificarsi la ragazza, provando a svicolare.

Ma Serena non aveva intenzione di mollarla. «Mi bastano cinque minuti» insistette.

Luise sembrava preoccupata. Serena notò che si guardava intorno. Sicuramente per controllare che il fidanzato non fosse nei paraggi.

«Ascolta» disse alla ragazza, con tono deciso. «Tutto ciò che mi rimane dell'ultima settimana trascorsa da Aurora su questa terra è un mucchietto di disegni, quelli fatti dalle compagne per rimpiazzare le foto andate distrutte nell'incendio. Capisci che vuol dire?»

Luise taceva, ma aveva gli occhi lucidi.

«Non ho nient'altro, non mi rimane niente» sottolineò Serena. «Riesci a immaginare come ci si sente?»

«Le aveva fatte Flora» disse la ragazza con un filo di voce.

«Come dici?» Serena non capiva a cosa si riferisse.

«Le foto» specificò l'altra. «Flora aveva una macchina fotografica digitale, se la portava sempre appresso.»

Non era un'informazione rilevante, ma Serena colse l'aspetto positivo: forse aveva fatto breccia nella riluttanza della giovane. «Cinque minuti» ribadì.

«Va bene» si convinse Luise. Poi le prese la mano e la trascinò in un angolo nascosto dalla strada.

Adesso che aveva la sua attenzione, Serena andò subito al punto. «L'altra sera non hai terminato il tuo racconto» le rammentò. «Hai detto di aver scoperto che la porta sul retro dello chalet era aperta, e che hai avvertito la presenza di un estraneo. Cosa è successo dopo?»

«Sono risalita nella mia stanza per rimettermi a letto» ripeté l'altra.

«Non hai pensato di avvertire qualcuno? Di dirlo a Berta o a Flora?» A Serena sembrava assurdo che non l'avesse fatto.

La ragazza si morse un labbro. «Non ne ero sicura. Avevo paura di essermi immaginata tutto... Anche mia madre dice che ho il cervello che fantastica troppo. E poi uno nel buio vede sempre le cose peggiori.»

Si stava arrampicando su un mucchio di ragioni pretestuose nel tentativo di convincerla. O di convincersi. Serena si chiese il perché, ma adesso voleva assolutamente sapere il resto. «E una volta che ti sei messa a letto, che è successo?»

«Non riuscivo ad addormentarmi» ammise Luise. «Ero immobile, come paralizzata. Ma cercavo anche di cogliere qualche rumore fuori dalla stanza... E allora ho visto il fumo che passava sotto la porta.»

Serena non la interruppe, voleva che andasse avanti con ciò che ricordava.

«Ho svegliato subito Flora nel letto accanto. All'inizio mi ha mandato a quel paese, credeva che me lo fossi sognato, ma un attimo dopo è partito l'allarme antincendio, gli idranti sul soffitto ci hanno investite con una pioggia fortissima.» La ragazza ebbe un fremito. «Io e Flora siamo uscite insieme in corridoio. Le luci d'emergenza si erano accese ma erano praticamente inutili: davanti a noi c'era uno schermo d'acqua e fumo ovunque, fumo nero.»

«Niente fiamme?»

La ragazza scosse il capo. «Non le abbiamo viste subito, per questo non sapevamo da che parte andare perché potevamo trovarcele davanti all'improvviso.»

«E poi?» la incalzò Serena, riuscendo a percepire il timore e la tensione che avevano caratterizzato quei momenti.

«Abbiamo sentito Berta che al piano di sotto chiamava a raccolta le bambine. Flora ha cominciato a fare la stessa cosa con quelle che dormivano al terzo piano.»

La mansarda dove stava Aurora era in fondo al corridoio. Secondo le perizie, sua figlia doveva aver già perso irrimediabilmente i sensi, di lì a pochissimo sarebbe morta nel sonno.

«Abbiamo visto le bambine che ci venivano incontro in mezzo all'acqua e al fumo nero... Dalle scale, Berta ci ha gridato di farle scendere di sotto. Le abbiamo istruite su come camminare, come nell'esercitazione del primo giorno: abbassandosi il più possibile perché il fumo sarebbe andato verso l'alto. Gli abbiamo detto di sollevarsi il colletto della camicia da notte su naso e bocca, per proteggersi. Poi le abbiamo spedite giù una alla volta.»

«Aurora non c'era» le fece notare Serena.

«Non si vedeva niente: non potevamo riconoscere le bambine e non riuscivamo a contarle. E loro tossivano, non riuscivano a parlare.»

Serena rammentò che Berta si era accorta che una mancava

all'appello solo quando, all'esterno dello chalet, aveva contato quelle messe in salvo.

Undici bambine.

Soltanto in quel momento la tutor aveva fatto la tragica scoperta. «Perché tu e Flora non siete andate a controllare nelle stanze?» chiese, cercando di non farla sembrare un'accusa.

Luise abbassò lo sguardo, come chi è gravato da un peso enorme e non sa come liberarsene. «Abbiamo visto il fuoco. È spuntato all'improvviso, strisciando sul soffitto... Era come una specie di fiume rosso sulle nostre teste... Flora mi ha detto che dovevamo dividerci e andare stanza per stanza...»

A Serena sembrò strano che le fiamme fossero apparse con così grande ritardo rispetto al fumo. Non sapeva spiegare il motivo della propria titubanza, ma in quel momento intuì anche che la ragazza non riusciva a proseguire col racconto. «La finestra della mansarda in cui dormiva Aurora è stata aperta da qualcuno quella notte» le rivelò. «E non è stata lei, che non arrivava nemmeno alla maniglia.»

L'altra sgranò gli occhi. «Cosa...? Non...» farfugliò.

«È possibile che sia stata tu oppure Flora quando siete andate a controllare?» La domanda successiva avrebbe riguardato il perché allora non avessero visto Aurora.

«Toccava a me controllare la mansarda» confessò la ragazza. «Ma a metà del corridoio ho avuto troppa paura e non ci sono mai arrivata.»

Serena non si aspettava la rivelazione, ma sospettava qualcosa del genere. «È per questo che sei venuta a cercarmi al residence l'altra sera, dicendomi che Aurora si sarebbe potuta salvare?» la inchiodò.

Una lacrima scivolò sulla guancia di Luise. Tirò su con il naso, continuando a tacere e a tenere il capo chino.

Serena considerò che non si poteva chiedere a qualcuno di dimostrare il coraggio che non aveva, che Luise aveva poco più di vent'anni e mancava di esperienza. Per questo non se la sentiva di darle addosso per una reazione più che naturale, specie alla sua età.

Intanto, però, l'enigma della finestra continuava a rimanere irrisolto.

«L'altra volta mi hai detto che quelli dell'accademia vi hanno fatto firmare un accordo di riservatezza e vi hanno dato anche dei soldi per andarvene» disse Serena, tornando a essere pratica. «E che Berta adesso fa la governante a Ginevra e Flora invece non sai dove sia finita.»

«Sì.»

«Vorrei sentire anche la loro versione.»

Luise si frugò subito nelle tasche del parka per recuperare il cellulare. «Le posso dare i loro numeri» disse, iniziando a trafficare con la rubrica.

Serena annotò sul proprio smartphone entrambi i recapiti.

«Ma non vorranno mai parlare con lei» la avvertì la ragazza. «E non perché qualcuno le ha pagate per stare zitte.»

«Allora per quale motivo?» chiese lei, stupita.

La giovane si morse un labbro e indietreggiò di un passo. La sua voce si ridusse a un soffio. «Lei non ha ancora capito, non è vero?»

«Cosa devo capire?» domandò, chiedendosi anche da dove venisse tanta esitazione.

«Il mio ragazzo dice che non dovrei parlarne...»

«Per favore» la supplicò Serena.

Luise rifletté un momento. Stava per dire qualcosa, ma poi ci ripensò. «Qui non è sicuro per lei» affermò soltanto, a bassa voce. Poi si allontanò in fretta verso l'entrata di servizio dell'hotel.

Contattò entrambi i numeri di telefono, iniziando da Berta, con cui aveva già parlato la notte dell'incendio.
Aurora sta bene.
Serena non le aveva perdonato quella frase, né l'illusione che aveva generato. Il recapito dell'ex tutor non era cambiato da allora, ma adesso il cellulare squillava a vuoto. La spiegazione più ottimistica era che, dopo la tragedia, Berta non avesse conservato il suo numero in rubrica e che, perciò, ora non rispondesse alle chiamate da parte di sconosciuti. Allora Serena le inviò un sms, presentandosi e chiedendole di essere ricontattata. Ma Berta non si rifece viva.
Il cellulare di Flora, invece, risultava addirittura disattivato.
«Anche Flora si è trasferita» aveva detto Luise, quando era venuta a trovarla al residence. «Ma non so dove sia né cosa faccia adesso.»
Serena si scoraggiò quasi subito e, come reazione al doppio fallimento, si rinchiuse nella sua tana e si stordì a dovere con il solito mix di alcol e farmaci, con l'unica compagnia delle voci e del fracasso dei vicini. Lei era l'inquilina che infestava in segreto l'appartamento numero 7, senza fare mai rumore. Si sentiva uno spettro in mezzo a quell'umanità chiassosa. Dubitava perfino che qualcuno di loro si fosse accorto della sua esistenza.
Stavolta non arrivò nessuna telefonata muta a farle da sprone. Ma, dopo aver quasi solo dormito per tre giorni, trascinandosi fra il letto e il divano, la mattina del quarto si svegliò e subito notò qualcosa di diverso.
Intorno a lei c'era un insolito silenzio.
Un vuoto acustico che nemmeno il familiare borbottio del piccolo frigobar riusciva a colmare. Incuriosita dall'improvviso

cambiamento, Serena aprì la porta che dava all'esterno e si affacciò nella piccola corte interna.

Se n'erano andati tutti. Lei era rimasta la sola abitante del complesso residenziale.

Poco dopo scese in paese col fuoristrada. Percorrendo in auto le vie del centro, s'imbatté solo in negozi chiusi, vetrine e insegne spente. Ristoranti, bar e bistrot avevano ritirato i tavolini dalle terrazze e, davanti alle entrate, avevano apposto cartelli che rimandavano l'apertura all'estate. I grandi alberghi erano come in letargo. Era insolito vedere le porte della hall sbarrate e le finestre delle camere serrate.

Terminata la stagione turistica invernale, Vion sembrava un luna-park a cui avessero staccato la corrente. Dove prima pullulava la vita, ora c'era solo neve sporca.

Era ancora molto presto, ma Serena si domandò lo stesso dove fossero finiti gli abitanti del piccolo villaggio alpino. Al momento, in giro c'era soltanto lei. Doveva ancora abituarsi alla nuova realtà. Era disturbante. Per un attimo, si sentì soffocare da tutto quello spazio a disposizione.

C'era un modo per sfuggire alla claustrofobia.

Serena ci stava pensando da qualche giorno, ma non aveva ancora trovato il coraggio per andare a fare quella visita.

Dopo un viaggio di qualche chilometro fuori dal paese, si ritrovò a bussare a una porta conosciuta.

«Sono la madre della bambina dispersa nell'incendio avvenuto poco più di un anno fa» si presentò.

L'uomo col cappotto verde non disse una parola. Si voltò per tornarsene all'interno della baita insieme al suo cane nero. Ma le lasciò la porta aperta.

Serena lo interpretò come un invito e si introdusse nella casa da cui qualche notte prima era fuggita. Transitò dall'andito con le panche, superò la tenda a quadri seguendo la solita musica classica e il rumore dei passi che la precedevano. Aggirandosi in quegli ambienti con la luce del giorno, non colse alcuna minaccia per la propria incolumità.

«Adone Sterli non c'entra» aveva detto Gasser, scagionando il piromane dall'incendio dello chalet.

Al seguito dell'uomo e del suo cane, Serena giunse nel retro della baita. Si bloccò a osservare i muretti divisori che formavano quello che le era sembrato un labirinto per cavie umane. Erano fatti di libri. Centinaia di libri usati, impilati in quella specie di magazzino o di laboratorio.

Serena riconobbe il letto singolo su cui era stata distesa, nonché il caminetto spento. La stufetta elettrica, invece, era sempre accesa. La volta precedente si era chiesta come facesse a scaldare da sola quel vasto ambiente. Ora aveva una risposta. Probabilmente, i vecchi tomi contribuivano a coibentare la stanza, trattenendo il calore.

Sterli, comunque, continuava a tenere sia cappotto che cappello di lana. Era venuto ad aprirle con i guanti di gomma neri e adesso stava in piedi davanti al bancone da lavoro. Incurante di lei, si era messo ad armeggiare con un pennello, spalmando sul dorso di un libro la sostanza lattiginosa che prelevava dal pentolino smaltato che sobbolliva sul fornello accanto. Colla. Gli attrezzi sul ripiano non erano strumenti di tortura. I bisturi erano tagliacarte e taglierine. I grossi aghi, curvi e dritti, servivano per le cuciture col filo cerato. Punteruoli, righelli e pinzatrici, in realtà, avevano uno scopo gentile.

Adone Sterli era un rilegatore. I suoi gesti delicati sembravano seguire le note del concerto per archi trasmesse dalla radio portatile.

Serena osservava ogni cosa sentendosi una stupida. Il cane che la prima volta le era saltato addosso nell'oscurità, facendola cadere all'indietro, le si avvicinò mansueto e le leccò il palmo della mano. L'aveva definito un diavolo nero, ma era molto più cordiale del gatto Gas con cui aveva diviso l'appartamento di Milano finché c'era anche Aurora. Serena accarezzò il muso dell'animale, come a voler accettare le sue scuse.

Intanto, Sterli finì di incollare la copertina sulle pagine nude e, sollevando il pennello, iniziò a indicarle alcuni dei libri radunati nella stanza. «Letteratura russa, poeti provenzali, classici latini e greci, biografie, romanzi storici, hard boiled, fantascienza» elencò sommariamente, senza che lei gliel'avesse chiesto. Aveva una voce calda, cavernosa.

«Libri usati?» domandò Serena, non perché le interessasse, solo per avviare una conversazione.

«Libri smarriti» la corresse Adone Sterli.

«Che differenza c'è?»

«La gente li dimentica in giro, qualcuno li porta da me. Se necessario, io li riparo. E quei libri tornano nel mondo.»

Libri smarriti. Le piaceva la definizione. Celava un significato romantico.

Anche Sterli ora le appariva diverso. Serena rammentò lo sguardo del piromane nelle foto dei suoi arresti. A sedici anni come da adulto. Ma la luce del fuoco sembrava ormai sopita in quegli occhi. Aveva una cinquantina d'anni, si era rasato la barba e ogni suo gesto era calmo, misurato.

«Mi spiace di essermi introdotta qui come una ladra qualche sera fa» disse Serena. «A mia discolpa, posso solo dire che la baita mi sembrava disabitata. Non sarei mai entrata se avessi notato del fumo dal comignolo» aggiunse.

«Uso solo colle vegetali» disse l'uomo, indicando il contenuto del pentolino sul fornelletto. «Le faccio io.»

Sulle prime, Serena non capì che attinenza ci fosse col caminetto spento. Poi, invece, intuì cosa intendesse. Sicuramente Sterli, per via della condanna, non poteva tenere in casa fiammiferi o accendini oppure maneggiare liquidi infiammabili. Per questo la colla non era chimica e nel camino non c'era fuoco.

Si avvicinò al bancone. «Signor Sterli, si sarà domandato perché sono tornata.»

«Adone» replicò lui, chiarendo solo come volesse essere chiamato ma continuando a concentrarsi sul proprio lavoro.

«Adone» disse Serena, assecondandolo. «L'incendio allo chalet presenta dei punti oscuri e credo che tu conosca la materia come nessun altro.»

Sterli seguitava a tacere mentre compattava la copertina appena incollata coi polpastrelli delle mani guantate.

Serena proseguì lo stesso. «La porta sul retro dello chalet non era chiusa a chiave, ma forse è colpa di una delle tutor che di notte usciva a fumare. Ma com'è possibile che la finestra della mansarda di mia figlia fosse aperta mentre fuori c'erano meno diciotto gradi e nevicava? »

L'uomo non si scompose neanche dopo l'ultima rivelazione. Serena ebbe il sentore che non la stesse nemmeno ascoltando. Probabilmente Adone Sterli non era abituato a ricevere visite, né a parlare con qualcuno, a parte forse il suo cane.

Lei, però, non voleva ancora arrendersi. « I periti del tribunale e quelli dell'assicurazione concordano con polizia e vigili del fuoco: secondo loro la causa del rogo è stata accidentale. »

« È impossibile » intervenne l'uomo, inaspettatamente. Ma poi non aggiunse altro.

Serena provò a fargli dire ancora qualcosa. « Spiegati meglio, per piacere. »

« Non basta dire che non doveva accadere. »

Forse si riferiva al fatto che in montagna le case non venivano più costruite come un tempo. Che adesso esistevano moderni criteri edilizi, materiali ignifughi e sistemi di sicurezza. Al convitto c'erano i rilevatori di fumo e di calore, un impianto antincendio. Ma visto che comunque la tragedia era avvenuta, forse Sterli voleva intendere anche altro. Serena allora azzardò: « Luise, una delle tutor, mi ha detto che quella notte ha avvertito la presenza di qualcuno nel convitto, poco prima che il rogo si sviluppasse, mentre tutte ancora dormivano ».

Adone Sterli non ebbe alcuna reazione, si munì di un altro libro smarrito da rilegare nonché di un rocchetto di filo cerato e un ago curvo.

Allora Serena tentò la carta della compassione. « Purtroppo per mia figlia non c'è stato nulla da fare: l'incendio è scoppiato nel sottotetto, proprio sopra la sua mansarda. Nessuno si è accorto che mancava all'appello. C'era troppo fumo e con tutta l'acqua dell'impianto antincendio era difficile orientarsi. E poi non si capiva dove fosse il fuoco. Quando le tutor hanno visto le fiamme sul soffitto, era già troppo tardi. »

Luise aveva parlato di un fiume rosso sulle loro teste.

In quel momento, l'uomo dimenticò ago e filo e si fermò a riflettere. « Fumo nero e niente fiamme? » chiese.

«Sì» gli confermò Serena, senza sapere cosa significasse. Ma anche a lei era sembrato strano, senza capire il perché. Era convinta che l'uomo avesse una risposta.

Sterli depose ciò che aveva fra le mani e la fissò per la prima volta da quando erano lì. Lei rivide nel suo sguardo il barlume di un antico bagliore. Pensava che stesse per farle una rivelazione, invece le disse una cosa che la spiazzò.

«Adesso vattene, per favore.»

Sentendosi messa alla porta, Serena perse ogni contegno e sbottò. «Non fate altro che ripetermi che devo andarmene» affermò, citando Gasser e alludendo al monito di Luise. «Io invece resto qui perché so che c'è qualcosa che non torna. E la conferma è che tutti cercate di mandarmi via.»

L'uomo subì la sua sfuriata senza mutare espressione. «Sei convinta che tua figlia sia ancora viva, vero?»

La domanda gelò il furore di Serena, che non fu in grado di replicare. Poi però ammise: «Aurora è stata dichiarata dispersa. Non hanno mai trovato resti, né tracce del suo dna».

Adone Sterli registrò l'informazione. Quindi le voltò le spalle e tornò a dedicarsi alla rilegatura del libro. «Torna qui domani» disse e non aggiunse altro.

14

Adone Sterli, in apparenza rozzo e scostante, l'aveva colpita. O forse «colpita» non era nemmeno la parola giusta. Era come se Serena riuscisse a vedere in lui qualcosa che gli altri non vedevano. E ciò un po' la spaventava.

Una segreta gentilezza che non si addiceva alla fama di distruttore.

In presenza di quell'uomo avrebbe dovuto avvertire un senso di pericolo, ma stranamente si era sentita al sicuro. Non appariva come un criminale provato da anni di galera. La musica classica e i libri raccontavano una storia diversa. Vista la proprietà di linguaggio, forse Sterli non si limitava solo a restaurare quei vecchi volumi. E poi c'era un'altra cosa: anche lui era stato capace di guardarle dentro.

Sei convinta che tua figlia sia ancora viva, vero?

Serena aveva fatto una parziale ammissione. Ma comunque Sterli non era scoppiato a ridere, non l'aveva liquidata come una povera sciocca.

Anzi, le aveva prestato attenzione.

Il cappello di lana, il cappotto verde e i guanti neri lo facevano assomigliare a una specie di clown inconsapevole. Il suo aspetto avrebbe dovuto renderla scettica. Invece le aveva ricordato quella volta in cui lei, a dodici anni, aveva indossato un reggiseno imbottito, pensando che bastasse a farla sembrare una donna fatta. Anche per Adone Sterli doveva essere difficile adattarsi agli altri. Per quanto si sforzasse, l'effetto sarebbe stato sempre ridicolo.

Eppure nei modi di quell'uomo si celava una sorta di grazia.

Serena non riusciva a immaginare perché le avesse chiesto di ripassare il giorno dopo. Aveva lasciato la baita senza fare domande perché, stranamente, si fidava di lui. Però con Sterli non aveva menzionato il video anonimo che l'aveva riportata a Vion, né lo sconosciuto che la osservava dall'ombra e la indirizzava con telefonate silenziose. Anche perché non le era per niente chiaro lo scopo di tutto questo.

Nell'attesa di tornare da Adone, Serena doveva trovare comunque una maniera per far trascorrere le ore. Temeva che ricorrere al suo cocktail speciale le avrebbe fatto perdere la cognizione del tempo. E lei non voleva mancare all'appuntamento.

Passando col fuoristrada per le vie deserte di Vion, si accorse che un'attività del paese non aveva chiuso i battenti. Si trattava di un piccolo emporio che vendeva anche generi alimentari. Decise di fermarsi per fare un po' di spesa.

Varcata la soglia del negozio vide che, oltre a cibi e bevande, lì erano disponibili i beni più disparati. Dagli scarponi da montagna all'attrezzatura da giardinaggio. Bigiotteria da quattro soldi e materiale elettrico. C'erano anche vestiti e, in un angolo, una macchina fotocopiatrice che i clienti potevano utilizzare autonomamente seguendo le istruzioni scritte su un foglio sbiadito attaccato al muro. L'emporio era un presidio permanente per gli abitanti di Vion. Utile soprattutto nei mesi invernali, quando tutto il resto era chiuso.

In sottofondo, una stazione radio trasmetteva musica pop e jingle con annunci commerciali. C'era una giovane cassiera annoiata, concentrata sullo schermo del proprio telefonino. Serena era l'unica cliente. Si munì di un piccolo carrello e si mise a girare fra le corsie. Alla fine lo riempì soltanto con biscotti, cioccolata, pancarrè, würstel e tonno in scatola. Cibi che non richiedevano di essere cucinati e che in passato lei, sempre così *healthy*, non avrebbe mai considerato di ingurgitare.

Alla fine, portò tutto alla giovane cassiera annoiata che posò controvoglia il cellulare per batterle il conto.

Intanto Serena la osservava. Comprese subito che, come Luise e il suo irascibile fidanzato, la cassiera era cresciuta a Vion. I suoi abiti, la pettinatura, il modo di fare appartenevano a chi non sa e non immagina nemmeno che oltre la stretta barriera delle montagne esiste un mondo intero. Con un futuro identico al presente e senza niente da sognare, sarebbe solo invecchiata, senza cambiare.

Anche la ragazza, a un certo punto, sollevò lo sguardo su Serena. «Lei non è di queste parti» disse, inquadrandola subito.

Non poteva affermare di essere una turista, perché gli alberghi della valle erano chiusi. «Sono una giornalista» mentì, senza sapere perché avesse scelto proprio quella professione. Ma poi decise che la bugia poteva tornarle utile. «Conosce un certo Adone Sterli?»

«Nessuno qui vuole avere a che fare con quel matto» disse prontamente la ragazza, confermandole la fama da reietto di cui godeva il piromane. «Neanche la sorella gli parla più.»

«Ha una sorella?» chiese Serena, curiosa.

«Va da lui ogni giorno per portargli da mangiare. Ma, per quanto ne so, non si rivolgono la parola da anni.»

Adone Sterli non sembrava avvertire la mancanza di qualcuno con cui chiacchierare, considerò Serena. Anzi, il silenzio era la sua condizione ideale. Ma forse non era stato sempre così.

«Quello svitato ha pure una nipotina, ma non credo che l'abbia mai conosciuta» aggiunse la ragazza. «La sorella non vuole neppure che la bambina sappia che lui esiste.»

Era la pena accessoria alla condanna della solitudine, pensò Serena, con tristezza. «Sono qui per scrivere un articolo sull'incendio dell'anno scorso al convitto» spiegò, cambiando argomento.

La cassiera si fermò a pensare. «Me la ricordo ancora quella notte, ci svegliammo tutti per la puzza.»

Serena rammentava il fetore avvertito arrivando a Vion il mattino dopo l'incendio. Di plastica e gomma più che di legno bruciato.

«Quando vivi in montagna, impari presto a riconoscere i richiami del fuoco» proseguì l'altra. «Mia nonna dice sempre che il fuoco è vanitoso, pretende attenzione. Non ci scorderemo mai quella scena.»

«Deve essere stato terribile» commentò Serena in modo sterile, per non apparire troppo coinvolta.

«Per il paese è stato un disastro, eravamo in tutti i telegiornali. La mia amica Flora ha anche perso il posto, lavorava al convitto.»

Sentendo nominare la tutor, Serena ebbe un'intuizione. «Mi piacerebbe scambiare due chiacchiere con la tua amica» disse, senza menzionare il fatto che l'utenza cellulare di Flora risultava disattivata. «Mi puoi aiutare?»

«Non la vedo e non la sento da tanto» replicò la cassiera. «È sparita da un giorno all'altro.»

Per la prima volta, Serena si chiese se la fretta di Flora, oltre che alla perdita del lavoro, fosse dovuta ad altri motivi.

«I suoi sono entrambi morti quando era ancora piccola» disse la ragazza. «Non aveva più parenti qui, perciò secondo me ha fatto bene ad andarsene.»

«E pensi che non tornerà più?»

«Ha ancora una casa qui a Vion, chissà che un giorno non decida di tornare.»

A quell'informazione, Serena drizzò le orecchie. «E sai dirmi dove abitava prima di partire?»

«L'appartamento in fondo alla strada, sopra al negozio di souvenir» disse l'altra, indicandole la direzione.

Aveva puntato una sveglia sul telefono per mezzanotte. Ma non fu necessaria poiché un impellente bisogno di urinare le fece spalancare gli occhi cinque minuti prima che suonasse.

Si era distesa sul letto con indosso gli abiti per uscire, in modo da non perdere tempo a rivestirsi. Ma non poteva evitare di andare in bagno.

Mentre era seduta sulla tazza e scaricava la vescica, Serena pensò che Aurora era sempre stata molto pigra e, siccome era difficile buttarla giù dal letto, lei aveva escogitato un modo per svegliarla quando dovevano prendere un aereo molto presto. Le aveva raccontato che i guerrieri dell'antica Roma bevevano tanta acqua quando dovevano combattere all'alba. Così non erano costretti a passare la notte in bianco in attesa che il sole sorgesse e si svegliavano prima per fare pipì.

Serena non sapeva neanche se la storia fosse vera, era solo uno stupido aneddoto privo di importanza. Ma gliel'aveva raccontato il padre quand'era piccola, perché anche lei faticava ad alzarsi la mattina. Era una delle poche eredità che il genitore le aveva lasciato e lei l'aveva tramandata alla figlia senza sapere che, invece, la trasmissione del bizzarro retaggio si sarebbe interrotta inesorabilmente.

Aurora non avrebbe potuto insegnare nulla ai propri figli o ai propri nipoti.

Il più delle volte, Serena lo dimenticava. Ma quando ci pensava, veniva invasa da un'incontenibile infelicità. Si trattava di uno degli effetti collaterali di ciò che era accaduto la notte dell'incendio. Il fuoco, in realtà, non si era mai spento e continuava a distruggere ogni cosa nel futuro di sua figlia.

Quando terminò di urinare, Serena tirò subito lo sciacquone

sperando che anche quel terribile pensiero finisse nello scarico del water.

Poi controllò l'ora. Era giunto il momento di entrare in azione.

Scese in paese molto tardi, sperando che nessuno notasse il suo fuoristrada. Infatti, in giro non c'era un'anima.

Il negozio di souvenir era chiuso. Al piano di sopra c'era una specie di dépendance. Un paio di finestre e una piccola veranda. Vi si accedeva da una scala laterale.

Serena parcheggiò l'auto, attraversò di corsa la via deserta e s'infilò nel vicolo buio. Salì velocemente i gradini, i suoi passi riecheggiarono nel silenzio assoluto. La porta dell'appartamento era a vetri. Perciò, approfittando della luce di un lampione, sbirciò all'interno per assicurarsi che non ci fosse nessuno. Non voleva ripetere l'errore commesso alla baita di Adone Sterli.

C'era parecchio disordine in giro, come se qualcuno avesse traslocato in fretta.

Quando fu assolutamente certa che l'alloggio era disabitato, si chinò per studiare la serratura. Considerò che avrebbe ceduto con un paio di spallate.

Cercando di fare meno rumore possibile, Serena si affidò alla propria forza fisica. Erano lontani i giorni in cui si sottoponeva a un intenso allenamento, ormai si era quasi del tutto rammollita. Perciò le ci vollero più di due tentativi per avere ragione della porta a vetri. Quando quella finalmente cedette, si ritrovò catapultata all'interno. Perse l'equilibrio e finì carponi, urtando il duro pavimento con le ginocchia.

Si risollevò a fatica. Tornò fuori per controllare ancora una volta che non ci fosse nessuno nei paraggi. Quindi si chiuse in casa.

Attivò la torcia dello smartphone, puntandola verso il basso perché il bagliore non si notasse attraverso le finestre. C'era un'unica stanza e il bagno era a parte. Il cucinotto era posizionato proprio accanto a un divano-letto, aperto e disfatto, con le lenzuola sottosopra e i cuscini che avevano ancora impressa l'impronta di chi ci aveva dormito l'ultima volta. Non c'erano caloriferi, né stufe o caminetti. L'unico riscaldamento era una pompa di calore applicata al muro, ma al momento non era funzionante.

Non un granché come posto in cui vivere, si disse Serena. Forse era perfino peggio della sua tana al residence.

L'impressione che aveva avuto sbirciando dalla porta a vetri fu confermata dal sommario sopralluogo. I cassetti aperti e le ante dell'armadio spalancate indicavano che Flora aveva fatto i bagagli in fretta, lasciando lì un bel po' della sua roba.

Perché? si domandò di nuovo.

La tutor aveva sicuramente atteso di incassare i soldi promessi per tenere la bocca chiusa e trasferirsi altrove, ma poi aveva deciso di sparire dalla circolazione come se avesse un altro conto in sospeso, ben più gravoso. Almeno questo suggeriva il caos che regnava nel suo ultimo domicilio conosciuto.

Serena sperava di trovare qualcosa che chiarisse il dilemma.

Si mise a frugare fra le cose disseminate nel monolocale. Sollevò i vestiti gettati alla rinfusa su una poltrona e quelli sparsi per terra insieme a scarpe spaiate, ma non trovò nulla di interessante. Qualche cartaccia, una lattina di birra schiacciata con dentro dei mozziconi di sigaretta. Su una mensola c'era un solo auricolare per il cellulare, insieme a un paio di occhiali da sole storti e con una lente rotta.

In bagno la situazione non era diversa: una montagnola di asciugamani sporchi sul pavimento e gli stipetti ai lati dello specchio erano aperti e svuotati quasi del tutto. Rimanevano solo dell'ovatta e un flacone di acetone per unghie.

Però mancavano spazzolino e dentifricio.

Serena si dedicò al cucinino. Su un bancone con un unico sgabello, accanto a una tazza con un fondo di caffè e un piatto coi resti ammuffiti di una colazione di uova e pane e marmellata, c'erano dei fogli. Serena li prese e si accorse che sopra vi era stampato un estratto conto bancario risalente al febbraio dell'anno prima. Quindi un mese dopo la tragedia allo chalet, calcolò. Scorrendo rapidamente le poche voci presenti nell'elenco, notò che l'accademia che organizzava il campus aveva versato alla tutor quindicimila franchi svizzeri, che al cambio in euro corrispondevano più o meno allo stesso importo. La causale del bonifico era «trattamento di fine rapporto». In buona sostanza, una liquidazione. A parte quella, non c'erano altre entrate.

Le uscite, invece, avvenivano col bancomat e riguardavano soprattutto l'acquisto di cibo. C'era qualche spesa voluttuaria: make-up e sigarette. Ma l'investimento più rilevante riguardava un biglietto aereo di sola andata.

Il volo Zurigo-Stoccolma del 23 febbraio.

Flora aveva preso alla lettera la raccomandazione di lasciare Vion. Serena temeva che ormai, oltre a un nuovo numero di telefono, avesse anche un'altra vita. Difficilmente sarebbe tornata indietro. E ancora più complicato sarebbe stato rintracciarla.

Rimise i fogli con l'estratto conto sul bancone e riprese la perlustrazione, senza grandi speranze di imbattersi in qualcosa di rilevante. Si spostò verso la zona notte. Nell'armadio erano appese solo grucce. Accanto al divano-letto c'era un comodino bianco con tre cassetti semiaperti. Li controllò, cominciando dal basso. Nel primo c'erano una vecchia guida turistica e l'immancabile Bibbia. Nel secondo, solo un accendino scarico. Quello più in alto sembrava vuoto, ma poi Serena vi infilò il braccio e sul fondo fece una scoperta.

C'era un libricino dalla copertina plastificata con impresso il logo di un laboratorio di sviluppo fotografico che probabilmente aveva cessato da un pezzo l'attività. Iniziò a sfogliarlo. Le foto all'interno risalivano ai tempi in cui la gente si serviva ancora della pellicola per immortalare i ricordi.

Nelle immagini apparivano sempre un uomo, una donna e una bambina. Dalle pose e dalle espressioni sorridenti, si poteva facilmente evincere che si trattasse di una famiglia.

La cassiera dell'emporio aveva detto che Flora aveva perso entrambi i genitori quand'era molto piccola. Serena pensò che quelli immortalati nell'album fossero proprio padre e madre insieme alla figlia. Le foto non erano tantissime, al massimo una dozzina. Il paesaggio era sempre alpino. E, a giudicare dall'aspetto più o meno identico dei protagonisti, erano state scattate a Vion in un breve arco di tempo.

Serena si pose due domande. Ipotizzando che quegli scatti fossero l'unica memoria fotografica rimasta dei genitori, era plausibile che Flora avesse scordato l'album per superficialità? Il secondo interrogativo, però, era ancora più spiazzante. Quale persona acquista un biglietto aereo per iniziare altrove una nuova esistenza e fa i bagagli mettendoci dentro spazzolino e dentifricio ma lasciandosi alle spalle una cosa importante come le foto dei genitori morti?

Una persona che sta scappando, fu la risposta. Una persona che non può tornare indietro a riprendere ciò che ha dimenticato.

Proprio mentre formulava quel pensiero, lo squillo dello smartphone la fece sobbalzare. Temendo che il rumore la facesse scoprire, abbassò subito la suoneria. E solo dopo guardò il display.

Ancora una volta un « numero sconosciuto ».

Per qualche secondo, non seppe cosa fare. Poi si decise e rispose. « Pronto? »

Lo stesso silenzio che aveva sentito le volte precedenti. Solo che adesso riuscì chiaramente a distinguere un respiro umano dall'altro capo della linea.

Poi riattaccarono.

Allora sollevò lo sguardo su una delle finestre, cercando una conferma al proprio sospetto. Vide che all'esterno, in un piccolo parcheggio a un centinaio di metri dalla casa, c'erano tre vetture.

E c'era qualcuno seduto al posto di guida di una berlina di colore verde.

A quella distanza era impossibile distinguerne il volto, o capire se fosse un uomo o una donna. Ma dava l'impressione di guardare proprio in direzione della casa.

Ora la telefonata sembrava un modo per avvertirla di quella presenza.

Serena capì che doveva andarsene.

Si rimise in tasca il cellulare, muovendosi verso la porta. Una volta fuori dal monolocale, dopo essersi richiusa l'uscio alle spalle, si acquattò per ridiscendere la scala laterale. Giunta di sotto, si affacciò dal vicolo per controllare.

L'auto verde era ancora lì.

Per arrivare al fuoristrada, Serena doveva uscire allo scoperto. Non aveva altra scelta. Contò fino a tre, poi si mise a correre.

Prima che aprisse lo sportello, però, fu avviato il motore della berlina verde.

Serena vide la macchina fare rapidamente manovra nel parcheggio. Pensò che stesse venendo verso di lei ed ebbe paura. Ma, da come il guidatore posizionò il veicolo, capì che avrebbe preso un'altra direzione. Dimenticando ogni timore e ogni prudenza, iniziò a rincorrere l'auto a piedi, nel tentativo di leggerne la targa prima che si allontanasse. Non ci riuscì, ma era sicuramente un vecchio modello. Forse una Opel.

Quando la vettura passò sotto un lampione, Serena scorse il profilo di un uomo con una barba folta e un berretto rosso con visiera calata fino a nascondere gli occhi.

16

L'esperienza vissuta fuori dalla casa di Flora l'aveva turbata. Essendo rimasta l'unica inquilina del residence, Serena non si sentiva sicura a tornare subito lì. Iniziò a girovagare per la valle col fuoristrada in attesa di trovare il coraggio oppure di calmarsi.

In realtà, avrebbe voluto rifugiarsi nella baita di Adone Sterli. I muri di libri e la musica classica l'avrebbero fatta sentire protetta. Ma non sarebbe stato opportuno.

Quando finalmente si sentì pronta, fece ritorno al residence. Era ancora piena notte e il silenzio e le luci spente nel complesso non erano un semplice spettacolo di desolazione. Era come se dietro a ogni porta si celasse l'ombra di qualcuno.

Una volta all'interno della propria tana, Serena fu accolta dal rumore sommesso e ininterrotto del frigobar, quel suono era ormai familiare e le restituì un po' di pace.

Poi si tolse i vestiti e, poco dopo, s'infilò nella doccia.

Restò a lungo sotto l'acqua calda. Quando uscì dal bagno, fuori albeggiava. Mentre si infilava un dolcevita e un paio di jeans, ebbe il chiaro sentore che l'ansia sarebbe tornata presto ad attanagliarle lo stomaco. Per prevenirla, mandò giù due pasticche di Xanax con un generoso sorso di vodka. Mangiò delle fette biscottate che sembravano ancora commestibili.

Aveva trascorso gran parte della nottata in bianco. Ma, invece di mettersi a letto, rimase ad aspettare che il giorno spuntasse del tutto. Era ansiosa di rivedere Adone Sterli. L'appuntamento col rilegatore di libri smarriti si avvicinava. Si chiese solo quando sarebbe stato più appropriato presentarsi da lui.

Resistette alla curiosità fino alle otto. Poi decise di recarsi alla baita.

L'uomo col cappotto l'accolse sulla porta con la solita espressione indecifrabile. Fuori c'era di nuovo aria di tempesta. Le chiome dei larici ondeggiavano come se si strattonassero scherzosamente a vicenda.

«Spero di non essere troppo in anticipo» disse Serena.

«Ti stavo aspettando» rispose Sterli, flemmatico. Poi, trascinando i piedi e con il cane che gli trotterellava accanto, si immerse nuovamente nell'oscurità della casa.

Serena lo seguì, domandandosi ancora una volta come avesse impiegato le ore dal loro ultimo incontro. Ebbe la risposta entrando nel laboratorio. Sul bancone da lavoro stavolta, al posto dei libri smarriti da rilegare, c'era qualcosa per lei.

Sembrava una normalissima scatola di cartone marrone, chiusa col nastro per imballaggi. Non era di grandi dimensioni, la si poteva scambiare per un comune pacco postale. Salvo per il tubo che spuntava da uno dei lati, di quelli che di solito si trovavano in mezzo ai rotoli di carta igienica. Una volta Aurora aveva iniziato a collezionarli senza un motivo preciso. Era arrivata a possederne più di un centinaio. C'era voluto un bel po' per convincerla a sbarazzarsene.

Adesso, pur non potendo conoscere il contenuto né la funzione del manufatto, Serena nutriva comunque un pessimo presentimento. Per un attimo si chiese in che situazione si fosse andata a cacciare.

Sterli si piazzò al lato del tavolo. Per il momento, non guardò né menzionò la scatola. «Non è stata una buona idea venire da me» esordì invece.

Serena si stupì dell'affermazione che rispecchiava esattamente ciò che pensava adesso.

«Non so se ciò che sto per dire ti aiuterà veramente oppure ti creerà solo nuovi dubbi» proseguì Adone. «E non so nemmeno se questi dubbi siano salutari.»

Era vero, quell'uomo sapeva guardarle dentro. O forse la disperazione di Serena era evidente a chiunque, tranne che a lei.

«Correrò il rischio» disse.

Ciononostante, l'altro ponderò ancora un attimo la situazione. «Ho sprecato molti anni per colpa della bestia» affermò. «E non parlo solo di quelli passati in carcere.»

Serena non capiva cosa intendesse.

«Tutti pensano di conoscere la bestia, invece non è vero. Non sanno che la bestia è intelligente.»

Si rese conto che Adone Sterli si riferiva al fuoco. Ne parlava come fosse qualcosa di vivo.

«Molti si illudono di poterla controllare, invece non è così. E spesso è lei che controlla te.» Evidentemente, alludeva a se stesso. «La bestia non ha bisogno di mostrare subito quanto è forte. Lei sa acquattarsi e sa aspettare. Può rimanere una scintilla per molto tempo, e nessuno se ne accorge. Quando arriva il momento, si manifesta in tutta la sua potenza.»

Serena si accorse che, mentre faceva quei discorsi, la voce di Adone Sterli aveva assunto un'inflessione innaturale. Come se non fosse lui a parlare, ma qualcun altro dentro di lui. Un nemico segreto con cui aveva imparato a convivere, tenendolo a bada.

«E poi la bestia è molto furba» aggiunse lui. «Sa cambiare, adattandosi alle circostanze, perché il suo scopo è identico al nostro: sopravvivere il più possibile.»

«Perché mi stai dicendo queste cose?» domandò lei, intimorita.

Sterli la fissò, serissimo. «Perché tu pensi che un anno fa qualcuno sia entrato nel convitto di notte dalla porta di servizio. Questo sconosciuto ha portato via tua figlia e poi ha appiccato l'incendio per far credere a tutti che la bambina fosse morta.»

«Ma, prima di andarsene, ha lasciato la finestra della mansarda aperta come un messaggio per me» aggiunse lei, convinta che il video anonimo che aveva ricevuto avesse proprio il sadico scopo di farle sapere com'erano andate le cose.

Adone Sterli non commentò le sue parole. Si girò verso la scatola di cartone sul tavolo. Vi posò sopra una mano guantata, ma non fece ancora nulla. «La tutor ti ha detto che quella notte all'interno dello chalet hanno notato il fumo nero e solo dopo hanno visto le fiamme. È corretto?»

«Sì» disse Serena, rammentando le parole di Luise.

Era come una specie di fiume rosso sulle nostre teste.
«Mi è sembrato strano che le tutor non avessero visto subito il fuoco» gli confessò lei.

«A volte è normale che la bestia si nasconda» la contraddisse l'uomo. «Spesso manda avanti il fumo nero, in avanscoperta. E poi lei fa il suo ingresso trionfale, sorprendendo tutti.»

C'era una tragica teatralità in quell'immagine. Il che confermava la teoria di Sterli che il fuoco fosse una sorta di essere senziente. Ma nelle parole della giovane testimone oculare c'era comunque qualcosa che aveva colpito il piromane.

«La ragazza ha parlato di fumo e fiamme» riprese l'uomo.

«Esatto, cosa c'è di strano?»

«Non è strano cosa c'è... bensì cosa manca.»

Serena continuava a non capire.

«Esiste un terzo elemento, altrettanto rilevante in un incendio. Però la testimone non l'ha menzionato. Ha detto di aver visto il fumo e poi le fiamme... Ma non ha parlato del calore.»

In effetti, Luise aveva trascurato quell'aspetto.

«In un incendio di quelle proporzioni, che l'acqua non riesce a contenere e che in poco tempo divora una casa di tre piani, il calore è determinante e, soprattutto, precede sempre l'apparizione delle fiamme.»

Serena si chiese se i periti e i vigili del fuoco avessero indagato su quell'anomalia.

«Le tutor e le bambine avrebbero dovuto sentire subito un caldo infernale là dentro» aggiunse Sterli. «Invece hanno visto solo fumo.»

Adesso lei era convinta che ci fosse una spiegazione. «Che significa?»

L'uomo additò la scatola sul bancone. «Questa è la replica di un ordigno incendiario» disse e l'aprì come fosse un libro, separando le due sezioni che mostravano come era fatto all'interno.

Nonostante fosse solo un fac-simile, Serena provò lo stesso una certa inquietudine.

Dentro, l'ordigno era suddiviso in scomparti. Sterli si munì di una penna per indicarle cosa contenessero. «L'effetto finale è frutto della combinazione di varie sostanze o elementi chimici. Tutto inizia da qui» disse, mostrandole il punto preciso, grande quanto una scatola di fiammiferi. «Si piazza una piccola carica di termite che funge da innesco, che è collegata a una camera stagna che di solito contiene una lega in magnesio e alluminio che inizia a bruciare a 1100° ed emana un vapore combustibile a 1800°... Il vapore filtra attraverso una membrana di cotone in una camera di combustione dove incontra il perossido di idrogeno. C'è anche una fiala di vetro che, quando la temperatura raggiunge i 2000°, scoppia unendo al tutto il perossidisolfato... È sorprendente come molte di queste sostanze siano acquistabili in ferramenta o perfino al supermercato» chiosò per un momento. «In questa parte si mette una spugna imbevuta di ammoniaca che serve a stabilizzare il composto» asserì. «Si chiama *ordigno* ma, in realtà, non deve esplodere, solo incendiarsi» specificò.

Durante la lezione, che avveniva in modo preciso e distaccato, Serena si sentiva a disagio. Non era sicura che le servissero informazioni così tecniche. Ma Adone Sterli sembrava provare un oscuro piacere nel descrivere il procedimento di distruzione. L'uomo aveva improvvisamente perso la sua aura romantica, trasformandosi in qualcosa che lei non avrebbe voluto conoscere.

Un'ossessione.

«Vorrei sottolineare che il processo non ha ancora generato fiamme vive» affermò quello. «Ecco perché la parte che ci interessa di più è questo serbatoio.» Indicò un ampio scompartimento collegato al tubo di cartone. «Qui si posiziona una pasta che si ottiene con ossido di zinco, farina fossile e tetracloruro di carbonio. È anche conosciuta come 'miscela Berger'.»

Serena notò che gli occhi del pacifico rilegatore di libri erano cambiati. In essi era tornata a brillare la luce del fuoco. «A che serve?» si costrinse a domandare.

Sterli non si accorse del suo disagio e rispose: «A generare fumo».

«Mi stai dicendo che al convitto quella notte potrebbe essere stato piazzato un ordigno come questo, che prima di scatenare il fuoco produce solo tanto fumo?»

L'altro non replicò, ma il silenzio era eloquente.

Tuttavia, Serena ancora non capiva. «Perché usare un ordigno come questo?» chiese, interdetta e infastidita.

«Perché, chiunque sia stato, la sua intenzione non era uccidere.»

Rimase spiazzata. Nell'orribile descrizione del funzionamento di uno strumento devastatore era custodita anche una speranza. «Allora qual era lo scopo?»

«Il fumo serviva a stanare gli occupanti dello chalet: lo scopo era svegliare tutti, dando loro il tempo di mettersi in salvo. In quei momenti, non c'era calore perché il fuoco sarebbe arrivato soltanto dopo» specificò Sterli. «Se le cose sono andate in questo modo, il fumo in quei momenti doveva avere l'odore dolciastro tipico del tetracloruro di carbonio... *Biscotti appena sfornati.*»

Luise non aveva parlato di odore di biscotti. Forse avrebbe dovuto cercarla di nuovo per domandarle quel particolare.

«Ma il fumo aveva anche la funzione di coprire le azioni di un rapitore e dargli tutto il tempo per agire indisturbato» disse Sterli. «Non doveva nemmeno preoccuparsi di cancellare le proprie tracce, perché tanto poi ci avrebbe pensato il fuoco. Così come le fiamme erano perfette per nascondere ciò che era accaduto realmente alla bambina che stava portando via.»

Serena era sconvolta. Un conto era immaginare che qualcuno avesse ordito un simile disegno, un altro era ricevere la dimostrazione pratica che quel piano si potesse attuare.

Chissà perché, le apparve davanti agli occhi la figura del guidatore della Opel verde, lo sconosciuto con la barba e il berretto rosso con visiera.

Ma lei aveva ancora una domanda. «Come fai a essere sicuro che le cose siano andate proprio così?»

«Chiunque sia stato, conosce la bestia, sa come domarla» ribadì l'altro.

«Questa non è una risposta» gli fece notare, stizzita.

Adone Sterli cominciò a sfilarsi lentamente i guanti neri di gomma che portava sempre. Quando ebbe terminato l'operazione, Serena capì perché non li togliesse mai.

L'uomo sollevò entrambe le mani in modo che lei potesse guardarle bene. Le mostrò le lunghe cicatrici rosa che scavavano la carne sui dorsi e all'interno dei palmi, fino agli avambracci. L'adipe si era squagliato come cera e la pelle si era ritirata. Le dita erano ormai sottili propaggini ossute.

Serena inorridì. Poi, senza più riuscire a trattenere i conati, scappò fuori dalla baita a vomitare.

Una volta all'esterno, quasi inciampò su qualcosa che stava sulla soglia. Fece appena in tempo ad aggrapparsi allo stipite per non perdere del tutto l'equilibrio. Rigettò sulla neve quel poco che aveva nello stomaco, poi si voltò a controllare l'oggetto che aveva rischiato di farla cadere.

Sul gradino fuori dalla porta c'era un portavivande in acciaio, di quelli col coperchio a chiusura ermetica. Nonostante ciò, si sentiva odore di zuppa.

Serena pensò subito alla sorella di Adone Sterli che gli portava ogni giorno da mangiare ma non voleva più parlare con lui. Allora provò di nuovo pena per quell'uomo che conviveva con la propria solitudine e coi demoni che ancora gli albergavano dentro.

Combattuta fra sentimenti contrastanti, si ripulì la bocca con la manica del giaccone e si avviò barcollando verso il fuoristrada, promettendo a se stessa di non rimettere mai più piede in quella baita.

17

Dopo aver lasciato la baita di Adone Sterli senza nemmeno congedarsi, si ricordò che quel giorno era venerdì. E le tornò in mente la volta che aveva dimenticato di avere una figlia.

All'epoca, Aurora aveva cinque anni. La tata Mary si occupava di accompagnarla e poi di andare a prenderla alla scuola materna. Ogni giorno, tranne il venerdì.

Il venerdì toccava a sua madre aspettarla all'uscita.

Avevano una specie di rituale. Verso le tre del pomeriggio, Serena la caricava su un taxi e andavano insieme a nuotare nella piscina di Palazzo Parigi, il meraviglioso albergo nel centro di Milano. Serena aveva trasmesso ad Aurora la passione per il nuoto, nonché l'importanza della coordinazione e dello stile, sicura che quelle lezioni, applicabili a ogni evento dell'esistenza, le sarebbero tornate utili per il resto della vita.

Poi, per premiarsi della fatica, verso le cinque, dopo una doccia e dopo aver indossato abiti consoni all'ambiente, prendevano insieme il tè in un'elegante sala dello stesso hotel. Entrambe impazzivano per i *macarons* e per il Dong Ding Oolong, un tè taiwanese molto raro. La figlia aveva ereditato i suoi gusti. Le piacevano le cose belle, le piaceva apparire sobria e impeccabile, le piaceva essere ammirata. E la madre ne era fiera.

Adesso, mentre guidava il fuoristrada sui tornanti che scendevano verso Vion, la nuova Serena, sciatta e priva di amor proprio, provò un tardivo senso di colpa per il famoso venerdì in cui aveva saltato la nuotata in piscina e il rito del tè con la figlia. In quell'occasione non si era semplicemente scordata di recuperarla da scuola. Anche se questa sarebbe stata la versione ufficiale.

In realtà, aveva rimosso del tutto dalla memoria l'esistenza di Aurora.

Per qualche ora, quel pomeriggio di un paio d'anni prima,

aveva cancellato ogni traccia di lei dai suoi pensieri. Anzi, in quel frangente aveva ricominciato a pensare a se stessa non più come alla madre di una bambina di cinque anni, ma come a un essere solitario.

Il conto della sua vita era di nuovo dispari. Una unità. Serena. Punto.

E, sulla base di quel semplice calcolo, aveva prenotato un appuntamento dal parrucchiere, comprato un paio di scarpe, programmato l'uscita serale con un'amica. Proprio parlando al telefono con quest'ultima, alla domanda su come stesse Aurora, Serena aveva improvvisamente realizzato di essere parte di un numero pari.

Due unità.

Ora rammentava di aver provato una sensazione di stupore davanti alla scoperta. Dopo la notte dell'incendio, per tanto tempo lei aveva sperato che l'amnesia tornasse a sottrarre la figlia dal conteggio finale, stavolta per sempre. Però non era più accaduto e Aurora faceva ancora parte del suo numero.

Il famoso venerdì, si era precipitata alla scuola materna. E, anche se aveva appena un'ora di ritardo, aveva trovato comunque Aurora in lacrime.

Non era semplicemente un pianto di bambina. Era disperazione.

La vista della madre avrebbe dovuto tranquillizzarla almeno in parte. Invece, per un bel po' la piccola era stata inconsolabile. Serena aveva sperimentato un'indescrivibile sensazione d'impotenza. Non bastava più essere la mamma di Aurora per placare quel genere di dolore.

Poco prima, Adone Sterli aveva avvalorato la folle idea che la bambina fosse stata rapita. Serena ora era devastata. Forse Aurora, in quel lungo anno, aveva provato una sofferenza simile a quella del terribile venerdì. Forse stava pensando che sua madre l'avesse di nuovo abbandonata.

Pur essendo finalmente riuscita a dare un senso all'anomalia della finestra aperta nella mansarda, Serena non si dava pace.

L'ultima volta che ho visto Aurora, lei dormiva beatamente. A pancia sotto, perché le ali da fata farfalla le impedivano di stare supina.

Le parole di Luise contenevano l'ultima traccia prima che Aurora scomparisse. Cosa era successo dopo che la tutor aveva controllato la stanza nel convitto? Erano trascorsi molti mesi da allora. Più di un anno senza un segno. Nessuno poteva garantire a Serena che, dopo tutto quel tempo, la figlia fosse ancora viva. Ma se lo era, dove si trovava adesso? E con chi era?

La definizione di *dispersa* aveva finalmente un senso.

Sto venendo a prenderti, le promise. Anche se non sapeva come fare. Forse era necessario attivare una ricerca in grande stile, con un impiego massiccio di uomini e mezzi. Ma lei non poteva presentarsi dal capo Gasser con la sola testimonianza di un piromane. E non aveva prove.

Era frustrante.

La temperatura era calata, il cielo era coperto da nuvole sporche. Il tempo era come sospeso. La luce grigia faceva apparire ogni cosa precaria. Piante, animali e persone sembravano solo in attesa della pioggia.

Serena voleva rintanarsi nel residence con l'intenzione di focalizzarsi sulle opzioni a disposizione. Non molte, in verità. Ma appena varcò la soglia del piccolo appartamento, vide che sul tavolo del cucinino c'era una bottiglietta di Evian piena per metà di *teddy-bear*. Non ricordava di averla lasciata lì, ma non seppe resistere alla tentazione di scivolare in un lento e piacevole torpore. Dopo aver mandato giù la mistura fino all'ultima goccia, calcolò che, come sempre, ci sarebbero voluti cinque o sei minuti prima che facesse pienamente effetto. Invece ebbe una piacevole sorpresa, perché la pozione magica iniziò ad agire dopo appena qualche secondo.

Si sentì subito inebriare e poi invadere dalla solita euforia che era una specie di solletico per l'anima. Sorrise, come a dare il benvenuto all'allegro folletto che le danzava nella testa. Provò a posare la bottiglietta vuota, ma mancò il tavolo e quella rimbalzò per terra, rotolando fra le sedie. Il suono riecheggiò all'infinito. Le cose intorno a lei cambiarono colore e presero a luccicare.

Serena puntò il divano. Si sentiva leggera come un palloncino pieno di elio. Il suo equilibrio era precario. Il pavimento ondeggiava, o forse erano le sue gambe molli. Si appoggiò al muro e si diede una spinta per aggiustare la propria rotta. Era alla deriva. Che stava succedendo? Sicuramente, aveva sbagliato qualcosa nel dosaggio dei farmaci. Mentre cercava di rammentare quando avesse preparato il cocktail, la vista si annebbiò, le ginocchia cedettero e, prima di arrivare a destinazione, si ritrovò a tuffarsi sul pavimento.

Atterrò con le braccia protese in avanti, ma invece di toccare terra le sembrò di rimanere sospesa per aria, a fluttuare. A causa della caduta, avrebbe dovuto provare dolore. Invece nulla. Si accorse di non avere più alcuna sensibilità, come se si fosse scollegata dal proprio corpo.

Ed era paralizzata.

E poi c'era un'altra cosa strana. Aveva perso i sensi ma era ancora presente a se stessa. Era come vivere in un paradosso.

Sempre immobile in quella posizione prona, con il capo voltato da un lato, vide calare il buio della sera. Le ombre si allungarono intorno a lei, senza che potesse afferrarle. Non sapeva nemmeno se i suoi occhi erano aperti o chiusi. Piccole luci le attraversavano il campo visivo per poi svanire, ingoiate dall'oscurità. Lampi. Poi iniziò un ticchettio che, accelerando, si trasformò in un concerto di campanelli. Serena intuì che si trattava di un temporale.

Era come sognare da svegli. E in quel sogno, a un certo punto, apparvero dei passi. Lei non sapeva se fossero reali. Però era come se qualcuno le girasse intorno, osservandola.

Una presenza.

Come quella descritta da Luise la notte dell'incendio, poco prima che nello chalet divampassero le fiamme.

Anche se non potevo vederlo, sentivo quegli occhi su di me.

Ogni volta che la figura le passava accanto, Serena avvertiva la carezza dello spostamento d'aria. Poi l'intruso la scavalcò, dirigendosi verso la camera da letto. Da dove si trovava, lei scorse una silhouette che si muoveva nella stanza limitrofa, aprendo i cassetti e frugando fra la sua roba. Provò un senso di panico, avrebbe voluto urlare, ma non le usciva la voce. Ebbe l'impressione di essere morta. Sì, sono morta, si disse. Si sentiva come un fantasma intrappolato fra due mondi e, per questo, incapace di mettersi in contatto con quelli che erano ancora vivi.

Ma se sono davvero morta, perché Aurora adesso non è qui con me? si domandò. Allora è vero che mia figlia è ancora viva. Allora non posso più salvarla, si disse, disperata.

Mentre era invasa da questo nuovo tormento, accadde.

La luce del giorno spazzò via in un istante l'oscurità. Serena era pienamente lucida. Ora era distesa e dolorante sul pavimento. E poteva di nuovo muoversi. Il passaggio fra le due condizioni era avvenuto in maniera così repentina da costringerla a chiedersi come fosse stato possibile.

Si tirò su a fatica, le lunghe ore d'immobilità adesso le scatenarono un fastidioso formicolio alle braccia e nelle gambe. Seduta sulla moquette marrone, nell'attesa di recuperare il pieno controllo del corpo per potersi rimettere in piedi, si specchiò nello schermo del televisore spento. La metà della faccia che era rimasta schiacciata per terra era percorsa da lunghi solchi, simili alle vecchie cicatrici di un pirata. I capelli erano sollevati in una mezza cresta bionda. Avvertiva un groppo di muco in gola e tossì per schiarirsi la voce.

«È stato un sogno» confermò a se stessa. Un brutto sogno.

Ma, per sicurezza, si voltò per dare un'occhiata prima alla porta d'ingresso e poi alla portafinestra. Sembravano entrambe chiuse. Nessun segno di effrazione.

Serena attribuì l'allucinazione al *teddy-bear*. Cazzo, stavolta ho proprio esagerato, si disse. L'unica cosa reale era stato il temporale notturno, perché gli alberi fuori dalla finestra grondavano ancora pioggia e l'asfalto del parcheggio era disseminato di pozzanghere.

Appena riacquistò la completa funzionalità degli arti, si alzò da terra e si trascinò in cucina per prepararsi un caffè solubile e mettere qualcosa nello stomaco per placare i crampi della fame. Sul cellulare che aveva lasciato sul tavolo non c'era alcuna chiamata, ma l'orologio sul display segnava le undici del mattino.

Calcolò di aver trascorso quasi ventiquattr'ore immobile sul pavimento.

Sì, stavolta aveva decisamente esagerato.

La sensazione peggiore, e che le era rimasta più impressa, era collegata a quella specie di paralisi. Il fatto di riuscire nuovamente a muoversi, di poter prendere una tazza e di metterci dentro la polvere di caffè e poi riempirla con l'acqua calda del rubinetto, le sembrava quasi un miracolo. Spalancò il frigobar, provando l'insensato timore di svegliarlo dal solito letargo. Mentre quello continuava a russare, lei prese una confezione di pancarrè già aperta e ne estrasse un paio di fette, addentandone subito una.

Richiuso lo sportello del frigo, mentre si spostava per tornare con il cibo e la bevanda nell'angolo soggiorno, scalciò accidentalmente la bottiglietta vuota di Evian che le era caduta per terra dopo che ne aveva ingollato velocemente il contenuto, prima di essere travolta dal turbine di effetti psicotropi. Seguì la traiettoria del recipiente con lo sguardo e sollevò la tazza per bere il primo sorso di caffè e mandar giù il boccone di pane. Ma si bloccò con il braccio a mezz'aria e smise di masticare. Davanti a lei, la moquette marrone era attraversata da piste di orme.

Scarpe zuppe di pioggia.

18

Come la notte dell'incendio allo chalet. L'intruso era tornato.

Le orme presenti nel soggiorno erano decine, risparmiavano solo la porzione di pavimento su cui era stata distesa Serena, senza potersi muovere. Sembravano quasi perimetrarne la figura, come in certe scene del crimine.

Le tracce procedevano verso la camera da letto. Decise di seguirle, con il timore di trovarsi improvvisamente di fronte un estraneo. O forse l'uomo con la barba e il berretto rosso.

Appena varcò la soglia della stanza, vide che le orme giravano tutt'intorno al letto disfatto e poi tornavano indietro verso il soggiorno. Non c'era nessuno ma, per sicurezza, decise di dare un'occhiata anche al bagno. Ma lì sembrava tutto come l'aveva lasciato.

Serena si accorse che i segni delle pedate si stavano asciugando in fretta, perciò prese il cellulare per fotografarle prima che svanissero del tutto.

Dopodiché, andò a cercare il capo Gasser.

Era sabato e credeva di trovarlo alla stazione di polizia, invece la indirizzarono alla chiesa pentecostale. Serena non immaginava che Gasser fosse un tipo religioso, ma si dovette ricredere quando lo riconobbe in mezzo a un nutrito gruppo di fedeli. Erano riuniti per una funzione all'aperto sul campo innevato prospiciente l'edificio che ospitava la congregazione.

Serena parcheggiò il fuoristrada a poca distanza e si diresse a passo svelto verso il luogo della celebrazione. Aveva un aspetto peggiore del solito, ma non le importava. Il vento gelido la sferzava e le faceva lacrimare gli occhi.

Gasser era insieme alla famiglia. La moglie perfettina, sovrappeso e con una permanente fatta in casa. Le figlie gemelle avevano le trecce e portavano entrambe gli occhiali. Come gli altri membri della comunità religiosa, anche loro indossavano una tunica bianca e si tenevano per mano.

In quel momento, veniva intonato un inno al Signore.

Gasser si accorse che Serena si apprestava ad abbattersi su di loro con la violenza di un asteroide, fece un rapido cenno di scuse al pastore e si staccò dall'assemblea per intercettarla.

Vedendoselo venire incontro con la tunica che gli svolazzava sui fianchi, lei ebbe quasi la tentazione di scoppiare a ridere. La divisa gli conferiva almeno un po' di autorevolezza, adesso era più ridicolo del solito.

«Che succede?» domandò lui, abbozzando un falso sorriso sotto i baffi. Temeva una scenata.

«Qualcuno è entrato nel mio appartamento al residence» disse, piazzandogli subito davanti lo smartphone con la foto delle orme.

Gasser studiò l'immagine. «E lei era lì quando è successo?»

«Dormivo» mentì Serena. «Me ne sono accorta stamattina.» Avrebbe voluto dirgli che probabilmente l'intruso le aveva fatto trovare la bottiglietta di Evian con un *teddy-bear* alterato, ma si trattenne per non dargli adito di pensare che avesse immaginato tutto. «E le dico subito che non ci sono segni di scasso, sarà entrato con un passepartout.»

«Almeno non le ha fatto del male» affermò il capo Gasser, sollevato. «E fra i suoi effetti personali manca qualcosa?»

«Non ha rubato nulla» disse Serena.

«Ha controllato bene?»

«Non c'era nulla da rubare» gli assicurò. «Penso che l'intento fosse intimidirmi.» Presumibilmente, l'intruso aveva modificato il cocktail di alcol e farmaci quel tanto che bastava a stordirla. Altrimenti, perché non era entrato nell'appartamento mentre lei era assente? Sarebbe stato certamente più facile e meno rischioso.

Invece lui voleva farle sapere che era lì. Che poteva raggiungerla in qualsiasi momento. Avvicinarsi senza che lei se ne accorgesse. E farle del male, se solo avesse voluto.

«La sua permanenza a Vion sta generando qualche malumore» le rivelò il capo Gasser.

«Ritiene che sia stato qualche suo concittadino con l'intento di mandarmi via?» chiese.

«Non mi sorprenderebbe, il turismo è vitale per questa valle e lei rappresenta una pessima pubblicità» ammise l'altro.

«È un bene che la pensi così» disse lei. «Ma aggiungerei che, secondo me, qualcuno teme che il video con la finestra aperta della stanza di mia figlia al convitto possa portare a una verità sconcertante.»

«Non c'è alcun video» ribatté con calma il poliziotto, rammentandole che non era riuscita a mostrarglielo, né a fornire prove della sua esistenza.

«Qualche sera fa sono stata seguita da un uomo con la barba e un berretto rosso con la visiera» asserì, senza specificare che stava compiendo una perlustrazione illegale in casa di Flora.

«Non è granché come descrizione» replicò Gasser.

«Guidava una berlina, un'Opel verde» aggiunse lei.

L'altro cercava di mostrarsi paziente. «L'ultima volta che ci siamo visti ha accusato Adone Sterli di aver appiccato l'incendio che ha distrutto lo chalet, salvo poi scoprire che non c'entrava niente.»

«Stavolta so che ho ragione» insistette lei. Anzi, Gasser avrebbe dovuto parlare proprio con il piromane e forse, messo di fronte a una spiegazione con tanto di fac-simile di un ordigno incendiario, si sarebbe convinto che c'era davvero la mano di qualcuno dietro alla tragedia del convitto.

Intanto, i presenti avevano smesso di cantare e si erano voltati nella loro direzione. Uomini, donne e bambini la fissavano muti. Lei si sentiva trafiggere da quegli sguardi.

«Devo farle una domanda, ma so già che non le piacerà» disse il comandante, accarezzandosi i baffi.

Serena aveva notato che l'altro compiva quel gesto ogni volta che stava per dire qualcosa di spiacevole. Allora tacque, in attesa.

«Sta assumendo droghe o è sotto l'effetto di alcolici?»

S'irrigidì, ma non era in grado di negarlo. Il suo aspetto e l'alito parlavano per lei.

«Non voglio metterla in imbarazzo» le assicurò Gasser. «Sono seriamente preoccupato» affermò. «E se davvero qualcuno è entrato nell'appartamento del residence, allora forse è il caso che se ne torni a Milano.»

«Io non vado da nessuna parte» replicò, con durezza.

«Allora non posso garantire per la sua incolumità.»

Non capiva se la frase le suonasse come un monito oppure come una minaccia. Decise che ne aveva abbastanza.

Si voltò per tornare verso il fuoristrada e Gasser non cercò di fermarla.

Procedeva con passi pesanti e col freddo che le riempiva i polmoni a ogni respiro. Era sull'orlo di una crisi, ma si sforzava di non darlo a vedere. Salita a bordo, mise in moto ma la marcia non voleva entrare. Forzò la leva del cambio che produsse un fastidioso rumore metallico, contribuendo ad aumentare la vergogna che provava. Intanto, il comandante e gli altri membri della congregazione pentecostale erano tornati alle loro preghiere.

Solo una donna, che non aveva mai visto prima, continuava a guardare nella sua direzione.

Capelli biondi e corti. Non troppo alta. Occhiali da vista. Pelle color latte. L'orlo della tunica bianca sventolava, ma la donna era immobile. Il volto rigido, l'espressione severa.

C'era qualcosa nel suo sguardo che la metteva a disagio. Un giudizio. Sì, era come se quella sconosciuta la stesse proprio giudicando.

Finalmente, il fuoristrada si decise a ripartire e Serena poté allontanarsi da lei.

19

Tornata al residence, si richiuse con forza la porta alle spalle. Le orme sul pavimento erano sparite, era rimasta solo qualche traccia di fango che si confondeva col colore marrone della moquette.

Serena era esausta e furiosa.

Si avvicinò all'angolo dove stava il piccolo frigobar. Iniziò a prenderlo a calci con gli scarponi. Improvvisamente, ogni cosa la infastidiva. Soprattutto quel maledetto rumore che non cessava mai di perforarle il cervello e di rammentarle perché stava lì, in quello squallido posto di montagna.

Quando si fu sfogata abbastanza, andò a sedersi sul letto con ancora indosso il giaccone. Si sentiva assurdamente in colpa col frigobar, per averlo percosso in quel modo. Era triste, ma per reazione scoppiò a ridere. Durò poco e non le fece bene.

Avrebbe voluto seguire il consiglio di Gasser, tornarsene a Milano e dimenticare quella storia. Ma non poteva. E anche se le possibilità che Aurora fosse davvero in vita erano ridottissime, lei non poteva ignorarle. Nessuno poi le garantiva che la figlia si trovasse ancora in quella valle. Se davvero era stata rapita, era anche verosimile che il rapitore l'avesse portata altrove.

Ma a Vion c'era un segreto che qualcuno si affannava a nascondere. Di questo era convinta.

Altrimenti non si spiegavano le paure di Luise, la fuga precipitosa di Flora o il fatto che Berta non rispondesse ai suoi ripetuti messaggi. E non avevano alcun senso il video che le era stato inviato in forma anonima e che poi qualcuno si era premurato di far sparire da internet, né le numerose chiamate mute che aveva ricevuto.

In quel momento, rammentò che la presenza che le aveva fatto visita la notte precedente se n'era andata in giro fra il soggiorno e la camera da letto.

E fra i suoi effetti personali manca qualcosa?

Aveva risposto di no a Gasser, ma in realtà non aveva controllato. Decise di farlo. Cominciò dalla camera in cui dormiva.

Il computer portatile era nell'armadio insieme ai vestiti e non sembrava essere stato toccato. Nello zaino c'erano soldi, carte di credito e documenti. Aprì i cassetti del comodino. Accanto alla Bibbia, c'era il plico che le era stato donato dalle amichette di Aurora, coi disegni che avevano rimpiazzato le foto della vacanza andate irrimediabilmente perse nell'incendio insieme alla macchina digitale di Flora.

Serena si era dimenticata di quell'album.

Adesso lo prese, andò a sedersi per terra, in un angolo accanto alla finestra, poi sciolse il nastro rosso che teneva insieme i fogli. Li aveva guardati solo una volta, il giorno della commemorazione alla Fondazione Prada. Siccome la semplice vista di quei disegni le aveva provocato una forte reazione emotiva che era culminata in un mancamento, non aveva più voluto ripetere l'esperienza.

Ma adesso non la spaventavano più.

Così, iniziò a sfogliarli. E ripercorse gli ultimi sette giorni della vita di Aurora, partendo dalla raffigurazione della festa delle fate farfalle. Fra le bambine con le ali di tulle blu e i filamenti argentati fra i capelli, c'era anche Aurora, con la sua inconfondibile chioma.

Un'esplosione bionda sopra la sua testa.

Poi, andando a ritroso, Serena rivide tutti i momenti in cui la figlia era stata inconsapevole e felice. Le lezioni di sci. Le discese con lo slittino. Le sere davanti al grande camino. I pomeriggi trascorsi a pattinare. Confidava che la memoria delle compagne fosse stata affidabile mentre disegnavano. Giunta alla gita sulla slitta trainata dai cavalli, Serena si soffermò sulla scena della merenda al sacco con dolci e sidro di mele, in cui apparivano tutte le giovani ospiti del convitto e le tre tutor.

Aurora faceva ancora parte del consesso dei viventi. E sorrideva.

In un istante, la rappresentazione che Serena aveva davanti agli occhi s'incrinò. C'era qualcosa di sbagliato. Qualcosa di cattivo.

Le dita di Serena persero improvvisamente la presa del foglio che svolazzò fino a posarsi ai suoi piedi.

Le mancò il respiro e iniziò a tremare.

In mezzo al panorama innevato, la bambina artefice del disegno aveva incluso un personaggio. Se ne stava in lontananza, come nascosto dietro un albero.

Un uomo con la barba e un berretto rosso con la visiera.

Si recò nell'unico posto in cui potesse andare. Il luogo in cui le sue teorie avevano un senso e non sembravano solo il parto della disperazione o, peggio, della follia. La casa del rilegatore di libri smarriti era l'ultimo asilo che Serena aveva a Vion, anche se aveva giurato a se stessa che non ci avrebbe messo piede mai più.

Mentre giungeva col fuoristrada nei pressi della baita in cui viveva Adone Sterli, si ritrovò davanti una scena inaspettata. Allora rallentò per poi fermarsi a un centinaio di metri dalla meta.

L'uomo col cappotto verde non era solo. Al momento era intento a passare delle casse a una donna che le caricava nel retro di un'auto furgonata sulla cui fiancata campeggiava la scritta sbiadita LIBRI.

Bionda, capelli corti. Non troppo alta e coi fianchi larghi celati parzialmente da una lunga gonna di lana. Un maglioncino bordeaux. Occhiali da vista. Aveva l'aspetto di una bibliotecaria.

Da dove si trovava, Serena non poteva scorgerne bene il volto. Ma poi la riconobbe. L'aveva incontrata appena poche ore prima, era in mezzo ai fedeli della chiesa pentecostale.

La donna con la tunica bianca che l'aveva fissata mentre lei cercava di far ripartire il fuoristrada.

Improvvisamente, era curiosa di sapere in che rapporti fosse con Sterli. In apparenza, sembrava che la relazione fosse collegata solo all'attività del rilegatore. Serena provava lo stesso un insolito moto di gelosia.

Poi notò una cosa che la sorprese. Nel corso delle operazioni di carico, Adone e la sconosciuta non si scambiavano nemmeno una parola. E sembrava che lei evitasse perfino di guardarlo.

Quando le scatole coi libri terminarono, la donna andò a prendere un oggetto dal sedile anteriore del furgoncino, accanto al posto di guida. Tornò da Sterli e gli porse un portavivande in acciaio, simile a quello su cui Serena aveva rischiato di inciampare l'ultima volta che era stata lì.

Allora Serena capì che quella che adesso risaliva sul furgone per andarsene senza un saluto era la misteriosa sorella con cui Sterli non parlava da anni.

Quando aprì la porta e se la ritrovò di nuovo davanti, Adone non accennò alla fuga precipitosa di Serena, né sembrò minimamente risentito. Gli bastò guardarla negli occhi. Come sempre, si voltò e sparì dentro la baita. Il cane nero prese in consegna Serena sulla soglia e la scortò all'interno.

«Ho visto quella donna poco fa» esordì lei, mentre camminavano insieme verso il laboratorio. «Prima di venire a bussare, ho atteso che se ne andasse» aggiunse, convinta di aver fatto bene. Fino a quel momento, non si era mai chiesta se le sue visite potessero creare problemi a Sterli. Il capo Gasser era stato costretto ad ammettere che la sua presenza a Vion aveva generato malumori fra gli abitanti della valle, lei non voleva che Adone ne pagasse le conseguenze. Per lui era già difficile vivere in quel posto.

Ma Sterli sembrava non preoccuparsi del parere degli altri. «Mia sorella non mi parla da vent'anni» si limitò a dire, come a voler significare che ormai non era rilevante cosa potesse pensare delle sue frequentazioni.

Serena rammentò ancora lo sguardo giudicante di quella donna, la severità della sua espressione. E si ricordò anche della nipotina che Adone non aveva mai visto e che, per scelta della madre, non sapeva nemmeno di avere uno zio. Allora si rese conto di avere qualcosa in comune con lui. Entrambi sarebbero morti senza una progenie che si ricordasse di loro.

Quando giunsero nel laboratorio sul retro della baita, Serena si accorse subito che dal bancone da lavoro era sparita la scatola di cartone che simulava l'ordigno incendiario. Anzi, non ce n'era più traccia nel locale. La cosa la sollevò.

«Non volevo turbarti» disse Sterli. Indossava di nuovo i guanti neri per nascondere le mani. Si mise ad armeggiare con la colla e le pagine di un antico libro di botanica, pieno d'illustrazioni. Il rilegatore teneva sempre il capo abbassato su ciò che stava facendo. «Di solito, le persone smarriscono i libri senza terminarli» disse con la voce profonda. «Quando si tratta di romanzi, mi chiedo sempre se poi vanno subito ad acquistarne un'altra copia per sapere come finirà la storia.»

Serena era in mezzo alla stanza e lo guardava. Sarebbe rimasta lì per ore. Non sapeva esattamente perché fosse tornata in quel posto. Forse aveva solo voglia di rivedere il suo strano amico.

«I libri sono come le persone» disse il rilegatore. «A volte non sono come appaiono. A volte custodiscono segreti.» Poi sfilò una pagina dal libro di botanica che stava restaurando e la passò sui vapori del pentolino di colla che aveva accanto.

Serena vide che sopra la pagina c'era il disegno di una pianta con un nome latino, la figura era corredata da una didascalia con una minuziosa descrizione. Ma, con l'effetto del calore, sul foglio iniziò ad affiorare una grafia minuta ed elegante, di color azzurrino.

«È una lettera scritta col sale di cobalto, che sparisce di nuovo appena la carta si raffredda» le rivelò Adone Sterli. «Due amanti usavano questo stratagemma per scambiarsi messaggi attraverso libri insospettabili. Ingegnoso, vero?»

«Ingegnoso come un ordigno fatto di semplice cartone?» disse lei, cambiando argomento. «Un ordigno che si autodistrugge rendendo impossibile per gli esperti ricollegare il fuoco a chi l'ha appiccato» aggiunse. Aveva intuito che l'avesse inventato lui.

«Non ho mai voluto che qualcuno si facesse male» ammise il piromane, continuando a evitare il suo sguardo. «Mi piaceva solo vedere la bestia che danzava.»

Quell'immagine era terribile e anche romantica. D'altronde, era pure la definizione perfetta per l'uomo che aveva davanti. E lei gli credeva quando affermava che non volesse fare del male a nessuno: Serena ripensò all'odore dolciastro del tetracloruro di carbonio contenuto nel dispositivo di distruzione.

Biscotti appena sfornati.

Comprese perché il fumo arrivava con grande anticipo rispetto alle fiamme. Adone aveva ideato un congegno che salvaguardasse anche la vita di chi si avventurava nei boschi, animali o persone, scacciando ogni presenza col fumo prima che arrivasse il fuoco. Proprio come era avvenuto allo chalet la notte dell'incendio.

Ma, in quel caso, il diversivo serviva soprattutto a coprire un rapimento.

«Qualcuno ha copiato la tua idea» affermò, sicura.

«Qualcuno ha imparato a fabbricare i miei ordigni» assentì lui.

Colse un senso di colpa in quell'affermazione, come se Sterli si sentisse in parte responsabile di ciò che era accaduto ad Aurora. Avrebbe voluto dirgli che si sbagliava, ma non poteva nemmeno assolverlo. «Aurora si è imposta» affermò invece lei, di punto in bianco. «Non la volevo, l'ho rifiutata appena ho scoperto di portarla in grembo. Non ho mai voluto conoscere il sesso del nascituro e avevo deciso di darlo in adozione.»

Non l'aveva mai confidato a nessuno.

«A causa di un'emorragia, mi hanno portata d'urgenza in ospedale» raccontò, ripensando a quando stava per crepare nel bagno di servizio di casa propria. «Ero in coma e i dottori non sapevano delle mie intenzioni, così mi sono ritrovata con questo fagottino fra le braccia. Allora ho capito che non avevo scelta. Ma non mi sono mai sentita adatta al ruolo di madre.»

Non era stata mai una mamma come le altre, ma non era disposta a rimproverarsi o, peggio, a flagellarsi solo perché era diversa. Si sentiva adeguata per acquistare un paio di scarpe insieme ad Aurora o per organizzare un meraviglioso weekend in una spa, ma era una frana in tutti gli altri rituali genitori-figli.

«Ogni tanto penso che tutto questo non sarebbe accaduto se avessi abbandonato Aurora come mi ero proposta di fare. Lei non sarebbe mai venuta a Vion e non ci sarebbe stato alcun incendio, né l'ipotesi di un rapimento. Da un mio gesto apparentemente crudele potevano derivare solo conseguenze positive per lei.»

Intanto, Adone continuava a occuparsi del libro. Non commentò e non si voltò a guardarla. Serena avrebbe voluto una reazione da parte sua, anche solo una parola. Però considerò che il silenzio per uno come Sterli fosse sufficiente a esternare ciò che pensava o provava.

«Ma poi credo che alla fine l'universo mi abbia punita lo stesso per il desiderio di non avere figli» disse Serena, riferendosi al fatto che alla fine Aurora fosse davvero sparita dalla sua esistenza. «Il modo migliore per punire un desiderio egoistico è esaudirlo quando ormai è troppo tardi» concluse con amarezza.

A quel punto, l'uomo col cappotto ripose il testo di botanica e, sempre senza dire nulla, si diresse verso un angolo del locale in cui erano accantonati libri in pessime condizioni, mettendosi a rovistare nella catasta.

Serena si domandò se aveva fatto bene a condividere i suoi segreti più intimi con lui, che sembrava del tutto indifferente.

Dopo aver trovato ciò che cercava, invece di tornarsene al bancone, Adone le si avvicinò con un volume fra le mani. «Lì finiscono i libri che è impossibile recuperare» disse, indicando il mucchio di scarti nell'angolo. «Di solito, vanno al macero perché mancano alcune pagine oppure la copertina. Ma forse per questo libro non è ancora arrivato il momento.»

Adone glielo porse. Era molto rovinato, sulla copertina grigia si rincorrevano le particelle di un atomo. Gli autori erano tre. Un giapponese, un indiano e un tedesco. Erano scienziati del Cern. Serena non capiva perché Sterli le stesse dando quello che in apparenza era un saggio di fisica.

«Non so perché qualcuno si è interessato a tua figlia, ma esiste un motivo, altrimenti non sarebbe successo ciò che probabilmente è successo» affermò il piromane. «Io penso che adesso dovresti porti questo interrogativo.»

In effetti, pur ipotizzando un rapimento, Serena non si era mai chiesta come fosse stata scelta la vittima. Fino a quel momento era stato inutile domandarselo.

Perché Aurora e non un'altra bambina?

Adone Sterli la lasciò con quel quesito. Tornando alle proprie faccende, accese la vecchia radio sul bancone. Mozart invase il laboratorio, lasciando intendere a Serena che era ora di andarsene.

Era felice di aver salvato quel libro dal macero. Il saggio dei tre fisici che le aveva donato Adone Sterli parlava del multiverso.

Dopo aver superato lo scoglio delle prime pagine e aver finalmente compreso il senso di alcune locuzioni ricorrenti e l'uso dei termini tecnici, Serena iniziò ad appassionarsi. Il testo sviluppava un'interessante teoria e provava a supportarla con dimostrazioni matematiche. Il tutto si poteva condensare nell'ipotesi che esistano più universi paralleli e simultanei.

E in ogni universo c'è una diversa versione di ognuno di noi.

C'era quello in cui, per esempio, Serena non era bionda. Quello in cui faceva un altro lavoro o aveva altri interessi, incontrava altre persone che adesso invece le erano totalmente sconosciute. Era strano apprendere che forse c'era una versione di lei che non andava a Bali e non conosceva il padre di sua figlia.

Ma il pensiero in assoluto più consolatorio era che da qualche parte ci fosse un universo in cui Aurora non era dispersa. Invece, alla fine della vacanza in montagna, tornava a casa a Milano e continuava a vivere la propria vita con sua madre e il gatto Gas.

Serena terminò la lettura del libro a tarda sera, infilata sotto le coperte nel triste appartamento del residence deserto. Era scossa. Con quel testo, Adone Sterli aveva voluto replicare alla sua idea che l'universo avesse voluto punirla. Inoltre il saggio di fisica aveva ottenuto uno scopo imprevisto. Per molte ore, Serena non aveva avvertito l'esigenza di farsi intorbidire i sensi da alcol e farmaci.

Scostò le lenzuola e si alzò. Fuori dalle coperte faceva freddo, così s'infilò una felpa appoggiata ai piedi del letto. Aprì il cassetto del comodino e tirò fuori il disegno della compagna di

Aurora in cui, in lontananza, appariva l'uomo con la barba e il berretto rosso con la visiera.

Leggendo il saggio, Serena aveva maturato la convinzione di vivere nell'universo sbagliato. Ma adesso pensava che, a volte, l'universo andasse anche aiutato.

Il mattino dopo tornò all'emporio, perché ricordava che lì aveva visto una macchina fotocopiatrice. Seguendo le istruzioni scritte sul foglio attaccato al muro, riuscì a ingrandire un dettaglio del disegno a pastelli della famosa merenda nel bosco dopo la gita sulla slitta trainata dai cavalli.

Così ottenne un primo piano della figura maschile seminascosta dietro un albero.

Stampò un migliaio di volantini dell'unico identikit esistente dell'uomo misterioso. Nelle ore successive, andò in giro per Vion attaccando i foglietti con lo scotch sui muri delle case, sui lampioni e ovunque ci fosse uno spazio vuoto e visibile. Li lasciava anche nelle cassette delle lettere o li infilava sotto le porte. I pochi abitanti in giro per le strade del paese le riservavano sguardi torvi e brontolii di disapprovazione, ma nessuno osò ostacolarla.

Non era un granché come identikit, ne era consapevole. Ma se la bambina del convitto aveva ritratto in quel modo l'intruso nel bosco, allora voleva dire che l'uomo con la barba indossava spesso quel berretto rosso. D'altronde lei stessa lo aveva scorto con le medesime sembianze fuori dalla casa di Flora, mentre si allontanava a bordo della Opel verde.

Serena era conscia anche di un'altra cosa. Se qualcuno a Vion avesse riconosciuto l'uomo nel disegno, non sarebbe certo venuto a riferirlo a lei. La speranza era che fosse lui a notare i volantini.

Il messaggio era chiaro. Ti sto cercando e non avrai pace.

Mentre proseguiva l'opera di distribuzione e affissione, incontrò Luise che camminava da sola sul marciapiede, diretta chissà dove. La ragazza provò a evitarla, ma alla fine Serena riuscì a metterle in mano uno dei foglietti. La ragazza non disse niente e si allontanò con il solito sguardo intimorito.

Serena avrebbe voluto parlarle di nuovo, chiederle come mai la sua amica Flora era scappata in tutta fretta, lasciando nel suo appartamento gran parte della propria roba e addirittura l'album con le foto dei genitori. Era convinta che Luise conoscesse il motivo della fuga dell'ex collega, ma non parlava perché frenata dalla paura del fidanzato. Il ragazzo aveva forse qualcosa da nascondere? Oppure si comportava come uno di quei maschi stronzi che vogliono solo ribadire alla propria donna chi comanda?

Quando la sera era calata da un pezzo e il freddo iniziava a farsi insopportabile, Serena si avviò verso il fuoristrada parcheggiato poco distante con l'intenzione di tornarsene al residence per mangiare qualcosa, riposare e ricominciare coi volantini il giorno successivo.

Camminando da sola per il paese desolato, pensò che Sterli aveva ragione. Aurora non era stata scelta a caso. Serena aveva provato a darsi una spiegazione sul perché quel destino fosse toccato alla figlia e non a un'altra bambina.

Ma se esisteva un motivo preciso, quale poteva essere?

Nessuno conosceva abbastanza Aurora per preferire lei a una delle compagne. In fondo, sua figlia si trovava a Vion da appena qualche giorno.

Qualcuno l'aveva notata? Qualcuno si era infatuato di lei? Quell'eventualità la disgustava, ma doveva tenerne comunque conto. Non si rapiva una bambina di sei anni se non si aveva uno scopo turpe e squallido.

Cosa poteva aver colpito il rapitore, a parte la chioma di riccioli biondi?

Qualunque fosse la ragione, nessuno assicurava a Serena che il responsabile avesse tenuto in vita la figlia per tutto quel tempo. Ma se qualcuno l'aveva convocata fra quelle montagne con il video anonimo, allora esisteva per forza un motivo. Anche se al momento le sfuggiva.

Non erano arrivate altre chiamate mute.

L'ultima era avvenuta mentre perlustrava l'appartamento di

Flora, per avvertirla della presenza all'esterno dell'auto con a bordo l'uomo con la barba e il berretto rosso con la visiera. Dopodiché lo sconosciuto aveva interrotto ogni contatto telefonico. Perché?

Giunta nei pressi del fuoristrada, Serena sospirò, scacciando via i pensieri. Non riusciva a stare dietro a tutti i ragionamenti. Non era nemmeno sicura che qualcuno volesse realmente aiutarla. Aveva promesso a se stessa che non avrebbe svolto alcuna indagine. Adesso, invece, aveva assunto il ruolo dell'investigatrice dilettante.

Aveva in testa solo un gran casino.

Entrò nella vettura e accese subito il riscaldamento. Stava congelando. Con le mani che tremavano per il freddo, fece manovra per uscire dal parcheggio e si immise sulla statale che da Vion risaliva verso il residence.

Non c'era illuminazione pubblica in quella parte della valle, il fuoristrada fendeva il buio con gli abbaglianti. Serena era concentrata sulla guida, ansiosa di arrivare per cercare conforto in un *teddy-bear*.

Così non si accorse della Opel verde che la seguiva a distanza, a fari spenti.

22

Giunse nel parcheggio deserto del residence e si fermò sotto l'unico lampione acceso nel grande piazzale. Poi scese dal fuoristrada e si avviò, uscendo dal cono luminoso. Mentre camminava nell'oscurità, era sovrappensiero.

I suoi passi sull'asfalto erano l'unico suono in mezzo a un silenzio immobile.

Dopo aver percorso una trentina di metri, Serena infilò una mano in tasca e si accorse di aver lasciato lo smartphone in macchina. Sbuffò e si stava già apprestando a tornare indietro per recuperarlo, quando udì una musichetta in lontananza che le fece rallentare l'andatura.

Riconobbe la suoneria di un vecchio telefonino. Non la sentiva da secoli e la cosa le sembrò subito strana.

Si fermò per guardarsi intorno, cercando di capire da dove provenisse. Calcolando che il cellulare si trovasse ad almeno un centinaio di metri da lei, individuò un punto imprecisato alla sua destra, dove spuntavano i primi alberi del bosco.

Oltre alla stranezza di sentire quel suono nel buio e in mezzo al nulla, c'era un aspetto che la inquietava maggiormente.

Nessuno rispondeva.

Un'idea si fece strada nella sua testa, ma Serena provò a ignorarla. Faceva troppa paura. Intanto, il telefono smetteva di suonare ma poi ricominciava. Sembrava uno scherzo. Un brutto scherzo.

La chiamata è per me, si disse finalmente, accettando la realtà.

Ma non sarebbe andata a controllare. No, non l'avrebbe fatto. Poteva essere un inganno o, peggio, una trappola. Aveva ancora addosso la terribile sensazione provata mentre qualcuno si aggirava nel suo appartamento con lei semicosciente e paralizzata sul pavimento. Non voleva ripetere l'esperienza.

Non sapeva cosa l'attendesse laggiù, al confine del bosco. Ma il telefono insisteva.

Inspirò ed espirò più volte, nel tentativo di farsi coraggio. Però ancora non si decideva. Poi mosse il primo passo, quindi il secondo, intenzionata a percorrere il tragitto nel minor tempo possibile. Il cuore batteva forte e lei cercava di rimanere all'erta.

Arrivata in prossimità della selva, si rese conto che il cellulare era nascosto in una radura di sterpaglie in mezzo alla neve ghiacciata. Si chinò per frugare fra l'erba secca e, seguendo la musichetta, notò il fioco bagliore del display.

Trafelata, afferrò il telefono. Non si era sbagliata, era un vecchio Nokia con i tasti.

Stava per rispondere, ma l'apparecchio smise di suonare. Attese che ricominciasse, ma stavolta non lo fece.

Allora fu colta da un pessimo presentimento e si guardò di nuovo intorno, convinta che qualcuno sapesse che aveva appena trovato il cellulare.

È qui, si disse.

Scorse un movimento dall'altro lato del piazzale. Un'auto procedeva lentamente e a fari spenti verso il lampione sotto cui era parcheggiato il suo fuoristrada. Quando la vettura entrò nella campana di luce, Serena vide che si trattava di un'Opel verde.

Solo in quel momento, il guidatore accese i fari che la puntarono. Quindi accelerò, sgommando sull'asfalto.

Sulle prime, Serena fu colta alla sprovvista. Poi comprese che doveva mettersi a correre. S'infilò il Nokia in tasca e scelse la direzione meno scontata.

Il bosco.

I fari della macchina in avvicinamento penetravano fra gli alberi rendendole più agevole la fuga. Almeno così poteva vedere dove metteva i piedi.

Sentì una frenata e capì che la Opel verde era giunta al confine della boscaglia: da lì non poteva più andare avanti. Le scappò un sorriso soddisfatto pensando alla rabbia del bastardo con la barba e il berretto rosso con la visiera. Era sicura di averlo fregato.

Fu in quel momento che i fari dell'auto alle sue spalle si spensero, facendola piombare nella più completa oscurità.

Poi si udì il rumore di una portiera che si apriva e si richiudeva.

23

Il panico si era impadronito di lei. Era stata costretta a rallentare la corsa perché aveva già inciampato un paio di volte nel terreno sconnesso, reso impervio anche dalla neve. Pur tenendo le braccia tese davanti a sé per prevenire gli ostacoli, continuava a sbattere contro gli alberi.

Nonostante ciò proseguiva la sua avanzata nel buio, ripetendo i comportamenti sconsiderati delle vittime designate.

Ormai, la paura le impediva di ragionare.

Teneva le orecchie tese, convinta che da un momento all'altro avrebbe udito dei passi in avvicinamento. Anzi, poteva addirittura immaginarli. Veloci e pesanti. Mentre l'uomo col berretto la veniva a prendere.

Cercava di non fare troppo rumore, ma non riusciva a placare il proprio affanno. I polmoni emettevano quasi un rantolo, impossibile da trattenere.

Urtò la fronte contro un ramo. Il dolore si irradiò al resto della faccia, costringendola a interrompere la fuga. Si portò le mani in testa, sentì una sostanza vischiosa fra le dita. Sanguinava. L'incidente le fece però capire che anche il suo inseguitore si aggirava nel buio. E non l'avrebbe mai trovata senza una torcia.

Si acquattò, cercando nascondiglio nell'oscurità. Provò a inspirare ed espirare solo col naso, in modo da ridurre al minimo il proprio ansimare. Dopo un po', riuscì a rallentare la respirazione.

Intorno a lei, nessun segno della presenza di qualcuno. Solo il vento, che ogni tanto passava tra le fronde degli abeti. Serena si mise a frugare per terra, muovendo le braccia tutt'intorno, finché non trovò un ramo che le sembrò abbastanza robusto. Lo afferrò per bene, intenzionata a servirsene se avesse percepito l'avvicinamento dell'uomo. Stavolta non voleva cantare vittoria. Ma valutò che, se fosse riuscita a resistere a lungo, avrebbe costretto l'inseguitore a desistere. Per lui non aveva senso rimanere lì senza sapere dove fosse.

Il sangue le aveva imbrattato i capelli, un rivolo le colava sulla fronte e sugli occhi.

Serena realizzò che avrebbe dovuto attendere l'alba. Tuttavia, il freddo intenso e l'immobilità potevano costituire un grosso problema. Il gelo superava la barriera del giaccone e s'insinuava sotto i vestiti. Le dita dei piedi erano già prive di sensibilità. Malgrado ciò, e nonostante gli scongiuri e la prudenza che aveva predicato fino a poco prima, il suo cervello si stava abituando all'idea di averla scampata.

Fu allora che il vecchio Nokia riprese a suonare.

Se n'era dimenticata e ora il maledetto cellulare stava segnalando la sua posizione. Lo prese dalla tasca e fece per scagliarlo lontano, ma poi ci ripensò.

Quel telefono poteva costituire una prova.

Allora, per farlo smettere, tirò via la batteria e se lo rimise nel giaccone. Ma non poteva essere sicura che le poche note della suoneria non fossero state comunque sufficienti a rivelare dove si trovava. Si rimise in piedi e tornò a inoltrarsi nel bosco, stavolta senza correre e con il bastone stretto in mano.

Scavalcò una collina e gli alberi intorno a lei si diradarono. Sollevò il capo e, per la prima volta, vide il cielo stellato. Inoltre, la neve sotto i piedi era più alta e si affondava.

Arrancò al buio per un centinaio di metri, finché si accorse che il suolo sotto le sue scarpe era cambiato. Asfalto. L'apparizione di una strada poteva significare tutto o nulla.

Si voltò, cercando di capire se fosse sola. Udì un rumore di sterpaglie. No, non era sola.

Avrebbe voluto mettersi a urlare. Era sfinita, non sapeva quanto ancora sarebbe riuscita ad andare avanti. Sembrava che il suo inseguitore invece fosse ben allenato. Se non altro, Serena aveva la conferma che fosse della zona, visto che era abituato a muoversi sui terreni impervi. Forse era un cacciatore.

Solo ora Serena si rese conto di essere la preda.

I crampi le mordevano i polpacci, i polmoni bruciavano a ogni respiro di aria gelida. Cadde in avanti. Il bastone che aveva in mano si spezzò e una scheggia le si conficcò nel palmo. Si afferrò il polso, trattenendo un grido di dolore. Non riusciva più a muoversi.

Era spacciata. Chiuse gli occhi.

Quando li riaprì, vide qualcosa d'inaspettato. Due fari in lontananza, che procedevano verso di lei. Si accorse di essere nel bel mezzo della carreggiata.

Puntellandosi solo su un ginocchio, si rimise in piedi a fatica. Fissava sempre le due luci che le venivano incontro.

Non può essere la Opel verde, si disse mentre cercava di riconoscere il colore oppure il modello della vettura.

Era un'utilitaria e sembrava bianca, ma non poteva giurarlo.

Il conducente iniziò a suonare il clacson all'impazzata. Serena non sapeva come interpretare quel comportamento. Di sicuro, il guidatore l'aveva vista. Allora lei iniziò ad agitare le braccia, cercando anche di andare verso la vettura.

Se l'inseguitore era dietro di lei, di lì a poco avrebbe potuto aggredirla e trascinarla di nuovo con sé nel bosco. Serena si immaginava già a strisciare pancia a terra, mentre una forza irresistibile la portava via tenendola per le caviglie, fino a farla sparire nel buio e nella vegetazione.

Ma non accadde. L'utilitaria si arrestò a pochi metri da lei, col motore acceso. Il conducente aprì lo sportello del passeggero.

«Salta su» disse una voce di donna, con tono d'urgenza.

Serena si mosse fiduciosa e riuscì a entrare nell'abitacolo e a richiudere in fretta la portiera. La ragazza alla guida non la guardò neanche, era concentrata sul parabrezza. Ed era tesa. Ingranò la marcia e accelerò di colpo, con l'intento di allontanarsi subito da lì.

Serena si voltò verso il lunotto posteriore, per controllare ancora una volta se ci fosse qualcuno dietro di lei. Ma, a parte l'alone rosso dei fanali, non vide nessuno.

«Cosa ti è saltato in mente?» la rimproverò la ragazza coi capelli corti.

Serena era stordita ma si soffermò lo stesso a guardarla, riconoscendo un volto stranamente familiare. «Flora» riuscì a malapena a dire, stupita.

La tutor replicò soltanto: «Dobbiamo parlare».

24

Erano ferme nei pressi di un abbeveratoio con una fontana vegliata da un vecchio pino argentato. Cominciava ad albeggiare.

Serena era seduta sul sedile del passeggero, ma con le gambe fuori dall'abitacolo. Flora era all'esterno della macchina, in piedi accanto alla portiera aperta. Le reggeva il mento con una mano, mentre con l'altra le tamponava la ferita sulla fronte con un fazzolettino di carta bagnato.

Sembrava molto concentrata sull'operazione e Serena la lasciava fare. Intanto non riusciva a scrollarsi di dosso la brutta sensazione che le aveva lasciato l'accaduto. L'inseguitore aveva usato il vecchio Nokia come un'esca, e la curiosità le stava per costare cara.

«Mi sa che sono arrivata al momento giusto» disse la tutor con la voce roca di chi fuma troppo.

Emanava un forte odore di sigaretta, mischiato con profumo dozzinale. I capelli neri erano cortissimi e si era rasata i lati della testa. La matita intorno agli occhi faceva risaltare le iridi verdi. Piumino e jeans neri, sneaker bianche. Atteggiamento sfrontato. Era molto carina ma, nonostante non avesse nemmeno trent'anni, stava invecchiando in fretta.

«Sono venuta a Vion perché...»

«Lo so perché sei qui» la interruppe Flora. «Solo che è una gran cazzata.»

«Perché dici che è una cazzata?» le domandò Serena, con tono di sfida.

«Vedo che non ti è bastato quello che stava per succederti stanotte» ribatté la ragazza. «Di quante dimostrazioni hai bisogno per capire?»

Serena ci pensò su. «Conosci la persona che mi stava inseguendo?»

Flora sembrava infastidita. «Non ho idea di chi sia» rispose alla fine. «Ma quando l'ho visto mollare la macchina per entrare nel bosco, ho capito che ti avrebbe fatto la pelle.»

L'espressione fece rabbrividire Serena.

«Per tua fortuna, ero arrivata al residence prima di lui e non mi ha notato.»

«Portava un berretto rosso? Aveva la barba?» chiese, cercando conferme.

«So solo che dalla corporatura sembrava un uomo» rispose lei, seccata dalle domande. Poi gettò il fazzolettino sporco di sangue raggrumato e osservò la ferita che aveva ripulito. «Ti rimarrà un bel segno» sentenziò, prima di allontanarsi per accendersi una sigaretta.

Serena si alzò per andarle appresso. Aveva bisogno di capire. «Sei venuta al residence per parlarmi?»

«No» ammise l'altra, tirando una prima boccata. «Ero preoccupata che potessi cacciarti in qualche casino.» E poi aggiunse: «Sono giorni che ti osservo».

Serena si sorprese, pensava che Flora fosse andata via un anno prima, esattamente un mese dopo l'incendio e dopo aver incassato la liquidazione dall'accademia che organizzava il campus.

Invece per tutto quel tempo era rimasta a Vion.

«Ti stai nascondendo?» chiese.

«Dovresti saperlo, sei stata a casa mia» la inchiodò quella.

Serena non seppe cosa replicare. Era vero, aveva frugato fra la sua roba, ma la ragazza non sembrava risentita. Perciò, superato l'imbarazzo, azzardò una spiegazione. «Il disordine per dare l'idea di bagagli fatti in tutta fretta, il biglietto aereo Zurigo-Stoccolma del 23 febbraio, l'estratto conto lasciato in bella mostra, così come l'album con le foto dei tuoi genitori morti... Faceva tutto parte di una messinscena per far credere che te ne fossi andata veramente.»

«Con quindicimila franchi non si scappa da nessuna parte» le confermò l'altra, lamentandosi dei soldi con cui le era stato dato il benservito dai vecchi datori di lavoro. «Ma io non potevo restare in quella casa e farmi vedere in giro come se niente fosse. » Pronunciò l'ultima frase con un lieve cedimento nella voce e si voltò perché non le si leggesse in faccia ciò che provava.

Serena capì che Flora aveva paura.

Cosa o chi la spaventava? Aveva il sospetto che, se glielo avesse chiesto in maniera diretta, la ragazza si sarebbe chiusa a guscio e non le avrebbe rivelato nulla. Doveva carpirle la verità arrivandoci per gradi. « Dove dormi? Riesci a procurarti da mangiare? » domandò, provando a sembrarle premurosa.

« Non li voglio i tuoi soldi » ribatté l'altra, aspramente, immaginando che Serena volesse offrirle compassione oltre al danaro. E lei non era tipo da accettare la pietà degli altri.

« Non volevo offenderti » si difese Serena, avvicinandosi alle sue spalle. « Sto solo cercando di capire perché una tipa in gamba come te si comporta come una fuggitiva braccata dalla polizia. »

Flora non disse niente.

« Per quanto pensi di poter andare avanti ancora? » la pungolò.

La ragazza serrò i pugni e tirò su col naso. Forse era il freddo di quella mattina. O forse stava davvero cercando di trattenersi dal piangere di rabbia. Si girò verso Serena, aveva gli occhi lucidi ma era anche furente. « Voi venite qui in vacanza, ma non vi rendete conto di cos'è realmente questo posto » la incolpò. « Oppure mandate qui i vostri figli senza nemmeno sapere se saranno o meno al sicuro. »

Serena rimase sbigottita dalle accuse. « Non è vero » ribatté. « Cosa dici? »

« Dico che gli abitanti di Vion non hanno molta simpatia per i forestieri, li tollerano perché portano qui i loro soldi. Ma il tempo non ha cambiato le cose, è tutto uguale a com'era cent'anni fa. Al chiuso di queste montagne, si sposano fra loro e sono tutti parenti: va' a farti un giro al cimitero e vedrai che i nomi sulle lapidi sono sempre gli stessi. »

Serena continuava a non comprendere il senso dello sfogo.

« Le persone da queste parti si proteggono a vicenda. Se hai bisogno, gli altri ti soccorrono. E se uno sbaglia, la comunità gli si stringe intorno. »

Non le sembrava che fosse andata in quel modo per Adone Sterli, comunque non la interruppe.

«Ciò che ci lega gli uni agli altri sono i segreti.»

«Quali segreti?» chiese lei, turbata.

«Se uno tradisce il patto, gli altri lo cacciano via oppure lo isolano» aggiunse quella, riferendosi probabilmente a se stessa.

«E tu quale segreto hai violato?» le domandò con fermezza.

Flora riprese fiato. Gettò per terra il mozzicone di sigaretta e lo schiacciò col tacco della scarpa. «Luise ti avrà detto che la notte dell'incendio la porta di servizio sul retro dello chalet era aperta.»

«Sì» confermò Serena. «E ha aggiunto che forse sei stata tu a dimenticare di chiuderla, quando sei uscita a fumare.»

«Io non sono uscita a fumare quella notte» affermò la ragazza.

Ma questo Serena lo sapeva già, perché fuori faceva troppo freddo e nevicava. «La tua amica Luise ha anche parlato di un intruso nel convitto.»

«Quella sciacquetta non è amica mia» replicò l'altra, acidamente. «Ad ogni modo, conosco la storia che va a raccontare in giro.»

«E pensi anche tu che ci fosse qualcuno insieme a voi? Un estraneo?» la incalzò.

Flora attese un momento. «Sì. Lo credo pure io. Ma non per gli stessi motivi di Luise...»

Lasciò aleggiare la frase, ma Serena aveva bisogno di una risposta precisa. «Cosa è successo quella notte?»

«Ho aiutato le bambine a costruirsi le ali di tulle blu e, dopo la festa delle fate farfalle, le ho messe a letto insieme alle mie due colleghe.»

Serena capì che la ragazza provava a svicolare. Ma lei ne aveva abbastanza di giochini. «Voglio sapere cosa è successo *dopo*.»

«È scoppiato l'incendio» affermò Flora, poi si corresse. «No, prima c'è stato il fumo. Luise mi ha svegliato perché l'aveva visto filtrare sotto la porta della nostra stanza. All'inizio non le ho creduto, ma poi sono partiti gli idranti sul soffitto e la sirena dell'impianto antincendio.»

Serena conosceva già quella parte della storia, corrispondeva al racconto di Luise.

«Siamo andate in corridoio e abbiamo attivato le procedure per evacuare le bambine del terzo piano: le abbiamo radunate per mandarle di sotto, dove Berta le avrebbe prese in consegna insieme alle altre.»

«E solo allora avete visto il fuoco» asserì Serena, rammentando il fiume rosso sulle loro teste descritto da Luise.

Flora annuì.

Ciò avvalorava ulteriormente l'ipotesi di un ordigno incendiario, che prima genera fumo per far allontanare le persone e solo dopo attiva la combustione vera e propria. «Tu e Luise non siete scese di sotto.»

«Abbiamo deciso di fare un giro di perlustrazione per le stanze» le confermò l'altra.

«Luise avrebbe dovuto controllare la mansarda di Aurora» le ricordò Serena.

«Ho capito subito che aveva troppa paura» disse Flora, avvalorando la confessione della sua collega che si era scusata per non aver trovato il coraggio. «Così ci sono andata io.»

Serena si bloccò. Flora aveva appena introdotto un elemento inedito. «E sei riuscita ad arrivare fino alla sua stanza?»

La ragazza cominciò ad agitarsi, prese un'altra sigaretta dal pacchetto, stava per accendersela ma Serena le afferrò la mano, fissandola.

Flora le riservò un sorrisetto sprezzante. «Questo sarebbe il ringraziamento per averti salvato il culo poco fa?»

Lei non replicò e non mollò la presa.

La ragazza si convinse che era meglio darle retta. «Mi sono resa conto di quello che poteva essere successo solo quando sono scesa di sotto e ho raggiunto le altre all'esterno.»

Di che stava parlando?

«Mentre lo chalet bruciava, Berta aveva perso il controllo ed era nel panico: continuava a contare le bambine in mezzo alla neve e il cazzo di numero finale non le tornava mai.»

Perché Flora non diceva le cose chiaramente?

«Siccome ne mancava sempre una, allora ho ripensato a ciò che avevo visto nella mansarda...»

«E cosa avevi visto?»

«Io gliel'ho detto poi a quelli dell'accademia e anche alla polizia» rispose la ragazza, continuando a tergiversare. «Ma loro mi hanno risposto che non era possibile, che non avevo visto bene.»

«Cosa hai visto nella mansarda?» Il tono perentorio di Serena non ammetteva altre esitazioni.

Flora si decise. «Quando sono entrata, Aurora non era nel suo letto.»

Si risvegliò nell'appartamento al residence. Rientrando, era riuscita solo a togliersi il giaccone. Poi era crollata sul letto con ancora indosso i vestiti e gli scarponi, stremata dalla fuga notturna e dalla tensione accumulata. Adesso, tirandosi su dal cuscino aveva un cerchio alla testa. Sarebbe stato faticoso rimettersi in piedi.

Le sembrò di aver sognato qualcosa, ma non ne era sicura.

Ma smise di pensarci perché si accorse che la camicia di flanella che indossava era bagnata. Istintivamente, si portò entrambe le mani sul seno. E riconobbe anche l'odore pungente e insieme dolciastro.

Recuperò in un attimo le forze e la lucidità. E si precipitò in bagno.

Si sfilò gli indumenti zuppi: camicia, canotta e reggiseno. Gettò tutto in un angolo del pavimento di piastrelle. Poi aprì il rubinetto del lavandino con l'intenzione di lavarsi in fretta. Non le importava che l'acqua fosse fredda, voleva solo togliersi di dosso quella sensazione appiccicosa. Premendo più volte sul pulsante del dispenser attaccato al muro, si riempì i palmi delle mani di un sapone con un indefinito profumo chimico, forse mughetto. Se lo passò freneticamente sul petto, ripetendo l'operazione più volte. Insaponando e risciacquando.

Avrebbe voluto ricordare il sogno che aveva fatto, ma non ci riusciva. Si odiò per questo.

Quando ebbe terminato di ripulirsi, si asciugò col primo telo di spugna disponibile. Trattenendo il respiro raccolse camicia, canotta e reggiseno da terra. Cacciò abiti e asciugamano in una busta di plastica, che poi richiuse con un nodo molto stretto. Quindi si rimise il giaccone per uscire dall'appartamento. Scese al piano terra e camminò fino al locale di servizio dove avveniva la raccolta della spazzatura. Infilò il sacchetto nel bidone dei rifiuti generici e richiuse subito il coperchio. Solo allora cominciò a placarsi. E iniziò a svanire anche il senso di disagio.

Perché non ricordava il maledetto sogno?

Però la sua rabbia non c'entrava solo col sogno dimenticato e col fatto che si fosse bagnata mentre dormiva. Dipendeva anche da Flora.

Dopo la rivelazione che Aurora non era nel proprio letto la notte dell'incendio, Serena non era riuscita a trattenere la ragazza. Avrebbe voluto che andassero insieme da Gasser ma, a detta della stessa Flora, era inutile poiché la polizia aveva già screditato la sua storia.

Così la tutor era risalita sull'utilitaria, stizzita per aver parlato troppo. E l'aveva lasciata sul ciglio della strada, senza nemmeno spiegarle come tornare al residence.

Con la luce del giorno, Serena non temeva un altro agguato del conducente della Opel verde. Perciò si era incamminata trascinando i passi verso il centro della valle. Un'ora dopo era entrata nel proprio appartamento ed era stramazzata dal sonno.

Adesso c'erano due pensieri che la tormentavano. Flora non aveva parlato di finestre aperte nella mansarda. Forse entrando nella stanza di Aurora non aveva notato quel particolare, si disse Serena. E poi la ragazza aveva molta paura. Avrebbe voluto andar via da Vion ma, non potendoselo permettere, aveva inscenato la propria partenza e adesso si nascondeva. Da chi? Sembrava che i timori di Flora nascessero fra quelle montagne.

Ciò che ci lega gli uni agli altri sono i segreti.

Serena era frustrata. Ogni volta che aggiungeva un nuovo tassello al mosaico, la verità sembrava allontanarsi. Era assurdo.

Lasciò il locale dei rifiuti e stava per tornarsene di sopra, quando sollevò il capo e vide che nel parcheggio qualcuno stava spiando l'interno del suo fuoristrada attraverso i finestrini.

«Ehi!» urlò all'uomo.

Quello si voltò. Serena si rese conto di conoscerlo.

Giubbotto di jeans. Ciuffi di barba rossiccia e capelli lunghi, tirati indietro col gel.

Anche il fidanzato di Luise la riconobbe e le si fece incontro con aria cattiva. «Sei ancora qui, troia?»

Serena non si mosse, decise di affrontarlo. Ma più quello si avvicinava, più lei capiva che forse non era una buona idea. «Guarda che adesso chiamo la poli...» Non fece in tempo a terminare la frase: il ragazzo le assestò un colpo in pieno viso, una via di mezzo fra un pugno e uno schiaffo. Fu così forte da farle perdere l'equilibrio. Finì distesa su un fianco, incredula e impotente. Puntini rossi e macchie luminose invasero il suo campo visivo.

Il ragazzo andò a piazzarsi sopra di lei, schiumava di rabbia. Si frugò nelle tasche del giubbotto e prese un foglietto appallottolato. Lo aprì per sbatterglielo davanti agli occhi. «Questa stronzata l'hai fatta tu?»

Serena riconobbe il volantino, forse era lo stesso che lei aveva dato a Luise il giorno prima, quando l'aveva incontrata per caso mentre affiggeva e distribuiva in giro quella specie di identikit.

Il ragazzo si chinò su di lei e le infilò a forza il pezzo di carta nel collo del giaccone. Serena era troppo stordita e traumatizzata per impedirglielo.

«Ti ho detto di lasciarci in pace» ringhiò il suo assalitore, con l'alito pestilenziale di alcol e sigarette. «La prossima volta non mi vedrai arrivare» la minacciò. Poi tirò su col naso, scaracchiò e le sputò addosso un grumo di catarro. Quindi andò via.

Serena era sempre immobile, aveva paura che ci ripensasse e tornasse indietro da un momento all'altro per smaltire il resto della furia. Lo guardò dirigersi verso la vecchia Mitsubishi Spyder, parcheggiata poco distante, e salire sull'auto blu che ripartì sgasando.

Solo quando non sentì più il rumore della marmitta, lei si decise a muoversi. Ma ancora non riusciva a rialzarsi.

Si toccò il volto nel punto in cui era stata colpita, fra lo zigomo sinistro e il mento. La pelle bruciava e, passando la lingua sull'angolo della bocca, sentì il sapore del sangue e capì di avere una piccola ferita. Istintivamente, si portò una mano alla fronte, dove c'era il taglio rimediato nel bosco quella notte. Flora gliel'aveva ripulita con l'acqua e adesso al tatto si percepiva la crosta.

Serena considerò che non era mai stata picchiata da un uomo prima di allora. Provò pena per Luise che non riusciva a sbarazzarsi di quel violento. Ma anche vergogna per se stessa. E non avrebbe voluto nutrire un simile sentimento, non era giusto. Da dove arrivava quella sensazione? In base a quale ridicola legge umana era costretta a sentirsi così? Era quel bastardo a doversi vergognare, non certo lei.

Finalmente, trovò la forza per rimettersi in piedi. Mentre si dava una sistemata, togliendosi la polvere di dosso, guardò di nuovo in basso.

Per terra, nel punto in cui era caduta, c'era il vecchio Nokia che aveva rinvenuto ai margini del bosco quella notte e che, per poco, non aveva rischiato di farla individuare dal suo inseguitore.

Lo raccolse. L'aveva completamente scordato.

Doveva esserle caduto dalla tasca durante l'aggressione. Infatti, nel giaccone c'era anche la batteria che aveva rimosso dal cellulare per farlo smettere di suonare.

Fino a quel momento, Serena aveva pensato che il telefono fosse soltanto un'esca con cui l'uomo con la barba e il berretto rosso l'aveva attirata in una trappola.

Ma adesso aveva cambiato idea. Era probabile che l'apparecchio avesse anche un'altra funzione.

Osservò ancora il Nokia e la batteria e, con quei due pezzi fra le mani, se ne tornò zoppicando nel proprio appartamento.

C'era un solo modo per verificare se aveva ragione.

26

Una volta di sopra, non si tolse nemmeno il giaccone. Si sedette su una delle sedie pieghevoli del piccolo tavolo da pranzo. Aveva voglia di alcol e farmaci. Prima però doveva risolvere l'enigma del vecchio Nokia.

Rimise la batteria al telefonino. Ma non l'accese.

Avrebbe potuto portarlo a Gasser, così la polizia sarebbe potuta risalire all'intestatario della sim oppure all'ultimo possessore. Nel bosco stava per gettarlo via, ma poi l'aveva tenuto con sé perché poteva costituire una prova.

Ma forse non era una buona idea consegnarlo ai poliziotti.

Chi le aveva fatto ritrovare il telefono non era certamente uno stupido, né uno sprovveduto. Non avrebbe mai corso il rischio di lasciarle una prova a proprio carico.

Lui *sa* che non andrò da Gasser, pensò Serena. Ma perché lo sa?

Provò a ragionare. Partì dalla convinzione che il guidatore della Opel verde che le aveva dato la caccia quella notte fosse l'uomo con la barba e il berretto rosso. Stavolta non l'aveva nemmeno intravisto, ma non importava: era sicura che fosse lui. Poi ripensò alla figura nascosta nella nebbia che aveva scorto la sera dello stesso giorno in cui era arrivata a Vion e, soprattutto, rammentò la visita indesiderata ricevuta al residence, quando un intruso si era aggirato per l'appartamento mentre era paralizzata sulla moquette.

Doveva trattarsi sempre dello stesso uomo.

Sembrava ansioso di darle una dimostrazione pratica di ciò che era in grado di fare. E di farmi, si disse. Evidentemente, l'intimidazione non aveva funzionato, perché lei si era precipitata a riferire ogni cosa al capo Gasser e poi aveva piazzato volantini con il suo identikit in tutta Vion.

Ma se lo scopo era semplicemente spaventarla per costringerla a tacere, a fermarsi oppure spingerla ad andar via, era del tutto inutile farle ritrovare il Nokia.

Fino a poco prima, Serena aveva pensato che fosse solo un'esca per attirarla in una trappola. Ma forse non era così.

Lui vuole qualcosa da me.

Osservando il telefono spento fra le proprie mani, Serena comprese dove avesse sbagliato fino ad allora. Il vecchio Nokia aveva un preciso significato.

Lui vuole che io lo chiami. E vuole che mi serva di un telefono «sicuro», che non possa essere usato per risalire alla sua identità. Per questo sarebbe inutile portarlo dalla polizia.

Tanti accorgimenti erano legati a un'unica ragione: ciò che l'uomo aveva da dirle poteva comprometterlo.

C'era solo un modo per verificarlo. Serena capì che era giunto il momento di accendere il cellulare.

Senza sapere cosa aspettarsi, schiacciò il pulsante che gli ridiede vita. Andò in cerca dell'elenco delle chiamate in entrata. Ebbe un sussulto, le telefonate ricevute mentre quella notte fuggiva nel bosco avevano un'unica provenienza.

Serena richiamò quel numero.

Dall'altra parte, un apparecchio stava squillando. Lei sentiva la tensione irradiarsi dalla spalla fino al braccio e alla mano che reggeva il Nokia. Trascorsero lunghissimi secondi, poi finalmente qualcuno rispose. Ma senza proferire parola.

«Pronto?» disse lei, confidando di udire una voce.

Invece identificò solo un respiro cadenzato. E allora capì che, all'altro capo della linea, c'era lo sconosciuto che l'aveva ricondotta a Vion. Lo stesso che, coi suoi silenzi, l'aveva guidata e spronata. E che l'aveva spinta a trovare Flora, per farle avere la conferma che la figlia era ancora viva.

Aurora non era nel suo letto.

L'autore del video dell'incendio. Lo stesso che aveva lasciato una finestra aperta per lei, come un messaggio. Quante volte, grazie a lui, aveva immaginato Aurora che spiccava il volo da quel davanzale con le sue ali di fata farfalla.

L'uomo con la barba e il berretto rosso con la visiera non

aveva ancora un volto, ma per Serena fu come ritrovarselo finalmente davanti.

Allora intuì il senso di tutte le telefonate mute. E anche che lo sconosciuto non avrebbe detto nulla nemmeno stavolta. Perché avrebbe dovuto parlare soltanto lei. E finalmente comprese anche le parole che lui aspettava di sentire fin dal principio.

«Cinquecentomila euro in criptovaluta» affermò. «Saranno depositati su un server off-shore e potrai prelevarli digitando un codice» gli spiegò con tono professionale, ritornando a essere la broker fredda e grintosa di un tempo. Confidava che l'offerta fosse allettante. Non voleva aprire una trattativa. «Ma prima ho bisogno di sapere che *lei* è ancora viva.»

Fece trascorrere qualche secondo senza aggiungere altro. Ma il tempo passava ed ebbe il timore di aver rovinato tutto. D'altronde, la prova che aveva richiesto era una condizione indispensabile. Il rapitore doveva averlo messo in conto. Però dalla parte opposta non ci fu alcuna reazione.

Poi il muto interlocutore riattaccò.

Serena rimase ancora un po' col telefonino accanto all'orecchio. Non riusciva proprio a metterlo giù. Le batteva forte il cuore. Non sapeva come interpretare la risposta. Era un sì, un no oppure un forse?

L'unica cosa di cui era certa era che doveva procurarsi un alimentatore per tenere sempre acceso quel maledetto cellulare.

27

«Il rapitore ha atteso per un anno che si calmassero le acque. E poi si è fatto vivo per pretendere un riscatto. Astuto.» Era seduta a gambe incrociate sul pavimento della baita. Il Nokia era per terra davanti a lei, collegato con un cavo alla batteria per auto con cui Adone Sterli alimentava le poche apparecchiature elettriche del laboratorio.

A differenza del moderno smartphone di Serena, il vecchio telefonino lì aveva campo.

«Quel bastardo ha fatto credere a tutti che Aurora fosse morta» disse, ancora allibita. «Infatti adesso nessuno è disposto a ipotizzare un'altra versione dei fatti, a cominciare dalla polizia: rischierebbero di perdere la faccia.» Scosse il capo. «E c'è anche un'altra cosa, la considerazione più geniale...» ammise, quasi ammirata. «Lui sapeva bene che, quando ti offrono di riportarti indietro una figlia dall'aldilà, sei disposta a pagare qualunque cifra.»

«Perciò sei sicura che lo sconosciuto richiamerà.» Quella di Adone non era una domanda, bensì un'affermazione.

Serena tacque, confermando la sua deduzione. Era fiduciosa.

Il rilegatore era rimasto tutto il tempo in silenzio, ad ascoltarla. Con indosso il cappotto verde e l'immancabile cappello di lana nero. Era concentrato sulla ricerca di fogli e foglietti nascosti fra le pagine di una pila di libri che stava sul suo bancone. Li sfogliava con le dita guantate e, ogni volta che trovava un foglio estraneo, lo riponeva in una bella scatola di legno intarsiato, foderata di velluto rosso, che teneva accanto a sé.

Quando Adone tirò fuori da un romanzo di Agatha Christie una vecchia foto in bianco e nero di un soldato in uniforme, Serena ne fu incuriosita. Si alzò dal pavimento per andare a guardare meglio cosa stesse facendo l'uomo col cappotto. E finalmente capì.

Nella scatola di legno erano raccolti improvvisati segnalibri. La gente li lasciava fra le pagine e così venivano smarriti insieme a ciò che stavano leggendo.

Sotto lo sguardo accondiscendente di Adone, Serena cominciò a frugare tra foto di persone sorridenti e sconosciute, cartoline di posti lontani e tanti fogli di carta. Molti contenevano note scritte a penna: appunti, promemoria, liste della spesa. Ma c'erano anche ricette mediche, biglietti ferroviari, scontrini, figurine di calciatori, origami. Perfino lettere.

Erano reliquie di vite comuni. Serena comprese perché Adone le conservasse in una scatola preziosa.

Da esse, infatti, si poteva ricostruire un pezzetto della storia di chi stava leggendo il libro. Se era in viaggio e dove stava andando o da dove tornava. Se aveva preso un caffè o un aperitivo in un bar in un preciso giorno e orario, con qualcuno oppure da solo. Se soffriva di emicranie o aveva il raffreddore, oppure era molto malato. Se era stato amato o amata da qualcuno che poi aveva abbandonato e da cui adesso veniva supplicato di tornare indietro.

«Quei ricordi sono rimasti nascosti per tanto tempo, imprigionati fra le pagine» commentò Adone Sterli, contento che lei avesse afferrato il senso della sua collezione.

Non erano semplici pezzi di carta. Lui li conservava perché indicavano il punto esatto in cui il racconto era stato interrotto, la trama si era spezzata. Ed era come se, da quel momento, anche l'esistenza del lettore fosse rimasta in sospeso. Aprendo le pagine e ritrovando quel segno, l'incantesimo cessava e quegli sconosciuti erano autorizzati ad andare avanti con le loro esistenze.

Serena si voltò a guardare il suo strano amico, era colma di gratitudine per aver condiviso con lei quella piccola ma così intima esperienza. Per un po', le aveva consentito di scordare il vero motivo per cui si trovava fra quelle montagne.

D'altronde, c'era d'aspettarselo dall'uomo che fabbricava devastanti ordigni al profumo di biscotti.

Forse li accomunava davvero una sorta di follia. O, invece, una lungimiranza che gli altri non possedevano. Un'alcolizzata e farmacodipendente insieme a un piromane. Formavano davvero una bella coppia.

Poi, però, Adone si rabbuiò. Si sfilò il cappello di lana e lo appoggiò sul bancone, rivelando la chioma scompigliata. Lasciò ciò che stava facendo e si avvicinò al cane nero che sonnecchiava come sempre vicino al camino spento, lo accarezzò. «Non dovresti stare qui con me» disse a Serena.

Era come se la stesse mettendo in guardia da se stesso. Non voleva illuderla.

«Avevo cinque anni. Mio padre stava bruciando delle sterpaglie e io ci sono finito dentro, o forse mi ci sono buttato e non me lo ricordo più. Però ricordo la pelle che sfrigola, l'odore della mia stessa carne. E il dolore indescrivibile, che avrebbe dovuto tenermi lontano dalla fiamma per il resto della vita, invece ha finito per avvicinarci. È come se il fuoco mi avesse contagiato.»

Il significato del racconto era chiaro. Non si poteva guarire da una simile ossessione.

Serena si avvicinò, gli toccò una mano, avvertendo sotto le dita l'innaturale liscezza dei guanti di gomma neri che lui indossava sempre, o almeno quando c'era lei. «Sei l'unico che mi abbia creduto e aiutata» gli disse.

Il rilegatore di libri smarriti evitava ancora di guardarla. «Io non mi fiderei di uno come me» affermò.

Serena intuì che adesso si riferiva anche all'uomo con la barba e il berretto rosso con la visiera. Sterli era un criminale, era stato in galera. Conosceva i propri simili. «Che cos'ho da perdere?» gli fece notare.

«Appunto» asserì il suo strano amico. «Anche lui lo sa.»

«Tu credi che lei sia morta, vero?»

Stavolta Adone non replicò. Serena sapeva che aveva ragione. Se non era accaduto nell'incendio dello chalet, era successo sicuramente dopo. Se lo scopo era un'estorsione, non c'era alcun interesse a lasciare in vita la persona rapita. Di solito veniva uccisa nell'immediatezza del sequestro, per non lasciare tracce e per non rischiare di essere scoperti. La gestione di un ostaggio era complicata e, per ottenere il pagamento di un riscatto, era sufficiente l'illusione che fosse ancora in vita. Ma Serena aveva considerato anche quell'ipotesi, scartandola a priori. «Se non gli serviva viva, perché allora non ha lasciato che la uccidesse il fuoco?» ragionò. «Gli bastava appiccare l'incendio, assicurandosi che Aurora non si svegliasse, magari narcotizzandola mentre dormiva. Poi le fiamme avrebbero distrutto ogni cosa, compresi gli eventuali residui di dna.»

«Il rapitore non poteva avere la certezza che le cose andassero in quel modo» ribatté Sterli, sempre senza avere il coraggio di guardarla. «Per essere sicuro, doveva per forza portarla via con sé. E soltanto dopo...» Non completò la frase. Evidentemente, ci aveva riflettuto bene. «Altrimenti il rapitore avrebbe rischiato tutto per niente.»

Gli argomenti erano fondati. Ma Serena non voleva rinunciare alla speranza. «Farò ciò che devo fare» disse. Ma poi si corresse: «Ciò che una madre deve fare».

Adone finalmente si voltò verso di lei. La fissò. «Promettimi che se qualcuno ti ricontatterà su quel cellulare, non farai nulla senza esserti prima consultata con me.»

Ma Serena non voleva fargli nessuna promessa.

«Promettimelo» insistette l'uomo col cappotto. «Ho già abbastanza pesi da portare, non voglio pentirmi di averti aiutata.»

Serena si convinse. «Giuro che non farò nulla.»

Tornò al residence dopo mezzanotte, tenendo il Nokia ben in vista sul sedile del fuoristrada, in modo da poterlo controllare meglio. Ma il vecchio cellulare non aveva più dato segni. Tuttavia, lei era sicura che avrebbe squillato di nuovo, prima o poi.

Aveva voglia di un *teddy-bear*, ma sapeva di dover rimanere lucida nel caso fosse arrivata una chiamata. Quando era sotto l'effetto del cocktail, invece, non sempre era in grado di distinguere ciò che era reale da ciò che non lo era. La mente ottenebrata poteva facilmente scambiare la suoneria di un telefonino per qualcos'altro.

Non poteva rischiare.

Di lì a poco avrebbe patito l'astinenza. Anche quella era pericolosa. Ti faceva perdere il senno. Per non cadere in tentazione, una volta entrata nell'appartamento avrebbe gettato nel water i blister di pillole, svuotando nello scarico anche il contenuto delle boccette e tutto l'alcol che aveva in casa.

Poi si sarebbe avvolta nelle coperte, attendendo l'arrivo della prima crisi.

Con quei propositi virtuosi, lasciò l'auto nel parcheggio deserto del residence e si avviò verso le scale che conducevano al primo piano. Mentre saliva gli ultimi gradini sovrappensiero, si accorse che c'era qualcosa ad attenderla davanti all'appartamento.

Si fermò, aggrappandosi alla balaustra, incapace di proseguire. Sentiva la bocca secca e provò a deglutire un po' di saliva che però stentava a scivolarle nella gola.

Serena era invasa da una paura mai sperimentata prima. E continuava a fissare il sacchetto di carta che qualcuno aveva lasciato per terra, davanti alla porta.

Entrò nell'appartamento portandosi appresso il sacchetto di carta e si richiuse l'uscio alle spalle.

Da un lato, era ansiosa di aprirlo per verificarne il contenuto. Dall'altro, c'era qualcosa che ancora la tratteneva.

Così l'appoggiò per terra, in mezzo al soggiorno.

La bocca era sempre riarsa per la tensione. Serena decise di dimenticarsi il regalo per qualche istante e andò verso il frigobar per prendersi da bere. Da quando l'aveva preso a calci, il piccolo elettrodomestico era più rumoroso del solito. Quel suono adesso le impediva di pensare.

Prese una bottiglietta di Evian e, con quella in mano, tornò al sacchetto.

Quindi cominciò a girargli intorno, con diffidenza. Beveva un sorso d'acqua e intanto lo osservava nella penombra ambrata, poiché l'unica luce era quella del lampione del parcheggio che filtrava dalla portafinestra e lei non aveva la forza di accenderne altre. Studiava il sacchetto e si teneva a distanza, provando a immaginare cosa ci fosse all'interno.

Finalmente si decise. S'inginocchiò per terra e l'aprì. Dentro c'erano due cose. In apparenza erano oggetti innocui.

Per prima, tirò fuori una camicia da notte con dei piccoli fiori rosa. Era della misura di Aurora, ma Serena non rammentava se la figlia ne avesse una uguale in valigia quando era partita per la vacanza sulla neve. Una madre diligente e scrupolosa l'avrebbe saputo, ne era consapevole.

La peculiarità dell'indumento era l'odore che impregnava il tessuto. Plastica e gomma bruciate. Identico a quello che aveva invaso Vion la notte dell'incendio e che lei stessa aveva percepito giungendo in paese il mattino dopo.

Non profumava di biscotti. Ma non era così strano. Serena

pensò che il dettaglio riferito da Adone l'avesse fin troppo condizionata.

Comunque, era delusa. Aveva chiesto una prova che Aurora fosse ancora viva. Si aspettava di ricevere una telefonata in cui qualcuno le avrebbe fatto sentire la voce della figlia, anche solo per un istante, in modo che lei la riconoscesse. Non era andata così. Che accidenti stava succedendo? Il rapitore credeva davvero che si sarebbe accontentata di una camicia da notte che puzzava di fumo?

Passò a esaminare il secondo oggetto del sacchetto: una cartina della vallata. Serena la dispiegò sulla moquette marrone, scoprendo che era stato evidenziato un punto preciso, cerchiato con un pennarello rosso.

Si trovava in mezzo ai boschi.

La mappa era chiaramente un invito. Ma lasciava solo immaginare cosa avrebbe potuto trovare sul luogo dell'appuntamento. Aurora era lì e la stava aspettando?

Io non mi fiderei di uno come me.

Il monito di Adone le risuonava nella testa. In effetti, Serena non si fidava. Era tutto troppo vago e ambiguo.

Siccome non era stata stabilita alcuna regola del gioco, decise di prendere l'iniziativa. Cacciò una mano in tasca e prese il Nokia, poi fece partire una chiamata al rapitore di Aurora, sperando che lui le rispondesse.

La linea era libera e il cellulare dall'altra parte stava squillando.

Appena il presunto rapitore avesse risposto alla chiamata, lei gli avrebbe chiesto subito un'altra prova che Aurora stesse bene. Anzi, l'avrebbe pretesa. Ma più continuavano a stillare gli squilli nel telefonino, più Serena perdeva la propria determinazione.

Ti prego, rispondi. Ma nessuno ascoltò la sua preghiera e, dopo un po', cadde la linea. E quando riprovò a digitare il numero, il telefono era già stato spento.

Il messaggio era fin troppo chiaro.

Serena era esausta e demotivata. Quello stesso pomeriggio, col computer portatile, aveva provveduto a convertire i cinquecentomila euro del riscatto in criptovaluta. Poi aveva trasferito i fondi dal proprio conto a un server di Dubai. Il sistema aveva generato un semplice codice di undici numeri e sei lettere, che valeva come un assegno al portatore e che poteva essere incassato online. Anonimo, immediato, irreversibile.

Serena aveva imparato a memoria la sequenza alfanumerica e poi l'aveva subito cancellata.

Se tutto fosse andato bene, l'avrebbe dettata al rapitore per telefono, mentre si allontanava insieme alla figlia dal luogo dello scambio. Se invece fosse accaduto qualcosa a lei o ad Aurora, quei soldi avrebbero subito il loro stesso destino.

Ma, visto come si erano messe le cose, non era più convinta che fosse un buon piano.

Un lampo invase il soggiorno del piccolo appartamento, seguito da un rimbombo che la fece trasalire. Serena si voltò verso la portafinestra per guardare fuori. Pochi secondi dopo il fulmine, scoppiò un temporale.

Si rese conto di non avere alcuna certezza o alternativa. In quel momento, stabilì che si sarebbe recata comunque nel posto indicato sulla cartina.

Però, prima di andare, decise di fare ancora una cosa.

29

A chiunque troverà questa lettera.

Non sono mai stata brava a esprimere ciò che sento, ma ci proverò lo stesso.

È l'una di notte, fuori diluvia e sto per mettermi in macchina. Ma, prima di andare, ~~ho pensato~~ ho sentito il bisogno di fermarmi un momento per scrivere qualcosa su un foglio che poi lascerò qui, in questa che per un po' è stata la mia tana. Non so cosa accadrà stanotte. Non so cosa mi aspetta. ~~O forse lo so, ma non voglio pensarci.~~ Ciò che mi solleva è che, in un modo o nell'altro, sarà una cosa definitiva.

Quello che sto per fare non ha nulla a che vedere col coraggio. ~~Ho paura, ma non ho scelta.~~ Non ho mai avuto scelta in questa storia. Non so se mi spaventa di più l'idea di sbagliarmi oppure quella di avere ragione. Perché, se ho ragione, lui esiste. È sempre esistito. E non vive solo nella mia testa. Anche se, fin dall'inizio, tutti mi hanno creduto pazza. E, se esiste, allora vuol dire anche che adesso è con lei. ~~Mia figlia~~ La mia bambina.

~~Per tutto questo tempo... Mio Dio...~~

Non so ancora che faccia abbia, ma so che lui è una persona come me e come voi. Non è un mostro, non cascate in questa trappola. Se pensate che certi orrori siano roba da mostri, allora non sarete mai al sicuro, e non saranno al sicuro nemmeno i vostri figli.

Alcuni esseri umani sono capaci di cose indicibili.

Lo so che non riuscite a capire. Anzi, spero che non ci riusciate mai. Perché, se dovesse accadere, allora vorrebbe dire che vi trovate nella mia stessa condizione e che non siete stati in grado di proteggere qualcuno che amate. C'è qualcosa di peggio del dolore per una tragedia: il senso di inadeguatezza per non averla saputa impedire, ora lo so.

~~Vorrei che mi vedeste ora, seduta a questo tavolino, con la giacca e gli scarponi già indosso, questa penna in una mano e le chiavi dell'auto nell'altra, pronta ad andare là fuori e a guidare in mezzo alla tempesta. Mi prendo ancora questi pochi minuti per scrivervi nella quiete e nel calore di questo appartamento.~~

Prima di avviarmi, devo dirvi due cose.

Ho il dovere di mettervi in guardia. Ciò che è accaduto a me può accadere anche a voi. Anzi, a essere sincera, vorrei che fosse successo a qualcun altro e non a me. Lo so, è brutto da dire. Ma, se foste al mio posto, desiderereste la stessa cosa.

Nessuno vorrebbe sapere ciò che invece io so adesso.

Non ho rancori nei confronti di chi non mi ha creduto. Probabilmente, al posto loro mi sarei comportata allo stesso modo. Ma qualcuno dovrà pagare per tutto questo. Non sarà vendetta, ma giustizia. Avete detto che non potevo essere obiettiva, che non c'erano prove. Avete insinuato che era soltanto la mia disperazione a parlare. Ma, se stanotte mia figlia ha una speranza, è proprio perché <u>io sono sua madre</u>. Non dimenticatelo mai più.

Ormai, dal punto in cui mi trovo, posso solo andare avanti. Mi sono spinta troppo oltre. E nessuno, nemmeno la polizia, può aiutarmi. ~~Non c'è più tempo.~~ È una cosa che devo fare da sola.

Ancora pochi minuti e saprò se ho torto o ragione.

E se <u>lei</u> non dovesse essere lì come mi hanno fatto credere, oppure se non riuscissi a portarla via con me, il fallimento sarà solo mio, perché è solo mia la colpa iniziale. Non ho vigilato abbastanza.

Sono consapevole del rischio che mi assumo ora ma, come ho già detto, non posso scegliere. ~~Ma spero con tutto il cuore che non sia troppo tardi.~~

Se invece, per un qualsiasi motivo, ~~dovessi morire~~ non tornassi più indietro, non prendetevi la briga di venirmi a cercare. Continuate a cercare <u>lui</u>.

Non fatelo per me e nemmeno per Aurora. Fatelo per voi e per i vostri figli.

Serena

P.S.
Adone, sei molto meglio di ciò che pensi e di ciò che pensano tutti. Non ti assolveranno mai per i tuoi peccati, perciò non cercare più il perdono di nessuno. Anche tua sorella si sbaglia e dovrebbe farti incontrare la tua nipotina. Grazie per avermi creduto. Grazie per avere cercato di fermarmi. E per non esserci riuscito.

IL SEGRETO DEL BOSCO

1

La pioggia era molto diminuita quando giunse col fuoristrada al confine del bosco, su un altopiano a millesettecento metri di altezza. Il temporale aveva terminato il proprio passaggio sulla valle. Fulmini silenziosi si scorgevano ancora in lontananza, oltre la cima delle montagne. Però persisteva la coda della perturbazione.

Dopo aver fatto inversione con la macchina e averla parcheggiata col muso rivolto verso la migliore via di fuga, Serena scese dal veicolo. In pochi secondi era già zuppa. Il fitto picchiettio dell'acqua fina sulla vegetazione circostante impediva di udire ogni altro suono. Si guardò intorno. Si intravedevano appena i tronchi degli alberi, come un esercito immobile nell'oscurità.

Allora accese la torcia dello smartphone per controllare la cartina che le aveva fornito il rapitore. Il punto nel cerchio rosso si trovava a un centinaio di metri da lei, verso est.

Servendosi della bussola installata nel cellulare, s'incamminò in quella direzione.

Aveva considerato che sarebbe stato agevole muoversi su un terreno piatto. Si sbagliava. La neve sciolta dalla pioggia aveva creato una specie di acquitrino, a cui si aggiungeva una poltiglia di piante e foglie morte. I piedi affondavano in quella melma densa e putrida e risultava difficile avanzare.

Serena non doveva perdere l'orientamento, era essenziale che ricordasse da dov'era venuta per poi ritrovare il fuoristrada. Con il buio non c'era modo di lasciare segni che tracciassero la via del ritorno, poteva solo affidarsi a qualche calcolo improvvisato, nonché all'istinto e alla fortuna.

Non sapeva nemmeno dove stesse andando. Avrebbe avuto bisogno delle coordinate esatte per inserirle in un gps. Invece era costretta a procedere a tentoni, senza sapere cosa o chi si sarebbe trovata davanti.

Era a una decina di metri dal punto indicato nella mappa quando, sollevando il fascio della torcia, illuminò debolmente una bassa baracca di legno che cadeva a pezzi. L'incontro la turbò. Non si aspettava una vestigia umana in mezzo alla natura selvaggia. Chissà qual era stato lo scopo originario di quel luogo. Ma chi l'aveva costruito aveva certamente qualcosa da nascondere. Sembrava il tipico posto in cui avvenivano cose inconfessabili e segrete.

Un paio di metri quadri, senza porte e finestre. Con un'unica apertura su uno dei lati.

Colta da una frenesia improvvisa Serena accelerò l'andatura per andare a vedere cosa ci fosse in quell'antro.

Superata la soglia, si accorse subito che la stamberga era vuota. Fece spaziare in giro la torcia, sperando di trovare un messaggio del rapitore. Un segnale, un indizio da seguire.

Non si sbagliava. C'era qualcosa per lei.

Su una delle pareti era inchiodato un foglio bianco. Accanto a esso, una cordicella da cui pendeva una penna a sfera di colore blu.

Serena impiegò meno di un secondo a comprenderne il significato. Le veniva chiesto di scrivere il codice per incassare i cinquecentomila euro. Ma lei non aveva alcuna intenzione di farlo senza la certezza di riavere Aurora.

Era arrabbiata. Niente stava andando come doveva. Era tutto sbagliato. E lei si trovava in una situazione senza via d'uscita.

Recuperò dalla tasca il vecchio Nokia per riprovare a mettersi in contatto col rapitore. Giurò solennemente a se stessa che, se non avesse avuto risposta, avrebbe girato i tacchi per tornarsene al residence.

Intanto sperava che la ricezione fosse sufficiente in mezzo al bosco, poiché sul display verde del cellulare appariva solo una tacca. Fece partire la chiamata.

Dall'altra parte risposero con una velocità che la lasciò allibita. Evidentemente, il rapitore aspettava la telefonata.

«Non scriverò nulla su quel foglio finché non avrò la prova

che Aurora sta bene» disse al muto interlocutore. Non confidava più di udire una risposta, ormai aveva capito bene come funzionava il gioco.

Nessuno infatti replicò. Si sentiva il solito respiro cadenzato.

«Ti è chiaro?» domandò, sempre più determinata. «Sto per andarmene da qui.»

Fu in quel momento che se ne accorse: nel silenzio all'altro capo della linea c'era un rumore. Lo riconobbe. Era stato un sottofondo costante della sua permanenza a Vion.

Il piccolo frigobar che russava placidamente nel suo appartamento al residence.

Serena provò una strana vertigine. Sulle prime, non comprese il senso della situazione. I pensieri esplosero in mille pezzi nella sua testa, rendendole impossibile focalizzarsi sul significato di ciò che stava accadendo. Poi le idee iniziarono improvvisamente a ricomporsi.

E davanti ai suoi occhi apparve un tacito messaggio.

«Mia figlia è lì con te adesso?» chiese, aspettandosi almeno un segno d'assenso. Le sarebbe bastato che l'altro tirasse su col naso, lei avrebbe capito lo stesso.

Invece, ancora una volta, quello riattaccò.

Serena gettò un urlo rabbioso. Poi uscì dalla baracca e iniziò a inveire contro la pioggia, le montagne e tutta la merda che le stava finendo addosso. Stringeva i pugni e si dibatteva, cercando intorno a sé un nemico invisibile da colpire. Quando si fu sfogata abbastanza, col fiatone e piegata dalla fatica, provò di nuovo ad avviare un ragionamento.

Il piano del rapitore era perfetto. D'altronde, lui aveva avuto un anno intero per mettere a punto le proprie mosse. Lei, invece, doveva sempre scegliere in fretta e agire di conseguenza. Il risultato era che si ritrovava sempre un passo indietro.

Adesso il misterioso uomo con la barba e il berretto rosso le stava dicendo che dovevano fidarsi a vicenda.

Tu non sai se qui c'è realmente tua figlia e io non so se scriverai veramente il codice su quel foglio.

Non c'era più tempo per le indecisioni. Era necessario correre un rischio. Il patto era che, mentre lei tornava al residence per verificare la presenza di Aurora, lui sarebbe andato a prendersi i soldi del riscatto.

Le sembrò perfino equo, poiché il rapitore avrebbe potuto anche chiederle di dettare il codice per telefono. E Serena non sapeva se avrebbe resistito alla tentazione di concedergli anche quel vantaggio. Invece, in quel modo erano costretti a confidare l'uno nell'altra.

Serena si decise e tornò dentro la baracca. Servendosi della penna blu, annotò il codice bancario sul foglio attaccato al muro.

Prima di andarsene, controllò l'orario. Erano le due e ventisette. Calcolò che avrebbe impiegato un'ora a raggiungere il residence. Un'ora la separava dalla verità. Era probabile che il rapitore fosse già sulla strada per venire nel bosco a controllare che lei avesse tenuto fede all'accordo, portando a termine la propria parte.

Il tempo allora era essenziale.

Uscì dalla baracca. La pioggia nel frattempo era aumentata. Allora si mosse per tornare al fuoristrada. Ma, mentre controllava la direzione con la bussola, udì un ramo che si spezzava alle proprie spalle. L'eco risuonò nella boscaglia.

Il suono era stato troppo preciso, troppo netto. Era come se qualcuno avesse rotto il ramo accidentalmente mettendoci un piede sopra.

Serena si bloccò, voltandosi. Ebbe la chiara sensazione di non essere sola. Sollevò la torcia dello smartphone per vedere meglio, ma il fascio arrivava solo fino a tre o quattro metri da lei. Però le parve lo stesso di scorgere una figura umana. Era immobile in mezzo agli alberi e, probabilmente, stava ricambiando il suo sguardo.

Serena si rese conto che, chiunque fosse, stava solo aspettando il momento giusto per assalirla.

Il primo pensiero andò al residence. Se il rapitore era lì con lei, allora chi c'era nel suo appartamento?

Fino a quell'istante, Serena non aveva mai considerato che potessero essere coinvolte più persone. Forse era stato avventato o addirittura stupido non mettere in conto anche quell'eventualità.

Poi accadde una cosa inaspettata.

L'ombra di fronte a lei fece un passo avanti, entrando nel cono di luce del suo cellulare. Rivelò la propria presenza, in modo che lei potesse vedere bene la sua faccia.

2

«Non ti muovere» disse Adone Sterli, con tono minaccioso. Al posto del solito cappotto verde indossava un'incerata scura, ma portava ancora i guanti di gomma neri.

La pioggia gli scorreva addosso facendolo sembrare una creatura partorita da un abisso.

Serena guardò l'uomo che s'illudeva di conoscere, cogliendo nella sua espressione una ferocia che non aveva mai notato. E si ritrovò ad avere paura di lui come la prima volta che si erano incontrati, quando era entrata di nascosto nella sua baita.

Adone aveva un ruolo in quella brutta storia? Non riusciva a credere di essersi lasciata ingannare. «Bastardo» gli disse.

Quell'uomo era stato una guida, un consigliere. Avrebbe dovuto capire che c'era lui dietro ogni cosa dal momento in cui le aveva parlato dell'ordigno che produceva prima il fumo e poi le fiamme. Altro che emulatore. Sterli stesso era l'artefice della bomba al profumo di biscotti capace di scatenare l'incendio allo chalet.

«Figlio di puttana, che ne hai fatto di lei?» lo incalzò, con veemenza. Non voleva che credesse che aveva paura di lui. Infatti, non provava alcun timore. Adesso il suo unico pensiero era Aurora. Ma ormai Serena si era convinta che la figlia fosse davvero morta da tempo, probabilmente da subito. Come le aveva rammentato proprio Adone, i sequestratori non avevano bisogno dell'ostaggio per ottenere il versamento di un riscatto. Gli bastava far credere ai parenti che il loro caro fosse ancora vivo e che avrebbero potuto riabbracciarlo. Era sufficiente anche una flebile speranza e quelli si convincevano a pagare.

«Ti ho detto di stare fermo» ribadì Sterli.

Fermo? Perché si era rivolto a lei usando il maschile? Poi colse un particolare. Lo sguardo di Adone, che fino a quel momento sembrava puntato su di lei, in realtà la superava.

Serena stava per voltarsi a controllare quando Adone scattò verso di lei e la spinse di lato, facendola finire sul terreno bagnato. Urtò il fianco contro una roccia sporgente ed emise un gemito di dolore. Intanto, però, le era caduto di mano il cellulare e il buio era diventato improvvisamente impenetrabile.

Nell'oscurità, i rumori di una lotta.

Serena riconobbe la luce della torcia dello smartphone, rivolta verso il suolo a un paio di metri da dove si trovava. Ancora sofferente, strisciò in quella direzione. Si impadronì del cellulare ma, a causa del fango, continuava a scivolarle fra le mani. Lo pulì strofinandoselo addosso. Quando finalmente riuscì a rinsaldare la presa, diresse subito il fascio luminoso verso il punto da cui proveniva la confusione della colluttazione.

Il volto di Adone Sterli era una maschera di terra da cui spuntavano soltanto un paio d'occhi spiritati. Il suo avversario era un uomo, anche lui sporco di melma dalla testa ai piedi. Serena si domandò se l'avesse visto da qualche parte.

Lo riconobbe dalla giacca di jeans e dai capelli lunghi che di solito erano pettinati col gel e che invece adesso erano impiastricciati, come d'altronde anche la barba rossiccia.

Il fidanzato di Luise, che l'aveva aggredita nel parcheggio del residence appena qualche ora prima, adesso si difendeva dai colpi di Adone e, a volte, sembrava tenergli anche testa. Serena non capiva cosa stesse succedendo. I due erano complici? Allora perché si stavano azzuffando?

In quel frangente, si udì il suono prolungato di un fischietto.

«Da quella parte» urlò qualcuno in lontananza.

Dalle profondità della boscaglia, iniziarono ad apparire le luci delle torce. Cani che abbaiavano e gente in avvicinamento.

Di lì a un minuto, dagli alberi spuntarono uomini armati. Poliziotti. Si precipitarono a separare i contendenti. Mentre uno di loro si avvicinò a Serena.

«Come sta?» le domandò Gasser, poggiandole una mano sulla spalla.

Serena era ancora stordita. Però, per la prima volta, era contenta di rivedere quell'uomo e i suoi maledetti baffi. «Sto bene» riuscì solo a dire, tenendosi il fianco che le faceva male. Le fitte erano così intense che le impedivano quasi di respirare. Si piegò sulle ginocchia.

«Faccio venire subito un'ambulanza» disse il comandante.

Stava per impartire l'ordine a uno dei suoi uomini, affinché chiamasse i soccorsi per radio, ma Serena lo afferrò per un braccio. «Mandate qualcuno al mio appartamento, potrebbe esserci mia figlia.» Mentre pronunciava la frase, si rese conto che nemmeno lei ci credeva.

Il poliziotto le riservò uno sguardo inequivocabile. «Una pattuglia è lì in questo momento, ma non c'è traccia di sua figlia. In compenso, abbiamo arrestato gli altri membri della banda.»

Banda? Quale banda? Di cosa stava parlando?

Serena vide che gli agenti stavano ammanettando solo il fidanzato di Luise, mentre davano pacche sulle spalle di Adone Sterli che, stremato e in affanno, guardava nella sua direzione.

I suoi occhi erano tornati a essere quelli che lei conosceva.

Ai piedi dei poliziotti, nel fango, brillava la lama di un coltello a serramanico. Poco più in là, la luce delle torce illuminava qualcosa per terra. In mezzo agli alberi era stata scavata una fossa. A Serena non ci volle molto a capire a chi fosse destinata.

Solo allora comprese che il rilegatore di libri smarriti le aveva appena salvato la vita.

3

Si era risvegliata di soprassalto in una stanza d'ospedale. Era sola, fuori dalla finestra albeggiava. Si rese conto di aver dormito al massimo un'ora.

A ridestarla era stata la solita sensazione di bagnato all'altezza del seno. Anche stavolta, Serena non ricordava il sogno. Era lacerante.

Si armò del campanello per convocare qualcuno. Dopo nemmeno un minuto, arrivò un'infermiera di mezz'età con un sorriso rassicurante che si accorse subito del problema. «Le porto un cambio» disse, senza fare domande.

Mentre aspettava che le procurassero un altro camice in dotazione ai pazienti, Serena pensò che avrebbe voluto avere una calda coperta di lacrime che fosse pronta ad accoglierla ogni volta che precipitava nel dolore.

Invece da quando Aurora non c'era più, lei non aveva mai pianto.

Ed era andata così anche mentre la portavano via dal bosco, la notte in cui aveva rischiato di essere assassinata dal fidanzato di Luise. Serena avrebbe dovuto essere disperata, invece era solo inebetita davanti alla constatazione che, in realtà, non era mai esistita alcuna possibilità di riavere indietro Aurora. Poiché non era avvenuto alcun rapimento e sua figlia non era mai stata ostaggio di qualcuno.

Poteva finire malissimo per lei. Ma Adone Sterli l'aveva evitato.

Mentre i paramedici la caricavano sull'ambulanza, Gasser si era avvicinato alla lettiga e le aveva promesso che il mattino dopo sarebbe andato a trovarla all'ospedale di Vion per raccontarle tutto.

Così Serena era stata presa in carico da medici e infermieri che l'avevano sottoposta a diversi esami. L'esito era stato che, oltre a qualche escoriazione, aveva solo un paio di costole incrinate a causa della caduta, quando Adone l'aveva spinta per sottrarla all'aggressione del fidanzato di Luise.

Neanche il dolore fisico, però, riusciva a farla piangere.

Come da routine, in ospedale avevano analizzato il suo sangue. Dopo aver riscontrato la presenza degli ingredienti farmacologici del *teddy-bear*, avevano deciso di non somministrarle altri antidolorifici. Anzi, le avevano prescritto un percorso di disintossicazione a cui però Serena non aveva alcuna intenzione di sottoporsi. Soprattutto adesso.

Poco prima dell'alba, l'avevano condotta in una stanza singola per permetterle di riposare, assicurandole che il giorno dopo l'avrebbero dimessa.

Come promesso, l'infermiera gentile tornò da lei con un camice pulito e un guanto-spugna. Quindi l'aiutò ad alzarsi dal letto, a lavarsi e a cambiarsi. La cosa difficile con due costole incrinate era sollevare le braccia per sfilarsi o infilarsi gli indumenti.

«Più tardi controlleremo se il bendaggio è abbastanza stretto» disse la donna, verificando sommariamente la tenuta di quello che le fasciava i fianchi e il torace.

Serena avrebbe voluto chiederle se aveva dei figli e quanti anni avessero. Avrebbe voluto farsi raccontare in che modo la rendevano fiera di essere la loro mamma, perché era convinta che fossero dei bravi figli. Avrebbe voluto confidarsi con lei, dirle che quella era la seconda volta in vita sua che veniva ricoverata in un ospedale. La prima era stata quando aveva partorito Aurora mentre era in coma per un'emorragia uterina. Avrebbe voluto rivelarle il proprio segreto. Cioè che non riusciva a piangere per la morte della figlia, ma che in compenso il suo corpo produceva qualcosa di diverso dalle lacrime. E che spesso si risvegliava con il seno bagnato e una sensazione di disagio che poi era difficile mandare via.

Invece non le disse nulla di tutto questo. Si lasciò semplicemente accudire da quella sconosciuta. Poi si rimise a letto e si addormentò di nuovo.

Riaprì gli occhi e vide la faccia di Gasser. Il comandante era seduto al suo capezzale.
«Buongiorno» le disse, sorridendo sotto i baffi.
Serena non sapeva ancora decidere se le fosse passata l'antipatia per quell'uomo. Tuttavia, al momento era interessata solo alle sue spiegazioni.
«Mi spiace per tutto questo» affermò il poliziotto. «E, soprattutto, sono addolorato che sia accaduto a lei.»
Faticosamente, Serena si tirò su sui cuscini, raddrizzandosi per guardarlo meglio. «Devo presumere che non ci siano notizie di mia figlia.»
«Purtroppo no» le confermò l'altro. «Anzi temo che ciò che è accaduto a sua figlia un anno fa abbia a che fare relativamente poco con questa brutta storia.»
«Un imbroglio» disse Serena, immaginando già di cosa si trattasse.
«Il ragazzo che abbiamo arrestato stanotte nel bosco si chiama Freddy Lorenz.»
Lei conosceva solo il suo aspetto. Giacca di jeans, capelli lunghi tirati indietro col gel, ciuffi di barba rossiccia. E un'aria da tipo pericoloso.
«Il suo scopo era impadronirsi del codice per incassare il riscatto, ucciderla e poi disfarsi del corpo.»
Serena ripensò alla fossa scavata in mezzo alla fitta vegetazione e si sentì attraversare da un fremito. Se fosse andata secondo i piani di quel Lorenz, nessuno avrebbe più ritrovato i suoi resti. O forse sarebbe accaduto solo dopo qualche secolo, casualmente o per via di qualche stravolgimento geologico del paesaggio. Gli archeologi del futuro si sarebbero domandati chi fosse la donna assassinata, ma la verità sarebbe rimasta comunque un enigma insoluto.
«Freddy Lorenz, però, non ha agito da solo» aggiunse Gasser. «Era in combutta con due complici.»

Serena attese di sentire i nomi.

« Luise Brun e Flora Maier. »

Non riusciva a credere che le due tutor fossero coinvolte in quello schifo.

« Luise Brun è la vera mente dietro il disegno criminale: il fidanzato e l'amica sono meri esecutori. »

Serena si era lasciata ingannare dall'aspetto da santarellina, dal fatto che Luise sembrasse fragile. Temeva che fosse succube del fidanzato violento, invece era lei a manovrarlo. E ripensò anche a Luise che ricostruiva per lei gli ultimi giorni di Aurora sulla terra. Agli aneddoti con cui la ragazza era riuscita a mitigare un poco la sua angoscia, rispondendo a una delle domande che l'angustiavano. Cioè se sua figlia fosse felice prima di morire.

Quando Aurora raccontava una delle sue barzellette, le altre non la smettevano di ridere.

Chissà se anche quella era una bugia per carpire la sua fiducia.

Alcune storielle erano parecchio sconce.

Aurora e le storielle sconce costituivano un accostamento inverosimile. Sarebbe dovuto bastare quel dettaglio per capire che qualcosa non quadrava nei racconti della ragazza. Ecco perché Serena ormai non credeva più a niente, anche se una parte di lei respingeva ancora la nuova verità. « Siete sicuri che le cose siano andate proprio in questo modo? »

« Luise Brun si rifiuta di parlare, ma Lorenz e Maier hanno confessato subito » affermò Gasser. « I tre l'hanno attirata a Vion inviandole il video dell'incendio di cui mi ha parlato la prima volta che ci siamo incontrati alla stazione di polizia. »

« Ha trovato quelle immagini? » chiese. Ricordava ancora l'espressione di Gasser quando non era stata in grado di mostrargli il video perché era stato sostituito da un vecchio spot pubblicitario di Vion. Adesso però era ansiosa di sapere se il filmato era autentico, oppure se la finestra della mansarda aperta era un trucco digitale.

« Ho visto le immagini » ammise il comandante. Poi prese un

tablet che aveva portato con sé. «È stata Luise a girare il video la notte dell'incendio, col suo telefonino.»

Ecco perché non c'erano i suoni dei soccorritori, si disse Serena.

Sullo schermo, iniziò a scorrere il filmato che lei ben conosceva. Anche se per rivederlo le bastava chiudere gli occhi.

Pure stavolta sembrava che la finestra della mansarda in cui dormiva Aurora fosse aperta.

«Vede? È come le dicevo» affermò lei, inquieta. «Come se lo spiega?»

«Il video è stato manipolato» le rivelò Gasser. «Nel senso che in quello che le hanno mandato mancava la prima parte. Però abbiamo trovato l'intera sequenza.» Il comandante fece scorrere le immagini all'indietro.

Adesso, sullo schermo del tablet, l'incendio imperversava ma la finestra era chiusa. Poi nella mansarda ci fu un breve scoppio. Lo spostamento d'aria provocò l'apertura di una delle ante.

«I vigili del fuoco di Vion mi hanno spiegato che, in gergo, si chiama effetto pop-corn. L'esplosione che ha visto è stata causata dal gas accumulato nella stanza. Di solito, il botto è abbastanza forte da mandare i vetri in frantumi... Ma stavolta non è andata così, ecco perché quei tre hanno potuto montarci sopra una bella storia.»

Serena era delusa e si vergognava per essere stata ingenua.

Gasser se ne accorse. «Chiunque sarebbe cascato nel tranello» provò a consolarla. «Quando è venuta da me, ho capito subito che il suo scopo era cercare di convincermi che sua figlia potesse essere ancora viva.»

Anche se Serena non l'aveva detto apertamente, era proprio così. Ma adesso tacque e lo lasciò continuare.

«Purtroppo, non ho mai nutrito troppe speranze al riguardo. E fra poco, anche lei capirà cosa intendo.»

A cosa si riferiva Gasser? Cosa avrebbe dovuto capire? «Me lo dica subito, per favore» lo supplicò.

«Tutto a suo tempo» le assicurò l'altro. Quindi proseguì con la ricostruzione. «Dopo che lei si è precipitata qui per cercare riscontri a quel video, è cominciata la recita di quei tre.»

Nella mezz'ora successiva, Gasser le spiegò come erano andati i fatti. E Serena li comparò con la propria esperienza diretta.

Il primo giorno, Luise l'attendeva fuori dalla stazione di polizia, ma solo per mostrarsi e poi scappare via. Quella sera stessa, la ragazza era riapparsa al residence e aveva iniziato a insufflare nelle orecchie di Serena il sospetto che dietro la fine di Aurora ci potesse essere un mistero che qualcuno cercava in tutti i modi di occultare. Lei rammentava ancora i discorsi riguardanti la porta sul retro aperta e la presenza di un intruso nello chalet la notte della tragedia. Così come ricordava le tende della portafinestra che Luise aveva astutamente tirato mentre lei era in bagno, come se temesse di essere vista da qualcuno. Nonché l'incursione del fidanzato minaccioso che l'aveva trascinata via per non farla parlare. Probabilmente era sempre lui che si nascondeva fuori, nella nebbia.

Le varie telefonate mute servivano per guidarla dall'ombra. I componenti della banda si guardavano bene dal parlarle durante le chiamate, perché lei avrebbe potuto riconoscerli dalla voce. D'altronde non avevano neanche bisogno di fornirle istruzioni, perché Serena si era rivelata subito intuitiva.

I tre sapevano che, prima o poi, lei sarebbe arrivata all'appartamento di Flora. E avevano preparato tutto per la sua visita. Il disordine, l'estratto conto in cui appariva l'acquisto di un biglietto aereo, l'album con le foto dei genitori morti dimenticato in un cassetto: quella messinscena era per Serena, non per le figure ignote da cui Flora diceva di sentirsi perseguitata.

Flora era comparsa al momento giusto, ma anche quello era stato calcolato.

Aveva salvato Serena dallo sconosciuto con la Opel verde che la stava inseguendo nei boschi, ma solo per carpire la sua fiducia. La ragazza le era sembrata sinceramente spaventata quando le aveva detto che era costretta a nascondersi. Le aveva fatto credere che entrambe stavano correndo un rischio, perché c'era un segreto che nessuno doveva sapere.

Aurora non era nel suo letto.

Ma il capolavoro della banda era stato l'uomo con la barba e il berretto rosso con la visiera. Era stato creato per indurre Serena a credere di avere a che fare con un unico individuo, quando invece dietro al fantomatico rapitore si celavano tre persone.

«Però come si spiega la presenza dell'uomo all'interno del disegno della compagna di Aurora?» chiese Serena, dubbiosa. Non riusciva a spiegarsi ciò che era accaduto il giorno della gita con la slitta, quando un individuo con quelle sembianze era apparso nel bosco mentre le bambine facevano merenda.

«Qualche giorno fa, lei è venuta da me per denunciare che qualcuno si era introdotto nel suo appartamento al residence mentre dormiva» le rammentò il comandante.

Serena era ancora in imbarazzo per la sortita alla chiesa pentecostale, quando aveva interrotto una funzione per raccontare l'episodio a Gasser. «Durante l'intrusione ero paralizzata sul pavimento, in stato di semi-incoscienza» confessò. «Ma sono sicura che ci fosse qualcuno con me» ribadì, riflettendo nuovamente sul dettaglio delle orme di scarpe bagnate sulla moquette marrone.

«Non ha pensato che l'intruso potesse essere entrato nel suo appartamento per aggiungere un personaggio al disegno della compagna di sua figlia?»

No, Serena non ci aveva proprio pensato. E adesso rammentò di essere stata proprio lei a menzionare a Luise i disegni delle bambine del convitto, raccontandole della lodevole iniziativa di rimpiazzare le foto ricordo della vacanza, scattate da Flora con la macchinetta digitale che poi era andata distrutta nell'incendio.

«Abbiamo trovato il famigerato berretto rosso e una barba finta» le rivelò Gasser. «Erano in una Opel verde parcheggiata in un vecchio fienile nella disponibilità dei truffatori.»

«Mi hanno incastrata per bene» affermò Serena.

«Lorenz è un poco di buono che passava gran parte del tempo a bighellonare nei bar. Piccoli precedenti per rissa e reati contro la proprietà. Luise Brun è stata espulsa da scuola per indisciplina e per aver dato una testata a una compagna. Flora Maier non è mai riuscita a risolvere i suoi problemi con la droga.»

«Non sembrano dei geni criminali, vero?» constatò Serena. «Mi paiono più che altro tre balordi.»

« I giovani da queste parti non hanno una grande scelta » ammise Gasser. « O se ne vanno, oppure trovano un impiego in una delle tante attività turistiche della valle. Senza sogni o ambizioni, il loro destino è segnato già prima dei vent'anni. »

Alla luce delle descrizioni del comandante, Serena considerò che la sua offerta di cinquecentomila euro di riscatto doveva essere sembrata quasi incredibile a quei tre. Probabilmente non avevano messo in conto un simile guadagno e si sarebbero accontentati di molto meno. Il suo istinto di broker stavolta non aveva funzionato. « Mi sono fatta fregare. » Serena ne era sempre più convinta.

« Non dovrebbe farsene una colpa » la consolò nuovamente il poliziotto. « Si sono approfittati del naturale stato di fragilità di una madre. »

Gli ho dato una mano anch'io con le mie dipendenze, pensò senza dirlo. Tutto questo non sarebbe accaduto se fossi stata lucida.

« Abbiamo iniziato a sospettare di quei tre dopo aver ricevuto una segnalazione da Berta Werlen » proseguì Gasser.

Serena capì che si riferiva alla responsabile del convitto. Non l'aveva mai vista, l'aveva sentita solo per telefono la notte dell'incendio.

Aurora sta bene.

La donna aveva fatto confusione fra il nome della figlia e quello della compagna Aurélie. E Serena non gliel'aveva mai perdonato.

« All'inizio, quelli della banda hanno cercato di coinvolgere anche Berta » le svelò il poliziotto. « È stata Luise a contattarla: non le ha spiegato esattamente cosa avesse in testa, ma le ha fatto capire che c'era da guadagnare un bel gruzzolo se fosse stata disponibile a interpretare un ruolo. »

A detta della stessa Luise, Berta adesso faceva la governante presso una famiglia a Ginevra. « Però è stato Adone Sterli ad avvertirvi di ciò che stava per accadermi stanotte » immaginò Serena.

« Ci ha informati in tempo » le confermò Gasser.

L'uomo col cappotto aveva tradito la sua fiducia. Aveva preso la decisione di parlare con la polizia dopo che lei gli aveva raccontato del Nokia e della telefonata muta con l'implicita richiesta di un riscatto.

Io non mi fiderei di uno come me.

Ma il rilegatore l'aveva fatto a fin di bene, Serena non poteva prendersela con lui. Soprattutto dopo che aveva rischiato in prima persona, andando a cercarla nel bosco. «Adone mi ha seguita, non è vero? Perché nessuno sapeva dell'appuntamento nella baracca abbandonata.»

«Sterli ha anche violato l'obbligo di dimora per venirle dietro» le rivelò Gasser. «Sta scontando ancora una condanna e, di regola, non potrebbe muoversi da casa dal tramonto fino all'alba.»

«Quanti incendi ha appiccato per meritarsi una pena che sembra non finire mai?» domandò provocatoriamente lei, pensando agli anni che il suo amico aveva già trascorso in carcere.

«Non sono solo gli incendi» rispose il capo Gasser. «Ma il resto è meglio che lo chieda a lui...»

Serena non colse il senso dell'ultima affermazione. Stava per pretendere altri lumi, ma il comandante disse qualcosa che mutò improvvisamente le sue priorità.

«Poco fa le ho detto che non ho mai creduto alla possibilità che sua figlia potesse essere sopravvissuta all'incendio. E c'è un motivo.»

Serena non capiva quale colpo di scena le stesse riservando Gasser. Una parte di lei aveva paura di saperlo.

«Ma non voglio semplicemente spiegarle cosa intendo» affermò il poliziotto, sempre più enigmatico. «È necessario che glielo mostri.»

4

Siccome i suoi abiti erano inservibili, l'ospedale le procurò una tuta, scarpe da ginnastica e una giacca imbottita. Serena avrebbe voluto passare dal residence per cambiarsi, ma al momento il posto era considerato una scena secondaria del crimine, poiché proprio lì era avvenuto l'arresto di Flora. Era lei che, attraverso il cellulare, le aveva fatto sentire il rumore del frigobar per convincerla che Aurora fosse nell'appartamento.

Perciò a Serena toccò seguire il capo Gasser con ciò che aveva addosso. Si trovavano a bordo di un'auto della polizia e stavano percorrendo una strada poco trafficata fuori dal centro abitato. Era stata tentata più volte di chiedere al comandante dove fossero diretti, ma poi aveva resistito. Svanita la speranza di riabbracciare Aurora, Serena si sentiva come svuotata o in balia degli eventi.

Perciò, qualunque cosa volesse mostrarle Gasser, lei era pronta.

Dopo una decina di minuti, avvistarono una strana struttura. Una specie di tendone bianco. In realtà, c'era solo il tetto poiché il perimetro era costituito da una semplice recinzione attraverso cui si poteva vedere cosa c'era all'interno.

Parcheggiarono davanti all'entrata. Scendendo dalla macchina, Serena notò che sotto la tenda erano ammassate tonnellate di detriti suddivise in cumuli: alcuni erano più piccoli, altri di grandi dimensioni. Su ogni mucchio era piantato un cartello con una lettera diversa.

Il tendone aveva la funzione di riparare il sito da eventuali intemperie.

Intorno a quei resti così classificati, erano all'opera donne e uomini in camice bianco, mascherina, guanti, copricapo di plastica e occhiali protettivi. Scandagliavano il materiale con appositi strumenti, controllando accuratamente ogni residuo.

Dal vago odore di plastica e gomma bruciate, Serena intuì di trovarsi di fronte a ciò che rimaneva dello chalet. Le macerie erano state portate lì per essere esaminate a dovere.

Fece un passo in avanti e le mancò il respiro.

«Non abbiamo mai smesso di cercare tracce di sua figlia» affermò Gasser alle sue spalle. «Ho provato a dirglielo il primo giorno, ma lei si è rifiutata di ascoltarmi.»

Aveva sottovalutato quell'uomo e la polizia di Vion. Adesso lo sconcerto e i sensi di colpa le attanagliavano lo stomaco. «Capisco perché mi ha portato qui» balbettò con un filo di voce, immaginando che l'altro avesse voluto impartirle una sorta di lezione. «Me lo merito.»

«Purtroppo, non è come crede» asserì inaspettatamente il comandante, il tono era mesto. Poi rivolse un gesto con la mano a uno dei tecnici della scientifica che, a sua volta, si recò subito in una roulotte parcheggiata accanto al sito.

Poco dopo, ne uscì portando una scatola di polistirolo.

Serena si domandò cosa contenesse. Ma aveva anche paura di saperlo.

«Ciò che stiamo per fare ha il valore di un riconoscimento ufficiale» la avvertì Gasser, aprendo il coperchio del contenitore.

Serena avrebbe fatto volentieri a meno di guardare.

Il poliziotto estrasse dalla scatola una bustina di plastica trasparente. Gliela mostrò. Conteneva uno strano frammento nero, piccolissimo.

«È un dente» le rivelò il comandante. «Incisivo laterale sinistro dell'arcata superiore» specificò. «Ed è stato rinvenuto una settimana fa.»

Serena osservò il reperto, stordita.

«Abbiamo verificato il dna» affermò Gasser, leggendole nel pensiero. «Mi dispiace» aggiunse, addolorato. «Apparteneva a sua figlia Aurora.»

5

Ricordava bene il giorno in cui una donna e un uomo in abiti borghesi, mai visti prima, si erano presentati a casa sua, a Milano. Avevano bussato alla sua porta e le avevano mostrato una richiesta della procura elvetica che stava conducendo le indagini sull'incendio di Vion.

Serena era stata preavvertita della loro visita. Portavano con sé una strana valigetta.

Successivamente, i due avevano prelevato uno degli spazzolini da denti di Aurora dalla mensola del bagno, quello con sopra Winnie the Pooh, nonché alcuni capelli biondi della bambina da una spazzola rosa. Infine, avevano chiesto il permesso di infilare in bocca a Serena una specie di lungo cotton fioc. Lei aveva acconsentito. Diligentemente, era rimasta con le mascelle spalancate per permettergli di raccogliere dalla mucosa delle guance tutto il materiale organico necessario a un'eventuale comparazione del dna.

Il disbrigo delle operazioni, compresi i convenevoli, aveva richiesto appena una ventina di minuti. Poi i due estranei si erano congedati portandosi appresso il tampone e i reperti, chiusi nella strana valigetta.

Questo era avvenuto a una settimana esatta dal rogo nel convitto.

Durante l'esecuzione della procedura, nessuno aveva accennato al motivo per cui la stessa avrebbe dovuto essere eseguita. Era tutto scritto nei documenti giudiziari, perciò non c'era bisogno di menzionare il fatto che si trovavano lì perché una bambina di sei anni era probabilmente morta carbonizzata.

Nessuno aveva espresso a Serena il proprio cordoglio o si era sentito in dovere di dire qualcosa per alleviare quantomeno il disagio di dover subire anche quel trattamento.

In fondo, il prelievo di campioni organici era solo una formalità. Una delle tante che le sarebbe stato chiesto di espletare da allora in poi e che rientravano nell'iter che si attivava in maniera automatica in seguito a una morte violenta. E lei aveva imparato presto a non farsi influenzare troppo dalla freddezza o dalla mancanza di empatia che di solito accompagnavano quegli atti.

Ma mai e poi mai Serena avrebbe immaginato che un giorno qualcuno le avrebbe esibito un dente di sua figlia, annerito dalla fuliggine, per dimostrarle che alla fine il processo burocratico si era rivelato efficiente.

Ancora una volta, l'esistenza di Aurora non veniva contemplata.

Quel dente le stava già per cadere oppure le era stato strappato dalla gengiva dalla furia del fuoco? Nessuno avrebbe mai risposto alla domanda, che però per Serena era essenziale. Perché sussisteva una differenza notevole fra le due cose. Nel secondo caso c'era una sofferenza da aggiungere alle altre, mentre Aurora bruciava viva.

Adesso Serena non ce la faceva a starsene da sola con quell'idea fissa nella testa. Così, dopo aver visitato il sito con le macerie dello chalet, si era fatta accompagnare da Gasser al proprio fuoristrada, ancora parcheggiato nei pressi del bosco in cui aveva rischiato di essere ammazzata. Si era messa alla guida del mezzo, anche se il costato le faceva male e non riusciva a sollevare bene le braccia per impugnare lo sterzo.

C'era un unico posto dove potesse e volesse andare.

Adone le aprì la porta. Era diverso. Non aveva il cappotto e nemmeno il cappello di lana. Indossava una camicia di flanella a scacchi rossi, con le maniche arrotolate fino ai gomiti, e pantaloni di velluto beige. Vestito così, sembrava quasi un'altra persona. Si passò una mano nella chioma in disordine. «Come stai?» le chiese.

«Adesso meglio» gli rispose Serena, domandandosi se lui riuscisse a leggerle negli occhi quanto avesse bisogno di vederlo.

«Aurora è morta» disse. Era la prima volta che pronunciava quella frase. Ma non era stato doloroso come immaginava. Allora Serena si rese conto di aver sempre saputo la verità. Se non fosse stato così, ora sarebbe caduta di nuovo in preda alla disperazione. Invece quella consapevolezza aveva agito dentro di lei, inconsciamente, per tanto tempo.

E adesso Serena era preparata.

La parola *dispersa* poteva essere disgiunta dal nome della figlia. E tutto aveva finalmente un senso. Perfino la finestra aperta della mansarda dello chalet era tornata a essere una mera e beffarda casualità.

Uno scherzo del suo universo sbagliato. Niente di più.

Adone non commentò. Come sempre, si voltò per tornare all'interno della baita. E, come al solito, lei lo seguì.

Nel laboratorio di libri usati, c'era sempre odore di colla vegetale. Nell'aria densa di polvere di carta, volava una falena. Serena la invidiò per un momento. Così ignara, così imperturbabile. Ma poi si ricordò di essere un altro tipo di insetto.

Un lombrico che si era riprodotto per partenogenesi, dando vita a una bambina identica a sé e con una montagna di riccioli biondi.

Intanto, il rilegatore si era avvicinato al bancone su cui c'era la cassa di legno intarsiata con dentro la speciale collezione di segnalibri. Serena avrebbe trascorso volentieri ore a decifrare quei reperti provenienti dalla vita di perfetti sconosciuti, solo per apprendere un pezzo della loro storia e così dimenticarsi della propria.

Accanto alla scatola, però, c'era qualcos'altro. Un foglio che poi Adone le porse. «Penso che questa debba tenerla tu.»

Lei riconobbe la lettera che aveva lasciato sul tavolo dell'appartamento del residence prima di recarsi nei boschi. Se la infilò subito in tasca, con l'intenzione di farla sparire. «Avrai pensato che sono una stupida» affermò, supponendo che lui l'avesse letta.

«C'è un errore» asserì Adone.

Stupita dall'affermazione, si chiese a cosa si riferisse e perché fosse rilevante.

«Io e mia sorella non ci parliamo più, ma tu hai scritto che lei non vuole farmi incontrare la mia nipotina» puntualizzò l'uomo.

Serena ricordava quel passaggio della missiva, appuntato in un post scriptum.

«Mia sorella ha la sua fede e le sue convinzioni, ed è molto dura con me» ammise l'altro.

Serena rammentò lo sguardo inflessibile della donna bionda coi capelli corti, il sabato in cui lei aveva interrotto la funzione della chiesa pentecostale in cerca del capo Gasser.

«Però la decisione è stata mia» chiarì Adone. «Sono io che non voglio che mia nipote sappia di me.»

Era stata la cassiera dell'emporio a riferirle il contrario, Serena si sentì mortificata per aver creduto al pettegolezzo. Ma adesso la questione era un'altra e sembrava che il suo unico amico stesse cercando di dirle qualcosa. «Perché non vuoi che tua nipote sappia di avere uno zio?»

«Tu non conosci tutta la storia.»

Serena rammentò le parole di Gasser. Quando aveva domandato provocatoriamente al capo della polizia quanti roghi avesse appiccato Adone per meritarsi una pena che sembrava non finire mai, il poliziotto le aveva risposto che non si trattava solo degli incendi.

Ma il resto è meglio che lo chieda a lui...

«Non ho mai voluto fare male a nessuno» ribadì Sterli, rievocando i suoi trascorsi da piromane. «Quel giorno, avevo già disposto i miei ordigni fra gli alberi» aggiunse, cominciando a rievocare un episodio del passato. «Di solito, sceglievo un posto sicuro per guardare quando si sprigionavano le fiamme. Cercavo sempre di rimanere il più possibile per ammirare l'esibizione della bestia. Quel giorno sono stato lì parecchio, me lo ricordo. E, proprio quando me ne stavo andando, mi sono ritrovato davanti quell'uomo.»

Adone abbassò lo sguardo sul pavimento. Sembrava perso. Serena era spaventata dal resto del racconto, anche se non lo aveva ancora sentito.

«L'escursionista era a pochi metri da me, ma ci separava un

muro di fuoco. Non immaginava chi fossi e continuava a chiedere il mio aiuto. Io non potevo raggiungerlo, però ci ho provato. Giuro che ci ho provato.» Sollevò le mani coi guanti neri che nascondevano le cicatrici. «La bestia se l'è preso davanti ai miei occhi» disse. «Non scorderò mai lo sguardo di quell'uomo mentre annegava fra le fiamme.»

Serena poteva quasi vedere il poveretto che annaspava mentre il fuoco lo trascinava verso il basso. Adone Sterli non era di molte parole, ma possedeva quelle dei libri e ogni volta cercava di scegliere la più appropriata. Per questo lei lo rispettava. Gli si avvicinò. Gli posò una mano sulla guancia. «Non sono in grado di giudicarti» gli disse, accarezzandolo. «E non credo nemmeno di volerlo fare.»

Lui annuì, sempre senza guardarla.

Poi Serena gli sollevò il mento, per invitarlo a fissarla. E, visto che erano in vena di confessioni, anche lei aveva un segreto da rivelare.

«Ti ho già detto che non volevo Aurora, che stavo per darla in adozione. Poi sono stata costretta a tenerla ma, dopo averla partorita, mi sono comunque rifiutata di allattarla. Non mi sentivo adatta, né mentalmente preparata. Ma forse era solo per ripicca, perché Aurora mi aveva obbligata a essere sua madre e allora io non ero capace di andare oltre un puro impegno formale.» Serena scosse il capo, divertita da quel ridicolo pensiero. «Le puericultrici mi avevano rassicurata dicendomi che il rifiuto di allattare è più frequente di quanto si pensi. Alla bambina avrebbero dato il latte artificiale, sarebbe cresciuta lo stesso forte e sana ma, soprattutto, mi dissero che mia figlia non avrebbe mai notato la differenza... Solo che nessuno aveva ancora fatto i conti con Aurora. Infatti, contrariamente a ciò che avveniva di solito, lei rifiutava di alimentarsi con qualsiasi surrogato.» Serena ricordava bene quei momenti. «Così, per evitare che Aurora morisse di fame, accettai di attaccarmela al seno.» Se si concentrava, poteva ancora avvertire la sensazione delle piccole labbra che stringevano i suoi capezzoli. «Aurora iniziò a nutrirsi. Anzi, cominciò a sfamarsi con voracità a ogni ora del giorno e della notte. Quel comportamento sorprese tutti, ma non me.

Avevo imparato a conoscere la determinazione di quell'esserino mentre ancora lo portavo in grembo. Però, con l'ennesima presa di posizione, Aurora voleva farmi capire che ormai noi due eravamo una cosa sola, che non c'era modo di evitarlo e che niente e nessuno avrebbe sciolto il nostro legame.» Serena ribadì: «*Mai più*». Poi si incupì. «Dopo la notte dell'incendio, ogni volta che sogno Aurora mi risveglio con il seno bagnato. All'inizio mi era sembrato orribile, quasi mostruoso. E poi non allattavo più mia figlia da anni, come era possibile? Ma dopo mi hanno spiegato che è naturale, che è un residuo dell'istinto materno comune a tutte le donne che perdono una figlia o un figlio ancora piccoli. È come se il corpo avvertisse ancora l'esigenza di provvedere alla sopravvivenza della prole. Ma io credo che esista anche un'altra spiegazione.» Fece una pausa. «Ho ripensato ai miei giorni nel reparto di maternità, ad Aurora che mi ha forzata ad allattarla e al nodo che ci ha unite da allora. Così adesso, ogni volta che la sogno e mi sveglio bagnata, sento che è come se ci fosse una specie di collegamento con l'aldilà. Ed è proprio la mia bambina che, nel sonno, mi chiede di essere nutrita perché ha ancora bisogno di me... Sono certa che in quei momenti Aurora è vicina, *molto vicina*.»

Adone sembrava colpito dalla sua storia, quasi turbato.

Serena invece aveva riguadagnato un po' di tranquillità e sorrise. Ma poi qualcosa sul suo volto si spense di nuovo. «Il problema è che da un po' di tempo non ricordo più i sogni con Aurora. E mi risveglio solo con i vestiti bagnati. E lo odio. E mi odio.»

Seguì un silenzio che sembrava fatto di cristallo. Qualunque suono, anche il più piccolo rumore, rischiava di farlo infrangere. Ma adesso era perfetto.

Fu allora che, senza accorgersene, Serena si ritrovò a contatto con le labbra di Adone. Non avrebbe saputo dire chi dei due avesse preso l'iniziativa. Però successe. E lei chiuse gli occhi.

Dopo quel lungo bacio, lei gli prese le mani e gli sfilò i guanti. Lui non voleva, ma lei lo costrinse ad accarezzarle il viso. Poi iniziarono a togliersi gli abiti, aiutandosi a vicenda. E si diressero insieme verso il letto che stava accanto al camino spento.

Cominciarono a fare l'amore senza dirsi nemmeno una parola. Adone si piazzò sopra di lei e Serena dimenticò il dolore alle costole perché lui, vedendo le bende che le fasciavano i fianchi, fu molto attento a non farle altro male. Non avrebbe mai immaginato che il piromane fosse un amante gentile. Le baciava il collo, le spostava i capelli con le dita, cercava costantemente il suo sguardo. Era come se, con tutte quelle attenzioni, lui volesse in qualche modo guarirla. Sapevano entrambi che non era possibile, ché certi dolori non passano mai. Ma Serena era felice che lui ci stesse almeno provando.

Quando stavano per raggiungere il culmine del piacere, lui si staccò da lei, emise un gemito strozzato ed eiaculò sulla coperta. Serena comprese subito il motivo. Adone voleva che ogni cosa che lo riguardava finisse con lui. Non avrebbe mai accettato l'idea di un figlio. Non dopo ciò che aveva fatto. Serena era d'accordo. Lo attirò di nuovo a sé, ma solo per stringerlo. Lui appoggiò il capo sul suo ventre.

Entrambi sazi l'uno dell'altra, precipitarono abbracciati in un sonno senza sogni.

6

All'alba del giorno successivo, Serena si sciolse dall'abbraccio di Adone e scivolò via dalle coperte stando attenta a non svegliarlo. Raccolse i vestiti e si avvicinò al cane nero. Non aveva mai chiesto al suo padrone come si chiamasse, ma alcune relazioni affettive non avevano bisogno di formalità. Così accarezzò il muso dell'animale, sperando che non abbaiasse. Aveva intenzione di incamminarsi verso l'uscita della baita senza fare rumore.

Però, quando si voltò ancora verso il letto, Adone la stava fissando. Si guardarono per un po', in silenzio. Sapevano entrambi che non si sarebbero mai più rivisti.

Poi Serena si avviò. Una volta fuori dalla casa, s'incamminò nell'aria fresca del mattino. Salì sul fuoristrada e si allontanò.

Arrivò al residence verso le otto. I poliziotti avevano terminato i rilievi e se n'erano già andati da un pezzo.

Anche Serena non aveva più alcun motivo di restare lì.

Si cambiò i vestiti, indossando jeans, T-shirt e una felpa scura col cappuccio. Recuperò il resto della sua roba e infilò tutto nello zaino insieme al computer portatile. Era un po' intontita dall'astinenza di alcol e farmaci, ma stranamente stava reagendo bene.

Il solo pensiero di un altro *teddy-bear* le provocava la nausea.

Prima di richiudersi alle spalle la porta della tana che l'aveva ospitata per settimane, salutò con una pacca il piccolo frigobar che russava come sempre.

Mentre camminava nel parcheggio deserto del residence, diretta nuovamente alla propria vettura, prese lo smartphone dalla borsa per effettuare una chiamata. Dopo un paio di squilli, le rispose una voce assonnata.

Lei si presentò.

«Buongiorno» disse l'uomo all'altro capo della linea. Nonostante si fossero visti solo una volta, l'aveva riconosciuta subito.

Meglio così, pensò Serena. Avrebbe reso più facili le cose. «Un anno fa, lei e suo marito avete adottato il mio gatto.»

«Pepe» disse quello, per confermarglielo.

«Gaspare» lo corresse Serena. «Detto anche Gas.» Detestava sempre quell'animale, ma ancor di più l'idea che gli avessero cambiato nome.

«Che succede?» chiese l'uomo, sospettoso.

«Lo rivorrei indietro» dichiarò Serena, senza troppi giri di parole.

L'altro tacque per un lungo momento. «Come ha detto, scusi?»

«Sarò a Milano verso mezzogiorno e passerò da casa vostra per riprendermelo, grazie.»

«Lei non può farlo» ribatté quello, scandalizzato.

«Sì che posso: le vaccinazioni sono a mio nome e poi non l'avete mica comprato» gli fece notare. «Possiamo affermare che vi ho chiesto di occuparvene in mia assenza e per questo sono disposta a riconoscervi una somma che compensi il disturbo.»

L'uomo stava per protestare, ma Serena lo anticipò con un'offerta.

«Vanno bene cinquemila euro?»

Silenzio. «Le do l'indirizzo.»

Qualche minuto dopo, Serena era di nuovo a bordo del fuoristrada e guidava seguendo le indicazioni che conducevano fuori dalla valle di Vion.

Provava una strana pace interiore, mai sperimentata prima. Una sorta di armistizio col dolore.

Non sapeva quanto sarebbe durata la sensazione, non s'illudeva che fosse eterna. Non ci si sbarazzava così facilmente dei propri demoni. Ci sarebbero state altre battaglie, lo sapeva. Ma l'idea che potessero esserci anche momenti di tregua era confortante.

Ignorava cosa sarebbe accaduto nella sua vita dal giorno dopo. Al momento, aveva solo il desiderio di tornarsene a Milano e provare a farsi benvolere dal gatto che la odiava. E in fondo, dopo Adone Sterli, il futuro era tornato a essere un'incognita affascinante.

Era innamorata del piromane. Ne era certa. E con la medesima sicurezza sapeva che era impossibile stare insieme. La cosa avrebbe dovuto renderla infelice. Ma Vion le aveva insegnato una lezione importante.

Serena aveva imparato a rassegnarsi.

Per esempio, adesso sapeva che Aurora sarebbe stata una presenza costante nel resto della sua vita, ma forse col tempo lo spirito della figlia avrebbe trovato il proprio posto, nella terra di mezzo fra le cose dei vivi e il mondo dei ricordi. La tristezza si sarebbe tramutata in nostalgia. E sua madre avrebbe continuato a scorgerla dove gli altri non potevano vederla.

Con la sua montagna di riccioli biondi, mentre si librava con le sue ali di fata farfalla, quelle con cui aveva preteso di addormentarsi l'ultima sera al convitto e che erano bruciate insieme a lei.

Mentre si apprestava a lasciare la vallata, Serena diede un'occhiata alla lancetta del carburante. Il serbatoio era pieno per metà, ma prima o poi avrebbe dovuto comunque fermarsi a una stazione di servizio, altrimenti non ce l'avrebbe fatta ad arrivare a Milano. Siccome poco più avanti s'intravedeva l'insegna di una pompa di benzina, Serena stabilì di anticipare la sosta.

Accostò in un piazzale ghiaioso, sotto una pensilina arrugginita. Aveva il dubbio che l'impianto fosse abbandonato, ma decise di scendere comunque dalla macchina.

Per prima cosa, cercò con lo sguardo un addetto al rifornimento. Non lo trovò, ma era disponibile il self-service.

Si avvicinò alla colonnina in cui si inseriva il denaro per pagare il carburante. Funzionava ancora. Ma, siccome era un modello obsoleto, non accettava carte di credito. Inoltre, continuava a risputare le banconote con cui Serena cercava d'imboccarla. Dopo diversi tentativi, riuscì a farsi accreditare una cinquantina di franchi. Alla fine, estrasse dalla pompa la pistola del diesel, andò a infilarla nel fuoristrada e la azionò. I numeri dei contatori iniziarono a girare con una lentezza esasperante.

Mentre attendeva la fine dell'operazione, Serena si guardava intorno. La pompa di benzina era in mezzo al nulla. Infatti, gli unici suoni erano prodotti dal carburante che scorreva nel serbatoio e dal vento che scuoteva le chiome degli alberi.

Ogni tanto, dai rami cadeva un po' di neve ghiacciata che si infrangeva al suolo come vetro.

Era iniziato il disgelo che precedeva la primavera, di lì a poco la valle sarebbe tornata a essere verde. Però al momento il paesaggio era maculato. Spazi bianchi si alternavano a chiazze marroni.

Mentre contemplava il panorama, Serena provò una vertigine improvvisa, accompagnata da un calore istantaneo ma anche da un brivido.

Come reazione, si chinò portandosi le mani al seno.

La sensazione durò meno di tre secondi. Poi Serena abbassò lo sguardo e si accorse che la T-shirt sotto la felpa era bagnata.

Era la prima volta che le accadeva da sveglia. La cosa le provocò una certa agitazione. Di solito, Aurora si avvicinava a lei dal mondo dei morti attraverso i sogni. Serena si domandò perché le stesse capitando proprio adesso.

Era come se qualcosa volesse trattenerla a Vion.

Turbata da quel pensiero, alzò gli occhi al cielo, elevando una specie di preghiera all'invisibile. Era convinta che, ovunque fosse la sua bambina, se la sarebbe saputa cavare da sola.

Sono un lombrico, si disse. Perciò sei forte come me. Adesso però devi lasciarmi andare.

Si tirò su la cerniera della felpa col cappuccio per coprire la T-shirt bagnata. Anche se non aveva completato il rifornimento, sfilò la pistola del diesel dal bocchettone del serbatoio e la riposizionò sulla pompa. Quindi rimontò in fretta sul fuoristrada.

Mise in moto e accelerò, allontanandosi dalla stazione di servizio.

Un'altra folata d'aria transitò sul piazzale di ghiaia, sollevando una nuvola di polvere. Poi il vento andò a intrufolarsi nella chioma di un albero che si trovava a una decina di metri di distanza dalla pensilina. Lo scuotimento fece cadere un po' di neve che si era accumulata sulla pianta durante l'inverno, scoprendo uno strano manufatto impigliato in un ramo.

Due ali di tulle blu, ormai sciupate, con all'interno un'anima di fil di ferro. Erano legate a un pezzo di spago, come se qualcuno le avesse trasformate in una specie di aquilone. All'altro capo della cordicella era annodata una ciocca di capelli biondi.

IL MAGICO VILLAGGIO DI NOIV

1

«Il primo giorno è normale provare un po' di nostalgia di casa» le spiegò Walter l'autista, sbirciandola dallo specchietto retrovisore della sua macchina che sembrava proprio un salotto. «Però sono sicuro che ti divertirai.»

Era quello che le dicevano tutti. E Aurora non capiva come potessero saperlo.

Come sempre, Walter l'autista le aveva apparecchiato il portavivande accanto al sedile con una bottiglietta di acqua naturale, gommose alla frutta, gel lavamani e salviette per rinfrescarsi al profumo di lavanda. Le aveva caricato un paio di film da guardare sulla piccola tv che appariva davanti a lei semplicemente spingendo un bottone, ma al momento Aurora non ne aveva voglia.

Era una bella domenica d'inverno e il viaggio aveva come destinazione un paese di montagna che si chiamava Vion.

Walter l'autista era gentile. Sua madre lo chiamava sempre quando dovevano andare in aeroporto. Lui veniva a prenderle pure quando tornavano con l'aereo da qualche posto.

Aurora era contenta di vederlo e ormai lui conosceva bene i suoi gusti. Per esempio sapeva che non le piacevano le gommose al limone. Allora adesso le faceva trovare solo quelle alla fragola e all'arancia, che invece erano le sue preferite.

Anche Aurora sapeva molte cose di lui. Che metteva sempre la giacca blu, la cravatta e anche il dopobarba. Che aveva due figli, un maschio e una femmina che però erano grandi e frequentavano l'università. Che andava sempre allo stadio e tifava per l'Inter. Che ogni tanto in macchina gli piaceva ascoltare una cantante con una voce bellissima, ma che non si faceva vedere in giro da tanti anni e che si chiamava Mina, come sua moglie di cui era innamorato fin da giovane.

Una delle frasi preferite di Walter l'autista era: «Lo sai chi è salito su questa macchina qualche giorno fa?» Poi le dava degli indizi per indovinare. Di solito si trattava di qualche vip o di un personaggio della televisione. Lei, però, conosceva solo gli youtuber ma a Walter l'autista non era ancora successo di doverne portare uno in qualche posto.

Da qualche mese, Aurora frequentava una scuola inglese e quando pioveva Walter l'autista l'accompagnava all'ingresso o veniva a prenderla all'uscita. Oppure la portava alle feste di compleanno delle amichette e poi aspettava fuori finché la festa non finiva.

Insieme alla tata Mary, Admeta la signora delle pulizie, Porzia la cuoca, Armando il portiere e Fabrizio l'assistente personale di sua madre, Walter l'autista andava a comporre quella specie di tribù che Aurora si era ritrovata intorno fin da piccolissima.

E siccome sua madre Serena non le aveva mai presentato alcun parente, né le aveva mai parlato di nonni, zii o cugini, lei considerava quegli estranei alla stregua di familiari. E, anche se sapeva che poi quelli a loro volta avevano mariti o mogli, figlie e figli, era come se per Aurora quei legami affettivi non esistessero, perché non aveva mai visto quelle persone. E non immaginava nemmeno che, nel computo degli affetti, quegli sconosciuti fossero più importanti di lei. Non aveva idea che sua madre pagasse quella gente per occuparsi delle loro necessità. Il fatto che fossero gentili con lei, per Aurora dipendeva solo dal fatto che le volevano bene.

Aveva sei anni e, in quell'occasione, Serena l'aveva affidata alle cure dell'autista e quella era la prima volta che lei e Walter facevano un viaggio da soli. Per Aurora lui rappresentava una specie di zio. Pensandoci bene, le sarebbe piaciuto chiamarlo così. Ma era troppo timida per azzardarsi a farlo. Avrebbe dovuto essere lui a proporglielo. Sperava sinceramente che lo facesse, prima o poi.

Il viaggio in auto senza Serena non era l'unica novità. Perché era anche la prima volta che Aurora dormiva da sola lontano da casa. Fra l'altro, avrebbe dovuto condividere quell'esperienza con altre bambine che non conosceva.

Era terrorizzata dall'idea di non risultare simpatica alle compagne.

Aveva sentito dire da uno youtuber che seguiva spesso che esistevano dei trucchetti per farsi dei nuovi amici. Secondo questa teoria, il modo migliore per conquistare qualcuno era farlo ridere. Così Aurora aveva deciso che avrebbe raccontato delle barzellette. Dopo una rapida ricerca in rete, aveva trovato delle storielle che poi aveva memorizzato, esercitandosi perfino a inscenarle davanti a uno specchio. Di alcune le sfuggiva il senso, come quella del prete o quella del cacciatore di leoni. Ma il sito su cui le aveva lette garantiva «risate a crepapelle» e allora lei aveva imparato anche quelle che non capiva.

Sebbene nel segreto della sua cameretta le fosse sembrato che l'esibizione funzionasse, in pubblico sarebbe stata un'altra cosa. A parte sforzarsi di non arrossire, avrebbe dovuto superare la propria insicurezza.

Forse stavolta le sarebbero tornati utili i suoi «capelli da clown», come li aveva definiti qualche tempo prima un perfido compagno di scuola. La chioma di riccioli biondi era il suo orgoglio ma anche la dannazione di sua madre che non riusciva a trovare un parrucchiere abbastanza bravo da riuscire a pettinarla. Nondimeno, al resto del mondo i suoi capelli suscitavano subito simpatia.

Altro punto critico della vacanza in montagna era rappresentato dal fatto che avrebbe dovuto dormire in stanza da sola. Avrebbe preferito avere compagnia. Invece, nello chalet esclusivo in cui stava andando, ogni giovane ospite aveva la propria suite.

Aurora di solito si addormentava insieme a Gas. Il suo gatto le sarebbe mancato da impazzire. Lui e la madre non andavano per niente d'accordo e lei temeva che, in sua assenza, i rapporti sarebbero peggiorati.

Infine c'era il problema dello sci. Aurora non aveva mai sciato, temeva di non essere capace e di fare brutta figura. Al solo pensiero, le batteva forte il cuore e le sudavano le mani.

Proprio non capiva perché le fosse stato imposto il campus in Svizzera.

«Ti divertirai» aveva sentenziato Serena, mentre un paio di settimane prima facevano colazione sedute al grande tavolo della cucina.

Sua madre detestava la neve, perché invece a lei doveva piacere per forza? Le sembrava una specie di punizione.

Ma di tutte queste cose era impossibile parlare a casa. Con Serena era vietato lamentarsi. Così come era proibito mostrarsi troppo sdolcinati.

La sera prima della partenza, Aurora avrebbe voluto sgattaiolare nel lettone e farsi abbracciare dalla madre per tutta la notte. Ma poi si era trattenuta, perché gli abbracci erano merce rara nel loro ménage. Quei pochi di cui conservava memoria si erano rivelati goffi, sterili e fugaci. Ad Aurora sembrava sempre di essere abbrancata più che abbracciata. Il tutto era accompagnato solitamente da baci sfioranti sulla fronte o da rapidissimi «guancia a guancia».

Per portarsi appresso almeno un'illusione di contatto, poco prima che Walter l'autista passasse a prenderla per portarla in Svizzera, Aurora si era intrufolata nella stanza di Serena con una sciarpa che poi aveva cosparso di nascosto di Baccarat Rouge 540, il profumo preferito della madre. Poi aveva occultato l'indumento in fondo al trolley, con l'idea di stringerlo a sé per addormentarsi nelle sette notti che avrebbe dovuto trascorrere tutta sola nella suite di Vion.

«È quello lo chalet» le annunciò Walter l'autista, indicandole qualcosa davanti al parabrezza della macchina-salotto.

Erano entrati da poco in un villaggio che ricordava l'illustrazione di una fiaba.

Aurora si sporse per guardare meglio e vide una bellissima casa di tre piani che sembrava intagliata nel legno, con il tetto spiovente e le finiture rosse. Dietro i vetri era custodita una luce dorata e la neve tutt'intorno era bianchissima.

Ti divertirai.

Chissà se mamma ha ragione, pensò Aurora, sollevando lo sguardo alla finestra della mansarda.

2

Tutte le altre undici bambine avevano esperienza di periodi trascorsi lontane da casa.

Aurora aveva fatto l'amara scoperta appena arrivata. E non poteva nemmeno usare la scusa di essere ancora troppo piccola: c'erano due bambine che avevano, rispettivamente, tredici e diciotto giorni meno di lei.

Le compagne provenivano da Milano. Serena le aveva assicurato che non si conoscevano fra loro. Invece erano già state al convitto l'anno prima. Perciò, Aurora aveva dovuto assistere agli abbracci festosi delle amichette che si ritrovavano e rinnovavano riti e consuetudini passate.

A cena era rimasta in disparte, e così anche durante i giochi serali. In verità, aveva provato ad abbozzare qualche approccio. Tuttavia, i tentativi erano miseramente falliti perché non aveva ricordi o aneddoti da condividere.

Almeno le tutor non sembravano tanto male. La sua preferita era Luise, che era molto affettuosa. Poi veniva Flora, una mattacchiona. Berta invece le era parsa subito seriosa e distaccata.

Giunta l'ora di andare a dormire, Aurora era sconfortata. Nel chiuso della mansarda le era uscito tutto il magone accumulato. Le mancava Gas e le mancava sua madre. Serena aveva telefonato prima di cena per sapere come stesse. Quando gliel'avevano passata, Aurora aveva raccontato per sommi capi il primo impatto col convitto. Siccome era troppo vigliacca per confessare come stessero realmente le cose, aveva provato a farle capire fra le righe il suo vero stato d'animo, sperando che la madre trovasse una soluzione. Avrebbe voluto sentirsi dire che Walter l'autista sarebbe arrivato il giorno dopo per riportarla a casa. Invece Serena le aveva posto solo qualche vaga domanda, accettando risposte di circostanza senza cogliere il suo grido silenzioso.

Ma dopo, nel letto, Aurora non ce l'aveva fatta più a trattenersi. All'idea di dover stare lì un'intera settimana, aveva affondato la faccia nel cuscino scoppiando in un pianto sommesso e poi aveva faticato ad addormentarsi.

La prima notte era trascorsa fra numerosi risvegli e sonni agitati. La mattina dopo, a colazione, era stremata. Però, nel tentativo di farsi forza, si era detta che forse le cose sarebbero migliorate andando a sciare in gruppo. Lo sport favoriva i rapporti fra le persone, sua madre glielo ripeteva spesso.

Viceversa, nel suo caso la situazione era addirittura peggiorata, trasformandosi in un vero e proprio incubo.

Infatti, dopo essere state condotte sulla pista con la funivia, Aurora aveva appreso che, a differenza sua, le compagne del campus erano sciatrici provette. E, siccome lei aveva bisogno dei primi rudimenti, era stata affidata alle cure di un'insegnante che le avrebbe fatto lezioni individuali.

Aurora era consapevole che tutto ciò l'avrebbe isolata ulteriormente dalle altre, tuttavia aveva deciso di impegnarsi il più possibile per recuperare rapidamente il gap che la separava dalle compagne più esperte ed essere così aggregata il prima possibile al resto del gruppo.

Invece aveva passato l'intera mattinata a cadere sul sedere.

Dopo due lunghissime ore di inutili tentativi di restare in equilibrio, anche la maestra di sci si era arresa. Le aveva comunicato con un sorriso che per quel giorno poteva anche bastare, quindi l'aveva spedita nel rifugio per riporre sci e scarponi.

Nello spogliatoio, Aurora era sola e avvilita. Le era stato detto che avrebbe dovuto attendere che le altre terminassero, per poi tornare tutte insieme allo chalet. E ci sarebbe voluta almeno un'altra ora. Per tutta la mattina, mentre lei si cimentava con un percorso per dilettanti, le aveva viste sfrecciare sulla pista grande. Era stata costretta a sentire le loro grida divertite.

Era lì da meno di un giorno e già odiava ogni cosa. E doveva starcene altri sei!

Dopo essersi sfilata gli scarponi e averli lanciati insieme a guanti e casco all'interno dell'armadietto, si infilò i doposci e corse a nascondersi nella toilette riservata alle bambine.

Vedendosi riflessa nello specchio che stava sopra i lavandini, con indosso la tuta da sci che la faceva sembrare grassa e goffa, scoppiò di nuovo in lacrime. Provava pena per l'Aurora che aveva davanti. E più la vedeva piangere, più le veniva da piangere. Ma l'effetto era anche grottesco: con quella montagna di capelli sembrava un clown triste, perfetto per scatenare l'ilarità degli altri.

Allora andò a rinchiudersi in uno dei cubicoli. Si sedette sulla tazza del water e continuò a disperarsi. Dal momento in cui era arrivata al campus aveva perso il conto delle volte in cui si era ritrovata in quello stato.

Nel bagno c'era un fastidioso odore di detergente per pavimenti. I suoi singhiozzi riecheggiavano fra le piastrelle bianche, insieme al gocciolio di uno sciacquone rotto. L'unica consolazione era che nessuno potesse vederla o sentirla. O almeno, così immaginava. Perché, in realtà, non aveva controllato.

Non può essere, si disse. Sarebbe stato decisamente troppo.

Colta da un'ansia improvvisa, si asciugò in fretta le lacrime con le maniche della tuta e si alzò per verificare che fosse davvero sola. Aprì l'uscio di uno spiraglio e vi infilò la testa per sbirciare.

C'erano altri tre cubicoli accanto al suo. Due a destra, che erano vuoti. E uno a sinistra, che invece era chiuso. Sulla porta c'era un cartello: GUASTO. Era da lì che proveniva il rumore dello scarico rotto.

Però Aurora notò lo stesso un'ombra sotto la sottile soglia della porta. La sagoma di una presenza che, tuttavia, era immobile.

Rimase ad aspettare che si muovesse. Ma per dei lunghissimi secondi non accadde nulla. Allora pensò che era impossibile che fosse una persona. Forse era solo una sua impressione. Si disse che, in realtà, non c'era nessuno in quel gabinetto. Ma si sentiva lo stesso a disagio.

Pur rifiutandosi di assecondare quello stupido timore, preferì tornare nello spogliatoio. Si sarebbe infilata sciarpa e cappello e sarebbe andata fuori ad aspettare il ritorno delle compagne. Ma arrivata nuovamente davanti al suo armadietto aperto, vide qualcosa che prima non aveva notato.

Su un ripiano c'era un sacchetto di carta. Era bianco e anonimo, chiuso accuratamente.

Aurora prese la busta, chiedendosi cosa contenesse. Era leggera. Allora la scosse, dal suono prodotto sembrava che dentro ci fossero tanti piccoli oggetti.

Si sedette su una delle panche che stavano al centro dello stanzone. Aprì il sacchetto e fu subito investita da un dolce profumino.

Guardò all'interno e vide che c'erano dei soldini di cioccolata.

Ne prese uno per esaminarlo bene. Sulla stagnola dorata era impressa l'effige di uno gnomo. E tutt'intorno la scritta: VALORE NOMINALE: 1 FARFALLOCCO.

Quel nome le strappò un sorriso, ma non fu sufficiente a scacciare la tristezza. Però, il profumo era invitante e decise di scartare la moneta per mangiarsela. Mentre masticava quella delizia, si domandò chi potesse aver lasciato il dono.

Qualcuno si sarà sbagliato, si disse, chiedendosi se anche le sue compagne avessero ricevuto un sacchetto di monete di cioccolata identico al suo.

Nel momento in cui stava per scartare un secondo soldino, la porta dello spogliatoio si spalancò e irruppe il gruppo delle altre bambine. Chiassose e festose dopo una mattinata sulla neve, le passarono accanto e la ignorarono. Aurora rimase dov'era, col sacchetto bianco fra le mani. Era avvilita.

Ma poi si sentì bussare sulla spalla. Si voltò.

«*Can I have one?*» chiese la compagna, indicando i soldini dorati.

Aurora le porse la busta perché si servisse da sola. La bambina scartò la moneta e se la infilò subito in bocca.

«*My name is Aurélie*» si presentò, masticando. Aveva un adorabile accento francese.

«*I'm Aurora*» disse lei.

«*We have almost the same name!*» notò l'altra, con un sorriso di cioccolata.

Era vero, i loro nomi si somigliavano.

Subito dopo, si avvicinò una seconda bambina che aveva notato la scena. Anche lei si presentò. Aurora si accorse che fissava il suo sacchetto e le offrì una moneta.

Poco dopo, le altre si unirono a loro. E in cambio di un *Farfallocco* di cioccolata, ciascuna le diceva il proprio nome. In poco tempo, Aurora era diventata popolare. Le facevano mille domande, chiedendole da dove venisse e cosa le piacesse fare. Presto si ritrovò a essere coinvolta nelle loro chiacchiere e nei programmi per il resto della giornata. In pochi minuti, la tristezza era stata spazzata via e la malinconia era come evaporata: Aurora non era più un'estranea per loro e loro non lo erano più per lei.

Improvvisamente, non desiderava più andare via.

Per ottenere il risultato era stato sufficiente un sacchetto di soldini di cioccolata. La busta si era svuotata rapidamente ma ognuna aveva ricevuto la propria moneta con l'effige dello gnomo. Aurora si disse che, per fortuna, lei ne aveva mangiata solo una.

Ma poi rifletté su un particolare.

I *Farfallocchi* nel sacchetto erano esattamente dodici, come lei e le sue compagne. Qualcosa le diceva che il numero non era casuale.

3

L'impressione che qualcuno avesse ascoltato il suo grido di dolore e, di conseguenza, avesse voluto darle una mano a farsi delle amiche, si rafforzò il giorno successivo, quando Aurora trovò nell'armadietto un sacchetto bianco di carta con dodici dolcetti di pan di zenzero a forma di cappello di gnomo.

Come sempre, ne mangiò uno solo e distribuì gli altri alle nuove amiche che tornavano dalla sciata quotidiana.

Il rituale si ripeté anche il mattino seguente, stavolta con dei biscotti miele e cannella a forma di abete.

Fino a quel momento, le compagne non le avevano mai domandato dove prendesse i dolci. Si erano accontentate di quegli omaggi e lei se n'era presa il merito. Forse, però, avrebbe dovuto accennare la cosa alle tutor. Ma alla fine considerò che, in fondo, non c'era niente di male in ciò che stava accadendo.

Però fu colta da un dubbio e decise che il giorno dopo, al rifugio, avrebbe verificato il suo sospetto.

Come sempre, terminata la lezione individuale di sci, tornò nello spogliatoio. Anche quella volta era sola. Sullo scaffale c'era il solito sacchetto di carta.

All'interno, dodici meringhe che sembravano fatte di neve.

Erano perfette e tutte uguali. Ed erano anche molto invitanti. Aurora avrebbe potuto mangiare subito la propria, invece al momento aveva una cosa più importante da fare.

Si recò nella toilette riservata alle bambine. Entrò timorosa, quasi in punta di piedi. Non c'era nessuno. Nel silenzio, si udiva soltanto lo sgocciolamento dello scarico rotto. Sulla porta di uno dei cubicoli c'era ancora il cartello GUASTO.

Aurora si chinò per guardare bene sotto la soglia. Si aspettava di rivedere l'ombra immobile che aveva scorto la volta che si era rifugiata lì per piangere.

Invece, era sparita.

La bambina si raddrizzò e fece subito un passo indietro, sconcertata. Poi decise di controllare di nuovo. Non si vedeva niente. Si chiese se la volta precedente avesse solo immaginato quell'ombra. Non me la sono sognata, si disse. E il fatto che ora non ci fosse più era la prova che due giorni prima c'era davvero qualcuno dietro quella porta.

Una presenza.

Ogni giorno che seguì, Aurora andò a verificare se avessero aggiustato il bagno fuori servizio.

Ovviamente, era soprattutto un pretesto per sbirciare di nuovo sotto la porta. Lo scarico, però, continuava a essere rotto. E sulla soglia non c'era alcun'ombra.

In compenso, nel suo armadietto apparvero mele caramellate, bastoncini di liquirizia e bonbon di gianduia.

Superata metà della settimana, la bambina aveva conquistato pienamente la simpatia delle altre compagne, anche grazie ai dolci. Pur non avendo ancora imparato a sciare bene come loro, si erano divertite insieme con gli slittini. Condividevano i pomeriggi a pattinare o a giocare a Monopoly, a Pictionary o all'Allegro chirurgo. Poi c'era il rito serale delle storie della buonanotte, con le tazze di cioccolata calda sorseggiata davanti al grande camino dello chalet.

Stando molto all'aria aperta, Aurora aveva acquisito un bel colorito abbronzato. Il tempo stava passando anche troppo velocemente, adesso lei voleva che la vacanza non finisse. Si era perfino cimentata nel racconto di qualche barzelletta, facendo sbellicare dalle risate le sue nuove amichette. Anche Flora e Luise avevano apprezzato. Berta le aveva proibito di ripetere la storiella del prete e quella del cacciatore di leoni.

Insomma, tutto filava liscio. E, anche se Serena non si era

fatta sentire spesso al telefono come le altre madri, Aurora era contenta di avere un mucchio di cose di cui parlarle una volta tornata a Milano.

Il venerdì, quando mancavano ormai solo due giorni alla partenza, nell'armadietto dello spogliatoio del rifugio era apparso un sacchetto di carta con dodici pasticcini all'anice. Ma stavolta, sotto la busta, c'era anche un vecchio libro di fiabe.
Il magico villaggio di Noiv.
Quella sera, prima di addormentarsi, Aurora sfogliò le pagine piene di bellissime illustrazioni. Narrava le avventure degli abitanti di un misterioso villaggio nascosto fra i boschi delle Alpi. Era abitato da gnomi che avevano nomi stranissimi come Ortofin, Esil, Mallik, Balamel, Inoch, Sinluk.

Ma a colpire maggiormente la fantasia della bambina furono le vicende di due fratelli. Hasli e Malassér.

Il primo era uno gnomo buono e generoso, che preparava dolci squisitissimi e li regalava agli altri gnomi in cambio della loro amicizia. La storia di Hasli ricordava tanto ciò che stava capitando a lei.

Tuttavia, gli sforzi del prodigo pasticcere di farsi benvolere erano spesso vanificati da un fratello dispettoso. Malassér era artefice di scherzi crudeli, per questo gli altri gnomi non lo sopportavano e, alla fine, l'avevano cacciato dal villaggio di Noiv.

Hasli si era molto rammaricato per questo, ma non aveva potuto impedirlo. Da allora, ogni tanto vagava per la foresta in cerca del fratello. Siccome non riusciva mai a trovarlo, gli lasciava dei dolci in giro. Per esempio, su una roccia o dentro il tronco cavo di un albero.

La speranza di Hasli era che Malassér si redimesse e potesse essere riammesso al villaggio di Noiv. Però aveva anche sentito dire che il fratello aveva cominciato a violare la prima regola della legge degli gnomi, che era quella di non mostrarsi mai agli umani. In realtà, Malassér non si faceva vedere da loro, ma si divertiva a entrare di nascosto nelle case e a metterle a soqquadro.

Spesso, appiccava degli incendi.

L'indomani era l'ultimo giorno del campus. A colazione, le tutor avevano annunciato alle bambine che quella sera al convitto ci sarebbe stata la festa delle fate farfalle.

Aurora non sapeva di cosa si trattasse, ma poi le compagne veterane le avevano spiegato che era una tradizione, assicurandole che sarebbe stata magnifica.

Al termine della sessione di sci, le giovani ospiti sarebbero state divise in due gruppi. Il primo avrebbe addobbato la sala del camino insieme a Luise. Il secondo sarebbe sceso in cucina insieme a Berta per preparare un piccolo rinfresco.

Flora gli avrebbe insegnato a creare delle ali da indossare, le avrebbero realizzate con il tulle blu e il fil di ferro. E avrebbero avuto tutte dei fili argentati fra i capelli.

Aurora era molto eccitata all'idea della festa e non vedeva l'ora di sfoggiare le sue ali da fata farfalla.

Quel mattino, la lezione individuale di sci fu meno pesante del solito. La bambina aveva già deciso di chiedere alla madre di tornare l'inverno successivo e confidava che l'anno dopo si sarebbe potuta finalmente unire alle compagne per sciare insieme.

Recandosi al rifugio per l'ultima volta, sperava che quel giorno le amichette si sbrigassero un po' prima: voleva tornare con loro allo chalet per iniziare i preparativi della festa delle fate farfalle.

Si diresse verso il proprio armadietto per riporre gli sci. Però non trovò alcun sacchetto.

Si domandò il perché. Fu colta dal dubbio atroce di aver fatto qualcosa di sbagliato e che, perciò, non meritasse altri dolci. Ripercorse con la memoria le ultime ventiquattro ore in cerca di un evento di cui incolparsi. Non le sovvenne niente.

Delusa e contrariata, decise di andare a controllare la toilette, convinta che anche stavolta nel bagno guasto non ci fosse nessuno.

Ma, appena varcò la soglia, si bloccò. Contrariamente alle sue aspettative, l'ombra sotto la porta era tornata.

4

Non fuggì. Rimase immobile, in silenzio. Anche l'ombra stava ferma.

Poi, Aurora trovò il coraggio di parlare. «Sei tu che mi lasci i dolci tutti i giorni, vero?»

Nessuna risposta.

«Lo so che sei tu» ribadì, per spingere l'ombra a rivelarsi. «E ti ringrazio» aggiunse, per far capire a chiunque fosse che non aveva nulla da temere da lei.

L'ombra sotto la porta si mosse.

Aurora si spaventò per un momento, ma poi sorrise. Aveva ottenuto ciò che voleva. «Ho letto tutto il libro» affermò. «*Il magico villaggio di Noiv*... Ma al contrario si legge *Vion*...»

Trascorsero alcuni secondi. Poi dal bagno fuori servizio arrivò una replica inaspettata. «Sei molto intelligente» disse una vocina stridula.

Aurora non se l'aspettava. «Chi sei?» domandò.

Un'altra pausa. Poi: «Mi chiamo Hasli».

Aurora si ricordò del personaggio della fiaba. Non è possibile, pensò. «Mi prendi in giro» fu la sua replica indispettita. Non le piaceva essere trattata da sciocca.

«Non lo farei mai» le garantì l'altro. «Non sono mica mio fratello Malassér che si burla degli umani» protestò. «Io sono buono.»

«Gli gnomi non esistono» sentenziò lei. Non aveva mai creduto nemmeno a Babbo Natale, fingeva solo per non deludere la madre che si sforzava maldestramente di convincerla che un vecchio ciccione barbuto le portasse i regali.

«Posso darti una prova» asserì il presunto Hasli. «Vieni qui dentro a controllare di persona.»

Aurora valutò bene la proposta. C'era qualcosa che non le quadrava. « Io là dentro non ci entro. »

« Non avrai mica paura? » la provocò la vocina. « Ti ho regalato una montagna di dolci perché ti facessi delle nuove amiche, mi merito un po' di fiducia, no? »

Aveva ragione, pensò la bambina.

« Ti ho vista il primo giorno » proseguì l'ombra dietro la porta. « E ho notato subito quanto eri triste. »

Siccome non voleva passare per ingrata, Aurora decise di assecondare la richiesta dello sconosciuto che asseriva di essere uno gnomo. Era convinta che fosse una persona in carne e ossa e che le stesse facendo solo uno scherzo. E lei era già pronta a fare la figura della scema che crede che i personaggi delle fiabe siano reali.

Avanzò guardinga verso la porta. Ma, quando provò a tirare a sé la maniglia, scoprì che era chiusa dall'interno.

Dall'altra parte ci fu una risatina.

Aurora si sentì derisa, stava per dire qualcosa di sgradevole all'indirizzo di chi l'aveva sbeffeggiata. Poi ci ripensò. « Prima legge degli gnomi » disse invece. « Non potete farvi vedere dagli umani. »

« Che brava » si complimentò la voce. E dopo aggiunse: « Meriti una sorpresa che lascerà a bocca aperta le tue amichette ».

« Domani parto, torno a casa mia » affermò lei, convinta che si trattasse di altri dolcetti.

« Allora te la porterò stanotte allo chalet » disse quello. « Mentre tutte dormono. »

Aurora non capiva. « E come farai? »

« Mi dovrai aiutare: ho una missione speciale per te. »

Non comprendeva in cosa potesse consistere tale missione. Ma era curiosa. E poi la lusingava l'idea che le fosse affidato un compito importante. « E mi regalerai altri dolci? » chiese.

« Stavolta no. Sarà *mooolto* meglio. »

Non riusciva a immaginare quale potesse essere il dono. Ma, fino a quel momento, non era rimasta delusa dalle sorprese ricevute. « Cosa devo fare? » chiese, accettando l'incarico.

«Ti ho osservata: finora sei stata molto matura e diligente e non hai detto a nessuno dei miei doni.»

In verità, aveva taciuto sulla loro provenienza solo perché voleva tutta per sé la gratitudine delle compagne. «Sta' tranquillo: qualunque cosa mi chiederai di fare, non dirò una sola parola. Lo prometto.»

«Bene» si congratulò la vocina. «Adesso ti spiego tutto...»

5

La sua missione speciale era piuttosto semplice.

Aurora continuava a pensarci mentre fabbricava le sue ali da fata farfalla insieme alle altre compagne, sotto la guida di Flora che spiegava come rivestire l'anima di fil di ferro col tulle blu. Mancava solo Aurélie. Berta l'aveva chiamata perché c'era una telefonata per lei. Però, poco dopo, l'amichetta tornò indietro.

«*It's for you*» disse, rivolgendosi proprio ad Aurora. «*It's your mom*» aggiunse.

La tutor continuava a confondere i loro nomi, ormai lei e Aurélie erano abituate all'equivoco e ci ridevano su. Aurora lasciò il lavoretto, si recò all'apparecchio che stava in corridoio e prese la cornetta. «Mamma?» domandò, stupita. Si erano sentite appena il giorno prima. In tutta la settimana, non era mai successo che Serena chiamasse per due sere di seguito.

«Ciao» esordì la madre, allegra.

Siccome Serena non sapeva mentire, Aurora s'insospettì subito per il tono insolito. Una sua amichetta a scuola l'aveva messa in guardia sull'euforia degli adulti perché ogni volta che le moriva un pesce rosso la sua mamma aveva un atteggiamento gioviale prima di darle la notizia. «È successo qualcosa a Gas?» chiese allora, in allarme.

«Sta benissimo» fu prontamente rassicurata.

Aurora tirò un sospiro di sollievo. Immaginava già la scena del funerale del gatto nel water come i pesci rossi dell'amica.

«Scommetto che, adesso che la vacanza sta per finire, ti piacerebbe stare lì ancora per qualche giorno» proseguì Serena.

«Domani, quando andremo via, arriveranno altre bambine» le spiegò, anche se la madre avrebbe dovuto saperlo. «E poi lunedì ho scuola» le fece pure notare.

«Dicevo per dire» si giustificò Serena. «È ovvio che tu debba tornare a Milano. E poi lunedì hai scuola » ribadì, come se volesse rimarcare che, in quanto genitore, toccava a lei ricordarglielo.

« Allora ci rivedremo domani sera » affermò la bambina, interrogandosi sulle reali ragioni della telefonata.

« Domani avremo pizza a cena » annunciò la madre, come se proprio non volesse lasciarla andare.

« Ottimo » replicò Aurora. Che le prendeva? Perché faceva così? Era tutto molto strano. Poi pensò che Serena aveva un sesto senso. E siccome lei aveva fatto un patto segreto col padrone della vocina dietro la porta del bagno guasto, allora non voleva tradirsi. Doveva sbrigarsi a chiudere la chiamata prima che la madre si accorgesse di qualcosa. « Ora però devo tornare dalle altre. Ci stiamo preparando: stasera c'è la festa delle fate farfalle. »

« Non preoccuparti, va' pure dalle tue amiche » la congedò Serena. « Darò una carezza a Gas da parte tua. »

« Basta che ti ricordi di dargli da mangiare » disse, forse con troppa durezza.

Riattaccarono. Nell'orecchio di Aurora risuonava ancora quello scambio. Sul finale, il tono della madre era cambiato: era evidente che si stesse sforzando di nasconderle la delusione per essere stata liquidata in fretta. La bambina si sentì in colpa. Avrebbe voluto richiamarla, ma poi si trattenne. Troppe volte in passato aveva frainteso gli atteggiamenti di Serena. E la regola fra loro era « niente smancerie ». Ma era anche convinta che, se la telefonata fosse proseguita, non avrebbe resistito e avrebbe confessato ciò che si apprestava a fare quella notte.

Meglio così, pensò. Doveva rimanere un segreto.

Il resto della serata trascorse nel migliore dei modi. La festa si svolse fra balli, chiacchiere e risate. Il buffet con dolci e canapè preparati dalle piccole ospiti del convitto era squisito. E c'era una montagna di pop-corn.

Ogni tanto Aurora si straniava da tutto e la mente era occupata solo dal pensiero della sorpresa promessa. Chissà cos'era.

Non era ancora sicura che dietro la porta del bagno guasto ci fosse davvero uno gnomo, ma era comunque eccitata all'idea che presto le sarebbe stato fugato ogni dubbio.

Hasli l'aveva istruita su ciò che doveva fare. Proprio perché la missione speciale sembrava abbastanza elementare, Aurora sperava di non commettere errori.

Verso le otto e mezzo, esauste per la lunga giornata e con la pancia piena, alcune compagne si misero a sbadigliare. Poco dopo, Berta annunciò ufficialmente la fine dei festeggiamenti.

Venne spenta la musica e iniziarono i preparativi per l'ultima notte della vacanza.

Le bambine si lavarono i denti e, come sempre, a ciascuna venne consegnata una piccola campanella, nel caso avessero avuto bisogno di chiamare una tutor. E anche una borraccia con l'acqua, nel caso si fossero svegliate per la sete.

Luise accompagnò Aurora nella sua stanza per rimboccarle le coperte. Lei si rifiutò di separarsi dalle sue ali da fata farfalla e se le infilò sopra la camicia da notte. Piuttosto, avrebbe dormito a pancia sotto. Le piaceva troppo indossarle ed era convinta che, una volta tornata a casa, non ne avrebbe avuto più l'occasione.

Quando Luise spense la luce e uscì dalla mansarda, la bambina controllò subito l'orario. Il suo Swatch rosa e verde col quadrante fosforescente segnava le nove e trentasette.

Ma la sua missione poteva avere inizio soltanto quando tutte dormivano.

Tuttavia, anche lei sentiva le palpebre farsi pesanti e temeva che, se avesse assecondato il bisogno di chiudere gli occhi anche solo per qualche istante, si sarebbe addormentata.

Non era più sicura di riuscire a resistere.

Le venne un'idea. Sua madre una volta le aveva detto che, quando i guerrieri dell'antica Roma dovevano combattere all'alba, prima di andare a dormire bevevano tanta acqua. Così la loro vescica li costringeva ad alzarsi prima che sorgesse il sole.

Allora Aurora si sollevò nel letto, afferrò la borraccia che stava sul comodino e ne ingollò l'intero contenuto, convinta che nel giro di un paio d'ore sarebbe dovuta correre a fare pipì. Quindi riappoggiò la guancia sul cuscino. Chiuse gli occhi e poi sorrise al pensiero di ciò che l'aspettava. Le istruzioni dello gnomo erano chiare. Per dare inizio alla missione speciale, avrebbe dovuto attendere la mezzanotte e poi andare di sotto.

Tutto ciò che doveva fare era aprire la porta dello chalet.

L'EDUCAZIONE DELLE FARFALLE

1

Aprì gli occhi ed era in piedi, immobile al centro di una soffitta. La luce dell'alba filtrava attraverso un abbaino rotondo che incorniciava il panorama delle montagne.

Abbassò il capo e vide che i suoi piedi scalzi poggiavano su una morbida moquette, verde come un prato.

Poi si guardò intorno.

Il soffitto spiovente era dipinto come un cielo azzurro disseminato di nuvolette bianche. C'era un letto rosa addossato alla parete. Era rifatto e sopra c'era una bella trapunta rossa. Al posto del comodino, c'era uno sgabello su cui era poggiato un piccolo crocifisso infilzato in una base di alabastro. E, al posto dell'armadio, c'era una cassapanca verde. Su una mensola, una collezione di animali intagliati nella corteccia di albero. Un paio di scaffali pieni di libri. In un angolo, una lampada con un paralume su cui erano ricamati cervi dal portamento nobile e con lo sguardo fiero.

Nella stanza erano presenti anche un sacco di giocattoli. Una cucina di legno, con pentole e tegami. La replica perfetta di una macchina da cucire in miniatura. Una trottola di legno con lo spago. Un cavallo a rotelle. Una casa delle bambole completa di arredi. Una famigliola di orsi di peluche. E c'era una bambola seduta su una sedia a dondolo, con i capelli così biondi da sembrare bianchi e occhi azzurrissimi che la fissavano.

Aurora era stranita. La sua prima constatazione fu lucidissima. Quella non era la sua cameretta. *Non sono mai stata qui prima d'ora*, si disse. *O forse sì?*

Sentiva la testa leggera come un palloncino e barcollava. Avrebbe voluto sedersi, invece continuava inspiegabilmente a stare in piedi e a ondeggiare. Come in balia di una forza invisibile, che la strattonava ma al contempo la sorreggeva. Come uno di quei pupazzi che, anche se li spingi, non possono cadere.

Come se non fosse totalmente padrona di sé.

Sul muro alla sua destra c'era uno specchio a figura intera. Allora si voltò e si vide nel riflesso. Piccola, fragile come una bambina di sei anni. La chioma di riccioli biondi più spettinata del solito. Indossava ancora la camicia da notte con cui si era coricata nel letto della mansarda del convitto. E aveva sulle spalle le ali da fata farfalla, anche se il tulle era sgualcito e la sagoma di fil di ferro aveva perso un po' la forma originaria.

Iniziò a porsi degli interrogativi piuttosto elementari. Che ci faccio qui? Come ci sono arrivata?

L'ultimo ricordo era un'immagine. Il suo braccio che si allungava verso la porta che dava all'esterno dello chalet. Le dita che afferravano la maniglia, tirandola a sé. L'uscio che si apriva di qualche centimetro. Rammentava anche l'aria fredda che si era infilata subito in quella fessura, l'alito gelido della tormenta sulla sua faccia.

Da allora era come se alla sua vita mancasse un pezzo.

E adesso non provava nulla. C'era uno spazio vuoto dentro di lei, calmo e bianchissimo.

Le rievocò la sensazione provata qualche tempo prima, al risveglio dopo una nottata di febbre alta, passata a combattere contro un nemico invisibile, fra deliri e inquietudine. Ma il mattino dopo era tutto svanito. La fronte e le gote di nuovo fresche. Il senso di rilassatezza. E anche di debolezza, certo. Ma con la convinzione che il peggio era passato, il male era andato via, il corpo era guarito.

Uno stato di quiete e di inaspettato benessere. Aurora avrebbe voluto che non finisse mai.

Ma, malgrado adesso cercasse di trattenerla il più possibile, la sensazione pian piano stava svanendo, lasciando il posto a una nuova consapevolezza.

Si voltò per guardarsi alle spalle. Alla soffitta si accedeva da una porta rossa con una maniglia d'ottone. Che era chiusa.

Per la prima volta, elaborava l'idea di essere prigioniera.

Dentro di lei iniziò a emergere qualcosa di diverso. Un'ansia che saliva come una marea nera, invadendola. Dalla pianta dei piedi era già giunta allo stomaco. Aurora la sentiva arrivare e non poteva contrastarla. Le parve di essere inghiottita in un oceano di sgomento. Finalmente riuscì a muovere le gambe e stava per andare verso la porta. La paura che fosse chiusa a chiave non frenava il suo istinto di scappare.

Ma si bloccò a pochi passi dalla soglia. Perché, in quel momento, qualcuno iniziò a bussare.

Tre bussate, lente e cadenzate. Poi una breve pausa. Poi altre tre. E via così.

Aurora si era rifugiata sotto al letto rosa. Da lì fissava la porta rossa con la maniglia di ottone.

Chiunque ci fosse dall'altro lato, non voleva rinunciare e insisteva. Ma lei non aveva alcuna intenzione di far entrare chicchessia.

Non si apre la porta agli sconosciuti, sua madre glielo ripeteva sempre. Eppure Aurora non aveva dato retta a quel consiglio quando si era trattato di aprire la porta dello chalet a Hasli lo gnomo.

Però non avrebbe commesso per due volte lo stesso errore.

L'estraneo avrebbe potuto percuotere la porta con violenza oppure irrompere nella soffitta. E forse sarebbe stato perfino meglio. Perché l'educazione insita in quel modo di bussare la inquietava. Quei colpi gentili nascondevano un messaggio.

Non ho fretta, posso aspettare.

Aurora ripensò alla porta del bagno guasto nel rifugio. Immaginava che presto avrebbe risentito la voce sgraziata di Hasli. Ma adesso non era più sicura che fosse lui. Fino a quel momento aveva creduto di avere a che fare con lo gnomo buono. Invece le era capitato in sorte Malassér, quello cattivo.

I colpi andarono avanti per degli interminabili minuti, poi cessarono all'improvviso.

Aurora non riusciva a credere al silenzio. Attese ancora un po' per capire se l'estraneo avrebbe ricominciato. Ma non successe.

Decise comunque di non uscire dal suo nascondiglio. Con le alette ancora sulle spalle, stremata dall'ansia, dopo pochi secondi si addormentò sotto il letto rosa.

Toc. Toc. Toc.
Spalancò gli occhi e il terrore tornò ad aggredirla.
Toc. Toc. Toc.
Non era cambiato nulla. A parte forse il fatto che il giorno era svanito e adesso il pallore della luna aveva invaso la soffitta, rendendola una perfetta tana di spettri.
Toc. Toc. Toc. Senza tregua. Chiunque fosse, non voleva arrendersi.

Aurora si accorse di essersi fatta la pipì addosso. Non sapeva dire se fosse accaduto a causa dello spavento oppure mentre dormiva. Scoppiò a piangere sommessamente. Non voleva più stare lì. Non voleva più avere paura.

«Lasciami in pace!» urlò fra i singhiozzi, in direzione della porta.

Inaspettatamente, la sua richiesta venne accolta e smisero di bussare.

La bambina riprese fiato, aveva l'affanno. Cominciò a calmarsi ma era ancora molto tesa. Ad ogni modo, sarebbe rimasta sotto al letto. Fu allora che si accorse dell'odore. Un profumino invitante che passò istantaneamente dalle narici alla pancia vuota, che infatti iniziò subito a brontolare.

Aurora scrutò l'oscurità e vide che sul pavimento, a pochi centimetri da lei, c'era un vassoio. Solo allora trovò il coraggio di strisciare fuori dal nascondiglio.

Si ritrovò davanti un piatto con uova strapazzate, prosciutto alla brace e due fette di pane abbrustolito. Un bel bicchiere di latte. Una coppetta con del gelato alla crema cosparso di fragoline di bosco. Tovagliolo, forchetta e cucchiaio. Insieme a tutto questo, anche qualcosa che non c'entrava niente col cibo.

Un fermaglio per capelli con un fiocco di velluto blu.

Aurora non si domandò cosa ci facesse lì quell'oggetto, però si chiese come fosse arrivato il vassoio nella stanza. Si voltò verso la porta chiusa.

Che bisogno c'era di bussare se l'estraneo aveva comunque libero accesso alla soffitta?

Era tutto troppo complicato e lei era troppo affamata per pensarci adesso. Si fiondò sulla roba da mangiare e finì le uova e il prosciutto in men che non si dica. Bevve il latte, ingollando fino all'ultimo sorso. E, per ultimo, si dedicò al gelato. Mentre lo assaporava lentamente, cucchiaio dopo cucchiaio, tornò a interrogarsi sul fermaglio rimasto sul vassoio.

Non ne aveva mai indossato uno, la sua chioma di riccioli era ingovernabile. Sicuramente era uno sbaglio e, siccome non le serviva, decise di lasciare il fiocco lì dov'era.

Invece, la camicia da notte bagnata di urina cominciava a darle fastidio. La stoffa si appiccicava alle gambe ed emanava un cattivo odore.

Così, pur tenendo sempre l'orecchio teso verso la porta, si avvicinò alla cassapanca verde. Aprendola, scoprì che era piena di vestiti. Non assomigliavano a quelli che portava di solito. Si trattava perlopiù di vecchi maglioni colorati, pantaloni di fustagno e salopette, camicette a scacchi.

Però erano abiti da bambina.

In un angolo della cassa c'era della biancheria intima. Col timore che ricominciassero a bussare, si cambiò in fretta le mutandine e scelse una maglia con le losanghe e le toppe sui gomiti, anche un paio di pantaloni di flanella rosso scuro.

Si stupì nello scoprire che quei vestiti erano della sua stessa taglia.

Per compiere l'operazione, si era sfilata le ali di tulle ma poi se le rimise. Era rassicurante averle indosso, le dava l'impressione di essere abbracciata.

Quando ebbe terminato, tornò subito sotto al letto, in quella che ormai era diventata la sua cuccia. Stavolta si portò appresso la trapunta e il cuscino per stare più comoda. Con lo stomaco pieno e con addosso indumenti puliti, iniziò a porsi gli interrogativi che fino ad allora aveva evitato.

Che ora era? Le era stato tolto il piccolo Swatch che portava sempre al polso e aveva quasi perso la cognizione del tempo. Cosa era accaduto e cosa le stava accadendo? Il primo pensiero fu che forse era lì per colpa sua e che dovesse essere punita per qualcosa. Perché nessuno era ancora venuto a cercarla? Era assurdo che non fosse ancora successo.

Le domande si inseguivano nella sua testa. Ma, dopo ognuna, c'era solo un vuoto. Forse però poteva almeno scoprire dove si trovava.

Aurora puntò l'abbaino.

Sgattaiolò di nuovo fuori dal rifugio improvvisato ma si accorse subito che il davanzale era troppo alto per lei. Le venne un'idea: tolse il crocifisso da sopra lo sgabello che faceva le veci di un comodino e portò lo scranno sotto la finestrella. Si mise in piedi su quello e allungò il collo più che poteva.

Niente da fare: era ancora troppo bassa, non si vedeva niente.

Non si arrese. Si guardò intorno, cercando qualcosa da piazzare sul ripiano per aumentare la propria altezza. I libri sugli scaffali potevano fare al caso suo. Ne prese tre e poi si arrampicò sulla pila.

Anche così, lo sguardo non riusciva ad andare oltre il parapetto esterno.

Provò a sollevarsi sulle punte dei piedi, ma perse l'equilibrio e crollò rovinosamente a terra. Nonostante la moquette, il rumore prodotto dalla caduta fu cupo e potente. Aurora non immaginava che potesse essere così forte. Temendo di aver combinato un guaio, ignorò il dolore e si voltò subito verso la porta, mordendosi il labbro per la tensione. In attesa.

Ciò che aveva implorato che non accadesse invece accadde. *Toc. Toc. Toc.*

Stavolta, dentro di lei, insieme alla paura apparve un sentimento nuovo, imprevisto. Rabbia. Sua madre lo diceva sempre che era una bambina capace di trasformarsi in un istante. Per esempio, diventando da accondiscendente a intrattabile in un nonnulla.

Allora Aurora comprese di avere due scelte. Poteva rifugiarsi di nuovo sotto il letto, come un animale spaventato. Oppure

avrebbe potuto usare la rabbia per andare ad aprire quella maledetta porta rossa.
Decise di optare per la seconda alternativa.

Quando girò la maniglia d'ottone e spalancò l'uscio, fece subito un passo indietro. Anche per lasciare che i suoi occhi si abituassero all'oscurità. Davanti a lei, infatti, c'era come un muro di buio.
In mezzo a quello, la sagoma di una persona.
Era interamente vestita di nero, anche le scarpe erano nere. E portava un passamontagna calato sulla faccia. Ma il cappuccio non aveva buchi per gli occhi o per il naso e la bocca. Eppure lo sconosciuto riusciva lo stesso a vedere e a respirare.
Infatti avanzò nella soffitta, mentre Aurora continuava ad arretrare.
Da come camminava, dedusse che fosse un umano, ma non poteva esserne sicura. Avrebbe potuto celarsi qualsiasi cosa sotto quella maschera. Anche un mostro. Certo, non aveva l'aspetto di uno gnomo. Ma lei che ne sapeva? Non ne aveva mai visto uno, se non nei libri di fiabe.
La colpì subito un particolare. Lo sconosciuto senza volto indossava guanti di gomma neri e aveva in mano un oggetto. Aurora lo vide e ne fu subito atterrita. Non aveva senso che lo fosse, lo sapeva. Ma in quel momento, quello strumento dall'uso ordinario, che aveva visto mille volte, le incuteva un inspiegabile timore mai provato prima.
Una spazzola per capelli.
Lo sconosciuto senza faccia la superò e andò a sedersi per terra, di fronte allo specchio a muro. Le dava le spalle, ma dall'inclinazione del capo sembrava che la stesse osservando nel riflesso.
Aurora era incerta sul da farsi. Anche se aveva intuito ciò che quello si aspettava da lei. Stavolta, però, si rese conto di non avere scelta. Così lo assecondò, andando ad accovacciarsi fra lui e lo specchio.
Chiuse gli occhi. Poco dopo, lo sconosciuto senza faccia iniziò a spazzolarle i capelli alla luce della luna.

Anche se stava attento a non sciupare le sue ali di tulle blu, le faceva lo stesso male. Non c'era abituata. Quando a casa ci provava sua madre, lei protestava perché il pettine o la spazzola s'impigliavano fra i riccioli biondi. Il tutto di solito sfociava in una lite che culminava con la resa di Serena.

Invece stavolta Aurora sopportò in silenzio il supplizio. A ogni strappo, a ogni scossone del capo, una lacrima calda le scivolava lungo la guancia.

Nella stanza si sentiva solo il frusciare delle spazzolate. Poi Aurora iniziò a singhiozzare sommessamente e a tirare su col naso. Non era in grado di impedirselo. E allora accadde una cosa stranissima. Si accorse che non era la sola a emettere quei suoni. Titubante, si voltò per sbirciare lo sconosciuto dietro di lei. Vedendolo, ebbe un attimo di smarrimento.

Il passamontagna che gli copriva il volto era bagnato all'altezza degli occhi. La bambina si rese conto che l'estraneo senza faccia stava piangendo.

Il rito delle spazzolate si ripeté per tutti i giorni che seguirono. Ormai lo sconosciuto non aveva neanche più bisogno di bussare. Ogni sera, Aurora apriva la porta e si posizionava davanti allo specchio. Poco dopo, lui arrivava per provare a pettinarla.

Sempre al buio. Sempre senza scambiarsi una parola.

Al di là di quell'appuntamento, Aurora passava quasi tutto il tempo sotto al letto rosa. Era consapevole che il nascondiglio era praticamente inutile, perché lui avrebbe saputo dove trovarla. Ma stare lì era comunque confortante.

E poi dormiva sempre.

Iniziò a domandarsi perché fosse così stanca. Ripensò a quando il veterinario aveva detto a sua madre di mescolare una medicina nella pappa di Gas, in modo che lui la prendesse senza accorgersene. Allora cominciò a sospettare che ci fosse qualcosa nel cibo che l'estraneo le faceva trovare a ogni risveglio.

Nella soffitta non c'era un bagno, ma solo un vaso in cui fare i bisogni e che veniva puntualmente svuotato mentre lei era immersa in un sonno profondo. Nello stesso modo, le venivano forniti biancheria e vestiti puliti che apparivano come per magia nella cassapanca verde. Inoltre, una volta al giorno aveva a disposizione una saponetta, un asciugamano e una bacinella di acqua tiepida per lavarsi.

Ogni volta che riapriva gli occhi, trovava ad attenderla qualcosa.

L'unico momento in cui incrociava il carceriere era, appunto, al calare del sole. Dopo la prima sera, però, lo sconosciuto non aveva più pianto. Talora, Aurora era stata sul punto di fargli delle domande. Tipo, quando sarebbe potuta tornare a casa. Ma poi aveva desistito per paura della risposta.

Un sentimento di rassegnazione si stava imponendo su di lei. Non sapeva dire se dipendesse dalla situazione oppure se fosse indotto con qualche stratagemma, come il sonno.

Molto presto, si ritrovò a essere come sospesa in uno stato di perpetuo torpore.

Non aveva perso lucidità, avvertiva ancora il senso del pericolo. Ma era come se ogni ragionamento fosse rallentato. Ogni emozione regolata su un livello molto basso.

Per esempio, per molto tempo non aveva voluto toccare gli oggetti presenti nella soffitta. A parte i vestiti della cassapanca, aveva totalmente ignorato i giocattoli. Eppure potevano rivelarsi un utile passatempo. Si era tenuta alla larga dalla casa delle bambole, dal cavallo a rotelle, dalla cucina o dalla macchina per cucire, dalla famiglia di orsi di peluche, nonché dall'inquietante bambola dai capelli bianchi che la fissava coi suoi occhi di ghiaccio dalla sedia a dondolo. Non le interessava la collezione di animali di corteccia e non era curiosa di sapere quali storie celassero i libri sugli scaffali. Né di sperimentare come funzionasse la trottola di legno con lo spago.

Ma poi un giorno decise di sbucare dalla tana per osservare almeno quelle cose da vicino. Così fece una scoperta che la indusse a una riflessione.

Nella cameretta, ogni oggetto sembrava essere già stato usato da qualcuno.

Avrebbe voluto chiedere conferma allo sconosciuto senza faccia, ma sapeva già che non l'avrebbe fatto. Così come non si lamentava mai quando quello provava a ordinare il caos della sua chioma bionda. Dopo un numero variabile di spazzolate, al termine della seduta lui cercava sempre di raccoglierle i capelli nel fermaglio di velluto blu. Senza riuscirci mai. Però non si arrendeva e rimandava ogni tentativo alla volta successiva.

Aurora si chiedeva per quanto tempo sarebbe andato avanti prima di stufarsi. Perché qualcosa le diceva che dal successo dell'operazione dipendevano molte cose.

Anche se non immaginava quali.

Erano trascorse forse un paio di settimane, anche se lei aveva quasi perso il conto dei giorni, quando accadde una cosa apparentemente insignificante.

Mentre mangiava pane e formaggio, si accorse che qualcosa non andava. Si avvicinò allo specchio e spalancò la bocca, scoprendo che al posto di un incisivo superiore c'era un bel buco e la gengiva sanguinava appena.

Sputò il bolo nel palmo della mano e notò che, in mezzo al cibo masticato, spuntava un piccolo dente da latte.

Ne aveva già persi quattro negli ultimi mesi. Le sue amiche avevano l'abitudine di mettere il dentino sotto al cuscino prima di andare a dormire, così che una fatina potesse prenderlo in cambio di qualche soldino. Anche se le compagne sapevano che non era vero, era comunque divertente. Ma a Serena non era mai riuscita la messinscena. Tuttavia, ogni volta che Aurora perdeva un dente, aveva comunque diritto a un regalo. La cosa bella non era tanto il dono in sé, bensì il fatto che, a differenza delle amichette, lei non doveva relazionarsi con una creatura immaginaria. Esisteva tutto un preciso rituale per cui Serena non si limitava a darle del denaro, ma la portava in un negozio e le faceva indovinare cosa avesse intenzione di comprarle. Aurora non aveva mai sbagliato, azzeccando sempre il regalo al primo colpo. Il fatto che lei e Serena avessero gli stessi gusti era motivo di orgoglio per entrambe.

Adesso, osservando l'incisivo nella propria mano, Aurora provò una nostalgia infinita per la madre. Le mancavano tante cose, come i pomeriggi a Palazzo Parigi e il tè dopo aver nuotato nella piscina dell'albergo. Rimpiangeva perfino le litigate per colpa di quell'impiastro di Gas.

Poi, però, fu travolta da una sensazione diversa.

Iniziò a essere furiosa per tutti gli abbracci e i baci che Serena non le aveva dato. Per l'affetto centellinato e sfuggente. Per il suo modo sdegnoso di liquidare ogni smanceria. E adesso che Aurora avrebbe avuto bisogno del ricordo di quei gesti materni, invece non poteva contarci.

Pensò di sbarazzarsi del dentino, buttandolo nel secchio in cui faceva i bisogni. Tanto era sicura che Serena avesse fatto fare la stessa fine anche a quelli che aveva già perso, gettandoli nel water. Ma poi ci ripensò.

L'incisivo era comunque una parte di lei. Non voleva separarsene. Così lo poggiò sullo sgabello che stava accanto al letto.

Quella sera, lo sconosciuto senza faccia si presentò come sempre per pettinarla. Aurora, però, aveva un umore diverso dalle volte precedenti. La rabbia che provava per sua madre le aveva infuso un nuovo coraggio. Ecco perché decise di parlare all'estraneo.

«Oggi mi è caduto un dente» disse, perché forse sperava di ricevere qualcosa in cambio, magari di poter tornare a casa. Ormai si aggrappava a qualunque illusione, anche la più improbabile. «Volevo buttarlo via, ma poi l'ho tenuto» affermò, puntando il dito verso lo sgabello.

Lo sconosciuto senza faccia smise di spazzolarla. Prima si voltò nella direzione indicata, poi si alzò, recandosi lì di persona. Vide il piccolo incisivo e lo prese fra le dita guantate. Lo sollevò, portandoselo all'altezza del volto celato dietro la maschera, come se volesse osservarlo meglio. Quindi, sempre tacendo, lasciò la soffitta senza terminare di pettinare Aurora.

E si portò appresso il dente.

La bambina si domandò cosa ne avrebbe fatto e se, a differenza di sua madre, l'avrebbe conservato per sé.

.

Ogni volta che lo sconosciuto senza volto lasciava la soffitta non richiudeva la porta a chiave.

Nonostante lei lo avesse notato già da un po', non aveva mai avuto il coraggio di andare a vedere cosa ci fosse oltre quel confine. Men che meno di provare a fuggire.

Però, dopo diverse settimane che era lì, cominciava a capire che, se non avesse preso qualche iniziativa, prima o poi la sua situazione sarebbe peggiorata. Non era stupida, sapeva che quella condizione non poteva durare per sempre. Una delle sue paure era che il carceriere si stancasse di spazzolarle semplicemente i capelli e cercasse un altro modo per divertirsi con lei.

Ma il pensiero che l'atterriva era un altro.

Temeva che ciò che stava accadendo nella soffitta fosse solo una preparazione, una specie di allenamento a ciò che sarebbe venuto dopo. Non riusciva a immaginare quale potesse essere il destino che l'attendeva, né era in grado di calcolare quanto tempo le restasse.

Era come se lo sconosciuto senza volto non volesse solamente domare la sua chioma. Spazzolandola ogni sera, era come se provasse ad addomesticare soprattutto lei.

Un po' come quando, dopo che con Serena avevano preso Gas, lei aveva dovuto educarlo a usare la lettiera per fare i bisogni. I primi tempi, era rimasta con lui e l'aveva accarezzato per fargli capire che era al sicuro. Forse il metodo seguito dal suo carceriere era lo stesso. Perciò Aurora si rese conto che, più si mostrava remissiva, più sarebbe stato semplice per lui raggiungere l'obiettivo.

Avrebbe dovuto ribellarsi. Però era frenata dal terrore delle conseguenze.

Poi accadde una cosa che le fornì un motivo valido per sbarazzarsi di ogni indugio. Un mattino si svegliò nella solita tana e, aprendo gli occhi, si accorse che, su una delle gambe del letto rosa sotto il quale si rifugiava, era stato inciso qualcosa con un oggetto appuntito.

Un piccolo cuore. Chi era stato a disegnarlo?

Anche se fino ad allora non aveva voluto ammetterlo, adesso aveva davanti la prova che, prima di lei, c'era stato qualcun altro in quella stanza. Probabilmente una bambina, visto che la cameretta era stata allestita per una femmina.

Anche quella si rifugiava sotto il letto, esattamente come lei? Aurora provò a immaginare che fine avesse fatto la precedente ospite della soffitta. È scappata, si disse, pensando per la prima volta che anche l'altra bambina fosse prigioniera.

Da lì, maturò la decisione di provare a fuggire.

Si preparò adeguatamente. Per prima cosa, stabilì che il tentativo sarebbe avvenuto di notte, dopo la visita del carceriere, presumendo che lui dopo se ne andasse a dormire. In secondo luogo, preparò una specie di fagotto con la federa del cuscino. Ci mise dentro un paio di maglioni, nel caso avesse avuto bisogno di coprirsi meglio. Ogni tanto, dall'abbaino vedeva nevicare e nella cassapanca non c'era un giaccone. Nemmeno scarpe, e questo era un problema. Avrebbe indossato varie paia di calzettoni l'uno sopra l'altro, con la speranza che bastassero a tenerle i piedi al caldo.

Mentre il sole calava, s'infilò sotto al letto con una forchetta rubata dal vassoio e con i rebbi incise un messaggio accanto al piccolo cuore. Se avesse fallito, il rapitore avrebbe sicuramente cercato un'altra bambina da spazzolare. E forse anche quella avrebbe avuto bisogno di uno sprone per tentare l'impresa di salvarsi da sola.

Ecco perché Aurora sotto il letto scrisse una parola inequivocabile.

Quella sera, dopo la consueta seduta davanti allo specchio, lo sconosciuto senza volto si congedò, come al solito, in silenzio.

Per tutto il giorno, lei aveva evitato di bere e di mangiare temendo che le pietanze contenessero un sonnifero per tenerla buona. Aveva nascosto il cibo avanzato nella cassapanca, rovesciandoci dentro anche i bicchieri di latte e lasciando sul vassoio solo piatti vuoti.

Dopo aver indossato più strati di vestiti e le immancabili ali da fata farfalla, si mise seduta di fronte alla porta rossa, con accanto la federa del cuscino.

Era pronta ad andare.

Attese un bel po', sperando che il rapitore non soffrisse d'insonnia. Poi decise che era trascorso un tempo sufficiente e che era venuto il momento di muoversi.

Appoggiò la mano sulla maniglia d'ottone, la fece girare lentamente e la tirò a sé. I cardini gemettero finché l'uscio non si aprì di un metro verso l'interno della soffitta.

Davanti ad Aurora c'era di nuovo un muro di buio.

L'unica luce era quella debolissima della luna che proveniva dall'abbaino alle sue spalle. Allora ingoiò un po' di saliva perché la gola era secchissima. Non vedeva l'ora di andare fuori e infilarsi in bocca un pugno di neve fresca. La sete che aveva patito per tutto il giorno adesso era aumentata per via della tensione.

Avanzò nell'oscurità, tendendo un braccio per percepire eventuali ostacoli. Il pavimento di legno scricchiolava sotto il peso dei suoi passi. Allora lei li rallentò il più possibile.

Sempre senza vedere niente, toccò una sfera di legno che si trovava in cima a una specie di piedistallo. Mentre cercava di capire cosa fosse, le venne a mancare il suolo sotto il piede sinistro. Stava per urlare ma si trattenne. Prima di cadere nel baratro, riuscì ad afferrarsi a qualcosa di solido.

Solo allora intuì di essere aggrappata a una balaustra e che sotto di lei c'era una scala.

Dopo essere affondata nel primo gradino, proseguì la discesa con calma. Il silenzio era impenetrabile almeno quanto le tenebre che la circondavano.

Alla base della scalinata c'era un ambiente rischiarato dalla luce lunare che proveniva da due grandi finestre con le tende di pizzo. Aurora notò di essere in una specie di soggiorno. I mobili sembravano molto vecchi. C'erano una credenza, un divano, una poltrona lisa e un televisore accanto a un camino con all'interno della brace che andava spegnendosi.

La bambina si accorse che, a pochi passi da lei, c'era la porta che dava all'esterno della casa. Andò subito a verificare se fosse aperta.

Lo era.

Aprì e si ritrovò fuori, in mezzo a un paesaggio alpino. Intorno a lei, solo boschi e montagne. La luna si rifletteva sulla neve candida che circondava la baita.

Aurora scese i gradini del portico e i suoi piedini sparirono subito nella coltre gelata. Indomita, avanzò faticosamente, cercando di capire in quale direzione andare. Il problema era proprio che non si vedevano strade, né sentieri.

Procedette diritto davanti a sé.

Giunta a un centinaio di metri dalla casa, si riscoprì già stanca e infreddolita. Inoltre, poco al di là di quel limite, il livido bagliore lunare svaniva e non si vedeva niente.

Davanti a lei c'era una distesa nera. Com'era possibile?

Fece ancora qualche passo e sentì risalire dal basso una ventata di aria gelida. Comprese che, oltre la neve, c'era il vuoto.

Si trovava sull'orlo di un burrone.

Si ritrasse, sgomenta. Fino a quel momento, non si era domandata come mai fosse stato così facile uscire dalla sua prigione. Adesso intuì che la porta della soffitta non veniva chiusa a chiave perché tanto era impossibile fuggire da lì.

Si voltò nuovamente verso la casa. Lo sconosciuto senza volto era immobile sulla soglia della baita e la stava fissando da sotto alla maschera nera, come se sapesse già che sarebbe tornata indietro.

La spazzola nella sua mano brillava alla luce della luna.

Non ci furono punizioni, ma nemmeno altri tentativi di fuga. La vecchia vita e le vecchie consuetudini vennero ripristinate come se niente fosse.

La cosa che spaventava di più Aurora era che il carceriere cambiasse qualcosa nella loro routine. E allora ormai subiva passivamente la propria condizione col patto implicito che però nulla sarebbe mutato. E finché lo sconosciuto senza volto si accontentava di tenerla reclusa e spazzolarle i capelli, a lei andava bene così.

Starò buona e brava e farò tutto ciò che vuoi. Ma tu non farmi del male.

Anche la sofferenza durante le spazzolate si era attenuata. O forse era lei che non ci faceva più caso. Ad ogni modo, durante le sedute davanti allo specchio, la bambina riusciva perfino a estraniarsi e a fuggire altrove con la fantasia.

La sua chioma bionda, però, iniziava a subire gli effetti di quel trattamento serale. La mattina dopo, Aurora trovava in giro molti capelli. Li raccoglieva dalla moquette verde prato, nascondendoli sotto il materasso. Probabilmente, al buio lo sconosciuto senza volto non si era accorto di nulla. E adesso non doveva assolutamente saperlo.

Siccome si era convinta di essere stata scelta per via dei riccioli d'oro, non voleva che quello perdesse interesse per lei. Adesso, la nuova paura non era più di restare lì per sempre. Ma che lui si sbarazzasse di lei per prendere un'altra bambina con dei bei capelli da spazzolare.

Per il resto, le giornate scorrevano uguali. Anche il cibo nei vassoi era sempre lo stesso. Non avendo idea di quante settimane fossero trascorse, Aurora aveva imparato a suddividere il tempo in base a ciò che mangiava. E aveva coniato dei nuovi nomi per i giorni che si susseguivano.

C'erano lo *uovadì*, lo *zuppadì*, il *salsicciadì*, il *brododì*, il *fagioledì*, il *pollodì* e, siccome il gelato coi frutti di bosco le veniva dato una volta sola, identificò il *dolcedì* con la domenica.

Una notte iniziò a soffiare il vento.

La mattina seguente, non aveva ancora smesso. Anzi, l'intensità era perfino aumentata, trasformandosi in una vera e propria tempesta. E andò avanti così per giorni. L'aria si abbatteva sulla baita, percuotendo la finestra dell'abbaino. Infilandosi negli spifferi fra le travi, produceva un suono simile a quello di un flauto stonato o di un lamento.

Aurora passava molto tempo con le mani sulle orecchie e la notte dormiva con la testa sotto il cuscino.

Il rumore le rendeva impossibile perfino pensare.

A volte il vento calava, facendola illudere che fosse finita. Ma poi riprendeva con la stessa foga di prima. Sembrava che dovesse scoperchiare il tetto da un momento all'altro.

Lo sconosciuto senza faccia, invece, pareva non accorgersi di ciò che stava accadendo. Nei suoi gesti si ravvisava sempre una calma impenetrabile. Era come se niente potesse turbarlo.

Un pomeriggio, accadde ciò che Aurora aveva già in qualche modo paventato. Un improvviso rumore di vetri infranti. La bambina era seduta per terra a mangiare una minestra e fu investita da una pioggia di detriti. Fu spinta all'indietro, ma l'impatto col pavimento fu attutito dalle ali che aveva sulle spalle.

Un ramo, staccatosi da un albero, aveva sfondato l'abbaino.

Lei ebbe l'impressione che, dopo vari tentativi, il vento fosse finalmente riuscito a irrompere nella soffitta. Infatti ora se ne andava in giro per la cameretta come uno spirito curioso, spostando oggetti e facendone cadere altri, sollevando i lembi della trapunta e infilandosi fra i suoi capelli.

Aurora chiuse gli occhi e si lasciò spettinare. Avrebbe dovuto provare timore, poiché maneggiare la sua chioma era un'esclusiva del carceriere. Invece era un po' come essere finalmente liberati.

Un pensiero la ridestò dalla piacevole sensazione, allorché avvertì le alette sulla schiena che si muovevano da sole.

Accarezzò la folle idea di poter volare via dalla soffitta.

Guardò l'abbaino rotto e capì che, volendo, si poteva fare. Una nuova eccitazione s'impadronì di lei. Ma doveva sbrigarsi, poiché lo sconosciuto senza volto sarebbe potuto entrare nella stanza da un momento all'altro per controllare cosa stava accadendo.

Allora si guardò intorno. Individuò ciò che le occorreva. Lo spago raggomitolato tutt'intorno alla trottola di legno era perfetto per ciò che aveva in mente. Lo srotolò dal giocattolo e lo portò con sé vicino al letto. Sollevò il materasso e prese una manciata dei capelli persi che aveva conservato, li raccolse in una ciocca e poi la legò a un'estremità del filo. Quindi si tolse le ali dalle spalle e annodò l'altro lembo dello spago alla struttura di fil di ferro. Verificò nuovamente che i due nodi fossero ben fatti.

Dopodiché, tornò verso il buco che stava al posto della finestrella. Constatò che l'aria entrava ma poi fuoriusciva di nuovo da quella bocca. Allora si sollevò sulle punte e alzò le braccia che sostenevano le ali di tulle blu.

Sentì che il vento provava a strappargliele di mano. Gliele lasciò prendere, ma senza mollarle del tutto. Contemporaneamente, si fece scorrere lo spago fra i palmi, tendendolo come si fa con gli aquiloni. Ma ancora non lo lasciava andare.

Era come aveva immaginato, le sue ali stavano volando. E puntavano verso l'esterno.

Il cuore le batteva forte. Quando si sentì pronta, Aurora aprì le dita e liberò lo spago con la ciocca di capelli.

Le ali da fata farfalla furono risucchiate dalla corrente. Una volta fuori dall'imboccatura, si librarono nell'aria, verso l'alto, portandosi appresso la prova che lei era lì e che voleva tornare a casa.

Aurora le vide danzare via e iniziò a piangere di gioia e anche di nostalgia, quelle alette blu erano l'ultima cosa che le fosse rimasta della vita di prima.

Vi prego, disse. Vi scongiuro, andate dalla mia mamma e portatela da me.

2

Proprio come i naufraghi su un'isola deserta che infilano un messaggio dentro una bottiglia nella speranza di essere salvati...
Ad Aurora piacevano quelle storie d'avventura. Forse per questo aveva davvero creduto che potesse succedere anche a lei.
Invece non accadde nulla. La sua supplica affidata al vento non venne accolta da nessuno.
Le giornate iniziarono ad allungarsi e faceva meno freddo. Aurora intuì che era iniziata la primavera. Probabilmente, la natura fuori dalla soffitta stava rinascendo. Contemporaneamente, la bambina si rese conto che in lei qualcosa si era irrimediabilmente spento.
La paura era stranamente sparita. Non pensava che potesse accadere davvero. La stessa sorte era toccata alla tristezza, evaporata insieme alle lacrime. Ma erano svanite anche la rabbia, la voglia di ribellarsi, la forza di volontà e la speranza.
In lei era insorta una specie di apatia.
Si sentiva immobile come un sacchetto di sabbia. E se qualcosa la colpiva, lei cambiava solo forma; aveva imparato ad adattarsi.
Il dolore le rimbalzava addosso.
Per questo le capitava sempre più spesso di trascorrere gran parte delle giornate seduta sulla moquette verde prato a fissare il muro. La mente vagava senza una meta, saltando da un pensiero inutile all'altro. Ed era così presa che non si rendeva conto del tempo che passava. A volte, nemmeno che il sole era tramontato. Così, si ritrovava al buio senza accorgersene.
Un pomeriggio, proprio mentre era accovacciata per terra, si ridestò dalla condizione di straniamento. Era come se la sabbia che aveva continuato ad accumularsi dentro di lei avesse rag-

giunto l'orlo. Non c'era più spazio, nemmeno per un solo granello.

Il sacchetto si ruppe, lasciando fluire tutto il contenuto.

Allora lei si alzò e, come in uno stato catatonico, andò verso la porta rossa della soffitta. La aprì e si ritrovò a percorrere il pianerottolo fino alle scale che conducevano al piano inferiore. Le discese con una mano appoggiata alla balaustra. Giunta di sotto, ignorò il soggiorno coi vecchi mobili e si diresse verso l'uscita.

Sotto al portico, scoprì che la neve intorno alla baita si stava sciogliendo. Scese i tre gradini che la separavano da un prato fangoso e procedette senza curarsi di niente, come se le fosse stato impartito un comando e il suo corpo non potesse far altro che eseguirlo.

Arrivò fino all'orlo del burrone, nello stesso punto in cui si era arrestato il suo primo e unico tentativo di fuga.

Stavolta, guardò in basso.

Lo strapiombo roccioso sembrava non avere fine. Sarebbe stato bellissimo lasciarsi andare, come in un abbraccio.

Ed era anche convinta che non avrebbe provato alcun dolore.

Ma fu distratta da un rumore di passi alle proprie spalle. Voltò appena il capo e, con la coda dell'occhio, vide che lo sconosciuto senza faccia era sopraggiunto di corsa per cercare di fermarla. Però si era arrestato a pochi metri da lei e aveva il fiatone.

«No» le disse.

Finalmente aveva parlato. Ma il tono non era intimativo, semmai sembrava quello di una preghiera. E poi, la sua voce... La sua voce aveva qualcosa di strano. Non era così che Aurora l'aveva immaginata.

Sembrava quella di un bambino.

Era la cosa più terrorizzante di lui. Più dei guanti neri di gomma. Più della maschera che gli copriva il volto.

«Non lo farò» disse Aurora. «Ma allora tu dovrai mostrarmi la tua faccia.»

Pensava che quello non avrebbe mai raccolto la sfida. Invece, con sua grande meraviglia, lo sconosciuto si portò le mani al passamontagna.

Iniziò a sfilarselo.

Mentre compiva l'operazione, Aurora si ritrovò a fissarlo, incredula e curiosa. Improvvisamente, qualcosa si era riacceso in lei. Ma poi fu colta da un bruttissimo presentimento. Fino a quel momento, non si era mai domandata perché lui le avesse celato il proprio aspetto. E adesso era stato fin troppo semplice convincerlo a rivelare il proprio volto.

E se il suo intento fosse preservarla da quella vista?

Allora la bambina immaginò che di lì a poco si sarebbe trovata al cospetto di un mostro, un essere disumano, una creatura immonda. Si sbagliava. Quando quello finì di togliersi la maschera, ciò che vide era molto peggio.

Un sorriso che la spaventò a morte.

LA VITA DI DOPO

1

«Solitamente, *mamma* e *papà* sono le prime parole che impariamo a pronunciare. Ma spesso sono anche le prime a morire, insieme ai nostri genitori» disse la dottoressa Nowak alla piccola platea. «Le parole *mamma* e *papà* non escono dal nostro lessico ma, dal momento in cui vengono a mancare le persone a cui sono riferite, perdono il loro significato originario. Diremo ancora *mia madre* o *mio padre*, ma non sarà la stessa cosa» aggiunse. «Però dobbiamo domandarci se vale anche il contrario... Oppure si continua a essere mamma e papà anche quando non c'è più nessuno a chiamarci così?»

«Io sarò sempre la mamma di Camilla» obiettò Veronica, con un tono quasi risentito. «Anche solo per il fatto di averla partorita. Trentasei ore di travaglio vorranno pur dire qualcosa!»

Gli altri annuirono, ma solo per farle piacere. Veronica tendeva a essere melodrammatica e il suo ardore andava smorzato subito.

Nelle ultime sedute, si erano soffermati parecchio sul senso delle parole e sul loro utilizzo. Una constatazione molto comune era che, mentre *vedovo* o *orfano* erano espressioni ricorrenti, nel vocabolario mancava una qualifica per chi aveva perso un figlio o una figlia. In ogni lingua.

La dottoressa Nowak aveva provato a giustificare l'assenza di un termine specifico sostenendo che spesso erano la legge e il diritto a produrre certe definizioni e, siccome la morte della prole non aveva conseguenze ereditarie, nessun legislatore aveva mai pensato di colmare il vuoto. C'era anche una ragione più banale. «Fino a un secolo fa, la mortalità infantile era più frequente» affermò la psicologa. «Ogni famiglia poteva contare un lutto di quel tipo e ogni genitore metteva in conto di misurarsi con quel dolore. E poi non c'era nemmeno il tempo di affezionarsi a chi se ne andava così presto, il ricordo svaniva in fretta. Il fenomeno era così comune che non c'era bisogno di dargli un nome. Oggi, per fortuna, la morte di un figlio è un fatto eccezionale.»

La dottoressa Nowak provava a spiegare a quel gruppetto di «vincitori della lotteria della morte» come una cosa apparentemente contro natura, un evento devastante li avesse resi in un certo senso «unici» rispetto a una buona fetta dell'umanità. E, altresì, cercava di farlo con l'impassibilità con cui qualcun altro avrebbe affrontato un qualsiasi argomento di conversazione.

«Capisco che lei voglia aiutarci a liberarci dal peso di certe parole, ma non è facile» le fece notare Max, sistemandosi gli occhiali che gli erano scivolati sul naso.

«Però forse è proprio da lì che dovreste cominciare» insistette la psicologa.

«Cazzate» sentenziò Ric. «A me certe parole non servono più. E, di solito, ciò che non mi serve finisce dritto nel cesso o nella spazzatura» ribadì, accavallando le gambe e prendendosi un piede nudo fra le mani.

«Se potessi riavere il mio bambino, potrebbe anche cominciare a chiamarmi col mio nome di battesimo, chissenefrega» affermò Benedetta, con convinzione. Era la più pragmatica.

Serena non aveva ancora aperto bocca, eppure di regola era la più loquace. Ma la discussione aveva tutta l'aria di non portare a nulla, perché in realtà i suoi compagni non avevano voglia di rinunciare alle proprie prerogative di genitori, foss'anche essere ancora definiti tali. E checché ne dicessero, non si sarebbero mai arresi all'idea di aver perso certi privilegi.

«Io non ho rimpianti» assicurò Ric, massaggiandosi un callo sotto l'alluce.

Quelle persone avevano in comune molto più di un semplice lutto. Consideravano la morte di un figlio alla stregua di un male incurabile che però, invece di ucciderti, ti costringe a vivere.

Pensandola così, era difficile scardinare la loro convinzione che non sarebbero mai potuti guarire. Per resistere al dolore, in qualche modo si adeguavano alla malattia.

Ric, per esempio, da quando il figlio di due anni era annegato in una piscina gonfiabile con dentro appena cinque centimetri d'acqua, non indossava più le scarpe. Andare in giro scalzo non era una ribellione o un modo per attirare l'attenzione su di sé o su ciò che gli era capitato. Gli sembrava semplicemente assurdo fare le stesse cose di prima. Per lui ridere o mangiare, guidare la macchina o vestirsi significava far finta di niente. La vita stessa era diventata intollerabile. Ma siccome non poteva smettere di fare tutto, aveva optato per quell'unica bizzarra soluzione.

Lo faceva sentire in pace con il fatto di essere ancora vivo.

Proprio grazie a ciò, l'uomo aveva trovato un equilibrio che gli permetteva di alzarsi dal letto ogni mattina, di indossare un completo e la cravatta e di continuare a fare il proprio lavoro da impiegato in un ufficio. Serena era sicura che le persone che lo circondavano, comprese quelle che conoscevano la sua storia, erano convinte che fosse andato fuori di testa.

Ma per Ric la vera follia era essere sopravvissuto al proprio bambino.

Veronica non si stancava di ripetere che in media bastano tre minuti senza respirare per causare danni cerebrali irreversibili, un paio in più portavano alla morte. Perciò, in caso di soffocamento, non c'era il tempo di chiamare un'ambulanza. Inoltre sosteneva che gran parte del personale sanitario non sapeva praticare una manovra di disostruzione delle vie aeree.

Spesso si presentava alle feste di compleanno di bambini che non conosceva per mettere in guardia i presenti sul rischio di gonfiare i palloncini con la bocca, avvertendoli che se finivano nella trachea non c'era più modo di tirarli fuori.

Solo in Italia, si contavano almeno cinque casi all'anno.

Serena e gli altri del gruppo provavano a immaginare la reazione di sgomento di familiari e amici del piccolo festeggiato, lo shock provocato dall'irruzione di una squilibrata che, esprimendosi con toni apocalittici, funestava irrimediabilmente quel momento di gioia.

Ma Veronica parlava con cognizione di causa, avendo perso la sua Camilla proprio per colpa di uno stupido palloncino rosso.

Sia lei che Ric erano reduci da matrimoni fallimentari. Entrambi erano stati lasciati dai rispettivi coniugi perché erano incapaci di rassegnarsi alla perdita.

Benedetta e Max un tempo erano sposati fra loro. La causa della separazione non era stata la morte del loro unico bambino, Edoardo. La vera ragione era il vuoto che ne era conseguito. Un vuoto da cui non si poteva distogliere lo sguardo. Anche volendo. Un vuoto che insieme non si può nascondere, da soli invece sì.

Per questo Max e Benedetta continuavano comunque a volersi bene e a frequentarsi.

Come per gli altri componenti del gruppo, anche il loro bambino era mancato per via di un evento che avrebbe potuto essere evitato. Edoardo stava passeggiando sul marciapiede, mano nella mano con entrambi i genitori, quando era stato falciato da un maledetto monopattino elettrico a noleggio. A bordo del mezzo avrebbe dovuto esserci una sola persona. Invece erano in due e, in più, si trattava di minorenni. In città c'erano pochi controlli e, siccome con lo *sharing* si inquinava meno, la vita di Edoardo era stato il prezzo da pagare per certe mode ambientalistiche.

Visto che ogni individuo sviluppava un proprio modo di reagire alla tragedia, Max aveva preso l'abitudine di appostarsi fuori dalle scuole elementari, all'entrata o all'uscita degli studenti. Oppure nelle aree giochi all'interno dei parchi. La vista dei bambini era consolatoria, ma un paio di volte aveva rischiato il linciaggio perché qualcuno l'aveva scambiato per un malintenzionato.

Benedetta era diventata un'esperta di kickboxing. Ogni sabato sera, si truccava, indossava un bel vestito e poi usciva in cerca di una rissa. Spesso si presentava alle riunioni con dei lividi sulla faccia. Ma nessuno aveva il coraggio di chiederle come se li fosse procurati.

Serena era capitata in mezzo a loro quasi per caso. Ed era stata l'ultima ad aggregarsi al gruppo.

Tornata da Vion, i suoi capi l'avevano licenziata per negligenza. Ben presto i suoi risparmi erano andati in fumo a causa di investimenti ad alto rischio fatti nel suo periodo *teddy-bear*.

Per ripianare le perdite, era stata costretta a vendere il proprio appartamento.

Aveva impiegato circa un anno a disintossicarsi. Ma, una volta sbarazzatasi di alcol e farmaci, era stata costretta a fare i conti da sola con la feroce depressione rimasta sempre in agguato dietro le sue dipendenze.

Avendo capito che non avrebbe resistito ancora per molto e che la tappa successiva era finire in un reparto di psichiatria oppure a vivere per strada, si era decisa a farsi aiutare. Si era recata in un consultorio con l'intenzione di intraprendere un percorso di supporto psicologico. Fra i tanti volantini esposti su una bacheca, aveva scelto quello con un nome emblematico.

«Gruppo dei *glitch*.»

Nel gergo dei videogiochi, un glitch è un'anomalia del software che consente ai giocatori di conseguire un guadagno inaspettato. Spesso il glitch è nascosto nel sistema e chi lo scova può superare agevolmente i livelli e ottenere più punti.

Serena sapeva che il glitch dipendeva da un errore di programmazione o *bug*. E, in quel momento della propria vita, lei si sentiva esattamente come una macchina difettosa. Ma, proprio per questo, il volantino sembrava promettere che si potesse trasformare un difetto in una specie di vantaggio.

I glitch si riunivano sui Navigli, in un opificio in disuso che una volta produceva maglieria.

Serena ne aveva varcato la soglia per la prima volta un giovedì sera, mentre fuori pioveva a dirotto, dopo aver girato intorno all'ex fabbrica per settimane senza trovare il coraggio di entrare.

Da allora non aveva mai perso un incontro.

La dottoressa Nowak aveva più di sessant'anni, portava sempre gonne molto colorate e fumava la pipa. Parecchio tempo prima era stata il dottor Nowak e, forse proprio in virtù di quel radicale cambiamento, aveva compreso che si potesse insegnare agli altri come sfruttare la propria unicità per rivoluzionare la propria esistenza.

Il gruppo dei glitch tendeva a dare asilo agli esseri umani più disparati. Nevrotici, paranoici, nichilisti, esibizionisti, megalomani, maniaci del controllo. Ciascuno coi propri tic o le proprie fissazioni. Inoltre, la composizione del gruppo aveva subito vari rimpasti nel corso degli anni. Alcuni membri andavano e venivano. Altri erano assidui frequentatori ma poi scomparivano improvvisamente. A certi bastava un solo incontro per capire che non faceva per loro.

La regola era che chi non tornava doveva essere subito dimenticato. Non c'era spazio per altra compassione.

Il gruppo stabile era composto da cinque elementi. Serena era contenta di farne parte. Ric, Veronica, Max e Benedetta ormai erano diventati la sua nuova famiglia.

E anche se la dottoressa Nowak sconsigliava di frequentarsi al di fuori delle riunioni, spesso loro facevano insieme anche altro. Nessuna occasione particolarmente mondana, ma avevano capito che è più facile condividere un cinema o una pizza o anche semplicemente chiacchierare con chi ha avuto il tuo stesso tipo di esperienza. Anche perché quelli come loro erano considerati come degli appestati dal resto delle persone.

«Dovunque vada, porto la mia tristezza» amava ripetere Ric, scherzando su un'amara verità. Avevano sviluppato tutti una sorta di macabra ironia che avrebbe scandalizzato chiunque altro.

Grazie alla dottoressa Nowak e a quei quattro reietti della società, Serena era riuscita a superare quasi indenne un sacco di momenti terribili. Non aveva trovato ancora pace ma confidava che un giorno sarebbe stata in grado di controllare la propria angoscia.

Erano trascorsi quasi cinque anni dalla perdita di Aurora.

2

Milano era la tipica città europea in cui moderni grattacieli sembravano vegliare sui palazzi antichi, quasi a voler proteggere il prezioso passato che continuava a esistere ai loro piedi.

Così si creavano come due mondi paralleli.

In quello di sopra c'erano gli affari, la velocità e la vista panoramica. Sotto la vita rallentava, si rimpiccioliva e pareva ancora quella di una volta. Il fruttivendolo, il fioraio, il panettiere, le piccole botteghe di quartiere. Le cassette di arance, il profumo dei fiori e del pane fresco, le voci familiari e il saluto dei passanti.

Per spostarsi da un mondo all'altro, era sufficiente prendere un ascensore.

Un tempo, Serena conosceva solo la città fra le nuvole e disdegnava l'idea di scendere a vedere cosa accadesse di sotto. Adesso invece aveva abbandonato il mondo fatto di specchi.

Abitava in un piccolo appartamento, al terzo piano di una delle tipiche case di ringhiera del quartiere Isola. La caratteristica di quei palazzi era che si entrava dal cortile, accedendo ai vari piani attraverso scale e ballatoi esterni. Perciò era come vivere in una piccola comunità in cui tutti si conoscevano.

Serena aveva imparato a coltivare nuovi rapporti umani col vicinato, molto più autentici di quelli della vita di prima.

Tuttavia, a parte la dottoressa Nowak e il gruppo dei glitch, nessuno sapeva quale fosse la sua storia. Aurora era ancora presente nei ricordi di Serena, ma era come se fosse rinchiusa lì. La madre la faceva uscire solo quando era necessario, per esempio durante la terapia di supporto psicologico.

Serena non aveva più voluto un compagno, nemmeno occasionalmente. Le bastava Gas. Il gatto era molto invecchiato e lei doveva accudirlo in ogni cosa. Inoltre era quasi diventato cieco. Per quanto di solito si evitassero reciprocamente, ogni tanto quello si andava ad accoccolare sui suoi piedi. Serena evitava di pensare a quanti anni rimanessero ancora a Gas. A volte desiderava la stessa fine per entrambi, addormentarsi e non risvegliarsi più.

Però, dovendo comunque portare avanti una parvenza di vita, aveva dovuto cercarsi un lavoro.

Le era stato fatale l'incontro con Adone Sterli e il suo mondo fatto di vecchi libri da rilegare. Infatti aveva trovato un impiego in una casa editrice in via Gherardini, a pochi passi dal parco Sempione e dall'Arco della Pace. Ci arrivava ogni mattina in bicicletta e il suo compito consisteva nel leggere e valutare manoscritti inediti. In realtà, Serena non decideva nulla. Poteva soltanto segnalare alla direzione editoriale i romanzi che le sembravano più interessanti. Molto spesso i suoi suggerimenti venivano ignorati, ma lei si riempiva d'orgoglio quando uno dei *suoi* scrittori veniva pubblicato.

I colleghi e le colleghe della casa editrice ignoravano il suo passato. Non solo non sapevano di Aurora ma non avrebbero mai potuto immaginare che la donna con i capelli sempre raccolti in una coda, che indossava maglioncini e ballerine e, d'inverno, un largo cappotto di lana, fosse stata lo «squalo biondo», una spietata broker che non scendeva quasi mai dai suoi tacchi alti.

A volte, a Serena sembrava di far parte di uno di quei programmi di protezione testimoni in cui la polizia assegnava una nuova esistenza agli ex affiliati della malavita. D'altronde, l'unica cosa che non era cambiata rispetto al passato era il suo nome. Di tutto il resto aveva fatto tabula rasa.

Per preservare il suo doloroso segreto, conduceva una vita semplice, fatta di abitudini consolidate e orari regolari. Andava a letto presto e aveva imparato a godere delle piccole cose. Per esempio, le piaceva andare a leggere i manoscritti al parco, sedendosi sempre sulla stessa panchina, in qualunque stagione. E, quando pioveva, si portava appresso un ombrello.

Le storie l'aiutavano a perdersi. Anche casa sua era piena di libri. Non riusciva a farne a meno.

A volte, però, la leggerezza si faceva improvvisamente pesante. La spensieratezza veniva offuscata da nubi impenetrabili. Certe mattine, non ce la faceva nemmeno ad alzarsi dal letto. Quando l'avevano assunta, aveva detto di soffrire di emicranie lancinanti. La dottoressa Nowak le aveva procurato anche un certificato medico che attestasse quell'invalidità.

Era una bugia soltanto in parte, poiché non c'era un nome per la vera causa del suo malessere.

Serena era convinta che, a parte le sporadiche incursioni del dolore, la sua esistenza sarebbe continuata in quel modo ordinario, fino alla morte. Non riusciva a immaginare che potesse esserci una svolta. Né se l'augurava. Non aveva alcun desiderio. Le cose le andavano bene così. Aveva barattato l'ambizione con la tranquillità, il lusso con la comodità. E aveva accettato la propria solitudine perché in cambio aveva ottenuto il privilegio di non doversi più preoccupare che un altro affetto le fosse strappato via in modo crudele.

Però, nonostante non si aspettasse e non cercasse nulla di nuovo, non poteva impedire alla vita di sorprenderla.

Solitamente, Serena usava tre criteri per valutare un testo. Il primo era la piacevolezza: se la scrittura scorreva, allora assegnava un punto. Il secondo riguardava la scrittrice o lo scrittore che, a suo parere, dovevano «sparire» dal racconto. Invece spesso le capitavano barbosi romanzi autobiografici o autoreferenziali. Come diceva sempre il suo capo: «A meno che tu non sia Hemingway, della tua vita ci frega poco». Nello stesso tempo, Serena detestava gli autori che avevano una pretesa intellettuale, che volevano impartire lezioni di vita al lettore o catechizzare il mondo. Il terzo criterio di valutazione era il più importante di tutti. Serena odiava i finali chiusi perché, come dopo un buon pasto, voleva essere ancora affamata al termine della storia.

La fame faceva la differenza.

Un giorno arrivò sulla sua scrivania il manoscritto di un romanzo senza titolo. Non era nemmeno indicato il nome dell'autrice o dell'autore. Stava per chiedere spiegazioni al capo, ma poi non lo fece. In fondo, lei doveva solo esprimere un parere sul testo.

Iniziò la lettura come al solito, cercando di essere semplicemente obiettiva.

Il romanzo era l'insieme di varie storie interconnesse. I diversi personaggi avevano una caratteristica in comune: in un certo punto della loro vita, avevano compiuto un'azione o una scelta oppure anche un semplice gesto che, molti anni dopo, aveva prodotto una conseguenza significativa, capace di stravolgere la loro esistenza. Tuttavia, nel momento in cui avevano causato sconvolgimento, non erano minimamente consapevoli di ciò che avrebbe provocato. Per esempio c'era una donna che, grazie al fatto di aver restituito un mazzo di chiavi smarrito, vent'anni dopo si era ritrovata a ereditare una fortuna. O un collezionista d'arte che si era accaparrato una scultura nel corso di un'asta, non immaginando che, da vecchio, l'opera gli sarebbe caduta in testa, facendogli perdere la memoria. Un poliziotto che aveva sventato l'omicidio di una donna incinta di quello che un giorno sarebbe stato il suo assassino. O l'insegnante che aveva promosso uno studente poco brillante, ignorando che da grande se lo sarebbe ritrovato davanti come chirurgo in sala operatoria.

Era un'idea accattivante e Serena s'immerse totalmente nelle pagine, fino quasi a perdere la cognizione del tempo. Si portava appresso il manoscritto ovunque andasse. Non riusciva a metterlo giù. Lo leggeva durante la pausa pranzo, sul tram e, cosa che non faceva quasi mai, se lo portò anche a casa. Per finirlo, rimase sveglia fino a notte fonda. Quando lo richiuse, continuò a lungo a pensare alle storie che aveva letto. E, cosa incredibile, i personaggi erano ancora lì con lei.

Il segreto dei bei libri era che non finivano mai all'ultima pagina. Continuavano a risuonarti nella testa come una musica ammaliante.

Serena si chiese ancora una volta chi fosse l'autore o l'autrice del romanzo che l'aveva tanto affascinata. È un uomo, si disse. Di solito, ci azzeccava.

Quella stessa notte redasse la scheda con l'analisi del testo e, al momento delle conclusioni, ne consigliò ardentemente la pubblicazione. Il giorno seguente, consegnò il parere al direttore editoriale. «Come farete a contattare l'autore se non sapete chi è?» chiese.

«Chi ti dice che è un uomo?» ribatté il suo capo.

«Lo so» disse lei, senza aggiungere altro.

«Allora chi ti dice che non lo conosciamo?»

Bella domanda, pensò Serena.

Solo allora il direttore editoriale aprì un cassetto della scrivania e le porse una lettera. «Questa è arrivata insieme al manoscritto» spiegò, con un sorriso sornione. «Vuoi darle un'occhiata?» le propose, stuzzicandola.

Serena era combattuta. Ammettere di essere curiosa era un po' come rivelare una debolezza. L'orgoglio la spingeva a rifiutare l'offerta. Ma poi prese la lettera dal tavolo e se ne andò dalla stanza senza aggiungere altro, inseguita dalla risatina del capo.

La lettera era proprio una bella lettera.

Spiegava che le diverse storie contenute nel romanzo erano basate sulla «locuzione dell'*effetto farfalla*», formulata negli anni Sessanta dal matematico e meteorologo Edward Lorenz: «Può il batter d'ali di una farfalla in Brasile provocare un tornado in Texas?» Il manoscritto era ispirato alla «teoria del caos» e, in particolare, all'assunto secondo cui «piccole variazioni nelle condizioni iniziali producono grandi variazioni nel lungo periodo».

Al termine della missiva, l'autore rivelava di essere un principiante della scrittura. Infatti, era professore di fisica teorica presso l'Università Statale di Milano.

E si firmava «Fabio Lamberti».

Serena si compiacque di aver intuito che si trattasse di un uomo. Ma si presentò un ulteriore elemento di novità. Negli anni trascorsi in casa editrice, non aveva mai provato il desiderio di sapere chi fossero o che aspetto avessero gli autori dei manoscritti che le venivano sottoposti. Anzi, spesso evitava perfino di informarsi sul loro conto per timore di essere delusa. Aveva imparato che il dono della creatività non veniva instillato solo alle belle persone.

Ma nel caso del professor Fabio Lamberti qualcosa la spingeva ad approfondire la conoscenza. Forse era condizionata dal romanzo che aveva letto. Forse non era sazia della storia e ne bramava ancora. O forse le mancavano così tanto i personaggi che sentiva il bisogno di incontrare il loro creatore.

Dopo averci riflettuto per un giorno intero, decise di andare ad assistere a una delle lezioni del docente.

Serena non ipotizzò neanche per un momento che da quell'incontro potessero scaturire imprevedibili conseguenze per il suo futuro. Né era ancora in grado di cogliere il paradosso di ciò che stava per accaderle.

Presto anche lei sarebbe stata colpita dall'effetto farfalla.

3

«Allora, come è andata?»

«Niente di che... Mi sono seduta nell'aula insieme agli altri studenti, scegliendo un posto defilato perché non volevo che si notasse che ero la più vecchia. Poi è arrivato Lamberti e ha tenuto una lezione sulla dinamica dei sistemi di cui ho capito ben poco. La spiegazione è durata circa un'ora e poi ha congedato tutti, dando appuntamento ai seminari della settimana successiva.»

«Tutto qui?» domandò ancora Benedetta, visibilmente delusa.

«Perché, ti aspettavi che si mettesse a cantare?» la rintuzzò Ric. «Il fatto è che voi donne vi aspettate sempre un colpo di scena, come se viveste perennemente in una specie di telenovela.»

«Sei spoetizzante» lo rimproverò Veronica. «Ogni tanto ci piace anche essere sorprese da un uomo e non spiazzate» aggiunse, lanciando un'occhiataccia ai suoi talloni anneriti.

«Concordo con Bene» si accodò Max. «Anch'io speravo che la storia avesse un seguito e ciò non credo intacchi minimamente la mia virilità.»

Serena aveva avuto l'infelice idea di raccontare al gruppo dei glitch del manoscritto. La regola era che, di solito, durante le riunioni non condividevano solo umori e cose negative ma si dicevano tutto ciò che gli capitava. Spesso era utile ricevere altri punti di vista. Ma adesso l'argomento Fabio Lamberti aveva monopolizzato la discussione.

«Forse Serena era solo curiosa di conoscere l'autore del romanzo che l'ha colpita» intervenne la dottoressa Nowak. «È sicuramente un bene frequentare persone al di fuori di questa cerchia. Ma non possiamo biasimarla se non si sentiva ancora pronta a compiere un passo ulteriore. Tempo al tempo.»

«In realtà, un approccio c'è stato» affermò lei, pentendosi quasi subito.

Si voltarono tutti a guardarla, compresa la psicologa.

Serena fu costretta a rivelare il resto. «Mentre andavo via al termine della lezione, me lo sono ritrovato davanti in corridoio. Mi ha chiesto che ci facessi nell'aula visto che non ero una sua studentessa.»

«E tu cosa hai risposto?» la sollecitò Veronica.

«Gli ho risposto che ero lì per dare un'occhiatina... Ed è stata l'affermazione più idiota che potessi fare, ma ero in imbarazzo. Poi, però, mi sono ricordata del saggio di fisica che mi aveva fatto leggere Adone.»

«Il tuo amico rilegatore? Quello che colleziona segnalibri dimenticati fra le pagine?» chiese Max, pedante come sempre.

«Proprio quello» rispose per lei Benedetta, stizzita per l'interruzione.

«Gli ho spiegato che mi sono avvicinata alla materia leggendo un saggio sul multiverso che stava per finire al macero» proseguì Serena, ripensando alla catasta nel laboratorio di Adone dov'erano ammassati i testi che non si potevano recuperare. Era felice di aver salvato quel libro, perché anni dopo le aveva fornito la scusa per fare colpo su Lamberti. «In pratica, ho detto al professore che, grazie a quella lettura, mi era venuta voglia di frequentare qualche lezione di fisica.»

«Quindi non gli hai confessato che avevi letto il suo romanzo» constatò ancora Max.

Serena scosse il capo. «Segreto professionale.» Ma non avrebbe avuto comunque il coraggio di rivelare a Lamberti la vera ragione che l'aveva spinta a conoscerlo.

«E il professore che ha detto?» la incalzò Benedetta.

«Ha detto che gli studi sul multiverso sono affascinanti ma insufficientemente supportati da modelli matematici.» In verità, era rimasta un po' delusa dall'affermazione. Le piaceva l'idea che Aurora fosse ancora viva in un diverso spazio-tempo. In passato, aveva condiviso la teoria col gruppo dei glitch, sperando che anche per loro fosse consolatoria. Tuttavia, non era più convinta di vivere nell'universo sbagliato e non invidiava più la Serena che si trovava in quello in cui Aurora adesso aveva quasi undici anni. Era sicura che anche quel suo clone fosse triste senza comprenderne il motivo, perché i genitori potevano sentire il dolore dei figli anche da un'altra dimensione.

«Ed è finita lì?» domandò Ric. Anche lui adesso sembrava insoddisfatto dall'esito dell'incontro col professore. «Non ti ha nemmeno chiesto il numero di telefono?» insistette, sollevando un sopracciglio in segno di disapprovazione.

«Ebbene no» confermò Serena. D'altronde, era meglio così. Al di là delle aspettative del gruppo, lei non era pronta a crearsi altri legami. Probabilmente, non lo sarebbe mai stata. O, perlomeno, era incapace di relazionarsi con chi non era reduce dalla sua stessa esperienza. In fondo ciò che univa i cinque glitch non era l'amicizia, ma la morte.

«Non ci hai ancora detto che tipo è...» le fece notare Max, con un pizzico di malizia. Era strano che una simile richiesta venisse da lui che di solito era molto attento a non varcare certi limiti.

Serena non poteva confessare che Lamberti, oltre a essere estremamente affascinante, aveva anche una decina d'anni meno di lei. «È un tipo interessante» si limitò a dire. «Abbastanza ordinario» asserì, cercando di apparire credibile.

Sperava che si accontentassero della descrizione sommaria. Ed era convinta che non l'avrebbe più rivisto.

Le riapparve il giorno successivo, per le scale della casa editrice. Ma fra loro, fu lei la più sorpresa. «Dovrei chiederle cosa ci fa qui?» gli disse.

«Sono venuto a dare un'occhiatina» rispose lui, ripetendo la stessa scusa idiota che lei aveva usato all'università. Però seguita da un sorriso. «E poi volevo ringraziarla per il parere entusiastico che ha riservato al mio manoscritto.»

Serena arrossì, non le capitava mai. La sua scheda sarebbe dovuta rimanere riservata. Perché cavolo gliel'avevano fatta leggere?

«A quanto pare, devo a lei la mia futura pubblicazione» aggiunse. «Posso invitarla a pranzo?»

Lei si sentì improvvisamente a disagio e fuori luogo. Un sudore freddo le imperlò la fronte. E, dallo sguardo preoccupato di Fabio Lamberti, intuì di essere impallidita.

«Si sente bene?» le chiese infatti quello.

Serena avvertì una nausea improvvisa. Si voltò per correre in bagno, mollandolo così, impalato sui gradini.

Un attacco di panico in piena regola, di quelli che non lasciano scampo.

Lo stesso giorno, il professor Lamberti si premurò di farle pervenire un messaggio di scuse. Serena avrebbe voluto che sapesse che ciò che era successo non era dipeso da lui. Ma si astenne dal rispondergli.

Invece si mise in malattia e si rinchiuse in casa.

Come aveva potuto un breve scambio di battute ridurla in quello stato? Ma lei non era pronta ad alcun cambiamento. E quell'uomo, con un semplice invito a pranzo, le stava prospettando una specie di rivoluzione. Serena riusciva a visualizzare tutte le conseguenze. Era troppo e tutto insieme, e lei non ce la poteva fare.

Dopo circa una settimana di spesa a domicilio e cibo spazzatura, bussarono alla porta ma non era un fattorino. Quando aprì, mezza assonnata anche se erano solo le otto di sera, si ritrovò davanti Ric con indosso un bel completo blu, camicia bianca, gemelli d'oro e cravatta regimental.

«Hai saltato gli ultimi tre incontri» le disse, rimproverandola. «Da quando ti conosco, non sei mai mancata. Un incontro perso può capitare. Dopo due comincia a essere preoccupante. Al terzo scattano tutti gli allarmi.» Allora si mise a imitare il suono delle sirene, alternando quella dei vigili del fuoco, con un'ambulanza e la polizia. Il suo vocione risuonava sul ballatoio e nel cortile della palazzina.

Serena non sapeva come fermarlo, si tappò le orecchie. Di lì a poco, i vicini si sarebbero affacciati per vedere cosa stesse succedendo. «Sto per sbatterti la porta in faccia» lo avvertì.

«Va bene, la smetto» disse Ric, finalmente.

Constatò che l'amico aveva contravvenuto alla regola del gruppo per cui non ci si doveva interessare se qualche membro decideva improvvisamente di sparire. Serena era colpita e lusingata, ma non voleva darlo a vedere. «Perché sei venuto *tu*?» gli chiese, immaginando che fosse stato inviato dagli altri glitch.

«Infatti non voleva venire nessuno e abbiamo tirato a sorte» ammise l'altro. «Mettiti elegante, ti porto a fare l'aperitivo in un posto di fighetti e in cui c'è il *dress code*.»

Non fu il tono perentorio a convincerla, quanto la vista dei suoi piedi scalzi sotto l'abito blu.

Riccardo, detto «Ric», adorava sconvolgere la gente. La sua missione era catechizzare quelli che non immaginavano minimamente cosa significasse l'irruzione improvvisa del dolore in un'esistenza ordinaria. I suoi piedi nudi erano un monito per tutti a non lamentarsi mai e a godersi la normalità, la noia e la grigia quotidianità finché potevano.

«Sei scappata da lui, e allora?» affermò, sorseggiando il suo Shirley Temple. «Francamente, non mi sembra una tragedia.»

Erano seduti a un tavolino dell'Armani Bamboo, circondati da avventori elegantissimi, bellissimi e pieni di sé. Ric e Serena erano gli unici a bere cocktail analcolici.

«Non volevo scappare da lui: avrei voluto scomparire» puntualizzò con enfasi eccessiva, rivedendosi nella scena sulle scale della casa editrice. Forse era una reazione un po' adolescenziale, ma non le importava.

«Non è mica una divinità» ribatté Ric. «Il tuo professore è un essere umano come me e come te: caga, piscia, rutta e scoreggia.»

«Ma smettila di dire 'il tuo professore'!» lo ammonì. «E poi lui non scoreggia affatto.»

Scoppiarono a ridere.

«E poi non voglio che mi accada più, per questo preferisco tenermi stretta il mio gatto e la mia routine» proseguì Serena.

«Ascolta» disse Ric. «Per anni mi sono torturato per ciò che era accaduto a Filippo. Continuavo ad analizzare l'evento, chiedendomi dove fosse l'errore. È annegato in soli cinque centimetri d'acqua, ci pensi? *Cinque centimetri*. E aveva già due anni.

Perciò, quando è finito dentro la piscina gonfiabile, era in grado di risollevarsi da solo. Allora come è stato possibile?»

Serena non sapeva rispondere. Nessuno poteva.

«Eppure è successo» disse Ric.

Oltre all'assurdità della morte di un figlio, quell'uomo doveva anche tollerare il fatto che non esistesse una logica.

«Niente di ciò che ci capita è casuale» asserì l'amico. «È il frutto della catena di eventi che l'hanno preceduto. Uno è portato a pensare che siano determinanti le grandi scelte della vita. Invece le piccole cose lo sono di più. Perciò le cause dell'annegamento di mio figlio risalgono a un *prima* in cui lui nemmeno esisteva. Se, prima della sua nascita, un giorno camminando avessi deciso di svoltare a destra invece che a sinistra, se un martedì qualsiasi avessi indossato dei calzini di un colore diverso, se al ristorante avessi ordinato una bistecca invece di un hamburger o se in un certo momento non avessi starnutito... forse non sarebbe successo.»

Serena sospirò. «E questo che c'entra con me?»

«Perché l'ho capito quando nel gruppo hai parlato del romanzo del *tuo* professore.»

«L'effetto farfalla» disse lei, arrivandoci.

«Non so se basta come spiegazione per la morte di mio figlio, ma è già qualcosa» aggiunse Ric. «E ultimamente sto anche riuscendo ad addormentarmi prima la sera.»

«Che devo fare, secondo te?» chiese lei, desiderosa di trovare una soluzione.

«Il mio cruccio non è mai stato di non poter tornare indietro per cambiare anche una soltanto di quelle cose insignificanti» disse lui. «La pena più grande la provo guardando chi è diverso da noi due» affermò, indicando quelli che li circondavano. «La gente pensa solo al rischio della morte, ma ignora quanto sia pericoloso vivere.»

Serena comprese il messaggio. Quelli come lei e Ric invece sapevano fin troppo bene quale azzardo si celasse in ogni istante di vita. Per questo avevano un vantaggio rispetto agli altri. Potevano permettersi di non avere più paura di niente.

Ecco perché per lei adesso esisteva una speranza.

4

«Accetto l'invito a pranzo.»
Erano trascorse tre settimane e dal modo in cui Lamberti la guardò, Serena pensò che nel frattempo il professore si fosse dimenticato di lei. Invocò un terremoto, col desiderio di sprofondare nelle viscere della terra.
Erano nel corridoio del dipartimento di fisica, in mezzo a un viavai di studenti. Serena avvertiva lo sfioro degli sguardi su di sé. La reazione divertita degli estranei la metteva a disagio.
Lamberti controllò l'ora. «Perfetto, ho proprio fame» sentenziò.
Serena tirò un sospiro di sollievo, ma gli comunicò di avere poco tempo. «La mia pausa pranzo non dura molto e ho impiegato venticinque minuti per arrivare qui in bicicletta e me ne serviranno altrettanti per tornare in casa editrice.»
Fabio Lamberti non si perse d'animo e ponderò la situazione. «Qui vicino c'è un bar che fa dei tramezzini decenti: ce la potremo cavare in un quarto d'ora.»
La loro prima uscita insieme durò in effetti quindici minuti. I tramezzini non erano male. Ne mangiarono uno a testa. Prosciutto e frittatina per Lamberti. Tonno, sedano e pomodoro per lei. E presero due centrifughe di mela, carota e zenzero.
Non riuscirono a dirsi molto nel poco tempo a disposizione. Ma, al termine dell'incontro, Serena si rese conto di sapere già abbastanza di quell'uomo. Dettagli, ma fondamentali. Adorava i cani. Aveva una moto ma amava anche andare in bicicletta. Frequentava gli stessi amici dalle scuole medie e si rivedevano ogni giovedì sera per giocare a calcetto. Vicino casa sua c'era una bocciofila dove, volendo, si poteva mangiare, anche se la scelta del menù era ridotta a pesciolini fritti o salamella. Suonava la batteria in un gruppo rock progressive e gli piacevano i

Jethro Tull, la birra scura e le feste di paese. Da piccolo era una peste. Portava gli occhiali ma solo per leggere. Collezionava fumetti. Aveva scelto di laurearsi in fisica fin da bambino, dopo aver visto il film *Ritorno al futuro*.

Lo ascoltò senza dire nulla. Lasciò che fosse lui a parlare per tutto il tempo. Lei era bloccata dal proprio passato. Non solo da Aurora, ma da ciò che lei stessa era stata nella vita precedente. Cioè l'esatto opposto del professor Lamberti. Aveva paura di essere giudicata per l'ambizione spregiudicata, il cinismo, il lusso, il denaro. Inoltre, non poteva nemmeno raccontargli il proprio presente. Almeno, non tutto. Si vergognava del proprio dolore, della depressione, della fuga dal mondo che aveva caratterizzato gli ultimi anni.

Tuttavia, Serena trovò incredibilmente desiderabile l'esistenza di quell'uomo. Voleva farne parte anche soltanto per parlarne con la stessa gioia.

Contrariamente a quanto si aspettasse, nei quindici minuti trascorsi insieme, la loro differenza d'età non era pesata affatto. E poi lui era single.

Al termine del quarto d'ora, Lamberti le propose di uscire di nuovo. Ma, memore della reazione di Serena all'invito a pranzo, quando era quasi svenuta per le scale della casa editrice, si affrettò a rassicurarla che sarebbe stata una cosa poco impegnativa. «Direi una merenda con pizza al trancio o kebab, e durerà al massimo venti minuti.»

Strappandole un sorriso, era riuscito a conquistarsi la sua fiducia. Ma anche a farla sentire a proprio agio riguardo all'idea di rivedersi presto.

Gli incontri proseguirono. In realtà, riuscirono a condividere qualcosa di più di uno spuntino. Dopo un mese, la cena col professore era diventato un appuntamento fisso del martedì. Secondo Lamberti, il martedì era il giorno più triste della settimana perciò era perfetto.

«Perché dici così?» gli chiese Serena.

«Anche se non lo ammetti, il lunedì hai ancora in circolo l'allegria del weekend. Il martedì invece è svanito tutto e, in più, manca ancora tanto al fine settimana successivo.»

Oltre al martedì sera, però, si sentivano ogni giorno per telefono. Ben presto, alla chiamata fissa del tardo pomeriggio, quando entrambi finivano di lavorare, si aggiunse quella della mattina e, infine, l'ultima a tarda sera.

Solitamente, si raccontavano ciò che era accaduto nella vita di ciascuno durante le ore in cui non si erano parlati. Nelle chiacchierate, Lamberti inseriva sempre qualche aneddoto divertente o qualche storia del passato, facendo spesso riferimento ad amici e familiari. Serena, invece, parlava soprattutto di libri o delle cose che aveva fatto da sola di recente. Non accennava mai a famiglia o conosciuti. Non poteva certo raccontargli del gruppo dei glitch, altrimenti avrebbe anche dovuto spiegargli perché partecipava alle riunioni con la dottoressa Nowak.

Ogni tanto, il professore provava a farle dire qualcosa che non fosse avvenuto negli ultimi trenta giorni. Era curioso, ma non la forzava mai. Sembrava che la vita di Serena fosse cominciata quando si erano conosciuti. E un po' era davvero così.

«Secondo me, il professore immagina che tu sia una specie di criminale redenta che cerca di nascondere la vita precedente» ipotizzò un giorno Veronica.

«Come in *Nikita*» aggiunse Benedetta. «Qualcuno ricorda quel film? Che figata!»

«Be', un po' è davvero così» commentò Max. «A parte il fatto che non sei una criminale, ovviamente.»

«Secondo voi, cosa dovrei fare?» chiese Serena, ansiosa di un parere risolutivo. «Non credo che potrò andare avanti ancora per molto. Prima o poi lui inizierà ad avere dei sospetti e io non voglio che immagini cose che non esistono.» Aveva il terrore che Lamberti incontrasse qualcuno che conosceva la Serena di prima e, quello o quella, finisse per raccontargli tutto di lei. Il mondo era davvero piccolo.

«Hai paura di perderlo tacendo la verità, ma anche che lui scappi dopo averla sentita» sintetizzò Ric.

In effetti, non si sbagliava.

Intervenne la dottoressa Nowak. «Il fatto è che noi *siamo* il nostro passato, è inevitabile. Ma per avere un futuro è necessario soprattutto investire sul presente» affermò la psicologa, in maniera un po' fumosa. «Perciò possiamo stare qui a discutere per ore, ma l'unica domanda che mi preme farti è se con questo professor Lamberti vi siete scambiati almeno un bacio...»

In realtà, era ciò che volevano sapere tutti ma che nessuno aveva ancora osato chiedere. La Nowak invece era stata diretta e non provava nemmeno a nascondere il proprio divertimento mentre cercava di stanare Serena.

In effetti, fino ad allora con Lamberti non c'erano stati contatti fisici. Forse la psicologa la stava invitando a lasciarsi andare.

«Senza una bella scopata, è difficile che duri fra voi» sentenziò Ric.

Serena non aveva alcuna voglia di «scopare». Be', forse ce l'aveva, ma non era quello il punto. Così decise di affrontare il professore prima che fosse lui a mostrarle il cosiddetto «elefante nella stanza».

«So che vuoi chiedermi tante cose, il fatto è che non so se sono ancora pronta a rispondere alle tue domande» disse, tutto d'un fiato. «Il mio passato è come un transatlantico affondato nel bel mezzo dell'oceano. Temo che adesso sia pieno di fantasmi e non so se mi va di scendere là sotto con te.»

«Non ho fretta» le assicurò Lamberti.

Forse era sincero, forse mentiva. Ma il fatto che avesse procrastinato il momento delle rivelazioni fece capire a Serena che anche per lui il loro rapporto non era estemporaneo. Forse c'era davvero un futuro all'orizzonte.

«Non sono una criminale» aggiunse, tanto per rassicurarlo. «E credo che sia arrivato il momento di baciarci.»

Da quel primo bacio derivarono parecchie conseguenze, proprio come previsto dalla teoria dell'effetto farfalla.

Nei due mesi successivi di assidue frequentazioni, Lamberti le presentò una quantità inimmaginabile di amici. Compresi quelli che frequentava fin da bambino. Poi toccò ai familiari. Il professore era il quarto di sei fra fratelli e sorelle. I suoi genitori, che erano ancora abbastanza giovani, adottarono letteralmente Serena.

Lei non si era mai sentita così al centro dell'attenzione. Tutti avevano un particolare riguardo nei suoi confronti. Però si accorse che evitavano accuratamente di farle domande sul passato o sui suoi familiari. Siccome non era stupida, immaginò che Lamberti gli avesse chiesto di tenere a freno la curiosità.

La storia del transatlantico inabissato funzionava anche per loro.

A un certo punto, Serena si domandò se per caso lei e il prof potessero considerarsi «fidanzati». Non era mai stata la fidanzata di nessuno, non aveva mai nemmeno avvertito la necessità di essere definita tale. Ma in qualche modo quello status di esclusività la gratificava. Sapeva di essere oggetto d'invidia da parte delle studentesse del prof, non le era sfuggito come se lo mangiavano con lo sguardo. Lamberti, invece, aveva occhi solo per lei ed era così premuroso e attento che, se Serena per esempio un giorno diceva quanto erano belli i tulipani, lui gliene faceva trovare un mazzo davanti alla porta di casa il mattino dopo.

Forse avrebbe dovuto ricambiare le sue attenzioni presentandogli il gruppo dei glitch, sarebbe stata una bella prova per entrambi. Ma ancora non si sentiva pronta.

Una sera, dopo essere andati al cinema, Lamberti le raccontò di aver ereditato una cascina dai nonni materni. Le disse che avrebbe voluto ristrutturarla e magari trasferirsi lì. L'aspetto più carino era che la casa si trovava praticamente in città, in mezzo a un vecchio quartiere operaio. L'Ortica.

«Un pezzo di campagna sopravvissuto al cemento.» Così la definì.

Dall'entusiasmo con cui ne parlava, Serena intuì che avrebbe voluto chiederle di andare a vivere insieme. Sarebbe stata una bella svolta, soprattutto per Gas. Il gatto aveva già manifestato la propria gelosia nei confronti di Lamberti, graffiandolo a più riprese.

Come sempre, la dottoressa Nowak cercò di spingerla verso una decisione. «Cosa ti spaventa?»

«Da qualche tempo non ho più le mie crisi.»

«Allora vuol dire che questa relazione ti fa bene.»

«Se fosse vero, rivelerei a Lamberti che tre sere a settimana vedo un gruppo di *fuoriditesta*, invece d'inventarmi improbabili corsi di ceramica, yoga e cucina creativa.»

«Hai paura che andando a convivere lui si accorga che non sai cucinare, meditare o fabbricare soprammobili?»

«Mi risparmi il suo sarcasmo. E se dovessi rendermi conto che non sto bene affatto? E se, peggio, se ne rendesse conto lui?»

«Nel caso tornerai nel tuo vecchio appartamento e riprenderai a fare le cose che facevi prima» concluse la psicologa. «Hai conosciuto il dolore irreversibile, non dovrebbe preoccuparti l'idea di soffrire per motivi diversi dalla morte di tua figlia.»

Era vero, e quello era il suo nuovo superpotere. Una specie di scudo protettivo.

Serena, però, continuava a essere titubante.

Così, come sempre, fu il destino a decidere per lei.

5

Iniziò tutto dopo una cena messicana. Serena vomitò una notte intera e il mattino dopo era uno straccio. Il malessere si protrasse nei giorni successivi. Lamberti disse che forse era influenza. Ma lei non ne era del tutto convinta.

Ciò che provava era troppo simile all'indigestione con cui Aurora aveva rivelato la propria presenza dentro di lei, dopo essersene rimasta acquattata per ben quattro mesi. Insospettita e intimorita, Serena corse a comprare un test di gravidanza.

Anche stavolta un esserino, di cui ignorava ancora ogni cosa, l'aveva fregata.

Siccome sapeva cosa si provava a perdere un figlio, avrebbe dovuto essere terrorizzata al pensiero che potesse accadere un'altra volta. Era consapevole che, con l'imminente arrivo di qualcosa di più prezioso di se stessa, aveva perso di nuovo il proprio superpotere. Eppure, stranamente, provava un senso di compiutezza.

Ecco perché sono cessate le crisi depressive, si disse.

Quando comunicò la novità al professore, gli occhi di lui si riempirono di lacrime. Serena non aveva mai visto un uomo piangere. O meglio, non aveva mai visto un uomo piangere di gioia. Era sicura che il padre di Aurora non avrebbe avuto la stessa reazione se lei all'epoca avesse potuto dirgli che stavano per avere una figlia. D'altronde, visto che non sapeva con esattezza chi fosse, il problema non si poneva.

Una parte di lei avrebbe voluto che Lamberti le chiedesse di abortire. Lui invece sembrò farsi carico fin da subito del ruolo che Serena gli stava inconsapevolmente proponendo.

Decisero di andare a vivere insieme nella famosa cascina all'Ortica. Due piani, un bel giardino sul retro e una piccola serra. Serena non aveva idea di come coltivare un orto. Prese dalla casa editrice un paio di libri che spiegavano come fare e si mise all'opera.

Dopo qualche mese, verso settembre, oltre agli ortaggi era cresciuto anche il suo pancione.

Mancavano poche settimane alla scadenza del termine e Serena aveva già ridotto le presenze agli incontri coi glitch. Presto si sarebbe messa in aspettativa dal lavoro per maternità.

Nel frattempo, il libro del professore era uscito e stava ottenendo un discreto successo, anche di critica. Serena ne andava fiera, visto che era stato pubblicato grazie al suo giudizio positivo.

Insomma, le cose andavano per il meglio e lei non l'aveva dato per scontato.

Finché, un giorno che sembrava come un altro, iniziò con un insolito senso di vertigine e spaesamento. Serena non sapeva dire da cosa dipendesse. Forse era per via del sogno che aveva fatto quella notte.

Le era sembrato che qualcuno le spazzolasse i capelli al buio.

Ciò che aveva provato era dolce e inquietante. Quel gesto così intimo l'aveva fatta sentire protetta e minacciata allo stesso tempo. La sensazione si era protratta per gran parte della mattinata, ma poi era svanita da sola insieme al ricordo del sogno.

Rientrando a casa di pomeriggio dal lavoro, con un cartoccio di pollo arrosto e patatine del chiosco di Giannasi, Serena trovò il professore seduto in soggiorno.

Ai suoi piedi c'era una piccola cassa di legno intarsiata. Lamberti non aveva guardato cosa ci fosse dentro.

« Oggi si è presentato il fattorino di una società di brokeraggio e ha lasciato questa per te. Ha detto che era in giacenza nel loro ufficio da circa un anno, ma che solo ora sono riusciti a procurarsi un indirizzo per consegnartela. »

Serena comprese che la frase « società di brokeraggio » doveva essere suonata in modo bizzarro alle orecchie di Lamberti.

« All'inizio ho pensato che il fattorino si fosse sbagliato » disse lui. Poi aveva capito da sé che un piccolo frammento del passato, che Serena pensava fosse nascosto nel profondo di un abisso, si era staccato dal relitto del famoso transatlantico, riemergendo e riuscendo ad arrivare fino a loro.

La vecchia vita era tornata a bussare alla sua porta con le sembianze di un fattorino.

«Ha aggiunto altro?»

«Ha detto solo che il mittente è un certo Adone Sterli.»

Serena guardò la cassetta, immaginando gli innumerevoli segnalibri che custodiva. Sarebbe stato bello farsi raccontare ancora dall'amico rilegatore le storie sulle strane reliquie rinvenute nei libri smarriti. Ma adesso Serena non poteva perdersi nei ricordi perché per lei era arrivato il momento di fornire qualche spiegazione all'uomo che amava e che l'amava. Dopodiché si sarebbe concentrata anche su tutto il resto.

Per esempio sulla convinzione che, se quella piccola cassa di legno era giunta fin lì, allora voleva dire che Adone Sterli era sicuramente morto.

6

«È stata Bianca, la sorella, a trovarlo... Sterli era già morto da un paio di giorni.»

Le parole del capo Gasser non la sorpresero, la scatola spiegava già tutto. Ma si domandò perché Adone avesse infranto il loro implicito patto del silenzio. Perché caricarla anche del dispiacere della propria morte?

Stranamente, nel racconto del comandante della polizia di Vion, Serena fece più caso al fatto che era la prima volta che sentiva nominare Bianca Sterli. Era consapevole di quanto fosse superficiale soffermarsi su una simile piccolezza, ma il piromane non le aveva mai detto come si chiamasse la sorella che gli portava da mangiare tutti i giorni.

Gasser stava confermando i suoi peggiori timori e Serena si chiese il motivo per cui, in mezzo a un discorso che non vorremmo sentire, la nostra mente si concentri sempre sui dettagli più insignificanti. Forse lo fa per sfuggire al dolore, si disse. Chissà come si chiamava la nipote di Adone. Quanti anni aveva adesso? E qualcuno le aveva finalmente rivelato l'esistenza di uno zio?

«Ad ogni modo, ha avuto un bel funerale» aggiunse l'uomo all'altro capo del telefono. La voce del capo Gasser non era cambiata, Serena si domandò se ciò valesse anche per il suo aspetto. Erano trascorsi poco più di sei anni.

«Come è successo?» chiese lei, benché non fosse sicura di volerlo realmente sapere.

«Sul referto del medico legale c'è scritto 'cause naturali'» disse l'altro, come a lasciarle intendere che non avevano voluto approfondire. Quasi una forma di rispetto per la decisione estrema di un uomo che non era mai sfuggito alle proprie responsabilità e che comunque aveva scontato per intero la pena per i crimini commessi.

Serena pensò che, se Adone le aveva mandato la cassetta coi segnalibri, le cose erano due. O il rilegatore aveva avuto il sentore di ciò che sarebbe successo. Oppure lo aveva in qualche modo provocato.

La conferma le venne indirettamente dallo stesso Gasser. «Il cane gli era accanto, morto anche lui.»

Immaginò il diavolo nero, che in realtà era un animale mansueto e di cui non aveva mai saputo il nome.

«Adone stringeva un libro fra le mani» proseguì il comandante. «All'inizio pensavo fosse una Bibbia, invece parlava di piante» aggiunse, interdetto.

Serena si rese conto di conoscere quel libro. Si ricordò del trattato di botanica e ripensò alla volta in cui l'amico le aveva mostrato la lettera segreta che affiorava col calore da una pagina. Lo stratagemma dell'inchiostro col sale di cobalto usato da due amanti per tenere nascosta la loro corrispondenza d'amore. Chiuse gli occhi, non era sicura di voler sentire altro.

«Comunque, ultimamente Adone non ci stava più con la testa» cercò di consolarla Gasser. «Sono andato a trovarlo un paio di volte, parlava da solo e mi ha ignorato per tutto il tempo.»

«Grazie» disse Serena, sperando di fermarlo.

L'altro capì che poteva bastare. «E lei come sta?» domandò.

Capì che la domanda era sentita, e decise di rispondere con la verità. «Aspetto un bambino. È un maschio.» In quella rivelazione c'era la sintesi perfetta del suo stato d'animo. Per quelli come lei, avere un altro figlio significava andare avanti ma anche tornare indietro. In quella scelta coesistevano nuovo coraggio e nuove paure.

«Sono davvero felice di sentirlo» commentò Gasser. Anche lui era sincero. «Spero di rivederla un giorno.»

Io no, pensò Serena. Poi si salutarono.

Appena riattaccò, cominciò a riflettere sul fatto che per tutti quegli anni aveva pensato ad Adone sempre di sfuggita, evitando di soffermarsi più di tanto sui momenti trascorsi insieme nella baita. Come se anche lui facesse parte dell'orrore che lei stava cercando di lasciarsi alle spalle. Era ingiusto, lo sapeva, perché il vecchio amico non c'entrava nulla con ciò che era accaduto ad Aurora. Anzi, si era rivelato un valido alleato per comprendere l'inganno in cui Serena era cascata. Ma il ricordo di quando avevano fatto l'amore non era sufficiente a cancellare il resto.

Rammentò proprio quella volta, che poi era anche l'ultima in cui si erano visti. Lei che si rivestiva in fretta, cercando di non far rumore, con la speranza di riuscire ad andar via senza che lui si svegliasse. Adone nel letto che invece la fissava senza dire una parola. In quello sguardo muto era condensato il senso di mille discorsi.

Cosa sarebbe accaduto se uno dei due avesse detto qualcosa?

Serena non se l'era mai chiesto, ma adesso era costretta a farlo. Adone aveva capito che lei aveva bisogno di andar via e di cancellare tutto ciò che era accaduto a Vion, anche se la rimozione riguardava pure lui.

Aveva rispettato la volontà di Serena, per questo non l'aveva più cercata.

L'invio della cassetta di legno era l'unica trasgressione. Un modo per non essere dimenticato del tutto. O forse solo per rivendicare un piccolo ruolo nella sua vita. O magari era una confessione postuma, una maniera per farle sapere ciò che non aveva mai potuto dirle. Cioè che l'amava.

Proprio grazie a quell'ultima considerazione, Serena capì che era finito il tempo delle parole taciute.

Nella stanza accanto, il professor Lamberti aspettava ancora di conoscere una verità che aveva atteso troppo a lungo. Serena gli aveva chiesto di pazientare ancora un po' per permetterle di fare una telefonata, ma adesso non si poteva più rimandare. E lei si sarebbe servita della dichiarazione d'amore di Adone Sterli per raccontargli tutto. Sì, era una buona cosa.

«Sono pronta» disse, entrando in cucina.

Lui era seduto al tavolo da pranzo, con le braccia conserte e pensieroso. «Anch'io» le rispose, con un sorriso.

Serena andò a occupare la sedia accanto alla sua. Erano i posti che avevano scelto la prima volta che avevano messo piede in quella casa. Nessuno glieli aveva assegnati e non si erano nemmeno consultati prima. Ma, da allora, non avevano più cambiato. Serena pensò che proprio questo fa di due o più persone una famiglia. Cioè quando ciascuno sa qual è il proprio posto a tavola o dentro a un letto o sul divano, e lo sanno anche gli altri che abitano lì. E, dalla prima volta, non cambia più. E quando l'occupante, per un motivo qualsiasi, viene a mancare per poco o per sempre, quello rimarrà comunque il suo posto.

Anche il figlio che portava in grembo avrebbe scelto dove stare in quella casa. Ma era ancora troppo presto.

Perciò, prima di iniziare a parlare, Serena osservò una sedia vuota di fronte a loro. Con la mente, la scostò dal tavolo per far sedere Aurora, la sua bambina. Sapeva che alla fine del racconto, la figlia si sarebbe rialzata per andarsene via in silenzio. Serena non poteva farci nulla, così era la vita. Ma adesso Aurora era tornata ed era lì.

«Ciò che sentirai probabilmente ti sconvolgerà» esordì con Lamberti. «Sicuramente non te l'aspetti e non lo immagini neanche» lo avvertì. «Una parte di me ha paura che non capirai i motivi per cui non ho voluto parlarne prima. Forse dopo mi guarderai in modo diverso, forse ti sentirai strano. Ma qualcosa mi dice che, alla fine, comprenderemo entrambi che esiste un senso, anche se non possiamo coglierlo appieno... È come nell'effetto farfalla: se ciò che sto per rivelarti non fosse accaduto, noi non saremmo qui adesso e dentro di me non ci sarebbe questo bambino.»

Lui le prese la mano. Serena vi si aggrappò, perché alla fine del racconto quell'appiglio l'avrebbe aiutata a tornare indietro dal passato.

Aveva molti inizi fra cui scegliere. Ma decise di cominciare da una notte di gelo e di fuoco.

7

«Quando scoprirai la verità, sarà troppo tardi per fuggire da questa storia» esordì, poi il racconto di Serena si protrasse fino a tarda sera. Lamberti ascoltò in silenzio, senza mai lasciarle la mano. In alcuni passaggi, l'espressione del professore cambiava e si capiva che stava cercando di elaborare lo sgomento.

Partire dal momento in cui Aurora era stata dichiarata dispersa dopo il rogo al convitto era servito per inquadrare meglio il prima e il dopo. La parte più difficile da rivelare non riguardava la figlia indesiderata, concepita in una vacanza a Bali con un partner occasionale, bensì quella relativa alla Serena di un tempo. Insensibile e aggressiva, viziata, egoista ed egocentrica. Era convinta che quella donna spaventasse Lamberti e che lui si stesse domandando se davvero fosse andata via per sempre oppure se un giorno se la sarebbe ritrovata davanti.

Gli disse del *teddy-bear* e gli elencò tutte le sue dipendenze. Gli confidò come questa condizione l'avesse resa fragile e manipolabile, esponendola all'inganno e al ricatto di una banda senza scrupoli. Provò vergogna ad ammettere di aver rischiato di farsi ammazzare come una stupida.

Quando fu il momento di far apparire nella storia Adone Sterli, Serena avvertì un improvviso rammarico. Era stata crudele con lui, ma se ne rendeva conto solo adesso. Nonostante quell'uomo l'avesse salvata, lei si era disfatta di ogni ricordo.

Lamberti rimase colpito dalla figura del rilegatore. Dalla scelta di una vita solitaria, dalla gentilezza che riservava ai libri, dalle bombe incendiarie al profumo di biscotti. Anche per il prof era impossibile formulare un giudizio sul piromane. Non si riusciva a inquadrarlo come una figura positiva, ma neanche come una presenza totalmente negativa.

Infine, Serena parlò della dottoressa Nowak e soprattutto del gruppo dei glitch, i cui membri erano capaci di comprenderla appieno proprio perché avevano vissuto drammi simili al suo. In qualche modo, lasciò intendere a Lamberti che ciò che la accomunava a quei cinque disadattati la rendeva irrimediabilmente diversa da lui. E, nonostante si amassero, esisteva comunque una distanza che non si poteva colmare. «Ci sono posti in cui non puoi entrare» lo avvertì. «Porte chiuse che non potrai mai aprire.»

Al termine del racconto, erano rimasti in silenzio per un po'. Poi lui le aveva chiesto di parlargli almeno una volta di Aurora. Voleva sapere che tipo fosse e com'era stata la sua vita fino alla notte dell'incendio. Aveva promesso a Serena che dopo non avrebbe più domandato nulla di lei, rispettando la sua volontà di tenere il ricordo della figlia solo per sé.

Lei aveva esordito con una frase che non usava da tempo. «Io sono un lombrico. E Aurora era identica a me, tranne per la chioma di riccioli biondi.»

Rievocando lo spirito della figlia in quella cucina, Serena era riuscita a non farne un ritratto triste e perfino a sorriderne.

«Non ho mai pianto la sua morte» aveva ammesso. «Però un giorno all'anno mi vedrai diversa. Non capirai perché e ti verrà voglia di domandarmelo. Non farlo. Sappi fin da ora che quel giorno era il suo compleanno.»

A conclusione di quell'atto catartico e liberatorio, Serena sentì di essersi riappacificata con qualcosa. Non si poteva chiamare ancora guarigione, ma almeno adesso poteva esibire una cicatrice.

Il professore se n'era andato a letto. Lei invece era rimasta ad aspettare l'alba. Anche il bambino che portava in grembo era inquieto. Così Serena ne approfittò per sistemarsi con un plaid sul divano, davanti al caminetto spento. Quindi prese la cassetta di legno coi segnalibri che le aveva inviato Adone e se la piazzò sulle ginocchia.

La aprì nel silenzio della casa in cui abitava da pochi mesi e fu come invitare un vecchio amico nella sua nuova vita.

Negli anni, alla singolare collezione del rilegatore si erano aggiunti altri esemplari rinvenuti nei libri smarriti da lettori distratti e ignoti. Da quei cimeli, però, si poteva evincere qualche aspetto della loro vita e perfino scoprire qualche segreto. Lo scontrino ingiallito di un cappelliere di Venezia. Il biglietto da visita di un avvocato divorzista. Un cavalluccio marino seccato dal sole. Un biglietto perdente della lotteria su cui era stato fatto un disegnino osceno. Un santino con l'effige di san Michele Arcangelo. La carta dell'impiccato tratta da un mazzo di tarocchi.

Da ognuna di quelle reliquie si poteva immaginare la storia di una vita.

Chissà quante volte Adone aveva provato a ricostruire un frammento dell'esistenza di chi aveva perso o dimenticato il libro, proprio attraverso quegli oggetti. Esseri umani che non avrebbe mai conosciuto e che, però, avevano trovato un modo per mettersi in contatto con lui. E i segnalibri erano messaggi provenienti da altri mondi. Serena considerò che, in fondo, siamo tutti alieni gli uni per gli altri finché non ci incontriamo.

Sarebbe stato bello raccontare tutto questo al bambino che stava per arrivare. E, in quel momento, lei decise che la collezione di Adone sarebbe diventata il primo regalo per il nascituro. Un giorno, di lì a qualche anno, avrebbero fantasticato insieme sulla vita di persone sconosciute.

Ma, proprio mentre stava elaborando quel pensiero, Serena pescò dalla cassa una fotografia.

La carta lucida su cui era stampata era sbiadita e presentava segni di degrado. Nell'immagine, scattata all'interno di una chiesetta, c'era una bambina sui tre anni, con indosso un abitino bianco e scarpe di vernice nere, che pregava a mani giunte davanti a un altare sovrastato da un crocifisso di legno.

Biondissima. Anche se aveva i capelli lisci, quella bambina era Aurora.

8

«È lei, eppure non è lei... Non so come spiegartelo.»

Dopo la scoperta della foto, aveva svegliato Lamberti. Avrebbe voluto essere più chiara, ma si trovava in un tale stato d'agitazione che non riusciva a mettere ordine ai pensieri. Lui, però, aveva cercato subito di calmarla.

«Va bene, spiegamelo di nuovo, per favore» la invitò, tirandosi su e mettendosi a sedere sul letto.

Serena teneva la foto fra le mani che tremavano e continuava a fissare la bambina con l'abitino bianco che pregava nella chiesa. «Innanzitutto, io non ho mai scattato questa fotografia. Perciò l'ha fatto qualcun altro.»

«Ma Aurora è morta all'età di sei anni, questa bambina ne dimostra al massimo tre» le fece notare il professore, memore del fatto che Serena in passato avesse creduto che la figlia fosse sopravvissuta all'incendio.

«Lo so che è una vecchia foto» rispose lei, un po' stizzita. «Lo vedo anch'io.»

«D'accordo, per adesso lasciamo perdere chi l'ha scattata» propose il professore. «Ma allora forse è meglio tralasciare anche le somiglianze tra le due bambine e concentrarci sulle differenze.» Non voleva contrariarla ma, al tempo stesso, le stava fornendo un ottimo criterio di analisi per fugare ogni dubbio. «Cosa hanno di diverso tua figlia e questa bambina?»

«I capelli» disse prontamente lei. «I capelli sono diversi: anche se sono entrambe bionde, Aurora aveva una montagna di ricci ingovernabili.»

«Lo vedi? Abbiamo già due importanti differenze» le fece notare il professore. «Tu non hai mai scattato questa foto e i capelli di questa bambina sono lisci. Cos'altro?»

Serena fissò di nuovo l'immagine. «Non saprei... Forse, ora

che lo guardo meglio, il naso mi sembra leggermente diverso. Il viso è più rotondo e, nella simmetria del volto, cambia un po' la posizione degli occhi rispetto agli zigomi. Ma sono dettagli, piccolezze. È come quando guardi due gemelle: all'inizio ti sembrano identiche ma poi capisci che non è così. Però, se distogli l'attenzione per un attimo, tornano a essere la stessa persona.»

Lamberti aveva afferrato il senso, ma non poteva esprimere un giudizio. «Non riesco a esserti d'aiuto perché non so com'era fatta Aurora» affermò.

Serena comprese che, in effetti, c'era solo un modo per spazzare via l'incertezza. Era venuto il momento di recuperare un'immagine di Aurora dal cloud in cui aveva seppellito tutte le foto. Andò a prendere lo smartphone.

Quando tornò dal professore, lui si era alzato e si stava vestendo.

Serena si sedette sulla poltrona che stava accanto al letto e, dopo aver aperto il sito internet sul browser del cellulare, digitò le credenziali e la password per accedere alla memoria in cui aveva riversato ogni ricordo. L'operazione richiese più del previsto, perché c'era una parte di lei che era ancora refrattaria a tornare in quel luogo virtuale. Il cuore le batteva forte, i muscoli erano in tensione.

Erano quasi sette anni che Serena rivedeva il volto della figlia solo nella propria mente.

Davanti alla prima immagine che le apparve fu come ricevere uno schiaffo. Aurora sorridente, gli occhi le brillavano, il capo leggermente inclinato verso destra. Un'espressione tipica, la figlia assumeva spesso quella posa senza accorgersene. Serena ricordò che esistevano decine di foto simili a quella.

Tese il telefono verso Lamberti.

Il professore si avvicinò e scrutò il volto della bambina nello schermo. «Dammi un momento» disse. «Devo ancora abituarmi all'idea che questa sia la figlia di cui mi hai parlato.»

Era comprensibile, e gli lasciò tutto il tempo necessario.

«In effetti, c'è una somiglianza abbastanza marcata» affermò lui.

«Aspetta, posso fornirti una prova ulteriore» gli assicurò lei e si rimise a cercare qualcosa nel cloud. «Questa è Aurora a tre anni» disse, mostrandogli uno scatto in cui la figlia aveva l'età della gemella nella fotografia in possesso di Adone.

Stavolta Lamberti rimase senza fiato. «Ti direi che è la stessa bambina, senza dubbio.»

«È come se Aurora avesse vissuto due vite parallele» disse Serena, disorientata. «Come nella teoria del multiverso» aggiunse, brandendo la foto trovata nella cassetta di legno. «In una vita stava con me a Milano e nell'altra indossava un vestitino bianco e pregava in quella chiesa» asserì, descrivendo ciò che vedeva. «In una aveva i capelli ricci, nell'altra lisci» concluse.

«Stai dicendo che questa fotografia viene da un'altra dimensione?» le domandò Lamberti, col serio timore che lei fosse impazzita.

Serena sollevò lo sguardo su di lui. «Sto dicendo che è assurdo che questa foto venga proprio da Vion, il posto in cui Aurora è morta.»

9

La provenienza della fotografia era l'unico appiglio. Aggrapparsi alla coincidenza che tutto riportasse nuovamente a Vion le serviva per convincersi che la somiglianza fra Aurora e la bambina nello scatto non potesse essere solo un caso.

Nella sua testa stava prendendo forma una nuova ossessione, Serena ne era consapevole. E non poteva farci niente.

« Ho ascoltato decine di testimonianze di pazienti che erano sicuri di aver incontrato per strada i propri figli morti da tempo » disse la dottoressa Nowak al telefono. « È come una sorta di miraggio: vedi un bambino a distanza e ti sembra proprio il tuo. Ti avvicini e scopri che non è lui. »

« Stavolta, però, c'è una foto » disse Serena, provando a escludere un inganno della propria mente.

« In realtà, il tuo caso non è molto diverso da quelli che ti ho appena citato » le fece notare la psicologa. « Nonostante tu sappia che è impossibile che la bambina nella fotografia sia tua figlia, perché tu stessa dici che esistono delle importanti differenze, ti ostini a voler credere che sia un segno. »

Serena tacque, non sapeva cosa replicare.

« E poi, per quanto ti riguarda, esiste già un precedente in cui ti eri illusa che Aurora fosse ancora viva. Ed è finito malissimo. »

La Nowak aveva ragione. Serena avrebbe fatto meglio a distruggere la foto di Adone e a lasciar perdere. La stessa condizione di gestante glielo suggeriva. A causa dell'agitazione, nelle ultime ore aveva avvertito strani crampi alla pancia. « È assurdo, ci sto ricascando » disse, in un improvviso momento di lucidità.

Dall'altro capo del telefono ci fu un breve silenzio. « Quando partirai? » chiese la psicologa, sicura che lei avesse già preso la decisione.

Serena abbassò lo sguardo sullo zaino pronto ai propri piedi.

«Adesso.» Aveva indossato una giacca ed era pronta a uscire. La chiamata alla Nowak sulla soglia di casa era stato solo un ultimo scrupolo, dettato dalla speranza che la terapeuta le facesse cambiare idea. Ma non c'era riuscita. «Ho scritto un biglietto al prof» confessò, perché le era mancato il coraggio di dirglielo direttamente. «Tre giorni, mi bastano *tre giorni*. Non chiedo molto, no?»

Ma il punto era un altro e alla Nowak non era sfuggito. «Perché non vuoi che lui venga con te?»

«Perché ho paura di trascinarlo nel baratro da cui ho cercato disperatamente di tirarmi fuori. E perché lui mi serve qui. Altrimenti potrei non avere una ragione per tornare.»

LA STRADA SENZA RITORNO

1

Il suo terzo viaggio verso Vion avvenne a bordo della vecchia utilitaria di Lamberti.

Serena guidava con le braccia protese verso lo sterzo perché era stata costretta a tirare indietro il sedile per fare spazio al pancione. Ciononostante, le ore al volante erano trascorse abbastanza velocemente e le erano state sufficienti un paio di soste per sgranchire le gambe, reidratarsi e fare pipì.

Fece il proprio ingresso nella valle nel primo pomeriggio.

Il paesaggio era esattamente come se lo ricordava. Uno scenario fiabesco, incontaminato. Ma l'aveva visto sempre d'inverno e, la volta precedente, era andata via mentre sopraggiungeva la primavera. Anche se adesso era ancora settembre, l'estate stava cedendo rapidamente il passo all'autunno. Gli alberi avevano iniziato a perdere le foglie e i colori della natura stavano virando verso il giallo e l'arancione.

Serena transitò accanto alla stazione di servizio self-service in cui, sei anni prima, aveva effettuato l'ultimo rifornimento al fuoristrada, con la convinzione che non avrebbe più rimesso piede in quel posto. Rammentava ancora la preghiera muta con cui aveva scongiurato l'anima di Aurora, ovunque fosse, di liberarla dall'impegno di essere sua madre.

Sei forte come me. Adesso però devi lasciarmi andare.

A ben guardare, era come se, ancora una volta, sua figlia la stesse richiamando indietro. Solo che adesso Serena non era sola. La creatura che portava in grembo le rammentava in ogni istante che non poteva permettersi rischi.

Guardò l'ora e calcolò che Lamberti sarebbe rientrato a casa entro pochi minuti. Chissà come avrebbe reagito leggendo il suo biglietto. Serena si aspettava una chiamata da un momento all'altro. Avrebbe voluto rassicurarlo e dirgli che aveva un piano. Invece aveva infilato in una tasca dello zaino la foto della bambina di tre anni identica ad Aurora, ma non aveva ancora idea di come servirsene.

Entrò nel paesino. Nemmeno Vion era cambiata molto. Serena provò un senso di claustrofobia ripercorrendo le strade che le erano diventate assurdamente familiari per via della morte della figlia.

Quasi in automatico, giunse lì dove un tempo c'era lo chalet del convitto. Le barriere di sicurezza col *trompe-l'œil* con le scene alpine erano state rimosse. Dov'era l'edificio andato a fuoco, adesso c'era una piazza con al centro una fontana e aiuole piene di fiori.

Era consolatorio vedere i bambini che si rincorrevano ridendo.

Serena proseguì e passò davanti alla stazione della polizia locale. Guardò verso l'ingresso, chiedendosi se il capo Gasser fosse nel proprio ufficio. Non era il caso d'incontrarlo, né di fargli sapere che era tornata in città.

Di lì a poco avrebbe fatto buio. Perciò, dopo una rapida sosta in un negozietto di alimentari, si diresse verso il residence che stava poco fuori dal centro abitato.

Prenotando, aveva richiesto lo stesso miniappartamento che aveva occupato sei anni prima.

Salì lentamente le scale fino al primo piano, appoggiandosi alla balaustra. Aveva dimenticato che non c'era un ascensore. Giunta di fronte alla porta, il suo smartphone emise un suono, annunciandole l'arrivo di un sms.

Era di Lamberti.

Lo lesse con il cuore in subbuglio.

Lui non era d'accordo con la decisione di compiere da sola quel viaggio. E la rimproverava perché nelle sue condizioni avrebbe dovuto stare più attenta. Tuttavia, non sembrava arrabbiato. Più che altro, preoccupato. La cosa spiazzò Serena, che non era abituata al fatto che qualcuno fosse in ansia per lei. I suoi genitori, dopo il divorzio, si erano rifatti una vita molto in fretta e Serena aveva sempre pensato di essere stata una sorta d'incidente di percorso nelle loro esistenze. Padre e madre si rimbalzavano la responsabilità del suo benessere e, perciò, nessuno dei due se ne occupava realmente. Quanto ad Aurora, la figlia non aveva avuto il tempo di crescere e nemmeno quello di capire che erano sole al mondo e perciò dipendevano l'una dall'altra.

Dopo aver letto il messaggio di Lamberti, Serena rimise lo smartphone nello zaino che poi scaricò davanti alla soglia dell'appartamento insieme al sacchetto con la spesa. Quindi aprì la porta ed entrò, iniziando subito a guardarsi in giro.

Le pareti del soggiorno erano ancora rivestite di legno ma la moquette marrone, su cui aveva perso i sensi mentre un intruso si aggirava intorno a lei, era stata rimpiazzata da un parquet chiaro. Era cambiata anche la tappezzeria del divano a due posti, non era più a scacchi ma rossa. Non c'era più il televisore.

Serena aveva dimenticato la portafinestra a scorrimento e il balcone che affacciava sul parcheggio. Il tavolino di metallo e la sedia di plastica erano spariti.

L'angolo cottura sulla destra era stato rimodernato. Le piastre elettriche sostituite da quelle a induzione. Anche il frigobar era nuovo, questo non russava. La stanza da letto e il bagno avevano subito un netto restyling. Adesso imperversava il color ocra.

Serena un po' rimpianse il vecchio squallore, non riconosceva più la sua tana. L'appartamento era diventato impersonale. Era scomparso pure l'odore di sigaretta che si mischiava col deodorante al pino. Ma era rimasto il posacenere di ceramica con la pubblicità di un noto aperitivo.

Come sempre, durante il soggiorno, non era previsto alcun servizio di pulizia e c'era un solo cambio biancheria a settimana. Ma lei contava comunque di usare un unico set di lenzuola e asciugamani.

Tre giorni, ripeté a se stessa. Tre giorni e poi si torna a casa, questo è il patto.

Il tempo stringeva, perciò avrebbe consumato una cena veloce con la roba acquistata nel negozio di alimentari e, subito dopo, sarebbe andata nel primo posto che voleva visitare.

Avrebbe approfittato del buio. Avrebbe anche voluto non provare paura.

2

Col buio aveva impiegato più tempo del previsto ad arrivare alla baita di Adone.

La casa era come la ricordava, isolata in mezzo a un grande prato, circondata dalle montagne. Il cielo era limpido e pieno di stelle, la luce della luna conferiva al luogo un aspetto insieme dolce e sinistro.

Serena scese dall'utilitaria. Aveva indossato un giaccone perché la sera faceva freddo. Tirò su la cerniera e si avviò, portandosi appresso lo zaino.

La baita sembrava disabitata. Ma aveva avuto la stessa impressione anche quando ci stava il suo vecchio amico. Niente fumo dal camino, rammentò. La prima volta che era stata lì era entrata senza permesso, era svenuta sbattendo la testa e si era risvegliata nel letto di Adone, posto nel laboratorio sul retro della casa, in mezzo ai fumi maleodoranti di quella che poi si sarebbe rivelata colla vegetale e trovandosi davanti un campionario di macabri strumenti di tortura che invece erano innocui utensili per la rilegatura.

A quel pensiero, Serena scosse il capo. Ancora si vergognava di essere stata tanto sciocca.

Arrivata di fronte alla porta principale, scoprì che era chiusa e non si poteva entrare. Aggirò la costruzione ispezionando le finestre, finché non ne trovò una che sembrava soltanto accostata. Spingendo le ante si accorse che erano bloccate, perciò le ci volle un po' per aver ragione dei cardini arrugginiti.

Alla fine, la finestra si spalancò. Con un po' di fatica per via del pancione, Serena scavalcò il davanzale e si introdusse nella baita.

Aveva portato una torcia con sé e l'accese, illuminando gli

ambienti sepolti dalla polvere e dalla malinconia. Non era per niente piacevole stare lì, ma cercò di rimuovere la sensazione.
Era diretta al vecchio laboratorio.

Evitò di soffermarsi con lo sguardo sul letto su cui aveva fatto l'amore con Adone e dove lui era stato ritrovato senza vita. Buttò invece un'occhiata al suo bancone da lavoro. Sul ripiano era tutto in ordine, come in attesa. C'erano i guanti di gomma neri ma la radio da cui l'amico ascoltava solo musica classica era tristemente spenta.
Cercando di non farsi travolgere dalla nostalgia, distolse l'attenzione e sollevò la torcia verso il labirinto di libri.
La delusione la travolse. I libri erano stati portati via.
Era convinta che quello che custodiva la fotografia che poi era finita nella cassetta di legno fosse ancora lì. In realtà, si trattava solo di una vaga probabilità. Ma lei non aveva nient'altro a cui appigliarsi.
Sperava che, trovando il libro, avrebbe scoperto qualcosa in più sull'immagine della misteriosa bambina. Magari un nome scritto fra le pagine. Una dedica. O anche solo il timbro del negozio in cui era stato acquistato. Un segno per spostare un po' più avanti il confine dell'ombra.
Avrebbe dovuto immaginare che, dopo la morte di Adone, la baita sarebbe stata svuotata.
Rimaneva solo la catasta con i testi che non si potevano recuperare. Gettati alla rinfusa in un angolo del laboratorio, stavano ammuffendo. Adesso, guardando i libri abbandonati perché troppo rovinati per valere ancora qualcosa e perché non c'era più nessuno in grado di ripararli, Serena provò una grande tristezza.
Stava per rinunciare ai suoi propositi, ma poi ci ripensò: proprio da quegli scarti era venuto fuori il saggio sul multiverso con cui Adone le aveva offerto una nuova prospettiva sul proprio destino e su quello di Aurora.
Chissà, magari quegli avanzi di magazzino avevano altre sorprese da offrirle.

Anche se non nutriva grandi aspettative, si avvicinò lo stesso all'angolo in cui erano ammassati, appoggiò lo zaino per terra, si mise carponi e iniziò a rovistare nella catasta. Prendeva i volumi, li controllava rapidamente con la torcia sperando che un dettaglio colpisse la sua attenzione. Ma non c'era niente d'interessante e quella era la sua unica pista, purtroppo.

Dopo una ventina di minuti, decise di concedersi una pausa. Recuperò la borraccia dallo zaino che si era portata appresso. Un tempo sarebbe stata riempita col *teddy-bear*, adesso c'era solo acqua naturale. Si sedette in modo da stendere bene le gambe e far stare più comodo il pancione, quindi bevve una lunga sorsata.

Si domandò dove fossero finiti tutti gli altri libri del laboratorio.

È stata la sorella di Adone a portarli via, si disse, ripensando a quando aveva scorto la donna fuori dalla baita, mentre caricava casse su un'auto furgonata sulla cui fiancata campeggiava la scritta sbiadita LIBRI.

Si ripropose di andare a parlare con lei. Chissà se quella donna poteva aiutarla.

Intanto, però, smise di dissetarsi e riprese a controllare i testi che aveva davanti, tanto per non lasciare il lavoro incompiuto.

Scavando, era arrivata quasi alla fine del mucchio. Quando era ormai sicura che non avrebbe scovato nulla d'interessante, si ritrovò fra le mani un libro che, in apparenza, non presentava alcun difetto per dover essere scartato.

Era solo vecchio.

Il magico villaggio di Noiv, lesse sulla copertina. Il titolo campeggiava sul disegno di un bosco. Qua e là, nascosti dietro alberi, rocce o cespugli, spuntavano cappelli da gnomo. A Serena non sfuggì che *Noiv* era Vion al contrario. Aprì il libro e sulla prima pagina trovò un nome scritto a matita.

Sterli Adone.

La grafia era infantile e lei ebbe la conferma che il testo che aveva davanti non era come gli altri. Veniva dal passato del suo amico. Ma, se era un oggetto così personale, si domandò perché fosse finito tra i rifiuti. E poi c'era un altro dettaglio che la colpì. Sulla stessa pagina era stata annotata quella che, di primo acchito, sembrava una formula chimica.

$CoCl_2 \cdot 2H_2O$ o $\cdot 6H_2O$

La scrittura, stavolta, era più adulta ed era stata usata una penna rossa. La nota poteva non significare nulla, ma stonava inserita in quel contesto.

Sembrava un rebus.

Serena non poteva essere sicura che l'appunto fosse opera dell'amico. Ma, in quel frangente, qualcosa le diceva che la raccolta di fiabe fosse stata lasciata lì di proposito.

Intenzionata a risolvere l'enigma, iniziò a sfogliare il libro.

All'interno erano raccolte le avventure degli gnomi di un misterioso villaggio, posto in un luogo segreto fra i boschi delle Alpi.

Serena si accorse che l'angolo di una pagina era stato ripiegato. Andò dove c'era il segno e si ritrovò davanti la storia di due fratelli. Hasli e Malassér. Scorrendo rapidamente i testi che accompagnavano le illustrazioni, le parve di capire che il primo gnomo era buono e generoso, il secondo cattivo. Hasli preparava dolci che regalava a tutti. Malassér faceva scherzi crudeli e per questo era stato bandito dal villaggio. In più, entrava nelle case degli umani per metterle a soqquadro e spesso appiccava degli incendi.

Serena si bloccò a pensare al piccolo Adone e alla tentazione del fuoco che, a suo dire, era iniziata proprio durante l'infanzia.

Terminata la storia, tornò alla pagina iniziale, dove c'era la formula chimica. Ripensò alla cassa di legno coi segnalibri che il suo amico le aveva inviato prima di farla finita. Sommando quell'evento al ritrovamento del libro di fiabe, le sembrò che le due cose fossero in qualche modo collegate.

Come briciole da seguire.

«Comunque, ultimamente Adone non ci stava più con la testa.» Aveva detto così il comandante Gasser al telefono. «Sono andato a trovarlo un paio di volte, parlava da solo e mi ha ignorato per tutto il tempo.»

Serena si sentì in colpa. In parte, aveva contribuito alla disperazione che aveva portato Adone a togliersi la vita. Lui l'aveva lasciata avvicinare e lei l'aveva illuso. Gli aveva fatto sentire un po' di calore umano, senza pensare alle conseguenze del distacco. Anche se entrambi sapevano che, prima o poi, lei sarebbe andata via da Vion, Adone non le aveva mai fatto pesare nulla. Ma, una volta tornato nella solitudine, qualcosa si era irrimediabilmente rotto dentro di lui.

«Mi dispiace» disse Serena, come se potesse ancora sentirla. Se non ci fosse stata la foto di quella bambina così simile ad Aurora, avrebbe già lasciato perdere la pista che il rilegatore sembrava aver tracciato per lei.

Stava per richiudere il libro di fiabe per riporlo dove l'aveva trovato. Ma poi si soffermò ancora un attimo sulla formula chimica.

In lei scattò qualcosa.

Prese lo smartphone dallo zaino perché, prima di andare, voleva sapere cosa fosse quel composto. Ricordava che nella baita i telefonini non avevano campo, ma erano passati molti anni e adesso sul suo modello più recente appariva una tacca. Serena allora aprì il browser di internet e ricopiò lettere, simboli e numeri nella barra di un motore di ricerca. Attese.

Il risultato la lasciò sgomenta. Era un tipo di cloruro, conosciuto volgarmente col nome di *sale di cobalto*.

Adone era morto stringendo fra le mani il libro di botanica fra le cui pagine era celato un segreto messaggio d'amore, scritto con un inchiostro azzurrino che appariva solo col calore.

Serena osservò di nuovo la pagina iniziale della storia di Hasli e Malassér. Quindi si avvicinò il libro alla bocca e iniziò ad alitarci sopra. Non accadeva nulla, ma non si arrese e ripeté l'operazione. Più e più volte.

Finalmente, vide affiorare qualcosa di azzurrino sul foglio. Delle lettere, forse l'ombra di una parola che, a causa della temperatura nella stanza, sparì subito. Ma lei insistette, sperando che il suo fiato caldo facesse ricomparire la scritta.

Così fu.

C'erano delle frasi nascoste su quella pagina. Impiegò qualche minuto per far riemergere i frammenti del testo, perché svanivano in fretta e lei doveva sbrigarsi a leggerli. Ma, alla fine, Serena riuscì a mettere insieme un enigmatico messaggio.

Trova la prima civetta.
Osserva la neve intorno al fuoco.
Compra dei fiori.

Si era portata via il libro di fiabe ed era rimasta sveglia quasi tutta la notte a pensare agli indizi che le aveva lasciato Adone. Sempre che potessero essere definiti tali e non invece come i deliri di un uomo scollegato dal mondo e che di lì a poco si sarebbe tolto la vita. In più, Serena non era nemmeno così sicura che quelle tracce fossero per lei.

Trova la prima civetta. Osserva la neve intorno al fuoco. Compra dei fiori.

Perché Adone aveva deciso di occultare le tre frasi con il sale di cobalto invece di scriverle in modo evidente? A chi cercava di nasconderle? Forse non esisteva un motivo. Forse erano solo il frutto di una mania di persecuzione. Serena non avrebbe potuto valutare lo stato mentale in cui si trovava l'amico quando le aveva scritte.

Ad ogni modo, la meno fumosa era certamente quella relativa all'acquisto di fiori.

Al risveglio, Serena pensò che non le costava nulla seguire il consiglio. E se si fosse rivelato una sciocchezza, avrebbe sempre potuto portare quei fiori sulla tomba di Adone.

Si vestì, fece colazione con latte e biscotti e prese l'utilitaria per scendere in paese.

Cercò su internet i fiorai di Vion. Scoprì che ce n'era solo uno, ubicato nel centro storico. Si recò sul posto e notò subito che si trattava di una piccola bottega traboccante di colori. Non c'era una vetrina, l'accesso era diretto sulla strada e l'esposizione dei vasi occupava anche parte del marciapiede.

Serena entrò nel negozio e si ritrovò circondata da un intrico di piante. Lo spazio era ridottissimo ed era difficile muoversi con lo zaino sulle spalle. Al momento, non c'era traccia di un fioraio.

«Buongiorno» disse comunque.

«Buongiorno» si sentì rispondere dalle profondità della piccola serra. «Arrivo subito» assicurò una voce femminile.

Serena provò a sbirciare nella direzione da cui aveva sentito provenire la voce. In mezzo alla selva, intravide l'ombra di qualcuno. La titolare era nel retrobottega, intenta a confezionare un bouquet. Se ne scorgeva appena il profilo.

Serena cominciò a guardarsi attorno, approfittando dell'attesa per cercare spunti per il giardino della nuova casa di Milano.

«Nel frattempo, perché non mi dice cosa le serve?» intervenne di nuovo la fioraia. «Ha un'esigenza particolare? Se deve fare un regalo, stamane mi sono arrivati bouvardia, calle e rose. E ho pure delle bellissime zinnie.»

Serena smise di guardarsi intorno. *Quella voce*, si disse. Adesso le sembrava stranamente familiare. Sbirciò di nuovo fra le piante, cercando di visualizzare meglio l'aspetto della donna. Capelli castani, occhi chiari e un colorito roseo. Sulla quarantina, seno prominente. Non le sembrò di averla mai vista prima.

«Se vuole, posso farle una composizione con ortensie e camelie» proseguì quella. «Sono freschissime.»

Fu allora che Serena risentì chiaramente una frase nella propria testa.

Aurora sta bene.

Fu come essere scaraventata all'indietro nel tempo, in una notte maledetta. Dentro la sua mente, un telefono cominciò a squillare.

«Aurora sta bene» le aveva detto al cellulare la tutor.

«Ma?» aveva chiesto lei, subodorando comunque qualcosa di brutto.

«Ma stanotte al convitto c'è stato un incendio.»

Le frasi risuonavano ancora nella memoria, intatte. E Serena non avrebbe mai immaginato di ricordare ancora la voce che le aveva pronunciate. Ma era così, il ricordo era impresso dentro di lei in modo indelebile.

Poco dopo, se la ritrovò davanti. Ovviamente Berta non la riconobbe e sorrideva.

«Allora, ha visto qualcosa di suo gradimento?» chiese la tutor, inconsapevole.

«Sono la mamma di Aurora» disse Serena, sicura che come presentazione fosse sufficiente.

La donna cambiò subito espressione. «La stavo aspettando» disse, seria.

Compra dei fiori.

Il consiglio di Adone Sterli adesso aveva un senso.

4

Si accomodarono nel retrobottega, dove c'era un salottino in vimini con due poltrone e un tavolino. Berta le offrì della limonata fresca. Lei accettò. La donna iniziò a versargliene un bicchiere da una brocca. Avveniva tutto in silenzio e con estrema calma. Forse Berta voleva prendere tempo, pensò Serena, immaginando che per la fioraia non fosse semplice trovarsi davanti a lei.

Si era accorta che lo sguardo della tutor continuava a cadere sul suo pancione, come se cercasse un modo per conciliare quella gravidanza con il pensiero di una bambina bruciata viva. Sicuramente, la fioraia si stava ponendo una domanda. Se Serena stava mettendo al mondo una nuova vita, perché era tornata nel passato?

«Ho lasciato la famiglia presso cui lavoravo» esordì Berta, facendo riferimento al precedente impiego di governante. «È solo per questo motivo che non ci siamo incontrate sei anni fa, ero ancora a Ginevra.»

«Ho provato a contattarla più volte al cellulare» le fece notare Serena. «Non ha mai risposto alle chiamate e nemmeno ai messaggi.»

«Avevo conservato il suo numero» ammise l'altra. «Non ho risposto per vigliaccheria, credevo volesse insultarmi o sfogarsi con me. Non potevo certo supporre che lei fosse qui a Vion per cercare risposte sulla morte di sua figlia» si giustificò. «L'ho capito solo quando Luise e Flora hanno cercato di coinvolgermi nella truffa.»

Serena decise di prendere per buone quelle spiegazioni. «Perché poco fa ha detto che mi stava aspettando?»

«Perché sono convinta che nella vita tutto ritorni. Noi due ci siamo parlate solo per telefono e non ci siamo mai viste» rammentò la donna che aveva confuso il nome della figlia con quello della compagna Aurélie. «Ma, qualche anno fa, un uomo è entrato nel mio negozio e ha cominciato a farmi delle domande.»

«Adone Sterli?»

«Sì» le confermò Berta. «Me lo sono ritrovato davanti all'improvviso. Sapevo chi fosse, tutti a Vion lo sapevano. Ma sapevamo anche che se ne stava sempre chiuso lassù, nella sua baita. Nessuno l'aveva più visto da anni.»

Serena si chiese cosa avesse spinto il vecchio amico ad abbandonare il proprio rifugio per scendere in paese. Doveva esserci stata una ragione importante. «Cosa le ha domandato Adone?»

«Mi ha chiesto di raccontargli l'ultima notte al convitto. Ma io ho solo ripetuto ciò che avevo già detto alla polizia, agli avvocati, ai giudici e a tutti quelli che mi hanno interrogata dopo l'incendio.»

C'era una nota d'insofferenza nel suo tono. Serena immaginò che, dopo la tragedia, nemmeno per Berta fosse stato facile andare avanti. «E Sterli si è accontentato della sua versione oppure le ha chiesto di aggiungere qualcos'altro o di essere più specifica riguardo a qualcosa in particolare?»

«Quando ho finito di raccontare, lui se n'è andato senza dire niente.»

Serena appoggiò il bicchiere con la limonata ed estrasse dallo zaino il libro di fiabe sugli gnomi. Lo appoggiò sul tavolino di vimini e Berta lo prese fra le mani.

«Lo riconosce?» chiese alla tutor.

«Ogni bambino cresciuto fra queste montagne ne possiede una copia» le confermò l'altra. «Esil, Balamel, Inoch e gli altri gnomi sono i compagni della nostra infanzia.»

«Hasli e Malassér» disse Serena, senza aggiungere alcunché.

«Era la storia che più mi atterriva e mi incuriosiva» affermò Berta, mettendo l'accento sulla contraddizione.

In effetti, nella fiaba c'erano risvolti inquietanti che la facevano somigliare a un racconto dell'orrore. I bambini erano spaventati ma anche attratti da storie del genere.

«Il libro non ha un autore» le fece notare Serena. «Ho pensato che fosse una raccolta di leggende popolari.»

«I nomi» disse Berta. «Ortofin, Mallik, Sinluk... Non si è accorta che hanno uno strano suono? Al principio non erano gnomi, ma demoni delle montagne.»

Serena rimase colpita dall'affermazione.

L'altra proseguì: «In passato, le leggende avevano una funzione educativa: servivano per insegnare ai bambini come tenersi alla larga dai pericoli. Col tempo, le storie sono state edulcorate per non impaurire troppo i piccoli lettori».

«Pensavo che Hasli fosse buono» replicò lei.

«C'è una versione della storia in cui si svela che, in realtà, Hasli e Malassér sono lo stesso gnomo. Prima attira i bambini con i dolci, poi li prende e li porta via.»

Serena rimase in bilico sulle ultime parole. «Trova la prima civetta. Osserva la neve intorno al fuoco. Le dicono nulla queste due frasi?»

Sentendo il resto del criptico messaggio lasciato da Adone all'interno del libro, la donna scosse il capo.

Serena considerò che fosse venuto il momento di passare a qualcosa di più concreto. Prese dallo zaino la foto rinvenuta nella cassetta dei segnalibri e la porse a Berta. «Ha mai visto questa bambina?»

La donna osservò la fotografia e le bastò un istante per cambiare umore. «Questa è Aurora» rispose subito. «Perché me la sta mostrando? Crede che non mi ricordi com'era fatta sua figlia?» aggiunse, indignata. «La riconosco anche se qui è più piccola.» Poi, però, guardò meglio l'immagine della bambina sui tre anni. «No, non è Aurora» affermò, placandosi. «C'è qualcosa di diverso... Non so... Forse i capelli lisci... Ma non è solo questo...»

Serena non aveva interferito, attendendo che ci arrivasse da sola. «Secondo lei, questa foto è stata scattata a Vion?»

«Il crocifisso di legno sopra l'altare mi sembra quello della chiesa della roccia nera» ipotizzò Berta. «Ma non ne sono sicura.»

Serena memorizzò il nome, avrebbe dovuto verificare. Rimise il libro e la fotografia nello zaino. «La ringrazio per la chiacchierata e per la limonata» disse, apprestandosi ad andar via.

Non aveva ben capito perché Adone l'avesse mandata lì, la fioraia non sembrava possedere informazioni rilevanti.

Ma Berta la trattenne. «Volevo dirle che quella notte ho fatto di tutto per mettere al sicuro le bambine.»

Sperava in un'assoluzione, Serena lo capì dal modo accorato in cui le parlava.

«Il fatto che io non sia riuscita a salvare sua figlia ha contribuito a creare maldicenze e diffidenza... Per questo, anni fa, ho preferito andarmene da Vion.»

«È stato un incidente» le confermò Serena, riferendosi agli esiti delle perizie, confermate dalle sentenze dei tribunali. «Nessuno poteva prevedere o impedire ciò che sarebbe accaduto» aggiunse. «Ho fatto di tutto per non crederci. Ma quando mi è stato mostrato un dente di Aurora, ho pensato che quella prova non liberava solo me, ma anche l'anima di mia figlia, che così poteva riposare in pace.» Fece una pausa. «Il rogo iniziato nel sottotetto dello chalet è dipeso da un cortocircuito» ribadì, con forza. «E io ho accettato la versione più probabile, altrimenti ancora adesso non saprei come andare avanti» concluse, accarezzandosi la pancia prominente.

Berta abbassò lo sguardo e si perse nei ricordi. «Nevicava come non ho mai visto in vita mia» disse con un filo di voce. «Quella notte era tutto così strano... La casa bruciava e c'era un assurdo odore di biscotti.»

«Biscotti?» chiese Serena, con la voce che le tremava debolmente.

L'altra annuì.

Il profumo delle bombe di Adone. «Ha mai riferito a qualcuno questo particolare?» domandò, smaniosa.

La donna ci pensò su. «A Sterli, il giorno in cui è venuto qui.»

Serena comprese il motivo per cui il rilegatore l'aveva mandata lì. Ma avrebbe avuto bisogno di lui per risolvere il nuovo arcano. Se il fumo dell'incendio odorava di biscotti, allora forse non era stato solo un incidente. Forse davvero qualcuno aveva imitato i metodi incendiari del piromane. Ma non potendo parlare col piromane, le rimaneva la persona che, insieme a lei, era stata più vicina all'uomo più odiato di Vion.

«Mi sa dire dove posso trovare Bianca Sterli?» chiese alla fioraia, cercando di non sembrare troppo ansiosa. Fratello e sorella non si rivolgevano la parola da anni, Serena si domandò se la donna avrebbe acconsentito a scambiare due chiacchiere con lei.

«Bianca Sterli frequenta la chiesa pentecostale» affermò Berta. «Provi a chiedere lì.»

Improvvisamente, Serena rammentò dove potesse trovarla. «Oggi è sabato, giusto?»

5

La prima volta che aveva visto Bianca Sterli non era stato fuori dalla baita di Adone, mentre caricava casse di libri su un'auto furgonata. In quell'occasione, Serena aveva solo ricollegato il suo volto a ciò che era accaduto un sabato pomeriggio d'inverno, quando la comunità dei pentecostali era riunita per una funzione all'aperto, sul prato innevato davanti all'edificio della congregazione. Ne faceva parte anche il capo Gasser con la famiglia.

Quel sabato, Serena era fuori di sé e si era recata lì per denunciare al comandante che un intruso si era introdotto nel suo appartamento al residence. All'epoca, era convinta che la figlia fosse stata presa da qualcuno che aveva anche appiccato l'incendio al convitto per cancellare le tracce del rapimento.

A sei anni di distanza, dopo le parole di Berta, nella mente di Serena l'opzione del rogo doloso era tornata prepotentemente attuale. Ma adesso lei non avrebbe fatto alcuna scenata. Si sarebbe limitata a individuare la sorella di Adone e a chiederle un incontro, che poteva avvenire anche in un altro luogo e in un secondo momento.

Giunse con l'utilitaria nei pressi della chiesa. Parcheggiò accanto ad altre macchine. I fedeli stavano arrivando alla spicciolata e la celebrazione del rito settimanale non era ancora cominciata. Nell'attesa, gran parte della comunità si tratteneva sul sagrato. Alcuni chiacchieravano, altri si salutavano. Poco distante, un gruppetto di membri era intento ad allestire un rinfresco. Sembravano tutti molto affiatati e cordiali.

In quel momento, a Serena parve di rivivere la scena di sei anni prima in cui il capo Gasser, che era lì con moglie e figlie, smetteva di cantare un inno al Signore e si staccava dall'assemblea, venendole incontro per parlarle. In quell'occasione, il comandante e tutti gli altri indossavano tuniche bianche. Avevano interrotto la funzione per colpa sua.

Gasser era stato anche fin troppo gentile con Serena, un altro l'avrebbe mandata via in malo modo. Invece l'uomo, nonostante lei lo detestasse, si era rivelato più premuroso di tanti altri. In quell'occasione era sembrato sinceramente preoccupato per lei. Le aveva domandato se stesse assumendo droghe o fosse sotto l'effetto di alcolici. Non potendo smentire ciò che era evidente dal proprio comportamento, Serena si era finta offesa, voltandosi per andar via. Allora i presenti avevano ricominciato a pregare. Solo una donna aveva continuato a guardare nella sua direzione. La sorella di Adone.

Serena adesso ne ricordava vagamente l'aspetto, era trascorso troppo tempo. Capelli biondi e corti. Non troppo alta. Occhiali da vista. Pelle color latte. Più che altro rammentava la rigidità del volto e l'espressione severa.

Serena si era sentita giudicata dal suo sguardo insistente. Ora non era così sicura di riuscire a riconoscerla.

Decise di non avvicinarsi ai membri della congregazione, ma di osservarli a distanza, sperando di individuare Bianca Sterli prima che arrivasse Gasser: non voleva giustificare la propria presenza a Vion. Così s'incamminò, tenendosi ai margini del prato antistante l'edificio religioso. Per fortuna, nessuno faceva caso a lei, nessuno le domandava chi fosse o cosa ci facesse lì.

C'era un bel clima. La gente rideva, sembravano tutti sereni e spensierati. Uomini e donne di ogni età, giovani e anziani. I bambini si rincorrevano, gli adolescenti facevano comunella accanto a un muretto. Si avvertiva chiaramente un forte senso di appartenenza.

Per un momento, Serena rimpianse di non aver mai sperimentato niente del genere. Aveva nostalgia dei glitch, forse solo con loro esisteva qualcosa di paragonabile a ciò che aveva davanti agli occhi. Ma ai glitch sarebbe sempre mancato un elemento fondamentale. L'allegria.

Mentre ci pensava, vide arrivare l'auto furgonata sulla cui fiancata spiccava ancora la scritta LIBRI. Serena si concentrò, sicura che di lì a poco avrebbe visto la sorella di Adone che spuntava dal veicolo.

La macchina parcheggiò. Prima dello sportello del guidatore, si aprì quello del lato passeggero. Ne scese una ragazzina bionda, poteva avere dodici o tredici anni. Da dove si trovava, Serena riusciva a vederla solo di spalle mentre quella raggiungeva un gruppo di amichette della stessa età. Pensò subito si trattasse della famosa nipote di Adone che, per volontà dello stesso zio, non sapeva niente di lui. Chissà se era ancora così, si chiese guardandola. Chissà se la madre, dopo la morte del fratello, aveva rispettato il patto di non dirle nulla.

Serena attese che anche Bianca Sterli scendesse dal furgoncino. La vide, non era cambiata molto. Solo i capelli erano un po' più grigi. Era sempre molto magra.

Mentre la sorella di Adone richiudeva la vettura, l'attenzione di Serena fu attratta ancora una volta dalla figlia che, sorridente, adesso abbracciava e baciava le compagne. Mentre si voltava, Serena riuscì a vederla in viso.

Non ebbe alcun dubbio. Quella ragazzina era Aurora.

6

Senza pensarci, si mise a correre verso di lei. Più si avvicinava, più era sicura di ciò che vedeva. Aurora era cresciuta, aveva sette anni in più, però era lei. Non aveva più un'esplosione di capelli sulla testa, ma ciò non intaccava minimamente la certezza di Serena. L'istinto materno le diceva che non si sbagliava.

Iniziò a chiamare il suo nome. «Aurora!» urlò.

In principio, qualcuno dei presenti si voltò a guardare la scena. Non la ragazzina, che invece seguitava a chiacchierare con le coetanee.

«Aurora!» ripeté Serena, con la voce strozzata. In quel frangente, gioia e disperazione si unirono a formare un solo sentimento. Ciò che provava era inspiegabile.

Andava verso la figlia, barcollando e tenendosi il pancione. Rischiò d'inciampare, ma neanche questo la frenò. Era passato così tanto tempo che lei non era più disposta a perderne ancora. Ciò che stava accadendo era una specie di miracolo. Serena non si domandava perché stesse succedendo e perché proprio adesso. Non le importava più di essere razionale. Voleva solo riabbracciarla.

«Aurora!» chiamò di nuovo, con le lacrime che le rigavano la faccia.

La ragazzina stavolta si girò nella sua direzione, come d'altronde avevano fatto anche le sue amiche e gli altri componenti della comunità. Serena colse qualcosa nel suo sguardo. Meraviglia? Stupore? No, era confusione. Era come se la ragazzina si stesse domandando se ce l'avesse proprio con lei.

Serena allargò le braccia e la travolse, stringendola a sé. La ragazzina rimase immobile, come paralizzata. Dopo pochi attimi, però, si liberò dall'abbraccio e spinse via Serena, ma fu lei a finire per terra.

Serena pensò di averla fatta cadere, si sentì in colpa e allungò subito una mano per aiutarla a rialzarsi. Ma si bloccò davanti all'espressione di Aurora. Sua figlia era terrorizzata da lei.

Poi la ragazzina cominciò a urlare.

LA NEVE E LA CIVETTA

1

«Perché non è venuta da me? Perché devo scoprire in questo modo la sua presenza in città?»

Il tono di Gasser era tranquillo ma fermo. A Serena dava l'impressione di un professore severo che rimprovera un'allieva a cui comunque tiene molto.

L'aspetto del capo era cambiato. Era ingrassato e si era tagliato i baffi. Anche le figlie erano diverse: al posto di due bambine, nella foto di famiglia sulla scrivania apparivano due ragazze. La moglie invece era rimasta identica nel tempo, modificando solo l'acconciatura.

«Sa che ha rischiato il linciaggio?» disse il comandante, riportandola indietro dai suoi pensieri. «Ovviamente, tutti hanno creduto che volesse aggredire la ragazzina.»

Serena era seduta in quell'ufficio da venti minuti, incapace di assegnare un ordine al caos che aveva in testa. Era accaduto tutto troppo velocemente. Mentre Aurora urlava, lei aveva subito pensato di aver sbagliato approccio. In preda alla gioia incontenibile di averla ritrovata, forse era stata precipitosa. Avrebbe dovuto tener conto del fatto che anche per la figlia sarebbe stato uno shock rivederla. Ecco perché Serena aveva cercato subito di placarla e di farle capire che era tutto a posto, che andava tutto bene.

In quei frangenti, non era stata nemmeno sfiorata dall'idea che, dopo tanti anni, fosse assurdo che sua figlia si trovasse lì. Non si era chiesta come fosse sopravvissuta all'incendio dello chalet, nonostante ci fossero prove evidenti della sua morte. E non si era nemmeno domandata perché, in tanto tempo, nessuno si fosse accorto che quella ragazzina era proprio Aurora.

Ma ci stava pensando Gasser a riportarla alla realtà.

«Che cosa credeva di fare oggi?» proseguì il capo, camminandole intorno. «E poi nelle sue condizioni» aggiunse, indicando il pancione.

Serena, che era stata in silenzio per tutto il tempo, tirò fuori dallo zaino la foto della bambina nella chiesa della roccia nera e recuperò nella memoria dello smartphone un'immagine di Aurora all'età di tre anni. Quindi appaiò il telefono e la fotografia sul tavolo, in modo che Gasser potesse constatare con i propri occhi.

«Si somigliano molto» concordò il comandante, senza scomporsi e senza concederle troppo. «E allora? Sono comunque due bambine diverse, è evidente.»

«Ma la ragazzina che ho visto oggi *non è* questa bambina» disse Serena, indicando la foto stampata.

«Non le è bastato spaventare tutti questo pomeriggio?» la incalzò l'altro. Poi andò a sedersi dietro la scrivania. «Adesso, per piacere, mi racconti come è iniziata questa sua nuova follia.»

Gasser era duro, non le risparmiava niente. Aveva le proprie ragioni, visti i trascorsi di Serena. Ma stavolta c'era qualcosa di diverso, lei se lo sentiva. «Adone mi ha mandato quella fotografia» affermò. «Non so perché. Ma il fatto che lui fosse lo zio della ragazzina dovrebbe indurci a riflettere, non crede?»

«Quindi, secondo lei, Sterli era consapevole di tutto? E da quando?»

«Non ne ho idea» ammise Serena. «So solo che Adone e la nipote non si conoscevano e non si erano mai visti. Lui non aveva mai visto neanche Aurora, perché non gli ho mai mostrato una sua foto... Adone mi ha lasciato tre indizi su un vecchio libro di fiabe. Col primo indizio ho rintracciato Berta, la tutor del convitto. Gli altri due non so che cosa significhino.»

«E quali sarebbero?» chiese il poliziotto, senza troppa convinzione.

«Trova la prima civetta. Osserva la neve intorno al fuoco» ripeté.

Gasser ebbe come un piccolo sussulto. Poi però si affrettò a dissimulare la sorpresa, ma Serena la colse lo stesso.

«Che c'è? Le dicono qualcosa queste frasi?» gli chiese.

«No, niente» le assicurò il comandante. «Mi sembrano solo farneticazioni.»

«La notte dell'incendio, nello chalet c'era profumo di biscotti» riattaccò lei, convinta. «Me l'ha confermato Berta.»

«E allora?»

«Adone usava il tetracloruro di carbonio nei suoi ordigni, che quando brucia ha proprio quell'odore. Qualcuno ha imitato la sua tecnica...»

Chiunque sia stato, conosce la bestia, sa come domarla.

«E chi era la persona più vicina al piromane?» lo incalzò Serena.

«Quindi, se ho ben capito, ogni cosa ricondurrebbe alla sorella di Adone.» Gasser incrociò le braccia sulla scrivania. «Quella donna si sarebbe introdotta nel convitto per rapire sua figlia e avrebbe appiccato l'incendio per coprire le tracce e far pensare a tutti che la bambina era morta... Si rende conto che è più o meno la stessa favoletta che le hanno fatto credere sei anni fa?»

«Solo perché la stessa storia è stata inventata da un gruppo di truffatori, non è detto che non sia plausibile» si difese lei. «Chi ci garantisce che le cose non siano andate realmente così? Forse, se non ci fosse stata quella banda di disgraziati, adesso lei mi ascolterebbe.»

«E Bianca Sterli avrebbe fatto tutto questo per tenere Aurora con sé e crescerla come fosse sua figlia?»

«Lo so che è da pazzi» insistette Serena. «Ma se avessi la possibilità di parlare ancora con quella ragazzina...»

«Quella ragazzina non ha idea di chi lei sia» la interruppe Gasser, sbattendo le mani sul tavolo, spazientito. «E nella comunità la conoscono tutti da quando è nata.»

«Chi è il padre?» chiese Serena, che non si rassegnava. «Perché non domandate a lui se ricorda di aver avuto una figlia con Bianca Sterli?»

«Il padre era un brav'uomo, era un mio amico ed è venuto a mancare tanto tempo fa, quando la bambina era ancora piccola» ribatté il comandante, seccato.

Ma Serena non accettava scuse. «Lei conosceva il volto di

Aurora» lo accusò. «Come è possibile che incontrando quella bambina ogni sabato in chiesa non notasse la somiglianza?»

«Non faccio più parte della congregazione» ammise Gasser. «Non più» ribadì, quasi vergognandosene. «E, se vuole saperlo, la mia crisi è cominciata proprio dopo l'incendio al convitto.»

Serena rimase colpita dalla rivelazione.

«Dopo la morte di sua figlia, ho pensato alle mie bambine e al fatto che non può esistere un dio che permette cose del genere.»

Lei conosceva bene quel dilemma. «Se Dio è onnipotente e fa morire i bambini, allora forse non è buono come dicono...»

L'altro annuì. «Lasci perdere questa storia» la invitò, sinceramente preoccupato per lei.

Ma Serena non poteva lasciar perdere. «Chiederò a un giudice di sottoporre quella bambina alla prova del dna.»

«E in base a quale crimine? Non può provare che ci sia stato un rapimento. Il tribunale le risponderà che non si può imporre un test genetico senza una fattispecie di reato.»

Serena era sconfortata. Aveva le mani legate e nessuno sembrava crederle o volerla aiutare. Anzi, l'unico che forse poteva fornirle sostegno aveva pensato bene di togliersi di mezzo. «Adone sapeva qualcosa» ribadì.

«Adone era inseguito dai fantasmi» ribatté Gasser. «Sei anni fa, lei ha rischiato la vita. Ma stavolta non sarebbe l'unica» affermò. Poi abbassò lo sguardo, puntandolo sul suo pancione.

Serena si acquietò un poco. Non aveva più la forza di controbattere. Le venne in mente l'unica cosa che non aveva chiesto. «Come si chiama?»

Il comandante intuì da sé che si riferiva alla figlia di Bianca Sterli. «Si chiama Léa.»

2

«Ti raggiungo.»
«No, non venire.»
«Perché? Hai bisogno di me adesso.»
Serena non aveva il coraggio di chiedere a Lamberti se almeno lui le credesse. Se le avesse risposto di sì, lei avrebbe comunque sospettato che lo facesse per amore e non per reale convinzione. Più passavano le ore, più anche lei si rendeva conto di quanto fosse assurda quella storia.
«Sei riuscita a dormire?» chiese il prof al telefono.
«Sì» mentì. In realtà aveva passato la notte in bianco, rigirandosi nel letto del residence senza trovare una posizione comoda per il pancione.
«Fra una settimana scadrà il termine» le rammentò il professore. «Forse dovresti tornare. Troveremo un modo per gestire la cosa da Milano.»
La «cosa» era vitale, ma Serena non poteva pretendere che lui lo capisse. «Adesso è necessaria la mia presenza qui» ribadì, testarda. «Faccio sempre in tempo a tornare, non preoccuparti.» Era consapevole che chiedere a qualcuno di non preoccuparsi equivaleva a ottenere l'effetto opposto, ma al momento non voleva essere frenata o che si minasse la sua determinazione.
Dall'altra parte, Lamberti mugugnò. «Almeno stai facendo gli esercizi di respirazione che ti ha consigliato la ginecologa?»
«Li ho appena terminati» disse, mentendo ancora.
«E non ti scordi di prendere l'integratore multivitaminico, vero?»
Detestava l'integratore multivitaminico, ma lo assumeva regolarmente. «Non me ne dimentico, tranquillo.»
Lamberti era pieno di attenzioni e, per mostrarle la propria vicinanza, aveva letto un sacco di libri sulla gravidanza. Spesso la

riempiva di consigli oppure le anticipava cosa sarebbe accaduto al suo corpo e come si sarebbe sentita in un determinato momento, ma Serena aveva già sperimentato tutto ai tempi di Aurora.

Lei accettava quelle premure come una qualunque madre alle prese con un primo figlio.

Ma non era facile convivere con le sensazioni che si ripetevano. Troppi ricordi. Le tornavano alla memoria cose di quando era sola con la creatura che portava in grembo e, per sua stessa volontà, nessuno si occupava di lei. Siccome all'epoca aveva tenuto segreta la sua condizione, nessuno s'interessava a come stesse.

Adesso non avrebbe saputo come fare senza il suo prof.

«Accetto il fatto che Aurora fosse solo tua. Ma il figlio che arriverà è anche mio» le rammentò.

Non l'aveva mai sentito così rigido. E la novità un po' la spaventava. Si rese conto che, per la prima volta, aveva paura di perderlo. «Non sono impazzita» disse. «E non permetterei mai che il nostro bambino corresse dei rischi. Ma devi fidarti di me.»

«Ci proverò» disse soltanto il professore.

Quando riattaccarono, Serena si interrogò sull'ultima frase. Era un ultimatum o una promessa? Poi tornò a concentrarsi sulla guida.

La strada oltre il parabrezza dell'utilitaria si perdeva fra i boschi. Era una bella giornata, ma il sole rimaneva nascosto fra gli alberi altissimi. Ogni tanto, davanti a Serena appariva un raggio di luce che era riuscito a bucare l'intrico della vegetazione. Lei ci passava attraverso e poi tornava nella penombra.

Un cartello al lato della carreggiata indicava che mancavano ancora due chilometri al passo e al rifugio. Poco distante c'era la chiesa della roccia nera.

Arrivò in cima che era quasi mezzogiorno. D'estate il rifugio accoglieva gli escursionisti che si avventuravano sui sentieri che portavano quasi in cima a due vette gemelle, dove c'erano due laghetti appaiati.

Al momento, all'esterno della costruzione in legno, alcuni

avventori si rifocillavano al ritorno dalle loro passeggiate, consumando una merenda a base di birra, formaggio e carne salata.

Serena li guardò, invidiandone la spensieratezza. Nessuno di loro invece poteva immaginare il suo stato d'animo. Poi si rimise a controllare la mappa posta su una parete esterna del rifugio, in cerca della chiesa in cui era stata scattata la foto di Léa. Che quest'ultima non fosse Aurora era abbastanza chiaro dall'inizio, visto che ad accomunarle c'era soltanto un'incredibile somiglianza. Perciò Serena non aveva problemi a chiamare la bambina di tre anni con quel nome.

Secondo la cartina, ciò che cercava si trovava a un centinaio di metri da lì. Per raggiungere la chiesa ci si serviva di un viottolo che passava in mezzo a un boschetto.

Zaino in spalla, s'incamminò.

L'aria era fresca ma non fredda. Dal terreno esalava un buon profumo di muschio. In sottofondo si udiva lo scrosciare di un ruscello, nascosto chissà dove nella vegetazione. Il canto degli uccelli si perdeva nell'eco di quella piccola foresta.

Già dopo una cinquantina di metri, intravide la chiesetta col tetto spiovente. Era stata costruita accanto a un grande masso nero che si era staccato dalla montagna sovrastante. Chissà quando era successo. Forse secoli prima. Arrivata davanti all'edificio, Serena si accorse che sopra l'entrata della costruzione c'era la data del 1853. Una targa raccomandava ai visitatori decoro e silenzio.

La porta di legno era semplicemente accostata. Serena la spinse e si ritrovò all'interno.

La luce filtrava da un'unica finestra, posta dietro l'altare. I vetri erano un mosaico colorato che scomponeva i raggi solari, facendoli rifrangere nell'ambiente vuoto. Era come trovarsi dentro un grande caleidoscopio. Serena riconobbe il crocifisso di legno che pendeva dal soffitto, perché l'aveva visto alle spalle della bambina nella fotografia.

La chiesa era più piccola di come l'avesse immaginata e non c'era modo di sedersi. Mentre si aggirava per guardarla meglio, i suoi passi scricchiolavano su un pavimento fatto di semplici tavole.

L'altare era sguarnito e, a parte un vecchio candelabro di ferro lasciato in un angolo, non c'erano arredi sacri.

La chiesetta sembrava abbandonata.

Serena non sapeva perché fosse andata lì. Non c'era niente da scoprire. Ma forse lei aveva solo bisogno di vedere quel luogo coi propri occhi. Rimpianse di non essere supportata da un qualche tipo di fede religiosa. Sarebbe stato bello poter recitare una preghiera.

Avrebbe voluto sapere in che circostanza era stata scattata la foto di Léa e perché la bambina indossava un vestitino bianco e scarpe di vernice invece che abbigliamento da montagna. Si trattava sicuramente di un'occasione speciale, si disse.

In quel momento, Serena si accorse di aver calpestato qualcosa. Guardò in basso e vide un fiore appassito ai propri piedi. Una rosa.

Nonostante l'impedimento del pancione, si chinò per prenderla. La osservò. Forse la chiesa non era affatto abbandonata.

A quanto pareva, qualcun altro era stato lì, anche se non recentemente. Serena si domandò per quale supplica fosse stato lasciato lì quel fiore ormai secco. Stava per rimettere la rosa dove l'aveva trovata, ma ci ripensò. L'avrebbe tenuta con sé, come una specie di talismano.

Mentre la riponeva con cura nello zaino, il suo cellulare squillò. Si sentì in colpa per quel suono irrispettoso. Andò in cerca del telefono con l'intenzione di farlo smettere. Ma, quando lo trovò, cambiò idea. Era Gasser.

«Che succede?» rispose.

«Stamane Bianca Sterli è venuta da me per sporgere denuncia contro di lei.»

«Cosa?»

«Prima mi ascolti, la prego» la interruppe Gasser. «Ho parlato a lungo con quella donna, le ho raccontato la sua storia. Quando ha capito che lei è la madre della bambina morta nell'incendio del convitto di sette anni fa, ha cambiato idea riguardo alla denuncia.»

«Bene» disse Serena, calmandosi. Anche se non era sicura che fosse davvero una buona cosa. Non voleva la compassione di quella donna.

«Ma non è tutto» aggiunse il poliziotto. «Bianca ne ha parlato con Léa: madre e figlia mi hanno chiesto di incontrarla.»

3

La rosa amuleto aveva funzionato. Quel fiore secco o forse la preghiera che Serena custodiva inconsapevolmente nel proprio cuore avevano prodotto un effetto insperato.

Con Gasser si accordarono per telefono per vedersi quello stesso pomeriggio.

Serena non riusciva a star ferma, tanta era l'agitazione. Anche il bambino dentro di lei avvertiva la nuova elettricità. Dopo la visita alla chiesetta della roccia nera, era tornata al residence, aveva fatto una doccia e si era preparata con l'intenzione di presentarsi al meglio. Aveva indossato una camicetta rossa a fiori e si era legata i capelli, domandando allo specchio se fosse sufficientemente presentabile e, soprattutto, credibile. Sono ancora un lombrico? si era chiesta. Perché non era più sicura che Aurora le somigliasse come un tempo. È normale, è cresciuta, si era detta.

Poi era uscita per recarsi all'appuntamento.

Una volta giunta in paese, parcheggiò l'utilitaria di Lamberti fuori dalla stazione di polizia. Era in anticipo, ma non le importava. Mentre camminava verso l'ingresso, si accorse che sotto le ascelle la stoffa della camicetta era bagnata. Stava sudando e, nonostante la doccia, emanava un cattivo odore.

«Stavo per chiamarla» disse Gasser, venendo ad accoglierla. «Bianca e Léa sono già qui.»

Non si aspettava che fossero già arrivate. Il cuore galoppava, la pancia pesava più del solito. Serena stava trattenendo il respiro. Si impose di stare calma, disse a se stessa che sarebbe andato tutto bene. Ma stentava a crederci.

Il comandante le fece strada verso una stanza con le pareti di vetro. Dal corridoio, Serena vide che la sorella di Adone e la ragazzina bionda erano sedute l'una accanto all'altra. Notò anche un dettaglio che le fece male.

Le due si tenevano per mano.

Con loro c'erano un uomo e una donna anziani, ma stavano in piedi, in disparte. Gasser aprì la porta della stanza e cedette il passo a Serena. «Prego, si accomodi» disse, indicando la sedia vuota davanti alle due ospiti.

Bianca Sterli si voltò verso di lei e la seguì con lo sguardo mentre andava a sedersi. La ragazzina, invece, teneva gli occhi piantati sul pavimento. Sembrava molto tesa.

«Questi sono il pastore Meier e la signora Rochat della comunità pentecostale» affermò il comandante, presentando i due sconosciuti. «Se non le dispiace, assisteranno all'incontro.»

Serena li salutò con un cenno del capo e un sorriso tirato. Quelli ricambiarono con gentilezza, senza dire una parola.

«Essere qui oggi è molto importante» continuò il capo della polizia. «Se siamo qui, vuol dire che esiste una volontà reciproca di chiarire e di capirsi.» Poi si rivolse a Serena. «Vuole iniziare lei?»

Aveva pensato a lungo a come esordire. Solitamente, non era brava a gestire simili situazioni. Preferiva andare all'attacco, era la sua indole. Siccome fino a quel momento si era astenuta dal guardare la ragazzina, forse per paura di aver preso un enorme abbaglio, adesso, prima di parlare, la fissò.

Il cuore e la mente le dissero subito che quella era Aurora. Anche se era quasi un'adolescente sgraziata e coi brufoli. Anche se aveva i capelli inspiegabilmente lisci. Anche se indossava un vestito giallo che mai e poi mai l'Aurora che conosceva avrebbe scelto quando facevano acquisti nei negozi alla moda di Milano.

Ma in quel momento, Serena si rese anche conto che la figlia non aveva idea di chi lei fosse.

«Innanzitutto, vorrei scusarmi per ieri» affermò, con la bocca impastata. «Ho agito d'impulso e mi dispiace se ho spaventato qualcuno.» Le giustificazioni erano dirette soprattutto alla ragazzina, poiché Serena riusciva a trattenere a stento il proprio odio per Bianca Sterli. Ma, se l'avesse dato a vedere, Aurora non avrebbe avuto modo di fidarsi. Invece Serena aveva un bisogno assoluto che lei le credesse. Forse non ci sarebbe stata un'altra occasione per parlarsi così da vicino. «Mia figlia era una bambina meravigliosa» disse. «Vivevamo in una bella casa a Milano e stavamo bene insieme, solo io e lei e il nostro gatto.» Provò a scrutare la reazione della ragazzina, ma quella era impassibile. «Avevamo molte consuetudini, io e Aurora. Per esempio, ogni venerdì ci piaceva andare a nuotare in un bell'albergo e poi rimanevamo lì per prendere il tè. E abbiamo fatto tanti viaggi. Siamo state in Islanda per guardare l'aurora boreale, abbiamo nuotato coi delfini a Kaikoura e, per il suo sesto compleanno, siamo andate a Tokyo e abbiamo soggiornato in un *ryokan* e ci è piaciuto tanto.» Serena fu travolta da ricordi che credeva di aver sepolto per sempre dentro di sé. Anche se le costava parlare di Aurora al passato pur avendocela davanti agli occhi, era necessario rievocare i momenti trascorsi insieme. Attraverso quei racconti, stava cercando di risvegliare nella ragazzina la memoria della loro vita precedente. «Io non mi sono mai rassegnata alla morte di mia figlia.» Non si trattava di una semplice ammissione, era un modo per far capire nettamente alle persone presenti nella stanza che non si sarebbe arresa neanche adesso. «Io so che Aurora è viva da qualche parte» affermò, risoluta.

«Noi crediamo nel paradiso» intervenne il pastore Meier, anche se lei non intendeva questo.

La ragazzina non si era mossa. Serena non era nemmeno sicura che avesse ascoltato ciò che aveva detto. Non sapeva cos'era successo nei sette anni di lontananza, né riusciva a ipotizzare ciò che potevano averle fatto. Però ora si accorse che Aurora e la donna che si spacciava per sua madre non si tenevano semplicemente per mano. Era la ragazzina che cercava conforto nel contatto con quell'impostora.

Subito dopo, Bianca Sterli prese la parola. «Io e Léa abbiamo chiesto di incontrarla perché comprendiamo il suo dramma» ci tenne a dire. «Léa ha perso il suo papà quando era molto piccola, perciò sappiamo che cosa significa convivere con un vuoto in casa. E in più lei, signora, è incinta e ci siamo dette che dovevamo fare qualcosa per alleviare la sua pena, in modo che il bambino che porta in grembo possa venire al mondo nella pace e nell'armonia della sua nuova famiglia.»

«Amen» esclamò la signora Rochat.

La mia famiglia è anche Aurora, avrebbe voluto risponderle Serena. E ti sbagli se pensi che rinuncerò a lei.

Le sembrava tutto surreale. Se davvero c'era un dio e stava osservando cosa accadeva in quella stanza, cosa aspettava a manifestare la propria presenza? Ma lei doveva rimanere calma. Vide Bianca Sterli lasciare la mano di Aurora e chinarsi per prendere qualcosa da una borsa che stava ai suoi piedi. Si trattava di un volume con la copertina di stoffa ricamata.

« Questo è il nostro album di famiglia » disse la donna, porgendole il tomo. « Qui sopra troverà tutte le risposte ai suoi dubbi, ne sono certa. »

Serena prese il librone controvoglia, cominciò a sfogliarlo tenendolo davanti agli occhi. La neonata che appariva nelle prime pagine dell'album non sembrava affatto Aurora a pochi mesi. Anche per i primi due anni di vita era diversa. Ma dal terzo in poi, la somiglianza era impressionante. Ovviamente, si trattava della stessa bambina della fotografia scattata nella chiesetta della roccia nera. Non c'era alcun dubbio.

Léa posava spesso da sola, in mezzo alla natura di quelle montagne. Ma, altre volte, era insieme ai genitori. Il padre sembrava proprio un brav'uomo, come l'aveva definito Gasser. Sorriso gioviale, occhi buoni. Léa aveva preso molto dal suo aspetto. Quello sconosciuto sarebbe stato credibile anche come padre di Aurora. Serena si domandò quale assurdo destino avesse potuto permettere che due bambine, che venivano da mondi diversi ed erano state generate da persone non imparentate fra loro, potessero somigliarsi così tanto.

Perché una cosa era certa, Léa e Aurora erano l'una la sosia imperfetta dell'altra.

Sfogliando ancora l'album, Serena s'imbatté in una fotografia che la costrinse a soffermarsi. C'era Bianca Sterli che teneva in braccio la sua bambina pronta ad andare all'asilo: Léa aveva quattro anni, indossava un grembiulino azzurro e reggeva un cestino rosso. Negli occhi di sua madre c'era amore vero.

Proprio guardando i ricordi di una vita diversa, la certezza di Serena vacillò per un momento. Presa da un'ansia improvvisa, richiuse l'album e guardò la bambina seduta davanti a lei.

Scoprì con grande sorpresa che, mentre lei vedeva le foto, Aurora aveva trovato la forza per sollevare gli occhi dal pavimento. E ora la stava fissando.

«Come si chiama?» chiese la ragazzina.

Risentendo quella voce dopo così tanto tempo, anche se più matura e articolata, Serena ebbe un attimo di smarrimento e, sulle prime, non capì il senso della domanda. Poi intuì che la ragazzina si riferiva al pancione. «Non abbiamo ancora scelto un nome» confessò.

«Sapete già di che sesso è?»

«Un maschietto.»

La ragazzina prese atto dell'informazione, ma non chiese altro. Seguì un interminabile silenzio, spezzato da un nuovo intervento del pastore pentecostale. «Allora, signora, si è convinta?»

Serena si prese ancora un momento. «No» disse, decisa.

La risposta sorprese tutti, soprattutto il capo Gasser che più degli altri si augurava una soluzione pacifica.

Ma lei volle essere chiara. «Non posso obbligare nessuno a effettuare il test del dna» affermò. «Ma chiedo lo stesso che mi sia concessa quest'ultima prova.» Fissò Bianca Sterli. «So che è difficile da accettare e che questa richiesta le suonerà come un'accusa. Ma, anche se fosse così, la invito a mettersi nei miei panni e a provare a immaginare come si possa sopravvivere a un simile dubbio.» Poi si sporse leggermente verso di lei. «Glielo chiedo da madre a madre.»

Era importante che la richiesta fosse stata formulata in presenza di Aurora. Serena confidava che, se anche avesse fallito, in futuro la figlia avrebbe trovato da sola il coraggio di cercare la verità. Certo, avrebbe significato lasciarla lì adesso e dirle di nuovo addio. Ma non aveva altra scelta.

Attese una risposta che non arrivò. Allora si alzò dal proprio posto, avviandosi verso l'uscita.

«Grazie per l'incontro» disse, rivolgendosi a tutti i presenti. L'ultimo sguardo, però, lo riservò alla ragazzina che teneva di nuovo gli occhi bassi.

4

Se ne stava seduta sotto un albero, all'esterno della baita. Abbracciandosi le gambe, con le ginocchia strette contro il petto. Un border collie dormiva accucciato nell'erba accanto a lei.

La ragazzina guardava verso il bosco di abeti rossi. Ogni tanto una folata d'aria scuoteva le chiome e la spettinava, ma lei prontamente si ricomponeva il ciuffo con la mano. Era un gesto automatico, fin da piccola non le piaceva avere i capelli in disordine.

Era ancora estate. Ma in quel vento fresco si celava già un presagio d'autunno.

«Ti va di mangiare qualcosa?»

Non l'aveva sentita arrivare. «No, grazie» rispose Léa a sua madre.

La donna attese un momento, poi andò a sedersi accanto a lei, a gambe incrociate. «Vuoi che ne parliamo?»

La ragazzina ci pensò un attimo, poi annuì.

«Lo so che è tutto strano, anch'io mi sento come te» ammise Bianca. «Ma sono ancora convinta che l'incontro sia stato una buona idea.»

«Tu pensi che quella signora ci crede veramente alle cose che dice?»

«Ha subito un trauma che difficilmente si riesce a superare. Perciò penso che dovremmo provare a essere comprensive.»

«Mi guardava in quel modo...» Non riuscì a finire la frase. «Come se si aspettasse qualcosa da me, o che io mi ricordassi la sua faccia.»

La madre sorrise. «Lo so, è assurdo.»

«All'inizio mi ha fatto paura, poi però ho provato pena per lei.»

«È normale» le disse la donna, prendendole la mano. «E sono fiera di avere una figlia che si preoccupa per gli altri. Vuol dire che ti ho cresciuta bene» aggiunse con un sorriso. «A parte tutto, è importante che tu riesca a immedesimarti in ciò che provano le persone.»

La ragazzina si voltò a guardarla. «Tu che cosa faresti al posto suo?»

«Io mi comporterei esattamente come lei» disse Bianca, senza nemmeno pensarci. «Se avessi un dubbio, non mi arrenderei. E se avessi una convinzione, combatterei contro tutto e tutti per avere una conferma.»

«Allora non ci lascerà mai in pace?» chiese lei, turbata.

«Un modo ci sarebbe» le rispose la madre. «Se facessimo quel test, quella donna avrebbe finalmente la serenità che merita.»

«Come si prende il dna?» domandò.

La madre le accarezzò la chioma bionda. «È sufficiente uno solo dei tuoi bellissimi capelli.»

Léa stava per chiederle ancora una cosa, ma si trattenne. Tuttavia, Bianca parve intuire lo stesso cosa stava per dire.

«Tu pensi che il dna possa svelare che non sei mia figlia, vero?»

«No, non penso questo» si difese lei, ma non era la verità.

«È normale che tu sia confusa» affermò la madre. «Anch'io lo sarei al tuo posto. Quando i grandi fanno certi discorsi, i più piccoli vengono travolti dai dubbi. Però voglio dirti un segreto: anche i grandi sbagliano.»

Lei distolse lo sguardo, ragionando su quell'ultima affermazione. «Non mi ricordo di papà» disse.

«Eri troppo piccola per ricordartelo.»

«Vorrei tanto che fosse qui adesso.»

«Lo so, amore mio... Lo so.»

«Mi hai raccontato tante cose di quando ero piccola, molte mi sembra di ricordarmele, perché di lui non mi ricordo?»

«Non so come funzionano i ricordi» ammise l'altra.

Negli anni, avevano sfogliato tante volte insieme il grande album di famiglia che la madre aveva mostrato alla donna sconosciuta durante l'incontro. Specchiandosi nelle foto, soprattutto in quelle delle prime pagine, Léa aveva provato sempre un disagio che non era capace di descrivere.

L'aria fu scossa da un tuono. Madre e figlia si voltarono in direzione del boato, anche il cane sollevò il muso dall'erba. Dalla cima delle montagne stavano scendendo a valle nuvole scure. Il cielo era diviso esattamente in due porzioni. Da una parte era ancora azzurro, ma sarebbe durato poco.

La donna si alzò. «Entriamo in casa?» propose.

«Se non ti dispiace, sto ancora un po' qui» rispose la ragazzina.

«Va bene, ma faresti meglio a rientrare prima che cominci a piovere.»

Si allontanò. Léa distese le gambe. Nella posizione rannicchiata le si era addormentato un polpaccio. Accarezzò la testa del suo cane. Avrebbe voluto dire alla madre anche un'altra cosa. Una cosa che andava avanti da tanto tempo, ma che non aveva mai avuto il coraggio di confidarle.

Cioè che certi giorni, fin da quando era bambina, lei sentiva come una tristezza che le cresceva dentro. Non era in grado di spiegarla.

E quando stava male accadeva sempre che poi la notte facesse dei brutti sogni. Che poi erano sempre gli stessi ed erano due. In uno c'era una vocina sgraziata che le parlava da dietro la porta chiusa di un bagno rotto. Nell'altro c'era un uomo senza faccia che al buio le pettinava i capelli con una spazzola.

Un fulmine cadde lì vicino, iniziò improvvisamente a piovere.

La ragazzina si rimise in piedi. «Andiamo» disse al border collie.

L'animale aveva paura dei temporali, ma era rimasto con lei per non lasciarla sola. Però adesso la precedette verso la baita. Pioveva così forte che il prato davanti alla casa era già pieno di pozzanghere.

Una volta dentro, Léa si sfilò le scarpe infangate. Il cane, invece, salì su per le scale. «Ehi!» lo richiamò. Doveva ancora pulirgli le zampe, altrimenti avrebbe sporcato in giro e la madre se la sarebbe presa con lei.

Una volta scalza, la ragazzina decise di andargli appresso con uno straccio. Sapeva anche dove era andato a rintanarsi. Si mise a salire le scale di corsa.

«Cosa ti ho ripetuto centinaia di volte?» disse una voce alle sue spalle.

Il rimprovero della madre la costrinse a fermarsi di colpo.

«Le scale sono pericolose» ripeté la ragazzina. Invece avrebbe voluto ribattere che aveva quasi tredici anni, perciò era abbastanza grande per fare attenzione e non c'era bisogno di riprenderla ogni volta. Però non disse nulla. Anche le madri delle sue amiche si comportavano così. Una proibiva alla figlia di fare il bagno in piscina, un'altra non voleva che la propria tornasse da sola da scuola. Tutto sommato, fra tutte le paure irrazionali, quella che cadesse dalle scale era la meno problematica da assecondare. Ecco perché Léa non protestava mai quando Bianca la sgridava per quel motivo.

Si era rassegnata al fatto che, nell'immaginario materno, lei non sarebbe mai cresciuta abbastanza per quelle maledette scale. Quindi proseguì la salita più lentamente, ma col proposito di far scontare il rimprovero appena ricevuto al cane indisciplinato.

Quando era spaventato, l'animale si rifugiava in soffitta, dove c'era la cameretta di Léa. Solitamente, s'infilava sotto al suo letto rosa.

Infatti, era proprio lì. Lo sentiva guaire.

«Vieni fuori» gli disse. «Adesso vedrai che ti succede» lo minacciò.

Ma quello non voleva obbedire. Allora lei si piegò per stanarlo.

Si era accucciato in fondo, accanto al muro, e non aveva alcuna intenzione di uscire. La ragazzina provò a infilarsi nella fenditura. Lo spazio era troppo stretto e lei non ci stava. Allungò la mano per afferrare il cane per la collottola.

Allora si accorse che su una delle gambe del letto era inciso un piccolo cuore.

S'interrogò su come fosse possibile e chi ne fosse l'artefice. Comunque, lei non avrebbe mai potuto notarlo là sotto. Vide che c'era anche qualcos'altro accanto al cuoricino. Una parola. Ma, da dove si trovava, non riusciva a leggerla bene.

Allora, facendo leva sui talloni, provò a spingersi più in profondità in quell'anfratto. Finalmente, riuscì a scorgere l'incisione. Ciò che lesse la lasciò sgomenta.

SCAPPA.

5

Verso le nove del mattino, Serena aveva appena terminato gli esercizi di respirazione consigliati dalla ginecologa ed era di fronte allo specchio del bagno con un bicchiere d'acqua in una mano e nell'altra la disgustosa compressa dell'integratore multivitaminico, cercando il coraggio per mandarla giù. Aveva promesso al prof di essere diligente. Non voleva deluderlo.

Stava per ingollare la pillola, quando il cellulare che aveva lasciato sul letto squillò. Mollò tutto per andare a rispondere.

«Non ci sarà alcun test del dna» le disse subito il capo Gasser. Aveva un tono dispiaciuto.

Serena non ci sperava più di tanto, ma ci rimase male lo stesso. «Ero sicura che quella donna si sarebbe rifiutata» affermò con rabbia. «La mia richiesta serviva soprattutto a provocarla e a dimostrare a voi poliziotti che sotto questa storia c'è qualcosa di marcio. Adesso è disposto a concedere almeno un po' di credito alla mia teoria? Se Bianca Sterli non avesse avuto nulla da nascondere, avrebbe acconsentito senza problemi.»

«È stata la ragazzina a opporsi» disse Gasser.

Serena restò senza parole.

«La madre invece era favorevole» rincarò il comandante. «Sono stato da loro stamane, per capire se avevano preso una decisione al riguardo. Ho sentito con le mie orecchie Bianca Sterli che insisteva con Léa perché accettasse il test. Ma la ragazzina è stata irremovibile.»

Serena non se l'aspettava. Com'era possibile? A questo punto, non aveva più alcuna soluzione da proporre e nemmeno idee su quale potesse essere il passo successivo.

Aveva perso, doveva prenderne atto. Era demoralizzata.

Appoggiò una mano sulla pancia, sentì il feto che si muoveva. «Forse dovrei tornare a casa» disse con un filo di voce.

Avrebbe voluto urlare ed era convinta che una volta in macchina l'avrebbe fatto.

«Però c'è una cosa che non mi torna...» la sorprese il comandante, senza completare subito il concetto.

«Cosa non le torna?» fu costretta a sollecitarlo.

«Mi raggiunga alla stazione di polizia, è meglio se glielo dico di persona.»

6

Le strade di Vion erano affollate dagli ultimi turisti dell'estate. Di lì a qualche giorno, la cittadina si sarebbe di nuovo svuotata, entrando in una fase di letargo che Serena ben conosceva e che sarebbe durata fino alla stagione sciistica.

Fece più in fretta che poteva a raggiungere l'ufficio di Gasser con l'utilitaria di Lamberti, domandandosi per tutto il tempo cosa «non tornasse» al comandante.

Il capo l'accolse nella sua stanza e richiuse subito la porta. Aveva un comportamento circospetto. Sembrava che volesse tenere riservato il loro colloquio, come se la questione fosse delicata.

Serena si accomodò sulla solita poltroncina, davanti alla scrivania. Il più delle volte, da quella postazione aveva dovuto subire i rimproveri di Gasser e sorbirsi le spiegazioni con cui il poliziotto smontava una per una le sue congetture. Si chiese perché stavolta dovesse essere diverso.

«Trova la prima civetta. Osserva la neve intorno al fuoco» esordì l'uomo, piazzandosi davanti a lei con le braccia conserte.

Quando due giorni prima gli aveva parlato degli enigmi contenuti nel libro di fiabe, si era accorta che il capo aveva cambiato espressione. Come se gli fosse scattato qualcosa nella testa. Ma poi Gasser aveva dissimulato la propria sorpresa.

«Mi sono chiesto se le frasi scritte da Adone Sterli avessero un senso» disse lui.

«E ce l'hanno?» chiese Serena, ansiosa.

«A quanto pare, sì. La civetta è l'animale del bosco che *sente* per primo il fuoco. Di solito, ce n'è sempre una che inizia a cantare e poi le altre la seguono. Il verso diventa una sorta di allarme che passa di albero in albero.»

Serena non capiva come questo c'entrasse con lei.

Gasser andò a prendere qualcosa da un cassetto. Tornò da lei con quello che sembrava un apparecchio elettronico, ma non era sicura.

«In gergo, viene chiamata civetta anche la prima chiamata che arriva ai vigili del fuoco quando c'è un incendio.»

Il comandante azionò un pulsante dell'apparecchio che si rivelò essere un registratore.

«*Uno-uno-otto: qual è l'emergenza?*» chiese un'operatrice.

«*Vedo delle fiamme sul tetto del convitto che sta in centro a Vion*» disse una voce sgraziata, non si capiva se appartenesse a un uomo o a una donna.

«*Il campus?*» domandò l'addetta, per conferma.

«*Sì, dove stanno le ragazzine*» ribadì la voce, agitata.

«*Lei si trova sul posto in questo momento?*»

«*Ce l'ho proprio davanti agli occhi. Fate presto!*»

«*Può dirmi il suo nome, per favore?*»

«*Mi chiamo Hasli.*»

La linea cadde. Gasser fermò la riproduzione.

Serena era allibita. «Hasli lo gnomo?» domandò, lasciandosi scappare una risatina incredula.

«L'operatrice l'ha scambiato per un cognome e infatti è riportato agli atti come tale.»

«E si può risalire al numero?»

«Ha chiamato da un telefono pubblico, poco distante dallo chalet, poi non si è più rifatto vivo.»

Serena cercava di dare un significato alla cosa. «Secondo lei era un uomo o una donna?»

«Propenderei per la seconda ipotesi, ma non ne sono certo.» Gasser andò a sedersi dietro la scrivania. «Dopo aver ascoltato la registrazione, c'era una cosa che ancora mi sfuggiva: se pure questa persona avesse avuto un ruolo in ciò che è accaduto quella notte, perché ha telefonato per attivare i soccorsi?»

Serena subodorò che il comandante avesse trovato la risposta.

«Ho controllato l'orario della chiamata» affermò l'altro, poi prese un tabulato che stava sul tavolo e glielo porse. «È stata effettuata otto minuti prima che scattasse l'allarme antincendio dello chalet... Come faceva questo testimone a vedere le fiamme prima ancora che fossero rilevate dai sensori?»

«Chi ha appiccato il fuoco voleva essere certo che nessuno si facesse male» disse Serena, tutto d'un fiato. Come accadeva con gli ordigni di Adone che, prima di incendiarsi, producevano molto fumo per mettere in fuga le persone e gli animali nei paraggi.

«Si è attenuto alla parabola del buon samaritano» asserì Gasser, con una punta d'ironia.

«Perché non è un assassino» aggiunse Serena.

«E c'è ancora la questione della 'neve intorno al fuoco'» disse il comandante. Quindi prese un fascicolo da una pila e lo aprì davanti a Serena. «Queste sono state scattate dai miei uomini durante le operazioni di soccorso.»

Lei si ritrovò a osservare le fotografie in cui lo chalet era avvolto dalle fiamme, poco prima del crollo. Le facevano ancora un certo effetto. Tutt'intorno al rogo, camion dei vigili del fuoco e auto della polizia, nonché le ambulanze in cui venivano prestate le prime cure alle bambine superstiti.

«Quanti veicoli civili vede in queste foto?» chiese il capo.

Serena aguzzò la vista e individuò alcune auto parcheggiate nei paraggi, ma erano indistinguibili poiché celate da una spessa coltre bianca.

Tranne una Ford di colore azzurro.

«Quella notte nevicava abbondantemente» affermò lei. «Perché questa macchina non è coperta di neve come le altre?»

«Perché è giunta sul luogo prima che arrivassero i soccorsi» ipotizzò Gasser. «E scommetto che è rimasta lì finché non ce ne siamo andati tutti.»

Serena prese fra le mani la fotografia in cui l'auto si vedeva meglio. A bordo non c'era nessuno, ma la sua attenzione si concentrò sul bagagliaio. «Lei ritiene che mia figlia fosse là dentro? E magari c'è rimasta per tutto il tempo, drogata o priva di sensi...»

«E chi lo sa» ammise il capo, sconfortato. «E la targa è illeggibile, perciò è impossibile risalire al proprietario.»

Serena posò la foto sul tavolo. «Ma Adone come faceva a sapere tutto questo?»

«Non era così difficile arrivare a ipotizzarlo, mi creda» lo giustificò Gasser. «Bastava verificare meglio la teoria secondo cui l'incendio è stato appiccato per nascondere il rapimento di una delle bambine...»

«La mia teoria» ribadì Serena, incredula.

L'altro si limitò ad annuire. Si stava scusando per la propria negligenza.

«E cosa succederà adesso?»

«Abbiamo dei buoni motivi per riaprire un'indagine.»

«Tutto qui?» chiese lei.

«Non si tratta di prove, non posso portarle a un magistrato. E poi dovrei anche trovarne uno disposto a rimettere in discussione sentenze passate in giudicato. E sarà un duro colpo per l'immagine di Vion.»

Serena non riusciva a credere che veramente il capo stesse pensando alla cattiva pubblicità. «E cosa farà con quella donna?» domandò, riferendosi a Bianca Sterli. «Se Adone ha nascosto gli indizi, era solo perché sospettava già della sorella e non voleva che lei li trovasse prima di me e li distruggesse.»

«Se Adone aveva una ragione forte per credere alla colpevolezza di Bianca, perché non si è fatto avanti? Perché non ha parlato chiaramente?» controbatté Gasser. «Perché inventare questo sotterfugio?»

«Per vergogna» disse Serena. Nessuno dei due aggiunse altro a quella risposta. «Allora, cosa farà con quella donna?» ripeté lei dopo un po'.

Gasser si grattò la fronte, neanche lui sapeva bene come comportarsi.

Lei diventò furiosa. «Sa quanto mi è costato trattenermi ieri durante il nostro incontro?»

«Avrebbe voluto mettere le mani al collo di quella donna?»

«Intendevo se immagina quanto sia stato difficile non provare di nuovo ad abbracciare la figlia che credevo morta da sette anni» lo corresse con veemenza Serena.

Gasser tacque.

«Cerchi di vedersi nella mia situazione» lo incalzò. «Ce l'avevo davanti agli occhi: la mia bambina era a poco più di un metro di distanza... e non potevo fare niente.»

«Io non credo che quella sia sua figlia» disse lui, inaspettatamente. «E mi dispiace se le ho fatto credere il contrario» aggiunse, riferendosi a tutto ciò che si erano appena detti.

Serena non sapeva cosa controbattere. E, ormai, non ne aveva più nemmeno la forza. «Quindi non farà niente?» chiese soltanto.

Il poliziotto replicò con un'altra domanda. «Se quella è veramente Aurora, allora che fine ha fatto Léa?»

7

«La nasconde alla luce del sole, davanti agli occhi di tutti» commentò la dottoressa Nowak al telefono, parlando di ciò che Bianca Sterli stava facendo con Aurora. «In fondo, non c'è miglior nascondiglio delle sembianze e dell'esistenza di un'altra bambina» aggiunse, riferendosi a Léa.

«Sì, ma che fine ha fatto quella bambina?» Serena era esasperata da un enigma che sembrava irrisolvibile. Ma almeno la psicologa le credeva.

Aveva deciso di chiamarla una volta rientrata al residence. Fuori pioveva a dirotto, uno degli ultimi temporali estivi. L'odore di umidità che si spandeva dai boschi penetrava nel chiuso del piccolo appartamento. Era come se Serena percepisse l'elettricità che permeava l'aria: non riusciva a stare ferma e andava in giro col telefono appoggiato all'orecchio.

«Tu pensi che Léa sia realmente esistita?» chiese la dottoressa.

«A quanto pare, molti la conoscevano da quando è nata.»

«Quindi la risposta potrebbe consistere in una sostituzione di persona...»

Ci aveva già pensato. «A un certo punto, a Léa deve essere accaduto qualcosa» affermò Serena. «E sua madre l'ha rimpiazzata con Aurora, approfittando dell'incredibile somiglianza.»

La Nowak tacque.

«Lo so, è assurdo ma è anche l'unica spiegazione che mi viene in mente.»

«Sarà difficile convincere qualcuno senza un test del dna» asserì la psicologa. «Ed è tutto contro di te, anche la ragazzina.»

«Come è possibile che mia figlia non ricordi nulla del passato o di me?» domandò, era l'aspetto che più l'angustiava. «Non sembra avere nemmeno un dubbio.»

« Da quando hai scoperto tutto questo, hai mai provato a immaginare cosa possa aver passato Aurora dopo il rapimento? »

Serena si sedette sul letto, colpita dalla domanda. No, non ci aveva provato. In quei giorni aveva sempre evitato di pensarci. « Dev'essere stato una specie di incubo di solitudine e abbandono » disse, sentendosi in colpa perché lei non c'era.

« È stata cresciuta in cattività » le spiegò la psicologa, prendendo in prestito un'espressione che solitamente veniva utilizzata per gli animali. « Col tempo l'orrore si metabolizza. Per sopravvivere, si innesca un processo di adattamento. Per non impazzire, ci si crea una nuova normalità. E per eliminare la sofferenza, si dimentica il passato. »

Serena inspirò ed espirò profondamente. Aveva un'altra domanda da fare, ma temeva la risposta. « Perciò, secondo lei, quei ricordi sono ancora sepolti dentro di lei o li ha cancellati per sempre? »

« La memoria è uno strano meccanismo » disse l'altra. « Noi pensiamo di rammentare il passato, ma il più delle volte non è così: se avessimo una macchina del tempo e potessimo guardare indietro, ci renderemmo conto che quelli che chiamiamo ricordi corrispondono solo in parte a ciò che è realmente accaduto. La mente non conserva tutto, ma solo ciò che le serve. E adatta costantemente il passato al presente, conformando la memoria secondo le proprie necessità. Il resto è solo un'illusione. »

« Un'illusione? » Serena non si capacitava.

« Per esempio, il tuo cervello sa benissimo che se provi a toccare una fiamma ti brucerai. Ma nessuno di noi saprebbe dire quando ha sperimentato per la prima volta la sensazione di scottarsi. L'informazione essenziale, depurata dal resto, è che se ci avviciniamo troppo al fuoco proveremo dolore. »

« Quindi non ho speranza » affermò, scoraggiata.

« Pensa solo che, da un punto di vista biologico, un essere umano impiega mediamente cinque anni a rimpiazzare tutte le cellule del proprio organismo. Quelle nuove assumono la stessa forma delle precedenti. Però, pur avendo lo stesso aspetto, ci troviamo di fatto davanti a un individuo diverso... Noi mutiamo continuamente, Serena. Nemmeno tu sei la stessa persona di sette anni fa, quando tua figlia è morta.»

«Mi sta dicendo che dovrei rassegnarmi? Che dovrei lasciar perdere?»

«Ti sto dicendo che potresti anche rubare un capello o qualsiasi altro materiale organico che riporti una traccia genetica di quella bambina per farlo analizzare, e so che l'hai pensato. Ma poi cosa accadrebbe? Cosa succederebbe se scoprissi che hai ragione? Credi che questo ti restituirà tua figlia?»

Serena vide che accanto a sé, sul letto, c'era la foto che le aveva mandato Adone. La bambina nella chiesetta della roccia nera. «Léa è morta» affermò, sicura.

«E la bambina che hai incontrato a Vion è la sua reincarnazione psicologica» le confermò la dottoressa Nowak.

In realtà, era cambiato qualcosa anche nel suo aspetto. «Ho sempre ripetuto che sono un lombrico. Aurora assomiglia ancora a se stessa, ma non più a me» constatò con tristezza Serena.

«Per questo, anche se scoprissi che è realmente tua figlia, riportarla indietro equivarrebbe a farle vivere un nuovo orrore.»

«Come un rapimento» concluse lei, amaramente.

«Dovresti chiederti se Bianca Sterli ama sua figlia.»

Serena, però, non seppe cosa rispondere. «Mi saluti i glitch» disse invece. «E, per favore, non gli dica cosa sta succedendo qui.» Si vergognava perché, in qualche modo, la sua Aurora era tornata dall'aldilà. Invece loro dovevano continuare a convivere con la morte dei figli.

«Non lo farò» promise la dottoressa Nowak. Poi riattaccò.

8

Serena avrebbe avuto tanto bisogno di annullarsi in un bel sonno senza sogni. Invece, dopo le ultime chiacchierate con Gasser e la dottoressa Nowak, era invasa dai pensieri. In più, non poteva nemmeno mettersi a letto poiché il nascituro detestava la posizione supina e, appena lei provava a stendersi, quello sembrava sapere esattamente su quali organi interni assestare calci per costringerla a rialzarsi.

Adesso Serena faceva avanti e indietro fra la camera e il soggiorno dell'appartamento del residence, con le mani a reggersi i fianchi e a piedi scalzi, desiderando che al posto del duro parquet ci fosse ancora l'orrenda moquette marrone.

Verso le cinque del mattino, riuscì a crollare sul divano del soggiorno. Si addormentò da seduta, con la testa appoggiata al muro.

Si risvegliò che fuori albeggiava. Il suo sonno era stato breve e agitato. Le doleva il collo e, per un attimo, faticò a ricordare dove fosse. Quando se ne rese conto, si accorse anche che il cuore le batteva forte senza motivo.

Si concentrò e le tornò in mente il sogno che aveva fatto. Era molto simile a quello della notte che aveva preceduto l'arrivo della cassetta con i segnalibri di Adone.

Una presenza era venuta a farle visita. Non aveva sembianze umane, era come fosse fatta di ombra. E non aveva la faccia.

In mano stringeva una spazzola per capelli.

Istintivamente, Serena si toccò la testa. Il fatto di essere spettinata la tranquillizzò. Era ridicolo, lo sapeva, ma non poteva lo stesso farci niente. Vion esercitava uno strano ascendente su di lei. Rammentò che quel luogo le era sempre sembrato come sotto l'effetto di un incantesimo oppure di una maledizione.

Ansiosa di dimenticare quella specie di incubo, si alzò dal divano per andare a fare pipì.

Entrò in bagno, accese la luce e si sedette sulla tazza. Mentre si scaricava la vescica con un senso di sollievo, guardò distrattamente in direzione del lavandino.

Sulla mensola sotto lo specchio c'era un sacchetto bianco di carta.

Ebbe l'immediata certezza di non averlo messo lei. Quand'ebbe terminato di urinare, andò a controllare cosa contenesse.

Lo aprì e dall'interno esalò subito un buon odore. C'erano dei soldini di cioccolata. Affondò la mano per prenderne uno e vide che sopra c'era l'effige di uno gnomo. VALORE NOMINALE: 1 FARFALLOCCO lesse sulla stagnola dorata.

Serena non aveva idea di come quei dolci fossero finiti nel suo bagno, ma fu colta da una brutta sensazione. Ovviamente, le tornò subito alla memoria il libro di fiabe. Nonché la voce stridula del misterioso telefonista della notte dell'incendio di sette anni prima.

Mi chiamo Hasli.

E, infine, anche le parole di Berta.

C'è una versione della storia in cui si svela che, in realtà, Hasli e Malassér sono lo stesso gnomo. Prima attira i bambini con i dolci, poi li prende e li porta via.

Serena lasciò cadere nel lavandino la busta coi soldini e si abbracciò la pancia, indietreggiando spaventata.

Non era soltanto una sua impressione. In quel regalo si nascondeva chiaramente una minaccia per il bambino che portava in grembo.

Dopo il ritrovamento dei soldini di cioccolata, non se la sentiva di rimanere un minuto di più a Vion. Per la prima volta, la paura aveva preso il sopravvento. La storia che non avesse nulla da perdere poteva valere per il passato, adesso doveva pensare al benessere della creatura che cresceva dentro di lei.

Spinta da una smania irrefrenabile, Serena iniziò a infilare la propria roba nello zaino. Le veniva imposta una scelta. Aurora o il nuovo bambino. E, pur a malincuore, lei aveva preso una decisione.

Considerò che non avrebbe ottenuto alcun aiuto dalla polizia. Gasser ammetteva la possibilità di un rapimento, ma non dava alcun credito alla teoria di Serena sulla sostituzione di persona.

Tuttavia era stata una frase della dottoressa Nowak a determinare il repentino cambio di programma.

Dovresti chiederti se Bianca Sterli ama sua figlia.

Aurora è al sicuro, si disse Serena. Anche se la disturbava definire «amore» ciò che legava quell'imbrogliona alla sua bambina, lei era convinta che la figlia non corresse alcun pericolo.

Invece era certa che i soldini di cioccolata fossero un dono della sua rivale, e dimostravano quanto fosse determinata quella donna. Bianca si sarebbe battuta come una leonessa per proteggere ciò che amava. Anzi, lo stava già facendo.

Per quanto le costasse ammetterlo, l'impostora si stava comportando esattamente come una madre.

Però neanche Serena si sarebbe arresa, questo era sicuro. Una volta tornata a Milano avrebbe escogitato un modo per continuare la propria battaglia. Si sarebbe rivolta a un avvocato e magari avrebbe coinvolto anche i media.

Avrebbe fatto tanto di quel rumore che, alla fine, qualcuno avrebbe dovuto per forza darle retta.

Con questa nuova consapevolezza, Serena prese la foto che le aveva mandato Adone per metterla nello zaino. Ma poi si fermò un attimo a osservarla. Pensò che tutto era ricominciato da quella bambina di tre anni con l'abitino bianco e le scarpe di vernice. Ebbe la sensazione di dover continuare la sua lotta anche per Léa, perché pure lei meritava che si facesse chiarezza. Le era stato usurpato il suo posto nel mondo. La madre l'aveva rimpiazzata con una bambina sconosciuta. Il fatto che Bianca avesse dato alla sua prigioniera lo stesso nome della figlia e le avesse regalato l'intera esistenza di Léa non cambiava niente. Semmai aggravava il giudizio sul suo comportamento. Perché, in fondo, l'aveva fatto solo per sé.

A parte essere una cinica egoista, cosa cercava di nascondere a tutti Bianca Sterli?

Serena si ripropose ancora una volta di scoprirlo. Stava infilando la fotografia in uno scomparto laterale nello zaino e all'interno della tasca ritrovò la rosa appassita che aveva raccolto dal pavimento della chiesetta della roccia nera.

Aveva attribuito al fiore secco il merito dell'incontro con Aurora, come fosse una specie di amuleto. Ma adesso, guardandolo nel palmo della propria mano, decise che non lo voleva più. Stava per stringere il pugno e ridurre quel bocciolo in polvere, poi ci ripensò.

Quel fiore apparteneva a qualcun altro e lei se n'era appropriata senza permesso. Esattamente come aveva fatto Bianca Sterli con Aurora. E Serena non voleva avere niente in comune con quella donna. Perciò, per quanto potesse apparire assurdo, andandosene da Vion avrebbe riportato la rosa appassita dove l'aveva trovata.

9

Il cielo era coperto e sulla valle cadeva da ore una pioggia sottile.

Forse anche per questo, Serena impiegò più tempo del previsto per raggiungere il rifugio. Arrivata al passo, si accorse che in giro non c'erano turisti che bivaccavano di ritorno dalle passeggiate. Il posto appariva desolato.

Si coprì la testa col cappuccio del giaccone e, zaino in spalla, s'incamminò lungo il sentiero all'interno del boschetto in cui si trovava la chiesa di legno.

Dopo un po', riconobbe il grande masso nero accanto al quale era stato costruito l'edificio religioso nel lontano 1853. Anche stavolta, la porta era semplicemente accostata.

Entrò nel piccolo ambiente, fradicia di pioggia.

La finestra coi vetri colorati ora sembrava spenta. Col sole oscurato dalle nubi non poteva riprodursi l'effetto caleidoscopico. Senza quella magia, il luogo era diventato triste.

Però c'era un suono nuovo che irrompeva nel silenzio. Acqua.

Non solo quella che cadeva sul tetto sotto forma di pioggerellina. Da qualche parte, infatti, si sentiva anche arrivare la cavalcata impetuosa di un torrente, probabilmente gonfiato dalle precipitazioni delle ultime ore.

Prima di inoltrarsi nella chiesa, Serena sbatté i piedi per terra per non lasciare impronte infangate. Quando le sembrò di aver ripulito abbastanza le suole, estrasse dallo zaino la rosa appassita e si diresse verso il punto del pavimento in cui rammentava di averla rinvenuta.

Ma, giunta sul posto, scoprì che sulle tavole di legno c'era un nuovo fiore. Stavolta era una dalia bianca.

A differenza della rosa, era freschissima. Qualcuno doveva averla lasciata da poco.

Serena pensò di aver compiuto un viaggio solo per riportare

indietro un fiore secco. Si sentì una stupida. Quante cose inutili aveva fatto da quando era lì? Quanto tempo e quante risorse aveva sprecato?

La rosa appassita che le restava fra le mani era l'emblema della sua intera esistenza.

Quando in passato avrebbe potuto investire una parte di sé per essere una buona madre, aveva permesso che il rapporto con sua figlia si basasse solo sulle frivolezze. Viaggi, shopping, soggiorni nei grandi alberghi. E se adesso Aurora non rammentava nulla della vita di prima era solo per colpa sua. Forse non le aveva lasciato validi motivi per ricordarsi della sua vera madre. Era la ricompensa per la sua insensibilità.

Sicuramente chi veniva a deporre dei fiori sul pavimento di una chiesetta abbandonata era una persona migliore di lei che, invece, non aveva mai pensato di fare la stessa cosa per l'anima della figlia. E il non avere a disposizione una tomba non era una giustificazione valida.

Arrabbiata con se stessa, Serena s'incamminò verso l'uscita. Ma, fatti tre passi, si bloccò. Ripensò alla sua ultima considerazione. Quindi si voltò di nuovo verso la dalia sul pavimento.

Presa da un'ansia improvvisa, si sfilò lo zaino dalle spalle e aprì lo scomparto laterale per prendere la foto di Léa. Con l'immagine fra le mani, si mosse verso il fiore e fece una scoperta sconcertante.

La dalia e la rosa erano state lasciate esattamente nel punto in cui la bambina col vestitino bianco e le scarpe di vernice si era messa in posa davanti all'obiettivo.

Serena si sentì avvampare e, contemporaneamente, un brivido le corse lungo la schiena.

Capì che le serviva un qualche tipo di utensile.

Pensò di andare fuori in cerca di una pietra appuntita o di un ramo, ma poi individuò il candelabro arrugginito che qualcuno aveva abbandonato in un angolo della chiesa. Andò a prenderlo e tornò indietro con quello. Fissò il fiore fresco sul pavimento di legno, poi sollevò l'asta e cominciò a percuotere le tavole. Iniziarono a saltare le prime schegge e si staccarono dei frammenti che la colpirono in faccia. Ma lei non se ne curava. Ogni volta che il maglio si abbatteva per terra, produceva un rumore sordo accompagnato da un gemito di Serena dovuto alla fatica.

Bastarono pochi colpi ben assestati per aprire una fenditura. Allora si fermò un momento perché si accorse che, sotto alle assi marce, c'era un vuoto. Serena sudava e ansimava, ma s'inginocchiò lo stesso per guardare nel buco. Dall'oscurità di una grotta emergevano un pungente odore di umidità e il fragore di un fiumiciattolo che scorreva nel sottosuolo.

Prese il cellulare dallo zaino e accese la torcia. Quindi si affacciò nella piccola voragine per scrutare nel buio. Il pancione le impediva di sporgersi. Allungò il braccio più che poteva, intravedendo solo pareti di roccia coperte di muschio.

Fu allora che le tavole sotto di lei cedettero e si ritrovò a precipitare in quell'antro nero.

Nella caduta ebbe l'istinto di stringersi la pancia per ripararla dagli urti. Dopo un breve volo, atterrò col sedere su una superficie dura, quindi iniziò a scivolare lungo un costone. Puntava i piedi, ma non riusciva a fermarsi. La discesa terminò in una pozza d'acqua freddissima che le arrivava fino alle ginocchia.

Al momento l'adrenalina e il gelo le impedivano di avvertire dolore. Serena si sollevò e iniziò a tastarsi il ventre, per capire se avesse subito dei contraccolpi. Si calmò solo quando avvertì un movimento del bambino. Apparentemente, stava bene. Forse essere sbatacchiato in quel modo l'aveva perfino divertito.

Serena verificò di non avere niente di rotto. A parte il dolore alla caviglia sinistra e ai gomiti, non sembravano esserci fratture.

Finalmente, trovò la forza di sollevare il capo verso l'apertura da cui era precipitata. Calcolò di essere scivolata per almeno tre metri, per fortuna non si era trattato di un vero e proprio volo nel vuoto. Però sarebbe stato arduo arrampicarsi per uscire. Avrebbe dovuto chiedere aiuto.

Si guardò intorno, in cerca del cellulare che era caduto insieme a lei. Lo intravide a un paio di metri di distanza, era finito in mezzo a due sassi. Strisciò per recuperarlo, preoccupata che potesse essersi rotto. Quando lo prese, il display si illuminò ma era gravemente danneggiato. Tuttavia il touch-screen funzionava ancora e, in un reticolo di crepe, si riuscivano a distinguere le cifre della tastiera.

Serena decise di chiamare il numero delle emergenze. Ma, in cuor suo, temeva che non ci fosse campo. Mentre aspettava ansiosa che nel silenzio dell'altoparlante apparisse un suono di linea libera, i suoi occhi si erano ormai abituati all'oscurità e lei vide per la prima volta il ruscello che correva impetuoso a poca distanza dal punto in cui era terminata la sua caduta. Se ci fosse finita dentro, sarebbe stata risucchiata dalla corrente nelle viscere della montagna. Poi allungò lo sguardo oltre il corso d'acqua. Ebbe un sussulto.

Sulla riva opposta c'era qualcuno.

10

«Uno-uno-due: qual è l'emergenza?» chiese l'operatore al telefono.

Serena, però, ancora non parlava.

«Pronto? Mi sente?»

Era atterrita da ciò che aveva davanti agli occhi. «Sì, la sento» rispose, finalmente. Poi, provando a non perdere il controllo, declinò le proprie generalità e disse che si trovava in una grotta sotto la chiesetta della roccia nera, a poca distanza dal rifugio del passo. Non spiegò nei particolari come ci fosse finita dentro, affermò soltanto che il pavimento sovrastante aveva ceduto. Quando l'operatore le chiese se fosse ferita e se potesse muoversi, lei gli assicurò che stava bene e aggiunse che era incinta al nono mese. Lui le raccomandò di stare calma e le garantì che a breve si sarebbe messa in moto la macchina dei soccorsi.

Quando chiuse la chiamata, Serena era molto agitata. Con le mani che le tremavano, attivò la torcia dello smartphone ma senza ancora avere il coraggio di puntarla per vedere chi ci fosse al di là del fiumiciattolo.

Intravedeva chiaramente la sagoma di una persona seduta per terra sulla riva opposta. Chiunque fosse, era immobile.

Finalmente, Serena trovò la forza di sollevare la luce del telefono. La prima cosa che vide furono le scarpe. Sotto una patina di polvere, brillava debolmente la vernice nera. Poi il fascio luminoso risalì fino a scoprire la gonna di un abitino infangato e lacerato, ma che un tempo era stato candido e bianco. Piedi e gambe di chi lo indossava erano distanziati e le braccia abbandonate lungo i fianchi, come quelle di una bambola rotta. La pelle che ricopriva gli arti era grigia e presentava chiazze verdi e marroni tipiche della putrefazione.

Serena si portò una mano alla bocca per impedirsi di urlare. Quindi iniziò a singhiozzare, gli occhi si riempirono di lacrime.

Quando finalmente la torcia arrivò a illuminare il busto e la testa del cadavere al di là del torrente, Serena ebbe la conferma che si trattava di una bambina. La riconobbe dai capelli lunghi, che le ricadevano sulle spalle. Un tempo erano stati biondi. Adesso erano crespi e sporchi.

Dal fermaglio sulla fronte, s'intuiva che qualcuno l'avesse pettinata.

Il capo era inclinato a sinistra, in una postura innaturale. La mandibola spalancata e le orbite svuotate. Le ossa che sporgevano dalla faccia scavata erano ricoperte di muschio.

Léa teneva le mani giunte in grembo, fra le dita stringeva ancora ciò che restava di un mazzetto di fiori ormai rinsecchiti.

Da quel dettaglio era evidente che qualcuno l'aveva messa là sotto, sistemandola con cura. Un ultimo atto pietoso da parte di chi le aveva voluto bene.

HASLI

1

Arrivano nel cuore della notte.
La svegliano con le loro sirene. Un suono stridente e lampi di luce azzurra che, attraverso l'abbaino, spaziano sul soffitto proprio sopra il suo letto.

Sente le auto che frenano, le portiere che sbattono e degli uomini che parlano fra loro. Non si capisce cosa si dicono, ma dal tono dei loro discorsi sembrano molto arrabbiati. Intanto, all'esterno, il suo border collie gli abbaia contro.

Poi qualcuno bussa forte alla porta della baita.

A quel punto, lei scende dal letto per andare a cercare rifugio nella camera della madre. A piedi scalzi, attraversa di corsa il corridoio che la separa dalla stanza ma, una volta arrivata, si accorge che dentro non c'è nessuno.

Confusa e spaventata, torna sui propri passi ma poi si blocca sulla sommità della scala che conduce al piano inferiore. Da lì vede la sua mamma, mentre apre la porta a quegli sconosciuti.

Li affronta senza mostrare alcuna paura.

Davanti agli uomini in divisa, la madre alza subito le braccia, consegnandosi. Loro le saltano addosso lo stesso, scaraventandola per terra per ammanettarla.

La ragazzina si mette a urlare. Poi, nel tentativo di fermarli, comincia a scendere rapidamente i gradini di legno.

Ma, dal pavimento, sua madre si volta verso di lei e la fulmina con lo sguardo. «Non si corre per le scale!» la sgrida come fa sempre.

La ragazzina si ferma a metà della discesa, iniziando a piangere. Da dove si trova, è costretta a vedere quegli uomini che si portano via l'unico affetto che ha al mondo.

Poi una poliziotta sale da lei per assicurarsi che stia bene.

No, non sto bene, vorrebbe dirle. Ma al momento è troppo sconvolta per parlare. Non capisce cosa stia succedendo e, soprattutto, non si capacita che stia accadendo proprio a lei.

2

Le avevano detto che non poteva ancora vederla. Che era troppo presto, che non era opportuno.

Le avevano garantito che intanto la ragazzina stava ricevendo il supporto psicologico necessario e che qualcuno, presto, le avrebbe raccontato la verità.

Serena era sollevata di non doverlo fare lei, temeva di non essere creduta.

Si rese conto che nessuno ancora si riferiva alla ragazzina come a sua figlia. I poliziotti la chiamavano «l'ostaggio». Nessuno aveva ancora usato il nome Aurora, che sembrava quasi maledetto.

Intanto, dopo la caduta nella grotta, Serena era stata ricoverata a scopo precauzionale. Nell'ospedale di Vion, l'avevano attaccata a una macchina che monitorava il feto. Non era escluso che, a causa dello stress accumulato nelle ultime ore, fosse il caso di farla partorire prima del tempo.

Lamberti era giunto da Milano, contravvenendo al loro accordo. Però Serena era felice di averlo accanto. Il prof aveva preso il controllo della situazione, dimostrando un insospettabile sangue freddo. Lei era stata contenta di delegare. In passato, non aveva mai provato la sensazione liberatoria di affidarsi a qualcuno, aveva sempre deciso tutto da sola. E adesso si sentiva più leggera.

La dottoressa Nowak non le faceva mancare il proprio sostegno, tenendosi costantemente in contatto telefonico con lei. Però aveva disubbidito a Serena, raccontando tutto ai glitch. Era inevitabile, visto che la storia era finita su tutti i notiziari. Molte troupe stavano confluendo a Vion per coprire la notizia.

Alla domanda di Serena su come l'avessero presa i suoi compagni di seduta, la psicologa era stata evasiva. Aveva riportato solo le reazioni di Ric e Veronica, col primo che desiderava andare a trovarla «anche a piedi nudi» e la seconda che era scoppiata in lacrime per l'emozione e, per l'occasione, aveva deciso di non funestare una festicciola di compleanno coi suoi racconti sui palloncini letali. Max, invece, si era limitato a esprimere stupore. Infine, Benedetta non aveva detto una sola parola. Serena la immaginava arrabbiata. La sua Aurora era praticamente tornata dal regno dei morti, una cosa che non capitava spesso nel mondo dei genitori che perdevano un figlio. Probabilmente, quasi mai. Per questo motivo, Benedetta stava spingendo Serena fuori dal gruppo, con il suo silenzio era come se le stesse comunicando che non aveva più il diritto di essere un glitch.

Le ore che erano seguite all'arresto di Bianca Sterli e al salvataggio di Serena dalla grotta erano state frenetiche. Verso le diciotto del giorno successivo, il capo Gasser si presentò in ospedale.

«Come si sente?» le chiese, dopo aver stretto energicamente la mano al professor Lamberti.

«Abbastanza bene» ammise Serena. «Vorrei dormire ma ancora non ci riesco.»

«Mi spiace essere riuscito a passare solo adesso» si scusò lui, avvicinandosi al letto su cui era distesa. «Ma ho gli uomini contati e stanno già facendo gli straordinari per gestire la situazione.»

Serena immaginava che, col clamore suscitato dalla vicenda, non dovesse essere semplice per Gasser. Anche perché la polizia locale era nell'occhio del ciclone visto che, per sette anni, nessuno si era accorto che veniva consumato un sequestro di persona alla luce del sole, con l'ostaggio in bella mostra e nonostante tutte le evidenze.

«Avrei dovuto darle retta» ammise il comandante, stropicciando il cappello della divisa che teneva fra le mani.

«Sono finita in quella grotta per un puro caso» lo assolse subito lei.

«La caparbietà di una mamma batte mille volte quella di un poliziotto» disse lui.

Era bello sentirsi definire una buona madre, Serena non c'era abituata. Si era sempre lasciata schiacciare dalla convinzione che Aurora non avrebbe avuto lo stesso destino se fosse stata la figlia di qualcun'altra, poiché lei non era all'altezza.

«Il capo Gasser deve dirti una cosa» intervenne Lamberti, come a volerla preparare. Evidentemente il prof conosceva l'argomento perché il comandante gliel'aveva già riferito, forse al telefono.

«Che succede?» domandò lei, allarmata. Cos'erano tutti quei sotterfugi?

«Bianca Sterli si rifiuta di parlare con noi» affermò il poliziotto.

«Non è forse un suo diritto tacere?» obiettò Serena. «E poi non mi sembra che ci sia bisogno di conoscere la sua versione dei fatti: è tutto piuttosto ovvio, no?»

«Verissimo» confermò il comandante. «Però ci ha fatto un'offerta.»

«Che genere di offerta?» chiese, sospettosa.

«A nostro parere, si tratta di un'opportunità irripetibile.»

«Quale offerta?» lo incalzò Serena, che ne aveva abbastanza di quel modo di tergiversare.

«Firmerà una completa confessione, ma solo a patto di rilasciarla a lei» disse finalmente Gasser.

Serena non seppe cosa replicare.

«Nessuno la obbliga» ci tenne a precisare il capo. «Però sarebbe importante.»

«Per cosa?» sbottò lei. «A che vi serve una confessione se è già tutto chiarissimo? Non capisco.»

«Il medico legale effettuerà presto un'autopsia sui resti della bambina della grotta» disse l'altro. «Ma, da un esame sommario, il patologo ha già ammesso che non sarà facile risalire alle cause della morte. È trascorso troppo tempo e il cadavere è stato esposto all'azione di elementi naturali che possono aver compromesso la possibilità di ricostruire l'accaduto.»

«Perciò l'unico modo per sapere come è morta Léa è che ce lo dica sua madre» constatò Serena, amara.

Intervenne Lamberti. «Ho parlato coi dottori: secondo loro, sei in grado di sostenere un colloquio con quella donna. Sempre che tu te la senta, ovviamente. E il capo Gasser mi ha assicurato che non dovresti nemmeno spostarti dall'ospedale» aggiunse, cercando con lo sguardo la conferma del poliziotto.

«C'è un locale nel sotterraneo dove potremmo organizzare l'incontro. Chiaramente, non sareste sole: ci saremmo noi a vigilare e a verbalizzare. E interromperemmo subito il colloquio se ci accorgessimo che Bianca Sterli non sta mantenendo fede agli accordi oppure se volesse solo provocarla.»

«Perché tutta questa fretta?» chiese Serena, che subodorava un qualche tipo di tranello.

«Perché l'offerta di quella donna sarà valida solo finché lei non avrà partorito» disse finalmente Gasser. «Dopodiché, non aprirà più bocca.»

«È assurdo» commentò Serena. «Che ragione ci sarebbe?»

«Non sappiamo se sta bluffando o se ha uno scopo preciso, ma ci è parsa determinata.»

«Tutto questo è solo per Léa» disse il professore.

«Avremmo già lasciato perdere se non ci fosse la concreta possibilità di far luce sulla sua morte» le spiegò Gasser. «Abbiamo il dovere di rispondere alla domanda principale che riguarda la bambina, anche perché merita di riposare finalmente in pace.»

Per un attimo, Serena riebbe davanti agli occhi l'immagine del cadavere sistemato con cura nella grotta. Vestita col suo abito migliore. Il mazzo di fiori fra le mani. Pettinata con un fermaglio fra i capelli. «Pensate che l'abbia ammazzata sua madre, vero?»

Gasser non disse nulla. Il silenzio era una risposta sufficiente.

3

Verso mezzanotte, mentre l'ospedale era immerso nella calma e nel silenzio, vennero a prenderla dalla stanza. La sua scorta era costituita da due poliziotti mandati da Gasser e da un'infermiera con una sedia a rotelle.

Lamberti non poteva andare con loro e avrebbe atteso in camera il ritorno di Serena. «Se senti che non ce la fai, molla tutto» si raccomandò, mentre l'aiutava a infilarsi un cardigan sul camice in dotazione ai pazienti.

«Ce la faccio» gli assicurò lei, prendendogli la mano. Poi si scambiarono un bacio.

La scorta l'accompagnò fino a un ascensore di servizio. Da lì scesero nei sotterranei. Percorrendo un corridoio cieco con lunghi tubi sul soffitto, arrivarono in un magazzino in cui erano accumulati materiali sanitari ma che, per l'occorrenza, era stato allestito con un grande tavolo d'acciaio sormontato da una lampada che creava come un cono di luce nell'oscurità.

Gasser emerse dall'ombra e andò ad accogliere Serena con un sorriso, ma solo per spezzare la tensione.

«È pronta?»

«Sono pronta.»

Le loro voci rimbombavano nell'ampio ambiente.

Nella sala c'erano anche altre persone. Il capo gliele presentò. Serena era troppo concentrata su ciò che sarebbe accaduto di lì a poco per ricordarsi i loro nomi. Comprese che si trattava di un paio di investigatori venuti da fuori Vion, di un rappresentante della procura e di un avvocato d'ufficio assegnato a Bianca Sterli, che non aveva ancora nominato un legale. C'erano altri agenti, ma la loro funzione era solo garantire che tutto si svolgesse in sicurezza e secondo procedura.

Terminati i convenevoli, Gasser congedò l'infermiera e prese in consegna la carrozzina, quindi la spinse fino a un'estremità del tavolo. Serena notò subito che dalla parte opposta c'era una sedia vuota.

Osservandola, fu colta da uno strano disagio.

Per tutto quel tempo, si era sforzata di immaginare il motivo per cui Bianca Sterli avesse posto come condizione di confessare i suoi crimini proprio a lei e di farlo prima che partorisse.

«Il vostro colloquio sarà videoregistrato» le preannunciò il comandante, indicando una telecamera su un cavalletto. «Qualunque cosa accada, qualsiasi cosa le dica quella donna, il mio consiglio è di non lasciarsi provocare da lei. È probabile che Bianca abbia un sentimento di rivalsa nei suoi confronti, visto che lei è riuscita a smascherarla» la avvertì. «E, comunque, possiamo interrompere il vostro colloquio in qualsiasi momento.»

Serena non disse nulla, si limitò ad annuire.

Poi Gasser controllò l'ora. «Dovremmo quasi esserci.» Sembrava impaziente quanto lei.

Trascorse ancora qualche minuto. Poi due degli agenti ricevettero una chiamata dalle radio di servizio e si diressero verso la porta tagliafuoco che stava dal lato opposto del magazzino. La spalancarono in attesa dell'arrivo di qualcuno.

Di lì a poco, Serena vide apparire un piccolo plotone di guardie carcerarie. In mezzo a quelle, Bianca Sterli con indosso una semplice tuta da ginnastica blu. Aveva i capelli raccolti e procedeva goffamente, con le spalle ricurve e le manette ai polsi. L'espressione del viso era tirata, i muscoli del collo e delle spalle sembravano tesi.

Gli agenti la fecero accomodare sulla sedia vuota. Dal momento in cui si sedette, la donna non distolse mai lo sguardo da Serena.

«Come vede, siamo stati ai patti» disse Gasser alla prigioniera. «Adesso tocca a lei.»

A quel punto, il comandante fece un passo indietro. I presenti si ritirarono nell'ombra, lasciandole sole nel cono luminoso.

Accanto all'obiettivo della videocamera si accese una lucina rossa.

4

Serena resse lo sguardo di Bianca Sterli, cercando di non far trasparire nulla dal proprio volto. Né rabbia, né rancore. Voleva che quella donna si trovasse di fronte un muro bianco. Da lì non si poteva passare, non avrebbe ottenuto nulla da lei, nemmeno il suo disprezzo.

Trascorsero lunghissimi secondi di silenzio. Poi fu Bianca a parlare per prima. «Nessuna madre dovrebbe essere privata dei propri figli» esordì.

Serena cercò di capire se era seria oppure se la stesse solo provocando. Non commentò.

«Nessuna madre dovrebbe provare ciò che io ho fatto provare a te» proseguì la donna.

Sembrava sincera. Ma Serena non si fidava. Dubitava fortemente che l'altra avesse chiesto un colloquio solo per scusarsi con lei. Però volle assecondarla. «Anche tu hai perso una figlia» affermò, come se la compatisse. «Dev'essere stata dura.»

La donna strinse le labbra e, per un attimo, si smarrì. «Léa era una bambina fuori dal comune» disse. «Solare, curiosa, disponibile con tutti, sempre ubbidiente. Guardandola crescere durante i suoi pochi anni di vita, sapevo già come sarebbe stata da adulta.»

«Ho visto come l'hai sistemata nella grotta sotto la chiesa. Dovevi volerle molto bene.»

«Era il nostro posto preferito» ammise Bianca. «Andavamo lassù a pregare e, di solito, poi ci fermavamo per fare merenda accanto alla roccia nera. Anche se eravamo solo noi due, Léa voleva sempre indossare il suo vestito della festa e le scarpe di vernice: stava molto attenta a non sporcarsele mentre camminavamo insieme nel bosco. Mi prendeva la mano...» La donna fece una pausa, sollevando la mano destra e fissando il palmo come se potesse ancora sentire sulla pelle il calore della manina della figlia.

Serena conosceva bene la sensazione, la paragonava a ciò che provavano i mutilati quando sostenevano di avvertire ancora il solletico sull'arto amputato. La stessa cosa valeva per un genitore che aveva perso un figlio. Te lo sentivi ancora addosso. Erano stimmate invisibili e inspiegabili.

Bianca Sterli appoggiò le braccia sul tavolo, le manette tintinnarono. «Ricordo l'alba in cui sono arrivata al rifugio con il suo corpo nel bagagliaio. Non c'era nessuno.... L'ho portata in braccio fino alla chiesa. Léa era così fredda. In me c'era ancora l'istinto di riscaldarla. Ma, per quanto la stringessi, la sua temperatura non cambiava... Con un martello ho schiodato le tavole del pavimento, le ho tirate via in modo da poterle risistemare esattamente come prima. Poi, aggrappandomi a una corda, mi sono calata là sotto insieme a Léa.» Prese un respiro. «L'ho adagiata vicino al fiume, stando attenta a non sgualcirle il vestito. Le ho consegnato i suoi fiori di campo preferiti. Le ho pettinato i capelli come piaceva a lei, con un fermaglio sulla fronte.» Si morse leggermente un labbro. «Sono rimasta lì finché ho potuto. Una notte, forse due, non volevo lasciarla... Poi le ho dato un bacio. Mi sono voltata e sono andata via senza guardarla più.»

Serena si sorprese di se stessa, quel racconto l'aveva toccata nel profondo. Ma non doveva lasciarsi ingannare, Bianca Sterli era chiaramente un'abile manipolatrice.

La donna si voltò per guardarsi intorno. Nella cortina d'ombra che la circondava si scorgevano a malapena gli altri muti spettatori. «Lo so cosa state pensando tutti, che l'ho uccisa io...» disse con tono rabbioso. Poi tornò a fissare Serena. «Era il sedici novembre, Léa aveva da poco compiuto quattro anni. È successo di domenica, verso le dieci del mattino. Io ero uscita dalla baita per andare sul retro, dove c'è la stanzetta con la lavanderia. Léa era ancora a letto, nei giorni di festa la lasciavo dormire fino a tardi. Ho fatto il bucato e ho messo la roba pulita in una cesta. Era una bella giornata, faceva caldo per essere autunno. Così sono andata a stendere i panni all'esterno... Ricordo ancora il silenzio. C'era una brezza leggera, mi passava accanto, gonfiando le lenzuola, poi scappava via e tornava dopo un po'. Sembrava che il vento volesse giocare con me. Non può accaderti nulla in una giornata così, no?» Rise amaramente, cercando l'approvazione di Serena. Poi si incupì. «All'epoca avevamo un pastore tedesco. L'ho sentito che arrivava abbaiando: veniva dalla casa. Ho capito subito che era successo qualcosa. Non so come, ma l'ho capito. Mi sono messa a correre, ero già disperata. Quando sono entrata, l'ho vista per terra, era ai piedi della scala. Aveva assunto una strana posizione, braccia e gambe erano disarticolate, come un burattino a cui hanno tagliato i fili. E la testa... La testa era piegata in modo innaturale. E i suoi occhi mi fissavano. *Ma lei non sbatteva le palpebre...* È stato allora che ho capito: non c'era più aria nei suoi polmoni, il sangue aveva smesso di scorrere nelle sue vene, non c'erano più pensieri dentro di lei, né dolore, né gioia. Era finito tutto in un istante... Ho sollevato lo sguardo, domandandomi su quale gradino fosse inciampata... *Non si corre per le scale...* Quante volte gliel'ho ripetuto... Lavati le mani, mastica bene e non parlare con la bocca piena, non ti arrampicare, sta' attenta a dove metti i piedi: quante raccomandazioni facciamo noi madri senza sapere realmente il perché... In cuor nostro, ripetiamo quelle esortazioni pensando che così certe cose non accadranno. È una specie di scaramanzia. In realtà non ci crediamo veramente, ci diciamo che tanto non succederà mai a noi... Invece ci sbagliamo.»

Serena si rese conto che la donna stava dicendo la verità. Una storia come quella non si poteva inventare. Ma la sorpresa più grande era un'altra.

Bianca Sterli era un glitch.

«Perché non hai denunciato la cosa? Di che avevi paura? È stato un incidente» disse.

«Ho provato vergogna» rispose l'altra, senza pensarci. «Avrei dovuto vigilare, invece non ero stata in grado di proteggerla.»

Serena sapeva di cosa stesse parlando. Si era sentita nello stesso modo dopo l'incendio. Anche se era a centinaia di chilometri di distanza, anche se non aveva appiccato lei quel maledetto rogo. Non aver impedito che accadesse equivaleva comunque a un fallimento. Non c'erano scusanti o giustificazioni, era così e basta.

Poi, cercando di non farsi distrarre troppo, Serena fece una considerazione. Léa era morta all'età di quattro anni, Aurora ne aveva sei quando Bianca l'aveva rapita per spacciarla per la figlia. «Come hai fatto a tenere nascosta la morte di Léa per così tanto tempo?» chiese.

«Non lo so» ammise l'altra. «Ogni volta che mi chiedevano dove fosse, rispondevo che era malata o indisposta. Quando dovevamo fare qualcosa con i membri della chiesa pentecostale, un picnic o una celebrazione, non ci andavo. Le volte che partecipavo facevo finta che lei fosse con me e che stesse giocando da qualche parte con gli altri bambini... Forse una parte di me voleva che qualcuno mi scoprisse. Invece nessuno si è mai accorto di niente.»

Serena notò che Bianca aveva pronunciato l'ultima frase con incredulità.

«Ho scoperto che era abbastanza semplice simulare la sua esistenza. Ma cosa sarebbe accaduto col tempo? La finzione non poteva certo durare in eterno. Mi domandavo cosa sarebbe successo, per esempio, quando avrei dovuto iscriverla a scuola. La pressione diventava ogni giorno più insopportabile, ma ormai era tardi per confessare ciò che avevo fatto. Ogni giorno e ogni notte speravo che qualcuno venisse a liberarmi dal peso di quella bugia, che mi arrestassero, che mi portassero via, che mi rinchiudessero per sempre.»

Serena la interruppe. «È stato allora che hai incontrato Aurora, vero?»

La donna si bloccò. «In quei giorni stavo per crollare. Non avevo più speranze, non credevo più in niente... *Poi l'ho vista...* Me lo ricordo ancora. Scendeva da una bella macchina con l'autista. A parte i capelli ricci, era proprio Léa. Infatti, il primo istinto è stato quello di correre da lei per abbracciarla. Però mi sono trattenuta. Se l'avessi incontrata molti anni dopo, avrei pensato a una reincarnazione. Invece era coetanea di mia figlia. *Ed era perfetta...* Subito dopo ho cominciato a pensare che quella specie di miracolo non fosse accaduto per caso, che forse Dio aveva ascoltato le mie preghiere o aveva avuto pietà di me. Ma mi rendevo anche conto che non si sarebbe presentata un'altra occasione. Dovevo approfittarne.»

La collera montava dentro Serena, ma doveva controllarsi. «Come hai fatto a irretirla?»

Bianca si lasciò scappare un sorrisetto. «È stato abbastanza semplice» disse. «L'ho osservata e ho capito quasi subito che si sentiva un pesce fuor d'acqua in mezzo alle altre bambine. Come se qualcuno l'avesse costretta a partecipare al campus.»

Punta nel vivo, Serena preferì non replicare.

«Dopo il primo giorno, non era ancora riuscita a fare amicizia nemmeno con una compagna» proseguì la donna. «L'ho aiutata a farsi benvolere» si schermì, come se avesse compiuto una buona azione. «Ma non mi sono mai mostrata.»

«Ma devi averle parlato in qualche modo» la contestò Serena.

«L'ha fatto Hasli per me» rispose Bianca Sterli. «Ha pensato lui a tutto.»

Perché nominare ancora quel maledetto gnomo? «Che significa?» chiese, irritata.

«Tu non puoi capire certe cose» replicò la donna, quasi sprezzante.

«Non posso credere che Aurora ti abbia seguita senza guardarti in faccia.»

«La notte dell'incendio è stata lei ad aprire la porta dello chalet» asserì. «Ha seguito Hasli volontariamente, mentre Malassér entrava per appiccare il fuoco: ha inventato una bomba che fa tanto fumo e profuma di biscotti.»

Serena ripensò alla Ford di colore azzurro parcheggiata fra i mezzi di soccorso fuori dal convitto, l'unica auto non coperta dalla neve in una notte di bufera. Rivide il bagagliaio chiuso: probabilmente, Aurora era là dentro, narcotizzata. Si chiese perché Bianca insistesse con quella sceneggiata. Certamente, cercava di passare per pazza agli occhi dei presenti e a quello della videocamera, così in tribunale avrebbe ottenuto una pena inferiore.

«Prima che la casa iniziasse a bruciare, Hasli ha fatto una telefonata per chiamare aiuto e così ha permesso che le bambine si salvassero » proseguì, imperterrita.

Può dirmi il suo nome, per favore?
Mi chiamo Hasli.

« Hasli mi ha portato tua figlia perché mi occupassi di lei. E l'ho curata bene, credimi. I primi tempi non avevo il coraggio di farmi vedere in faccia e indossavo sempre una maschera nera. »

« E non ti ha mai fatto pena mentre la tenevi prigioniera? » chiese Serena, furiosa. « Non hai mai pensato che, in fondo, era soltanto una bambina? »

La donna si voltò a guardare altrove, evidentemente non reggeva l'assillo del suo sguardo. « Ero sicura che alla fine si sarebbe abituata e avrebbe accettato la nuova situazione. » Poi aggiunse: « È stato come con i suoi capelli: più li spazzolavo, più diventavano lisci. *È questione di educazione* ».

Serena era agghiacciata dal racconto, perché era andata proprio così, con Aurora che cancellava il suo passato per far posto a una nuova realtà, totalmente inventata. E anche a un'identità che apparteneva a qualcun'altra. « Non hai mai pensato di riportarla indietro? » domandò, perché ancora non si capacitava.

Bianca Sterli si girò nuovamente verso di lei. « Perché avrei dovuto? Lei prima non era felice. Altrimenti non sarebbe stato così facile dimenticarti. »

Serena avrebbe voluto alzarsi dalla sedia a rotelle e avventarsi su quell'impostora. Strinse i pugni e cercò di trattenersi. « Ma un giorno le hai fatto vedere la tua vera faccia » affermò, curiosa di sapere come avesse reagito Aurora.

« Me l'ha chiesto lei e l'ho accontentata subito... Avessi visto la sua espressione. » Sul volto di Bianca apparve un sorriso raggiante. « Era felice di scoprire che sotto quella maschera non c'era un mostro, ma una persona e per giunta una donna. »

Serena, però, non le credeva. Per Aurora doveva essere stato terrorizzante. « Lei non ti vuole bene, le hai solo fatto il lavaggio del cervello » replicò, rammentando le parole della dottoressa Nowak riguardo allo stato di cattività. « Dopo un anno sono tornata qui per cercarla, perché dentro di me sentivo che era ancora viva» affermò, rievocando i giorni in cui era stata in balia del piano della banda di truffatori. «Tu invece hai abbandonato Léa in una grotta per non dover fare i conti con te stessa.»

L'accusa parve non avere alcun effetto sulla donna. Bianca inclinò il capo, come se stesse studiando Serena da una nuova prospettiva. «Quando sei tornata a Vion, ti ho osservata da lontano. Ho visto come ti eri ridotta e come ti dannavi per riavere tua figlia. Ho provato perfino compassione per te. Volevo che ti rassegnassi, che trovassi la pace.»

«Per questo hai fatto in modo che fosse ritrovato un dente di Aurora fra le macerie dello chalet» disse Serena.

«Credo di meritarmi un po' di riconoscenza per come l'ho allevata per tutto questo tempo» affermò l'altra, come se le avesse fatto un favore crescendola al posto suo.

Ma Bianca non era ironica. Serena si rese anche conto che non era nemmeno pazza. In lei convivevano due personalità, costantemente in lotta fra loro. Come in suo fratello, che era un piromane e un rilegatore: gentile e distruttivo allo stesso tempo. «Adone mi ha aiutata» asserì Serena. «Ma non penso che sei anni fa mi credesse del tutto. Dopo dev'essere accaduto qualcosa che gli ha fatto cambiare idea. Per questo, prima di ammazzarsi, mi ha lasciato quegli indizi.»

«È cominciato tutto quando mi ha chiesto quella maledetta fotografia» affermò Bianca, riferendosi all'immagine che Serena aveva trovato nella cassa coi segnalibri. «Non ho voluto negargliela, ma avrei dovuto. Però era pur sempre mio fratello, gli volevo bene... All'inizio avevo pensato di dargli uno scatto recente: d'altronde Adone non aveva mai conosciuto sua nipote, non sapeva nemmeno com'era fatta. Poi, però, mi sono detta che era troppo pericoloso perché una foto recente poteva sempre finire nelle mani sbagliate. La somiglianza fra le nostre figlie era notevole, ma un occhio attento avrebbe potuto riconoscere la tua in quell'immagine.»

«Allora gli hai dato una vecchia fotografia di Léa, in cui lei aveva tre anni o poco più... Però non è bastato e lui ha capito tutto lo stesso.»

«Penso che non si sia accontentato della foto e sia venuto a spiarci di nascosto» disse Bianca. «Forse voleva vedere da vicino sua nipote, magari per verificare quanto fosse cresciuta rispetto alla foto che gli avevo dato. Deve essere così che si è reso conto che qualcosa non quadrava...»

La nipote gli ricordava me, si disse Serena.

«Ho ammirato la tua caparbietà» affermò Bianca.

«Ma hai convinto Aurora a non effettuare il test del dna.»

L'altra scosse il capo. «No, ha deciso lei. Se l'avesse voluto, non le avrei impedito di farlo. Negare il consenso è stata la più bella prova d'amore che mia figlia potesse darmi: è la dimostrazione che sono stata una buona madre per lei.»

Serena era ferita, ma non lasciò trasparire nulla di ciò che provava. «Hai chiesto d'incontrarmi prima che partorissi... Perché?»

«Perché quando sarà nato il nuovo bambino cambierà tutto.»

«Cosa dovrebbe cambiare? Non capisco...»

«Potrai iniziare finalmente una nuova vita con la tua nuova famiglia, e dimenticare il passato.»

Che cosa le stava proponendo quella donna? Qualunque cosa fosse, Serena ne era spaventata.

«Ormai Aurora è Léa» proseguì Bianca. «Nessuno potrà più modificare questa realtà.»

«Non è vero» obiettò Serena.

«Poco fa mi hai rimproverata di averle fatto il lavaggio del cervello. Perché adesso vuoi farle la stessa cosa?» disse Bianca. «Lasciala vivere come sa.»

Nel suo discorso si percepiva il tono accorato di una madre. Ma le parole d'affetto, in bocca a quella donna, risultavano perverse.

«Non l'hai capito?» la incalzò Bianca. «Lei non è più tua figlia.»

Serena iniziò ad agitarsi. «Non dire così» la ammonì, ma la voce tradiva debolezza.

«Dammi retta, il bambino che sta per nascere è una ricompensa per il dolore che hai subito. Dovresti goderti questo dono e dedicargli tutte le attenzioni. Sei sicura di volere che tuo figlio cresca accanto a un'estranea? »

« Aurora è sua sorella » protestò lei. « E io ne ho abbastanza di te. » Afferrò le ruote della carrozzina e provò a disincagliarla dal tavolo per andarsene. La sedia aveva un blocco di sicurezza e Serena riuscì solo a spostarla di lato. Allora cercò l'aiuto di qualcuno con lo sguardo, ma dall'ombra non emerse nessuno.

« Ti prego, ascoltami » la scongiurò Bianca Sterli. Ma il tono della supplica non era credibile. Era freddo e innaturale, come se a parlare fosse un alieno che vuole sembrare umano. « Nessuna madre dovrebbe essere privata dei propri figli » ripeté. « Nessuna madre dovrebbe provare ciò che io ho fatto provare a te » insistette.

Serena stava perdendo il controllo, non voleva offrirle quello spettacolo.

« Lasciala a me » disse ancora quella.

Finalmente, lei riuscì a sbloccare la sedia a rotelle. A quel punto, apparve Gasser. « Va tutto bene » disse il poliziotto. « È finita, la porto via da qui. »

Lacrime di rabbia le rigavano il volto. Cercò di nascondere la faccia. Aveva solo voglia di scappare. Ma mentre il comandante la spingeva verso l'uscita, sentì un'altra volta la voce di Bianca Sterli alle proprie spalle.

« Anche se riuscissi a farle tornare la memoria, cosa ti fa pensare che sceglierebbe te? »

5

Si era assopita senza accorgersene e, quando aprì gli occhi, era già l'alba. Aveva trascorso gran parte della notte senza dormire, perché il neonato piangeva e chiedeva di attaccarsi al seno. Al risveglio, Serena era supina e col capo voltato verso la finestra da cui si scorgevano le montagne. Nella stanza d'ospedale c'era un bel silenzio. Lamberti dormiva sprofondato in una poltrona, col gomito sul bracciolo e la mano come piedistallo per il capo. Indossava quella che lei definiva la divisa del professore, camicia azzurra con le maniche arrotolate e cravatta allentata.

Non l'aveva lasciata sola un momento. Serena lo guardò con tenerezza, si sentiva fortunata.

Facendo leva sulle gambe e sul bacino, si sollevò per sistemarsi meglio nel letto e sui cuscini che le avevano messo dietro le spalle. I punti del cesareo tiravano un po'. Di lì a poco il neonato si sarebbe svegliato strillando e pretendendo di essere cambiato e allattato, e sarebbe ricominciato «il circo», come lo chiamava lei. La definizione riassumeva perfettamente il caos che si riproponeva a intervalli di un paio d'ore, scandendo le giornate dei neogenitori fra pianti, coliche, poppate, ruttini e pannolini. Serena aveva dimenticato quanto fosse faticoso. E meno male che c'era il professore ad aiutarla. Si domandò come avesse fatto la prima volta senza di lui.

Mentre elaborava quel pensiero, si voltò per controllare il sonno del neonato nella culla accanto al suo letto. Ebbe un sussulto.

Aurora era in piedi e osservava il fratello che dormiva.

Serena si domandò cosa ci facesse nella stanza, ma decise di non far trasparire la propria sorpresa. «Ciao» la salutò.

La ragazzina però non dava l'impressione di accorgersi di lei. Continuava a guardare in basso e la sua espressione era indecifrabile. Pareva assorta sul piccolo torace del neonato che si alzava e si riabbassava da solo col respiro. Quell'istinto automatico faceva sembrare la vita qualcosa di semplice.

«Non ti aspettavo» disse Serena, provando a ridestarla.

«Mi hanno portata qui, hanno detto che i dottori dovevano farmi ancora dei controlli» spiegò Aurora, parlando meccanicamente, come se fosse in trance. «Ma quando siamo arrivati, io mi sono allontanata e sono venuta a cercarti» aggiunse.

«Non credo sia un problema, basterà avvertire le persone che sono con te» affermò Serena, pensando a chi stava fornendo alla figlia supporto psicologico. «Magari saranno in pensiero, no?» aggiunse.

«Voglio restare ancora un po'» disse la ragazzina. «Posso?»

«Certo che puoi» rispose lei.

Rimasero entrambe in silenzio, concentrate sul bimbo beato nella culla. In effetti, la visione di un bambino addormentato aveva un potere calmante. Lei, però, si domandava anche cosa passasse in quel momento per la testa di Aurora. Dopo il colloquio con Bianca Sterli, Serena non aveva più espresso il desiderio di rivedere la figlia. In realtà, non aveva neanche più chiesto notizie di lei. Il parto e lo scompiglio che ne era conseguito erano serviti come scusa per rimandare. Nessuno si era ancora accorto che, in verità, Serena aveva il terrore di incontrare nuovamente Aurora.

Anche se riuscissi a farle tornare la memoria, cosa ti fa pensare che sceglierebbe te?

Mentre in quei giorni badava al nuovo bambino, si era interrogata a lungo sulle parole di Bianca. Certe frasi contenevano un messaggio che solo un'altra madre avrebbe potuto cogliere. Nessuno dei presenti al loro incontro era in grado di decifrare il senso di certe espressioni. In qualche modo, la rapitrice le stava facendo capire che Aurora non era semplicemente cambiata. Con o senza i ricordi del passato, era letteralmente un'altra persona. Gli ultimi sette anni avevano scavato un solco. Ed era significativo che la rapitrice avesse insistito per parlare prima che Serena partorisse.

Sei sicura di volere che tuo figlio cresca accanto a un'estranea?

Serena adesso respingeva il monito, ma purtroppo ne comprendeva bene il significato. Non sapeva in che condizioni fosse la psiche di Aurora dopo tutto il tempo trascorso in cattività e, di conseguenza, se fosse una buona idea portarla via con sé. Avendo fatto i conti con rischi e benefici, ora nutriva il timore che la ragazzina costituisse un pericolo.

Lasciala vivere come sa.

In effetti, io non so niente di lei, si disse. E lei non sa nulla di me.

Aurora era riuscita a sfuggire al controllo di chi quella mattina l'aveva portata in ospedale. Già questo era abbastanza preoccupante. Come lo era l'atteggiamento distaccato che teneva in quel momento. Serena pensò che la sua bambina non era mai stata così. La seienne che ricordava lei aveva una luce furba negli occhi, nonché un'intelligenza fuori dal comune. Lo sguardo della ragazzina che aveva davanti, invece, sembrava vuoto.

Lasciala a me.

Quella di Bianca Sterli era una proposta assurda. A prescindere dalla volontà di Serena, nessuno le avrebbe mai permesso di tenere con sé la ragazzina che aveva rapito. Oltretutto, quella donna avrebbe dovuto scontare parecchi anni in carcere e non avrebbe potuto occuparsi di lei.

Perché, però, le aveva fatto lo stesso quella richiesta irrealizzabile?

Serena ci aveva riflettuto e poi aveva trovato una risposta che, nella sua semplicità, era agghiacciante. In pratica, Bianca le stava suggerendo di lasciare che Aurora continuasse a essere la replica di Léa, così come lei l'aveva plasmata. E questo pur raccontandole la verità. La donna era convinta che tale soluzione fosse davvero la migliore per la ragazzina. Chissà, forse sperava di riunirsi a lei quando fosse uscita dal carcere. Sicuramente allora Aurora sarebbe stata maggiorenne e avrebbe potuto decidere da sola cos'era più giusto per sé.

Intanto Serena, pur avendola a portata di mano, accanto al proprio letto, non aveva nemmeno il coraggio di accarezzarla. Il professore continuava a dormire, così come il neonato nella culla, ed era come se lei e Aurora fossero sole in quella stanza d'ospedale.

«Come l'avete chiamato?» chiese la ragazzina.

«Adone» rispose lei.

«Non è un bel nome» obiettò l'altra.

«Hai ragione» concordò Serena. Trascorse qualche secondo, poi scoppiò a ridere. «È proprio un nome orrendo» ribadì, senza riuscire a controllare la propria ilarità.

Aurora sollevò lo sguardo su di lei. Dalla sua meraviglia si evinceva che si stava domandando cosa le fosse preso.

Serena era consapevole di sembrare matta, ma non poteva farci niente. Cercava solo di fare piano per non svegliare Lamberti e il piccolo Adone. Riuscì a placarsi solo dopo un po'. Si ricompose. La verità era che avrebbe voluto piangere, ma quel riso le era servito per ripulirsi dalle tensioni accumulate negli ultimi giorni, e dai brutti pensieri che non poteva confidare a nessuno. «Scusami» disse.

Intanto, Aurora continuava a fissarla senza capire.

Serena prese un profondo respiro. «Fra un paio di giorni, noi tre torneremo a Milano» la informò. «I tuoi terapeuti dicono che puoi venire con noi, anche se il percorso da fare è ancora molto lungo. C'è una nuova casa adesso. Non è l'appartamento al diciannovesimo piano che avevamo prima io e te, ma questa ha anche un piccolo giardino. Avresti una stanza tutta tua, anche se non è la tua vecchia cameretta. Quando pensavo che fossi morta ho dato via le tue cose, mi dispiace. Anche se quei vestiti comunque non ti andrebbero più e non credo che avresti ancora voglia di giocare con le Barbie.» Mentre accennava alla vita di prima, Serena si chiedeva se quei discorsi inducessero in Aurora qualche vago ricordo, o se invece i suoi sforzi fossero del tutto inutili. «Insomma, c'è una vita che ti aspetta. Non è quella che avevi qui, ma non è nemmeno l'esistenza che hai condotto fino ai sei anni. L'unica cosa che è rimasta *quasi* uguale sono io. Spero che basti, ma ho bisogno che tu scelga presto... Sette anni senza te sono tanti, e io non ho più voglia di perdere tempo.»

La ragazzina ci pensò.

Serena si sentiva stranamente sollevata. Aveva detto tutto ciò che doveva dire. Ed era stato più facile del previsto. Adesso era pronta ad accettare qualsiasi responso.

Aurora arricciò un labbro come faceva da bambina. Aveva ereditato quella smorfia proprio da Serena. Sono ancora un lombrico, pensò. Ma visto che i figli dovrebbero essere la versione migliore dei genitori, decise di optare per un altro insetto. Un bruco. Sì, sono un bruco, si disse. E Aurora è la farfalla in cui mi sono mutata.

«Chi è Gas?» chiese inaspettatamente la ragazzina.

MALASSÉR

« Devo andare di nuovo in bagno. »
« Ma ci siamo appena state. »
« Ci metto un minuto. »
« Faremo tardi! »
« Vi ho detto un minuto: devo fare pipì. »
« Sei la solita. »
« Dai, muoviti però! »
« Andate avanti, vi raggiungo. » Aurora attese ancora qualche istante che le tre amiche del cuore si allontanassero nel corridoio verso l'uscita, poi tornò indietro.

Era l'ultimo giorno di scuola prima delle vacanze estive, il suono della campanella dell'una aveva decretato la libertà per tutti. L'edificio si era quasi svuotato. Lei e le amiche si erano attardate nel bagno per truccarsi e sistemarsi un po'. A scuola era proibito indossare abiti troppo succinti, come canotte, short e minigonne. Anche sul make-up c'erano restrizioni. Così di solito le ragazze approfittavano della fine delle lezioni per rifugiarsi in bagno e cambiarsi i vestiti con quelli che si erano portati appresso negli zaini insieme ai libri, nonché per mettersi rimmel e rossetto.

Aurora sfoggiava un lucidalabbra rosa e si era passata la matita sotto gli occhi. Indossava un paio di Jordan rosa, pantaloni cargo, un giubbottino jeans e una T-shirt dei Måneskin comprata al loro ultimo concerto.

Da qualche giorno, portava i capelli lisci raccolti in una coda e un cappellino con visiera bianco che non toglieva mai. In classe, alcuni insegnanti l'avevano ripresa ma poi avevano lasciato correre perché alla fine dell'anno diventavano più tolleranti, o forse erano solo stanchi di battagliare con gli studenti. A casa, Serena non sopportava di vederla seduta a tavola con quel berretto in testa ma, dopo qualche rimprovero, si era rassegnata, attribuendo il suo nuovo look a un capriccio adolescenziale.

Aurora non dava troppo peso a cosa pensasse Serena. Si punzecchiavano sempre più di frequente, ma succedeva anche alle sue amiche con le loro madri. La sua, in particolare, le ripeteva spesso frasi incomprensibili e irritanti, tipo «la bellezza è come sabbia fra le dita, col tempo scivola via».

Aurora non si era mai sentita bella. O, perlomeno, prima non si preoccupava troppo del proprio aspetto. Ma, in effetti, da un po' i suoi interessi erano mutati. Le piacevano i ragazzi e le piaceva che i ragazzi la guardassero.

Dopo un anno, Milano era diventata a tutti gli effetti la sua nuova città. E la vita di Vion era soltanto un lontano ricordo. Era incredibile come fossero diverse le cose lì. E anche la rapidità con cui era avvenuto il cambiamento.

Aurora si domandava come facesse un tempo a indossare certi vestiti che adesso le apparivano ridicoli. A Vion il suo guardaroba era limitato ai soliti cinque o sei capi. Jeans blu, scarpe da ginnastica e calzettoni di spugna che venivano acquistati in serie. Felpe di colori improponibili, portate con assurde camicette col colletto di pizzo. Un solo giubbotto per tutta la stagione invernale, scarponcini da montagna.

Ma la rivoluzione non riguardava solo l'abbigliamento. Aurora non pregava più, non sentiva più l'esigenza di rivolgersi a un'entità superiore per chiedere conforto o protezione. Non lo faceva nemmeno nel segreto dei propri pensieri. In verità, aveva quasi del tutto rimosso gli insegnamenti della sua vecchia mamma. La definiva così, anche se non la nominava mai. E non aveva più chiesto notizie di lei. Ogni tanto le era capitato di fare delle ricerche su internet, servendosi del cellulare o del computer di casa. Negli articoli c'erano espressioni del tipo «processo per direttissima» che lei non capiva. Per un po', alcune persone della polizia erano venute da lei per parlare. Le avevano chiesto come si svolgesse la sua vita di prima e come fossero le sue giornate quando abitava nella baita. E Serena una volta le aveva anticipato che forse sarebbero dovute andare insieme in tribunale dove un giudice le avrebbe rivolto delle domande. Lei era pronta, ma poi non era successo e nessuno ne aveva più accennato.

Non le dispiaceva la sua nuova vita. La casa era carina, la sua stanza era meglio della soffitta. Prima di trasferirsi, le era stata offerta la possibilità di portare qualcosa con sé dalla baita. Ma lei aveva preparato soltanto una piccola valigia. In realtà, avrebbe voluto avere il suo cane. Ma il giardino di Milano era angusto per un border collie abituato a scorrazzare sui prati di montagna. Il gatto Gas era vecchio e malandato ma, secondo Fabio, aveva ancora un paio di vite davanti a sé. Fabio era gentile con lei e facevano insieme un sacco di cose. Solo Aurora si rivolgeva a lui col nome di battesimo, Serena lo chiamava Lamberti o prof o professore. Anche Fabio adorava i cani e le aveva insegnato tante cose. Ad andare in bicicletta e a giocare a bocce. Spesso si recavano tutti insieme in una bocciofila dove si poteva anche mangiare, ma solo pesciolini fritti o salamella. Fabio l'accompagnava a scuola in moto, suonava la batteria e le aveva fatto conoscere un sacco di musica nuova. Ad Aurora ora piacevano i Jethro Tull di cui ascoltava spesso i dischi in vinile. Fabio le aveva trasmesso la passione per i fumetti e, in certe domeniche di pioggia, preparava i pop-corn e metteva una videocassetta con il film *Ritorno al futuro*. L'avevano visto almeno dieci volte.

Il suo fratellino non era male. Anche se aveva solo un anno e ancora non parlava. Però gli piaceva addormentarsi con lei. Certe sere, Aurora lo prendeva in braccio e lui appoggiava la testolina sulla sua spalla e si lasciava cullare.

Il fratello era la copia esatta del padre. E Fabio ne era compiaciuto e continuava a ripetere di essere un lombrico.

Per fortuna, in famiglia non lo chiamavano Adone ma soltanto «Ado». Avevano adottato quel diminutivo dopo che Serena l'aveva trovato in un romanzo che parlava di Firenze.

Aurora ancora non ce la faceva a chiamarla mamma. Forse perché nella sua mente la parola era ancora associata a un'altra faccia. Ad ogni modo, non diceva nemmeno «Serena». Cercava sempre modi diversi per farle capire che si stava rivolgendo proprio a lei. Tuttavia, l'operazione stava diventando sempre più faticosa. E quando le scappava di usare il suo nome di battesimo, si era accorta che Serena serrava le labbra come se volesse trattenere il proprio dispiacere.

Ma Aurora non poteva farci niente. Nessuno poteva. Le cose stavano così e basta.

Dopo un breve peregrinare nei corridoi deserti della scuola, entrò nel bagno e, come aveva immaginato, dentro non c'era nessuno. Nell'aria si sentiva un vago odore di sigaretta. Lei non aveva mai provato a fumare, anche se le era stato proposto varie volte.

Con lo zaino in spalla, si diresse verso uno dei lavandini: quello in fondo a una fila di quattro, su cui c'era uno specchio ancora integro e non coperto totalmente di scritte o di disegni osceni.

Aveva detto una bugia alle amiche. Non doveva fare pipì. Aveva inventato la scusa perché voleva rimanere sola. Le bastavano pochi minuti, poi le avrebbe raggiunte.

Adesso, davanti allo specchio, si tolse il cappellino bianco che portava sempre. Si sciolse i capelli, agitò il capo per ravviarseli e, alla fine, si guardò nel riflesso.

In mezzo alla sua chioma liscia, poco sopra l'orecchio sinistro, spuntava un ricciolo biondo.

Era comparso da qualche giorno, all'improvviso. Una mattina si era svegliata così e, come prima reazione, aveva deciso di nasconderlo sotto un cappello. Aurora non sapeva esattamente perché un ricciolo la turbasse tanto, ma al momento il suo unico desiderio era che nessuno ne sapesse niente.

Si sfilò lo zaino coi libri dalle spalle e lo appoggiò sul lavandino per poter prendere qualcosa da una tasca interna. Aveva atteso quel momento per tutta la mattinata. E, pensando e ripensando a ciò che era giusto fare, alla fine si era decisa.

Trovò le forbici che si era portata appresso da casa e, con quelle, si avvicinò al proprio riflesso, intenzionata a potare quell'escrescenza bionda. Aveva timore che ne sarebbero spuntate fuori altre, ma adesso ciò che contava era sbarazzarsi di quella.

Inserì il ricciolo fra le lame delle forbici e stava per serrarle inesorabilmente, quando fu bloccata dallo scroscio di uno degli sciacquoni.

Si voltò di scatto verso la fila di cubicoli alle proprie spalle, immaginando che uno fosse occupato da qualche compagno.

In effetti, c'era una porta chiusa. Come aveva fatto a non accorgersene prima? Ma sopra c'era anche un cartello. GUASTO.

Aurora ebbe un sussulto.

Avrebbe giurato di non aver visto il cartello quando era entrata nel bagno. Era come se fosse apparso dal nulla negli ultimi minuti. Intanto, l'acqua dello scarico continuava a scorrere rumorosamente. Come se, in quel breve lasso di tempo, si fosse realmente rotto.

Col cuore che le batteva fortissimo e le forbici strette in mano, Aurora si avvicinò al cubicolo. «Chi c'è?» chiese, con voce tremante.

Chissà perché, era convinta che le avrebbe risposto una vocina gentile e sgraziata. Invece, non ci fu alcuna replica.

Le balenò una folle idea. Forse qualcuno non voleva che tagliasse il ricciolo biondo. Scacciò quel pensiero, perché faceva troppa paura.

Attese ancora qualche secondo, cercando di percepire altri rumori o presenze. Poi tornò verso il lavandino. Rimise in fretta nello zaino le forbici che non aveva usato, si infilò nuovamente in testa il cappellino bianco e si diresse a passo spedito verso l'uscita del bagno, ma tenendo sempre d'occhio il cubicolo con la porta chiusa.

Appena se ne andò, lo scarico smise di versare acqua e tornò il silenzio. Oltre la porta chiusa del cubicolo, sul pavimento sporco, accanto alla tazza del water, c'era una spazzola per capelli.

Ma Aurora non l'avrebbe mai saputo.

Ringraziamenti

Stefano Mauri, editore, amico. E, insieme a lui, tutti gli editori che mi pubblicano nel mondo.

Fabrizio Cocco, Giuseppe Strazzeri, Raffaella Roncato, Elena Pavanetto, Giuseppe Somenzi, Graziella Cerutti, Alessia Ugolotti, Patrizia Spinato, Ernesto Fanfani, Diana Volonté, Giulia Tonelli, Giulia Fossati e la mia cara Cristina Foschini.

Barbara Barbieri e tutto il team dell'agenzia Andrew Nurnberg Associates.

Michael McCaughley e tutto il team di Calmann-Lévy.

Vito. Ottavio. Antonio. Achille.

Gianni Antonangeli.

Valentina Martelli.

La Setta delle Sette.

Antonio e Fiettina, i miei genitori.

Chiara, mia sorella.

Antonio e Vittorio, i miei bambini, le mie «eternità future».

Questo libro è stampato col sole

Azienda carbon-free

Fotocomposizione Editype S.r.l.
Agrate Brianza (MB)

Finito di stampare
nel mese di novembre 2023
per conto della Longanesi & C.
da Grafica Veneta S.p.A. di Trebaseleghe (PD)
Printed in Italy